U0667232

青年批评家
文库

邱华栋 主编

当代小说的话语
转向与叙事变革

曾攀——
著

中国言实出版社

图书在版编目（CIP）数据

当代小说的话语转向与叙事变革 / 曾攀著. —— 北京：
中国言实出版社，2023.4
ISBN 978-7-5171-4368-0

Ⅰ.①当… Ⅱ.①曾… Ⅲ.①小说研究—中国—当代
Ⅳ.①I207.42

中国国家版本馆CIP数据核字（2023）第006813号

当代小说的话语转向与叙事变革

责任编辑：史会美　王建玲
责任校对：张天杨

出版发行：中国言实出版社
　　　　　地　址：北京市朝阳区北苑路180号加利大厦5号楼105室
　　　　　邮　编：100101
　　　　　编辑部：北京市海淀区花园路6号院B座6层
　　　　　邮　编：100088
　　　　　电　话：010-64924853（总编室）　010-64924716（发行部）
　　　　　网　址：www.zgyscbs.cn　电子邮箱：zgyscbs@263.net

经　　销：新华书店
印　　刷：北京铭传印刷有限公司
版　　次：2023年8月第1版　2023年8月第1次印刷
规　　格：880毫米×1230毫米　1/32　12印张
字　　数：280千字

定　　价：58.00元
书　　号：ISBN 978-7-5171-4368-0

目 录

绪言 当代中国文学的转向与革变

一

20世纪80年代中后期,"向内转"的命题开始于中国新时期文学中发酵,逐渐转向"题材的心灵化、语言的情绪化、主题的繁复化、情节的淡化、描述的意象化、结构的音乐化"等方向,如是这般的总体性动势,被称之为新时期文学的"向内转"[1]。"向内转"不仅来自于时代政治与文化观念的拨乱反正,而且关乎文学自身的审美趋势和历史沿革。然而,有论者也曾质疑文学的"向内转""并没有脱离时代",只是迎合80年代意识形态转向[2];而且,文学的"向内转"对"实践性"与"时代精神"造成了忽视,这也是其遭受诟病的症候[3]。

进入新世纪以来,文学在语言与形式的"内"部进行了持久的蕴蓄之后,开始出现了一股向"外"探寻的浪潮,也由此翻出了一片新的面貌,更开始有论者提出文学的"向外转":"我们倡导文学的'向外转',着意在重新调整文学之'内'与'外'的关系、个体与人类的关系、审美与思想的关系、现实与历史的关系、

---

[1] 鲁枢元:《论新时期文学的"向内转"》,《文艺报》1986年10月18日。
[2] 杨朴:《"向内转",新时期文学发展的必由之路——与周崇坡同志商榷》,《文艺报》1987年8月29日。
[3] 周崇坡:《新时期文学要警惕进一步"向内转"》,《文艺报》1987年6月29日。

叙事与道德的关系，等等。而其中最重要也最根本的就是重新建立文学与社会生活的血肉联系与紧密的契合度，锐意突进外部世界与国人文化心理，创造直逼当下和人心的自由叙事伦理，从而建构起属于新世纪的审美空间与精神生活"①。在这里，有论者辨析了文学之"内"与"外"的区隔，并且对中国当代文学向内与向外的叙事形态进行了梳理，提出文学应当"向外转"的观念。然而，这种观点却遭到了反拨，"批评家要做的事情是在研究中提出自己富有创建性的理论，建构起自己的理论世界，而不是在'向内转'还是'向外转'这种既有论争的圈子里进行选择性的徘徊"②。文学的转向固然不是简单的翻烙饼，内与外的二元对立似多有不妥，而且以文本的丰富性与复杂性而言，许是并无内外之别，更谈不上所谓的"转"。这样的争论仍在继续，仿佛与20世纪80年代年代文学似曾相识，似乎又进入了无休止的辩证式怪圈。③因而，谈论当代中国文学的"向外转"时，重要的是破除这种分化式的谜题，走出文学转向之内/外区隔，真正切入因概念争辩而游离的文学现场，析解文本内部与文化现象中鲜活而确切的文学元素，进而揭示当下文学向外求索时呈示出来的动向和能势。

时至21世纪的今日，随着信息爆炸/膨胀与物质丰富/过剩

---

① 张光芒：《论中国当代文学应该"向外转"》，《文艺争鸣》2012年第2期。

② 许玉庆：《"向内转"还是"向外转"？——与张光芒关于当下中国文学的走向问题商榷》，《文艺争鸣》2012年第4期。

③ 围绕文学"向外转"的争论，具体可参见荀羽琨《再论中国当代文学应该"向外转"——与许玉庆关于当下中国文学走向问题商榷》（《文艺争鸣》2012年第12期）、陈舒劼《弄不清"转向"的批评——评许玉庆〈"向内转"还是"向外转"？〉》（《石家庄学院学报》2013年第1期）、许玉庆《批评的乏力与创新的缺失——与陈舒劼就中国当代文学"转向"问题商榷》（《石家庄学院学报》2013年第4期）、王伟《再论中国当代文学的"向外转"》（《社会科学论坛》2012年第12期）、许玉庆《论中国当代文学的走向与评价问题——与王伟就中国当代文学"向外转"商榷》（《社会科学论坛》2013年第7期）等。

时代的来临，专业化与知识性趋势的不断加深，文学一方面形成对外在之物事、信息、知识的高度含纳与聚焦，内在的语言、结构、形式等因素与之进行新的对接和融合，而且经过了新时期以来的寻根文学、先锋文学、新写实文学等思潮的内外衍变，一直发展到当下影响日深的非虚构写作，当代中国文学在"向内转"的变革中，实现了面向自身内部的充分的周旋与推进，并且开始不断寻求外在的延展和突破，试图以此破解面临新境况时不断滋生的话语危机。另一方面不断更新的外部世界也倒逼文学进行新的变革，不同的文化形态与专业知识在实现自身的精专之时，更不断发生交叉和融合，在此过程中，文学从道德、伦理、隐喻、象征等传统表达中脱化而出，对焦新的历史与现实课题，重新面向宇宙自然的外在之"物"，重置已知或未知的"知识"与信息，并且在"非虚构"及其所启发的实证精神和写实艺术中，形成了当下中国文学"向外转"的主要形态。

需要指出的是，文学的"向外转"事实上也是文学的内在转向，其不仅是破除历史虚无主义的延展和探索，且同样是文学叙事的内在需求，也即从语言与形式的过度铺张中超越出来，走向新的自我表达。尤其面对当下新的生活方式和时代状貌，虚浮半空的写作已经越来越无法抓牢瞬息万变的网络时代与信息社会，也难以切身感受脚下这片热土的真实温度，文学面临着前所未有的挑战和危机。不仅如此，各种门类的艺术形式与文化形态给予当下文学新的启示，后者也从跨文化、跨学科、跨领域的文化实践中汲取养料和动力。文学写作者开始扎根脚下的土地，将叙事话语重新浸入历史与人世的洪流，甚至于焉致力"一种真正的自我参与进去的哀痛"①。事实上，"向内转"与"向外转"并非二元分化的存在，事实上二者也因其明显的倾向性和偏颇性而多受诟病，我在这里更倾向于认为，当代中国文学正在经历一种多元转向的过程。但是这无疑是一个较具有含混性的议题，具体到当代小说的话语转向、趋势变革，这其中是不是真的转向了，判断的依据是什么？因为这是一个很宽泛粗略的概念，包括变革，仿佛耳熟能详、脱口而出，其应当做出怎样的更细致的分疏？这样的阐析有没有学理性，有没有理论上、概念上、材料上的系统性支撑，其中形成了怎样的表征和症候，无疑构成了最为关键的问题。

二

在当代文学的转向与小说的变革中，宏大历史与当代意志的审美延伸，必然使得形式的考究与话语的肌理同样孕育其中，这是硬币不可分割的两面。在对宏大命题的捕捉、叙事传统的回溯、话语与形式新探中，当代小说走向了自身的曲折，也走出了自我的局限。以虚构和非虚构为例，写实与虚构在区隔中交融是关键一环，当然这里并不是指一种特定的文本形态，不单单涉及所谓的"非虚构文学"，而是以"非虚构"的方式，解构虚构既定的面向和视域，向外延伸，彰显新的历史观念、现实立场，无论是对待已知或未定，都秉持实证精神与谨严态度，在此基础上，引入自我与主体，从而注入可靠、在场与厚重的品质，如是这般的"非虚构"，标志着文学转向的自觉形态以及叙事变革的重要形式。

"非虚构"最显著的特征，便是其表现出来的深度的介入意识，在慕容雪村的《中国，少了一味药》中，写作者深入传销组

---

① 梁鸿：《我的梁庄，我的忧伤》，《光明日报》2013 年 8 月 6 日。

织，经历生死考验，以社会实录与社会调查为核心，揭露了当代中国社会规模最大、范围最广的传销骗局，对当下中国进行全方位的现实观测与精神扫描。作者沿革五四以来现实主义的写实风格，并且从国民性的角度，为中国开出药方。有所不同的是，作品的材料是由实地探访得来的，从罪行与恶性，上升到人性之愚与人心之恶，作者揭开了中国土地上数以千万传销者的浓疮与伤口，期以"引起疗救的注意"。孙惠芬《生死十日谈》书写的是极为沉重的"自杀"话题，通过采访、调查、记录，拿到了第一手的资料与案例，在一个个自弃消逝的生命背后，注入生与死的思、爱与恨的交织，自弃者对现世的流连与舍弃，及其引起的个体与家庭的现实哀痛，如在眼前，触目惊心。杨显惠《定西孤儿院纪事》为纪实与故事的糅合，一方面作者以确切的地点（定西孤儿院）为叙事的入口，亲情的缺失与制度的缺位，引发人间的悲剧，但人性的坚强和个体的差异，又开启了多元的选择和多样的人生。李天田的《相亲记》，作为非虚构的小说，以自我的亲身经历，讲述了男女的婚恋现状以及由此折射的社会情绪和社会症结。而在梁鸿的《中国在梁庄》《出梁庄记》中，面对梁庄人在当代的生活困惑与伦理困境，"我"不仅仅是参与者与见证者，更是介入者，其中呈现出更为强化和鲜明的观念意识，在对中国当下乡土秩序的对焦中，展示强烈的主观色彩与写作意图。应该提出的是，非虚构并非自然主义式的写实，也不是未经斟酌、判断与取舍的写作，非虚构"对世界是一种主观的体验"①。这样的体验意味着主体内在意义的延续性存在，"如果某个东西不仅被经历过，而且它的经历存在还获得一种使自身具有继续存在意义的特征，那么这种

---

① 赵玙：《梁鸿：从"进梁庄"到"出梁庄"》，《光明日报》2013 年 7 月 12 日。

东西就属于体验"①。非虚构写作中铺设的切身的与介入式的体验，代表的是奔腾不息的生命意志，在开掘的深度与开拓的场域中，完成对新的意义和价值的发现。

而"非虚构"在面对历史与个体时，实证与虚构的两难体现得更为明显，但这也是"非虚构"的意义所在，其必须在具象的流动中，把捉历史与现实的规律，形成话语图景，并从中提炼精神样本与反思意识。陈徒手的《故国人民有所思》得益于作者长年累月流连于档案馆中，搜集众多中国知识分子的思想总结与汇报材料。其所展现的知识分子周旋于政治历史之中，产生了前所未有的思索与困惑。作品围绕俞平伯、马寅初、陈垣、冯友兰、汤用彤、贺麟、周培源、傅鹰、王瑶、蔡旭、冯定等20世纪中国文史哲领域响当当的学者教授，写出他们在特殊年代的精神踯躅与思想起伏。虽然陈徒手的作品以档案和资料的翔实可靠著称，但在信实而严密的史料中，同样透露出作者遴选和编排的用心，如是传达出文本深处凝重的主体意识。

徐则臣的长篇小说《北上》，作者实地走访，现场考察了京杭大运河流经处的历史掌故、家族秘史、民俗风情，"如果说写这部书之前，我是用望远镜去看运河，那么在真正走笔时，我又添置了显微镜和放大镜。"也就是说，作者对"运河"虽有宏观的认知，在具体的写作时，却是察视，"我要唤醒沉睡的运河，让读者感受到她的脉息"②。对于徐则臣而言，作为对象的运河，经过了他对资料的搜集、整理、考证，在他那里，虚构与真实之间的二元分化被取消了，或者可以说被超越了，物与知识、历史与现实糅合在一起，不断膨胀、发散，又重新结构。"为了写《北上》，徐

① 伽达默尔：《真理与方法》，洪汉鼎译，上海译文出版社，2004年，第78页。
② 张宝峰：《徐则臣携〈北上〉再归来》，《大公报》2019年1月7日。

则臣看了六七十本关于运河的专业书、不计其数的史料,他还看了很多相关的绘画、摄影,还有《长江图》《苏州河》等电影,甚至搜集的照片中,至少就有 2000 多张船的照片。他还从南到北把运河断断续续走了一遍。1797 公里,徐则臣清楚地记得运河的里程。四年下来,他几乎成了一个运河专家。"① 这是文学写作的新的状态,文学因为新的转变而获得了新的成长性,召唤出了意义和契机。这其中所体现的是一种小说的写作学,是形式的探索,是在与世界的周旋、争夺与对弈中,扬弃抑或博得。

"作为一种介入性的写作,'非虚构写作'既不回避创作主体的主观意图,亦不掩饰作家自己的现场感受和体验,甚至对各种相互抵牾、前后矛盾的史料所做的判断和取舍,都进行如实的交代。这种开放性的写作姿态,表明作家们已不满足于纯粹想象的写作,而更愿意积极地沉入历史或现实内部,直面各种复杂的生存逻辑与伦理秩序,彰显自己的精神姿态和理想作为,也为人们了解中国社会的现代化进程提供了独特的审美载体。"② 而直面当下生存现状和生活现场的萧相风的《词典:南方工业生活》、乔叶《盖楼记》、彼得·海斯勒的《寻路中国:从乡村到工厂的自驾之旅》等,呈现地方史与家族史的齐邦媛的《巨流河》、刘醒龙的《黄冈秘卷》、肖亦农的《穹庐》等,书写革命战争历史的王树增的《解放战争》、陈河的《外苏河之战》等,不断提示着,"非虚构"并非只在乎一个"非"字,其恰恰强调的是"虚构"本身,也即对虚构进行一种元认知,在虚构与非虚构间完成某种辩证,从"是"中跃出,以"非"辩"是",最后进入"小说"。在这个

---

① 沈河西:《曹文轩:现在有的长篇小说是漏风的,只有骨架没有血肉》,《新京报》2019 年 1 月 18 日。
② 洪治纲:《论非虚构写作》,《文学评论》2016 年第 3 期。

过程中，关键在于唤醒虚构与非虚构背后的物事与人情，激起新的问题意识与价值观念。

不仅如此，非虚构还汲取了新闻材料、报告文学、调查报告、学术史料等诸多实证性的文本形态，从而在转向时得以形成新的及物状态，形成海纳百川的写作观念，构筑文学文本中的丰富的世界与严谨的内在的统一体，因此一定程度而言，文学转向也代表着一种话语实验与文体革新。

三

20世纪五六十年代的中国当代文学对"知识"的叙述，较早有徐迟的报告文学《哥德巴赫猜想》等，然而就以往的观念而言，文学对知识及其背后的理性、智性似乎有着一种天然的拒斥，后者似乎只作为写作的背景，或仅形成某种专门的题材，代表的只是文本中基本的认知和特定的姿态，知识、理性、智性在文学写作中是被重组、被挑战，甚至是被改造的内容。然而，当下文学的转向路径中，知识首先是一种储备，在写作时需要将知识冲淡、打散，通过隐藏与再造，在文学内部以理性的方式积蓄凝望、注视与反省的意识；其次，知识的存在与被尊重，提示了写作的难度及写作者的诚恳，智性意识在文学内部形成较量与周旋的力量，与叙述的内容相互映证，彼此形成挑战的势能；再次，现代小说经过19、20世纪以来的发展，形成了关乎语言、结构、叙事的知识或曰共识，新旧知识之间需要共存或竞争，进而形构新的文本形态，以至包容或逾越现有的理念，再创一种认知和境界。从这种意义上而言，当代中国文学的转向，就不是单纯的朝外转向，而是裹挟着自身的内在变革，去寻求跨文化的与跨学科的多元化支点，重新将自我掷入外在广袤的宇宙与辽阔的世界，感知无边的现实与沉重的生命。

阿来的《蘑菇圈》，聚焦的则是自然之"物"与食"物"，充满泥土与自然气息的语辞穿插于民间的生活现场，斯炯从"姑娘"到"阿妈"的一生，始终守护着她无法割舍的蘑菇圈，春去秋来，历史变移，阿来写到羊肚菌的生长，"刚才，它用尖顶拱破了黑土，现在，它宽大的身子开始用力，无声而坚定地上升，拱出了地表。现在，它完整地从黑土和黑土中掺杂的那些枯枝败叶中拱出了全部身子，完整地立在地面上了"。阿来津津乐道的自然世界，植物学、地理学以及民俗学的知识，并不是单纯作为背景存在，而是与机村人的自然观、生命观相关联，代表着机村人生生不息的生态。而当这种自然的形态遭到破坏时，也与机村人悲剧和生命攸关。阿来在小说中完成了知识的祛魅与复魅，恢复的则是生活的人间的"魅"，将自然世界与人间烟火赋形、赋魅，是带有泥土气息的自然之魅。如张燕玲所言："阿来把川藏属地众多种类的蘑菇及其生长如此精细生动地描述，那是知识，更是叙事能力。那种蘑菇遍地应答，万物生长的蓬勃生命力、人的生命力，还包括蘑菇（重点是松茸）的此消彼长背后时代的变迁。我觉得这便是人的世界，当然也是一种知识类型。"[①] 然而，消化知识的过程，需要文学具备一个强大的胃，从品味到吞咽，从咀嚼到消化，完成点化知识与点染经验的过程。阿来对川蜀与藏地的风物自然的叙事状态信手拈来，如数家珍，他笔下的知识，并不是马克斯·韦伯现代世界的合理性（rationality），而且一种自然合理，是生存与生命合理。从蘑菇圈和机村不断扩展，阿来完成了他的《机村史诗》六卷本。"阿来文学所最终谋求的都不只是人与人之

---

① 参见《作为一种知识类型的叙事文学——第九届"今日批评家"论坛纪要》，《南方文坛》2019 年第 1 期。

间的相互理解相互沟通，它致力于一种更大的接通，是人与万物的彼此尊重和深度对话，是自然中对人的肯定和同时的人与自然的应许"[1]。可以见出，阿来的"知识"使文学在向外延伸的过程中开拓出广阔的疆域，并从中探寻出精神的倚赖和人文的仰仗。

如果说阿来的知识出于自然界，那么李洱《应物兄》的"知识"则更多要归乎文化，是知识分子意义上的"知识"，特别其中涉及的国学／儒学的认知，叙事在处理这些知识的过程中，磨砺出处，钻凿深度，叙事／知识两者交相激荡。李洱曾提到艾柯的《傅科摆》，"有意思的是，艾柯的小说在处理知识的时候，所有知识都变得性感起来了，类似于一个异样的洛丽塔"。可以说，《应物兄》在融汇知识的过程中，令其焕发生机。而刘庆的小说《唇典》对焦的是宗教"知识"，展现出了丰富、宽广、深邃的萨满世界，其中的神鬼莫测的萨满文化以及其中提供的宗教谱系，为我们提供了全新的文化图景。

小说延及"知识"的过程，不仅涉猎自然的、文化的与宗教的世界，更与情感及生活相关。田耳的《一个人张灯结彩》，讲到钢渣从老高那里学来标准手语，"杀人"应该是用左手食指伸长，右手做个扣扳机的动作。但小于嫌那动作麻烦，她宁愿继续抹脖子。她对钢渣教给她的手语，都是选择接受。情感面对知识时，并没有抹杀人物的主体性，相反，其使个性的发抒更为鲜活与深沉。斯继东的《楼上雅座》，不厌其烦地叙述老屠煮面与做菜，"人"与"物"（器物／食物）在这里结合，"左手是勺子，右手是一双特大号的竹筷。面条在铁锅里欢天喜地的，可老屠的脸板着，两支粗眉一耸一耸的，随时准备着归为一体"。更重要的，情感与

---

[1] 何向阳：《万物有灵，而平等——阿来小说中的自然观》，《文学报》2019年1月18日。

情绪就隐匿在关乎面与煮面乃至厨房间的运筹帷幄的知识背后。"老屠老婆把我的汤端进里间。折回来时，老屠刚好把锅里的面转移到了盘子里。空盘子是齐崭崭叠着的，老屠炒好一锅，盘子就会少一个，那是他老婆端进了里间或者店外。老屠用铲子铲干净锅，重新操上勺子和长筷子，一起一落间，一大筷豆芽在锅里爆了起来"[1]。老屠被抛掷到日复一日的重复性工作中，叙事者也在不厌其烦地述写，将人物包裹在循环往复的"知识"和程序里，直至最后的爆发。然而，这也仅是精神短暂的走神与出离，知识不仅仅作为背景存在，也不再是单纯的讲述，知识嵌入叙事的结构，更在人心与人性中发挥着作用或反作用。

值得一提的是，叙事文学不仅能够重新发现并激活知识，其同样可以拓宽知识的边界，甚至创生出新的知识系统，构筑新的世界。刘慈欣的《三体》，知识重新集结其虚构的力量，完成了从祛魅到复魅的转化，且不说其中涉及的引力波、量子纠缠等大量的物理和天文知识，即便三体文明只是一种想象的所在，但是我们津津乐道于那个世界之外的世界，并将其纳入我们的认知范畴。而郝景芳的《北京折叠》，同样将叙事文学中的知识，引入社会伦理、阶层情感甚至是个人化的意识之中。当代小说转向中重塑的世界、场域、境界，都不仅仅作为他者，其更是文学"内"在的自我，是写作和叙事本身，是文本的构成，也是世界的一种存在形式。

四

文学转向过程中对"物"的倚重和尊尚，与当代中国社会的科学发展进程、求实务实观念以及社会常识渗透是息息相关的，

---

[1] 斯继东:《楼上雅座》，见《斯继东自选集》，作家出版社，2018年，第176页。

而且代表着现代情感的延伸以及民主观念的深化。"物"的隐喻功能开始发生变移，对于当代中国文学的转向而言，写物终究是要述事、抒情、写人，但并非因事蔽物，因情曲物，也不因人废物，人、情、事没有凌驾于物之上，而是"理念与形象能互相渗透融合为统一体"①。不仅如此，与隐喻时代与语言转向阶段的文学不同，"物"在当代文学转向的过程中，不再处于被篡改与被隐匿的客体地位。"物"及其所牵连的丰富复杂、众声喧哗的外在世界，得到平等的回应，从而摆脱了长久以来的束缚和遮蔽，以自由和开放的姿态进入文学，在文学内部的伦理秩序中呈现其主体性的存在。

王鸿生在评论李洱的《应物兄》时谈道："凡人凡物，无论尊卑、大小、长短，在《应物兄》中皆有其名。在它的讲述过程中，众声喧哗、众生平等，不仅体现于让人物按自己的身份、性格说话办事，让动植物以自己的姿态、色调活跃于大千，而且也体现在所述事物该占有的篇幅、位置，甚至还包括诸多人物、动物、植物、食物、器物的比重、出场频次。应物亦尊物，亦周到地照应和善待物。"②李洱的长篇小说《应物兄》，"应物"可以理解成对物的反应与回应，并将其串联和交织起来，从而生长出无数的触角，牵引小说的内部叙事。即便小说写到一条狗，写它的发情、它的阉割及其后发生"基因序列"的改变，甚至是狗的一吠一静、一蹲一跳，都是很精准的，由狗的命运牵扯出事件的矛盾，写到人的命运的走向。其中对既有知识的重新编码，也是以揳入文本深处的方式出现，可以说《应物兄》便是博物志，随处可见的动

---

① ［德］黑格尔：《美学》第2卷，朱光潜译，商务印书馆，1982年，第24页。
② 王鸿生：《临界叙述及风及门及物事心事之关系——评〈应物兄〉》，《收获》长篇专号（2018年卷）。

物、药物、古物、玩物、器物等，与事件的穿插和人物的运命相配合，"物"的出场不仅仅是营构一种被信任的文本，更重要的是饶有兴味的叙述参与其中，状物变成了"叙"物，"物"亦是小说的中心与内核之一，由此引述出叙事的线索与写人的征兆。更有甚者，"物"自成一体，从物自体衍变为物主体，开辟出一个自在自为的博物世界。

黄咏梅的《父亲的后视镜》讲述作为货车司机的父亲的人生轨迹，而作为"物"的后视镜，在小说里并不是作为客体存在的，其恰恰以主体与喻示的形式，映射父亲的生命轨迹，同时也显露父亲行为举止及内心情感。从"后视镜"看到的，是父亲的沉重与轻盈，是普通人的苍莽人生，而有时，其又仅仅是生命简单的悟见。重要的是，个人的情感投射其中，如后视镜般，照见现世的平稳、坦然。后视镜固然寄寓着作为父亲的诗与远方，但在父亲的后半生中，他的一言一行、一举一动相互参照，无不回应着作为"物"的后视镜，后者甚而成为"人"的方法论和人生观。

朱辉讲述建筑"物"的《七层宝塔》，铺陈唐老爹与阿虎的邻里纠纷，鸡毛蒜皮的琐事却写得极为牵动人心，而七层宝塔的存在与倒下，则成为故事转折及人物分化的关键："刚看见宝塔变成一片白地，他还只是腿软站不稳，回得家来，他连坐都坐不住了。好像宝塔拆掉，他的脊梁也撑不住了。他这是病了。躺到床上，耳朵里呜呜的，有怪声在啸。合上眼皮，眼睛里却清澈得怕人，一座宝塔，通体透亮，屹立在那里。眼一睁开，什么都模糊的，连老伴凑在面前的脸都看不清。"物人一体的背后，是人的信念的崩塌，作为物的七层宝塔，对于唐老爹而言，即是传统文化的精神象征，然而在阿虎那里，却成为现代资本与人性道德的投射。七层宝塔的存废，是信念与资本的博弈，也代表着民间与官方的撕扯。如果只说到这里，那只是传统的对待"物"的道德判断与伦理倾向的延续。鲁迅曾在《论雷峰塔的倒掉》里对倒塌的雷峰塔痛骂"活该"，只因"雷峰塔"中不仅暗含着神话与隐喻，更是充斥着现实的评断和批判。而作为建筑"物"的"七层宝塔"的倒掉，已无关乎封建与迷信，其寄寓的是民间和底层深切的情感，那是人间烟火的存寄之处，含纳着朴素简单的人心。从小说能够看出，无论是宝塔牌匾的失踪，还是宝塔被炸坍盗掘，最后的裁决都无疾而终，作者也无意追查，而是将视角不断对焦唐老爹和阿虎两家子。如是之悬而不决的背后，是新的伦理和旨归的生发。可以肯定的是，七层宝塔倒下后，似乎成就了阿虎的生计，他有了自己的生意，抚平了穷困的悲戚，生活当前，悬疑与罪罚被搁置了，而小说最后，生命当前，邻居的争端同样被搁置：唐老爹病发被抬上阿虎的车，他"耷拉着脑袋"，"目光正对着"的，是阿虎以宝塔之倒下换来的货"物"——"墓碑边的几朵纸花，那应该是这车子给人家送货时花圈上脱落下的花"。[1]阿虎也许是破坏宝塔与私谋己利的人，但并不代表他不敬畏死生，文末这一俨然戏剧性的一幕，却不再是人间的悲喜剧，而关乎现下的悲欢，人世的情理。可以见出，朱辉的《七层宝塔》将人与物抛掷到了无边的日常与不断是非的人性之中，从宝塔到纸花，"物"的自身不再是衬托，而是在与人、事的相互纠葛中，不断显露和表达自身。

同样是人世的情感，"物"的登场成为叙事结构的中心和情感传导的中介，而且也意味着一种当代生活化叙事的新指向。毕飞宇的小说《两瓶酒》中，酒是父亲与巫叔生命最重要的寄托，也是"我"快慰他们逝去与伤残的生命的方式。在这个过程中，我

---

[1] 朱辉：《七层宝塔》，《钟山》2017年第4期。

与父亲的和解，父亲与自我的和解，父亲与巫叔的情感，都通过酒来表述和传达，物与人是平等的，与人的言语和命运是平行的，"我总共带回来两瓶酒。一瓶孝敬我的父亲，另一瓶则孝敬我的巫叔。"酒维系着他们的生活和感情，也代表着"我"对他们的尊重与怀念。"巫叔却没有端酒，他望着酒杯，怎么说呢，类似于近乡情更怯。"酒甚至成为巫叔之"乡"，是他内心最快意最恣肆也是最痛楚的寄怀。由此可见，"物"不是空洞乏味的，其本身附着精神与意志，寄寓着人们的情感和内心。肖江虹的《傩面》同样没有给"傩面"施加太多的精神负担与文化抱负，"可能这个东西不见了，包括傩，一把火把它烧掉，但傩里面所包含的内容，比如敬畏心、敬天、敬人、人和自然的关系怎么处理？可能下一个事物就诞生了，这种精神的东西会附着到下一个即将诞生或已经诞生的器物上，人类的历史就是这样的"[1]。精神终将要以一种事物或器物的方式存在，而"物"既是一种存在的装置，同时意味着欲望和人性的现实投射，也是精神得以蕴藉自身，并形成了多元面向的凸显和传递。

当代文学的转向不再以物的隐喻功能与道德判断为圭臬，更不再施加粗暴的干预和篡改，物的独立与自主因而得到凸显，甚至自然之"物"也显现出更值得珍重的面目，"洁净不是干净，洁净比干净还干净"[2]。"物"的存在及其背后隐现着的现实探求、欲望诗学、灵魂镜像、精神走向等，不仅成为小说叙事结构的关键，而且成为人物主体的精神表喻，成为主体之间的情感维系和伦理

①《新时代、新青年、新写作——第五届青年作家、批评家主题峰会》，《南方文坛》2019 年第 1 期。

②阿来小说《蘑菇圈》中阿妈斯炯的蘑菇圈里自然生长的孢子之"洁净"与丹雅人工培植的种子对比。

中介，其本身的形态、属性、本质，蓄积着精神与文化的价值。从而使得"物"与文本世界中其他的要素相互并列，发挥自身的作用力，在文本内部的平等与民主之间，形成新的合力，构筑出合乎文学内在逻辑的话语系统与艺术机制。

五

不得不说，文学转向与小说革命是多元面向中的复杂变动，是文学向自我的内部发动的一次巨大挑战，同时也是外在的历史发展倒逼的结果，从写诗的小冰到人工智能的进阶 GhatGPT，都正视/预示着文学需要寻求自身的变革，当然这个过程并不是简单的对外在世界投去目光和添加言辞，而是在充裕的向内开掘之后的向外延伸，是一种文学的主动转身与自我探求。质言之，是向新的美学诉求、表现形式与话语空间进发，牵动文学之文体、形式、语言等层面的重要革变。就具体的文学现场与文本肌理而言，对"物"的重审和发抒、"知识"的重组与重构为核心的写作探索，以及倚重历史事实与时代现场的求真与求实所激发的"非虚构"形式。物，知识，非虚构，并不是表面上看的只是简单的并列，其内部有着深层的关联，共同指向牵扯着文学内外的结构话语、叙事形态和写作标的，形成了新的总体性的文学思潮。

总体而言，小说革命是当代中国乃至世界的写作动向，与19世纪现实主义写作所秉持的现实主义的社会通史观念和百科全书意识不同，文学的向外探寻是融汇了20世纪文学"向内转"过程中所习得并保存的语言转圜与形式革新之后的再出发，而后现代世界中不唯于任何一尊的多元与多义，更是指向了超越于内、外二元式的单一与偏倚，文学的"向内转"曾一度"遮蔽了当时文学实际存在的复杂状态"，取消了文学本身的丰富与复杂，"失去了充满矛盾然而却深沉自在的文学语境"。①而"向外转"同样携带着简单的翻转和偏执的面向，自然不可取其偏颇，其真正意义并不仅仅指示内、外之间的参照、比对与映证，而是内置于文学本身，让文学增加新的逻辑，以新的转向和变革启发新的图景。博尔赫斯说，"文学是没有边际的"②，本书所探讨当代小说的话语转向与叙事变革，通过五大部分，其中多有融汇与交叉，从一种多元而又非封闭的方式，探究当代小说所走向的无远弗届之多元世界／宇宙，重新试探新的边界，在此过程中，写作者需要拒绝那种毫无凭依的无所不能，并且在写作难度上进行深刻的自我挑战，展现出富于创见的文学素养与艺术雄心，在世界的阴影与晦暗中投下光亮，以重塑当代性的想象，再造新的意义畛域。

---

① 程光炜:《"重返"八十年代文学的若干问题》,《山花》2005 年第 11 期。
② 博尔赫斯:《柯勒律治的花》,见《作家们的作家——博尔赫斯谈创作》,段若川译,云南人民出版社,1985 年,第 9 页。

第一章 变革、转向与形式

第一节 时代精神与叙事话语

雅斯贝斯在《时代的精神状况》中，对西方社会关于"时代"之观念的萌发进行了系统而细致的摹写。在雅斯贝斯看来，"人对于自己生活于其中的时代的批判，与人的自我意识一同发生"。人类对自身时代精神意识的建立，最早来源于基督教思想，然而宗教超自然的历史观事实上又是非历史的。随着一种"运动的"与"内在的进步"的观念兴起，人们逐渐意识到，"他们自己的时代由于某种原因而不同于在它之前的所有时代"。在这样的境况下，雅斯贝斯进一步提出："关于人类当代状况的问题，比以往任何时候都更为紧迫。当代状况既是过去发展的结果，又显示了未来的种种可能性。一方面，我们看到了衰落和毁灭的可能性；另一方面，我们也看到了真正的人的生活就要开始的可能性。"尽管雅斯贝斯讨论的是20世纪上半叶宗教、战争与人文状况中的时代精神，尤其以人的意识与精神的危机为焦点，但却提供了一种讨论总体性的时代精神的范式。不仅如此，个人在一定的历史中如何面对自我的"精神"，建立自身的"心灵"，成了"时代性"的问题。在雅斯贝斯那里，真正合理与适度的态度在于，"把自身看作是正在努力寻得方向的个体自我；澄清状况的目的是为了尽可能清楚明确地理解一个人在特定状况中的自身的发展"①。这样的发展是建立在总体性的时代精神的分解与认知基础上的，其中包孕着系统性的人的处境、人的意识以及最为核心的——人的精神。

徐则臣的小说始终观照当代中国的历史境况，注视时代与个人的精神状态，其内在的文化专注与叙事强度，时常透露出当代人的精神境遇与"当代"的历史状况，尤其他以代际为叙事的切入口，在城市化与全球化的双重背景下，人出于价值与文化选择而实践的主动自觉的迁徙，甚至是充满焦虑的精神流动，代表着具有现代意义的生命探寻。可以这么理解，徐则臣往往潜入当代中国历史的纵深处，刻写呈现一代人与一时代的生活史、情感史、心灵史，他的小说，试图实现对人物生命感与意义感的捕捉，锚定宏大的时代价值感与微观的个人存在感，于焉道尽城乡变换及地理迁移中生命的曲折幽微。在徐则臣的小说里，无不是小人物们壮阔的迁移史与奋斗史，甚至是羞辱史与失败史，其中布满了彷徨与挣扎、犹疑和退却、希望与无望，甚至是牺牲与献祭，从中映射时代的精神状况。不仅如此，其文本中所投射出来的普适性及其所生产的剩余物，成为后全球化时代的当下世界新的精神表征。

一、时代精神与主体意识

艾略特在《传统与个人才能》提到关于历史的意识，"不但要理解过去的过去性，而且还要理解过去的现存性"，真正的对于历史的注视、激活与征用，不仅需要回溯传统观念和历史背景，同时必须具备切合时代的当代意义，"这个历史的意识是对于永久的

---

① ［德］卡尔·雅斯贝斯：《时代的精神状况》，王德峰译，上海译文出版社，2003年，第4、5、15、30页。

意识，也是对于暂时的意识，也是对于永久和暂时的合起来的意识。就是这个意识使一个作家成为传统性的。同时也就是这个意识使一个作家敏锐地意识到自己在时间中的地位，自己和当代的关系"①。徐则臣的出现，代表"70后"一代作家真正立足于当代中国文学史，而在他及他的文本背后，则是一代人的爱与憎、成与败、荣与辱。徐则臣小说的历史意识体现在他不断回顾历史的纵深中，展现对时代精神样本的把捉，形塑其中丰富复杂的价值和人文维度。张莉认为徐则臣小说代表了京味小说的"新声与新变"②；王春林则指出，徐则臣小说中存在着"被撕裂的社会阶层"③；徐勇则认为"物"与"人"在徐则臣小说中的不断交融，进一步提升至国族及世界的交互方式在叙事中的呈现④；李德南则以抒情与史诗的辩证，指出徐则臣小说在抒情形态中凸显出来的史诗意识⑤。由此可见，徐则臣的小说注入了强烈的历史意识，其往往以代际和阶层的视角切入中国当代历史，内置的凝视与总体的观看方式，在"同龄"与"同代"中剖解时代的精神状况，"我试图尽可能地呈现生于20世纪70年代的同龄人的经验……我不敢妄言生在20世纪70年代的一代人就如何独特和重要，但你也许必须承认，他们的出生、成长乃至长成的这四十年，的确是当代

---

① [英] T.S. 艾略特：《传统与个人才能》，卞之琳等译，上海译文出版社，2012年，第1—2页。

② 张莉：《京味的新声与新变》，《当代作家评论》2020年第3期。

③ 王春林：《戏剧性与被撕裂的社会阶层——关于徐则臣长篇小说〈王城如海〉》，《中国当代文学研究》2020年第1期。

④ 徐勇：《物的关系美学与"主体间性"——徐则臣〈北上〉论》，《南方文坛》2019年第3期。

⑤ 李德南：《抒情的史诗——论徐则臣〈北上〉》，《中国现代文学研究丛刊》2019年第11期。

中国和世界风云际会与动荡变幻的四十年"①。质言之，徐则臣揭示了一代人的奋斗史与心灵史，也通过代际与阶层的视角，推及国族和世界，观测当代中国总体性的精神状况。

可以说，徐则臣之所以在小说中将小说的调门不断上提，塑造自身叙事的襟怀，其试图呈现的是一时代的文化共振与精神共通，在那里，当代中国的代际情感结构与精神状况呼之欲出。他们在艰难中回避，又或在犹疑中退却。人物既在 20 世纪以来的中国历史的文化装置之中，当代中国社会的又想逾越此中的身份结构，故而在他们的内心往往集建设与破坏于一身。充满着焦虑与反抗，他们是亢奋的，也是衰弱的。在长篇小说《耶路撒冷》中，初平阳对舒袖说："我们都缺少对某种看不见的、空虚的、虚无之物的想象和坚持，所以我们都停下了。"②初平阳的一代人生于物质与精神多贫瘠的革命年代，改革开放之后，为现实和物质所累，故而背井离乡，求索出路。当代中国城市化与全球化过程中形成的迁徙的精神主体，处于生产资料的初始攫取的过程，是资本的原始积累阶段。在物质空乏的身上，经常表现出一种缺乏想象的精神中空。徐则臣在小说中通过双线结构，牢牢控制着小说叙事节奏与密度，花街与北京之间的时空穿梭，透露出纵向历史中城镇化过程的人间悲欢。《耶路撒冷》里的故事也不是像一阵风那样跑得飞快，人物多半都是走走停停、愁肠百转，过去、现在和未来，任何一个时间段都可能让他们沉溺其中。《箴言录》里有一段话：如果你能看，就要看见；如果你能看见，就要仔细观察。为了让他们看见进而看清楚——其实是让我自己看见和看清楚——我不得不对他们做加法；的确，我几乎是不厌其烦地深入

---

① 徐则臣：《写作从神经衰弱开始——自述》，《小说评论》2015 年第 3 期。
② 徐则臣：《耶路撒冷》，北京十月文艺出版社，2014 年，第 57 页。

到他们的皮肤、眼睛和内心，我想把他们的困惑、疑问、疼痛和发现说清楚，起码是努力说清楚。"①值得注意的是，其中人物的现实之苦与精神之困，究竟为何？郝敬波曾通过小说中的大和堂与耶路撒冷中蕴蓄的文化地理迁移，试图揭示小说苍凉与悲壮的参差对照中"心灵史叙事"②。事实上，与大和堂的衰颓并存的，是花街中始终隐现的荒诞一幕——当地管委会策划给"古往今来全世界最漂亮的妓女"翠宝宝立雕像、设纪念馆。一个发展中的时代，其间的价值迁移同样是变动不居的，20世纪90年代以来中国的市场经济浪潮涌动，发展经济成为一个地方乃至国族新的社会伦理，也成为了一代人生存其中的现实秩序，其更在全球化浪潮中塑就时代精神的最重要的核心。这也就不难理解为什么徐则臣小说中的底层人群难以逾越资本鸿沟，后者同时也是金钱与物质高高垒积的门槛，故而他们只能在大规模的社会迁徙之中，遭受文化的自卑及精神的扭曲。在小说中，徐则臣通过一种世界主义的"耶路撒冷"，凸显人物的全球化欲望与想象，同时又在宗教精神与文化政治的意义上审视当代中国的精神状况。

徐则臣小说总是存在那个精神衰弱的"我"，仿佛成了特定镜像中的时代隐喻。"我"出于精神衰弱，所以要跑步，以缓解病症，疗治神经。在《跑步穿过中关村》等小说中，跑步的存在不仅代表个体精神的诊疗，而且意味着一种物理的、精神的与文化的地理。在"跑步"中，叙事者提供了一种无产者的视角，经常表现出漫无目的的视觉游移，此中的景观是极度贫乏的，思绪也往往迷离恍惚，在漫无边际的移动中，流泻出一种无关壮志的娱

---

① 徐则臣：《写作从神经衰弱开始——自述》，《小说评论》2015年第3期。
② 郝敬波：《从大和堂到耶路撒冷：虔诚与悲壮的心灵史叙事——评徐则臣长篇小说〈耶路撒冷〉》，《南方文坛》2015年第1期。

乐的去政治化倾向，又或者是如《成人礼》中行健的情爱窥探和性的凝视。因而，无论是屋顶上的颓废他顾的视角，还是以"跑步"为丈量单位的移动方式，都指向着有限的疲乏的空间移动，又或者是底层人物之间简单的交际关系，于焉形成了一种跑步的精神地理与文化政治。值得注意的是，除了跑步，能够治疗"我"的精神衰弱的，还有音乐，在小说《摩洛哥王子》中，临时组建的乐队在"斯是陋室"的郊外出租屋中倾情演出，"那肯定是有史以来最怪异的一次演出。我们站在院子里，把扫帚支在椅背上当立式的麦克风，王枫抱着吉他站在麦克风后面，边弹边唱"。这是来自底层的杂乱无章法的狂欢，所有人身心投入，没有表演的痕迹，没有任何做作的表现，那一刻关于艺术的精神出窍，涌动着内心深处的深层的愉悦，足以疗救病症，"不管别人怎么看，音乐的确让我们的生活有了一点别样的滋味，想一想，我都觉得我的神经衰弱的脑血管也跳得有了让人心怡的节奏"①。无论是王枫地铁卖唱，还是小花的艰难生存，又或是匍匐于北京城边缘的行健米筝们，在这个"乐队"里，存在着他们所无奈与无力的精神处境，然而在边缘而混乱的狂欢中，他们激活了精神深处的意义共感甚而是生命共感，也因而成为时代精神的某种重要建构。

　　而关于对"我"的探寻与确立，在《北京西郊故事集》的终篇《兄弟》中，讲述了北京西郊上演的一场场械斗并致人死亡，执法者开始彻查并清理西郊京漂人口与出租屋；而另一头的小人物戴山川来到北京为寻找"另一个自己"，却最终在执法队的推土机下，"抢救"出了"鸭蛋"的弟弟"鸡蛋"的照片，如是这般的一种同情的理解，让他舍生忘死地助人，而也就是这样的"壮

① 徐则臣:《摩洛哥王子》，见《北京西郊故事集》，北京十月文艺出版社，2020年，第171-173页。

举"，让他真正找到了"另一个自己"，那个得以弥补他童年创伤的更为完满的饱满的自我，因为这样有情有义的主体意识与伦理表达，喻示着小说内在的新的精神法则，进而不断掘进人物深层的内心世界。

值得注意的地方还在于，徐则臣的小说除了内在的自我，还有一个外在的世界，两者是相互映射，彼此塑成的。具体而言，徐则臣在叙事中不断分解和切割"世界"这个宏大的词，"世界"在小说中不断形成，又逐渐消解，形成了一个时代的精神状况，却同时在这样的总体性精神消散中，流露出"全球化"的精神裂变。"我相信在'第一次世界大战''第二次世界大战'乃至放话'解放亚非拉'的时候，中国人对'世界'的理解也不会像今天这样充分：那时候对大多数人来说，提及'世界'只是在叙述一个抽象的词，洋鬼子等同于某种天外飞仙，而现在，全世界布满了中国人；不仅仅一个中国人可以随随便便地跑遍全中国，就算拿来一个地球仪，你把眼睛探上去，也会看见这个椭圆形的球体的各个角落都在闪动着黑头发和黄皮肤。像天气预报上的风云流变，中国人在中国的版图和世界的版图上毫无章法地流动，呼的一波刮到这儿，呼的一波又刮到那儿。'世界'从一个名词和形容词变成了一个动词"①。对于徐则臣而言，小说关于世界的想象，是与人物自我的身份设置若合符节的，但与此同时，也存在着种种的调侃和僭越，其对"世界"的建构及消解，在在喻示了全球化、后全球化的精神裂变。自清季以来，"世界"成为国族难以摆脱的梦想与梦魇，直至徐则臣笔下的改革开放的中国，依旧未尝或已。只不过，作者在遥远而切近的全球化的框架内进行叙述的过程中，

---

① 徐则臣：《耶路撒冷》，北京十月文艺出版社，2014年，第27页。

"世界"对于每一个有志于斯的人物而言，表面上都有着对等的权力和机会；然而，他们不断走向衰颓和失败的同时，也预示了那个理想化的自由主义与世界主义的坍塌。

二、价值质询与生命意义

徐则臣的小说历来沉稳、大气，试图把握的是总体性的时代的精神气息，然而，在他那里，再底层的人物，再幽微的情感，再凡常的事件，往往都能拎得起来，细细端详，转化发抒，写出他们的坚毅与惶惑，循此抽象出关于人的价值感和生命感。王晓梦曾提出徐则臣小说中的"漂泊意识"，指出人物通过不断奔袭而形成的"生命行走"，"探究那些复杂的时代表象下的生活本质"。①诚然，徐则臣小说通过主体的迁移与迁徙，形成了内在的结构性时代精神形态，其中无不透露着城市与乡土、传统与现代、物质与人心的辩证对照。然而事实上，在 21 世纪前后的当代中国，乡土与小镇的价值中空，其被城市化进程抽空了内在的价值，社会链条中心的新的文化秩序与意义系统，促使更多的乡村无产者向外在的城市乃至世界进行新的价值探寻。而与此同时，这也是当代中国走向全球化的时代"状况"，如是便形成当代中国一段时间以来的双重价值失落，也即城市化过程中出生与成长的文化重估，兼之全球化过程中民族国家的认同沉降，造成了一代人的价值错位和生命失落，因而只能别求新声于异乡与异邦。这便是徐则臣小说中人物主体在身体、精神与文化迁移的外在因缘和内生动力，"今天的精神状况迫使人——每一个人——去自觉地为自己的真实本性而斗争。他要么维持自己的真实本性，要么丧失它，这就

---

① 王晓梦：《在路上：无尽的生命行走——论徐则臣小说的漂泊意识》，《南方文坛》2017 年第 5 期。

要看他在何种程度意识到自己的存在在生活实在中的基础"①。他们对生活之实在与自我之存在的指认，使其在确切的认同或反抗中，建立新的价值实质，从而经由精神的追索锚定主体价值，又或在匮乏中确认自身的虚实、真伪与爱憎。

具体来看，徐则臣小说写小人物，写他们的执拗、固执，甚至略带神经质，他们敢作敢当，吐露着一股江湖的豪侠气，情愿为自己的爱恨情仇付出代价，以坚硬的棱角构筑成一时代的精神质地。尽管他们一直处于被掩埋的边缘，但已不是简单的"北漂"以及离乡背井者所能涵盖。在他们身上，时常表现出不自量力的坚持或退避，甚至于以卵击石，义无反顾地失败。他们的行止介于实有与虚无之间，进击奋斗，却又不断退守，精神的彷徨，意义的旁落，同时传达出理性的意义感与非理性的虚无感的交错。如《耶路撒冷》中的傻子铜钱，一天到晚叫嚷要到世界去，这是他疯癫人生的全部意义。又如《北京西郊故事集》中的行健、米箩、宝来等，他们从乡镇小城中来到北京，脾气古怪，轴、拗、认死理，性格棱角分明，永远走不出自己的影子与圈子，徐则臣讲述他们身后的故事，那些不为人知的精神构成，布满了精神创伤与情感缺陷。他们的存在，构成了时代精神的隐蔽的场域。这个边缘的所在，众声喧哗，声色自现，时而兀自发出夺目光彩，时而显露沉闷晦暗的色调，他们同样以自我的声色，塑成时代的精神状况。他们属于城市的边缘人，且处在地理上的边缘，阶层属性与社会地位都无足轻重，他们游走于办假证、刻假章等法律的边缘，成为随时会被清理抹除的人群。萨义德在《知识分子论》

---

① ［德］卡尔·雅斯贝斯:《时代的精神状况》，王德峰译，上海译文出版社，2003年，第212页。

中，曾指出"边缘"作为一种态度和方法而存在①。但徐则臣的边缘人，批判性能是极为隐晦的，小人物立于边缘之中，他们有着自足的世界，沉浸于自我的悲观离合，他们寓于现代的边角之中，颓废而不荒唐，卑微而不沦落。边缘不是被流放的，既是当代的社会结构的分流，同时又是他们的生活方式，或者在这里理应打破简单的边缘与中心的二元分立，他们所代表的时代精神状况的一部分，事实上提供了独有的视角和方法，他们身上所映射出来的社会圈层的内部流动，蕴蓄着生命换喻中的精神诉求和价值质询。

可以说，在京漂的小人物心里，有多少想象可以兑现，又有多少激情付诸东流，并不是他们计算和算计的所在。这既是自我的放逐，同时也是一种自我安置。徐则臣曾经谈及他小说写作与文本叙述的缓慢，这个过程与人物的精神行进以及时代的价值流变是相符应的，"他们的精神深处照应了他们身处的时代之复杂性：时代和历史的复杂性与他们自身的复杂性，成正比。如果你想把这个时代看清楚，你就得把他们看清楚；如果你承认这个时代足够复杂，那你也得充分正视他们的复杂，而看清楚是多么艰难和缓慢：有多复杂，就有多艰难；有多艰难，就有多缓慢。这还只是认识论上的复杂、艰难和缓慢，我要用文字呈现出来，还面临了小说艺术上的难度。这个难度同样导致了缓慢"②。时代的复杂与精神的困境在徐则臣那里不断勾连纠葛，这是他的小说的难度，也是其中的深度。在谈及路遥时，李敬泽曾经说："路遥和我们是'亲'的，他从一开始在小说中贯彻的这些根本的处境、根

---

① 萨义德：《知识分子论》，三联书店，2002 年。其中提出作为"放逐者"与"边缘人"的知识分子，如何在一种"流放"的境遇中实践自身的批判功能。
② 徐则臣：《写作从神经衰弱开始——自述》，《小说评论》2015 年第 3 期。

本的困难其实都是我们大家的。路遥的价值和意义，在四十多年后再来看，实际上是那么多的中国人一个一个地从自己的生命、生活中，读出了这样一个伟大的经典作家。"[①] 徐则臣小说同样触及了那些根本的"处境"与"困难"，一方面，从乡镇流动到都市的人生之途，经由社会地位、工作性质、人际交往等社会形态描摹了人们的精神境遇；另一方面，人物于地域的、生存的及意义的焦虑中求取，不仅塑造了他们的文化想象，而且形成了具有当代意义的情感结构，其中凸显着旧的意义感的朽坏与新的意义感的探索。

不仅如此，徐则臣小说对时代之精神状况的描述，还建立在一种生命感的旁落与追寻上。生命感基于自我的反身观照，意识到人的处境、存在并试图建构某种足以支撑自身的价值，其中掺杂着精神的觉知与言行的铺设。质言之，生命感不仅是内部的觉察，更是言说和实践，是精神的秉持与意义的坚守。小说《成人礼》中，行健和叶姐聊起身世遭际，叶姐说："我只是生活，做自己能做的事。谋生，在北京的各个角落，实实在在地生活。"而行健在他的二十岁生日许下心愿："'好好干，'行健说，'在北京扎下根来。'"[②] 在这些微尘般渺小的人物身上，无处不在的是他们朴素的主体意识，不扯虎皮，不讲大话，认真生活，爱恨分明，在他们身上，是一个时代鲜为人知的精神进退与取舍。在小说《看不见的城市》中，天岫被害，然而对于天岫来说，他来到北京，在一个建筑工地当泥水匠，"搞建筑也很好啊，浇完钢筋水泥混凝

---

① 谢宛霏:《典藏版〈路遥全集〉发布会在京举行》,《中国青年报》2019年12月2日。

② 徐则臣:《成人礼》,见《北京西郊故事集》,北京十月文艺出版社,2020年,第106、109页。

土，把砖一块块往上垒，看它一点点长高。城市？我在脚手架间忙活时，从来不想什么城市，我就是在盖楼……"天岫对这个城市充满了感情，"我"在他的遗物中，发现了一个旧作业本：

> 每张纸上都画了图，有楼房、街道、行人、汽车、大学的校门、公园里的树，等等，建筑居多。从对那些建筑的简单勾勒中，很容易判断出天岫在平面几何与立体几何上的功力，有的建筑旁边还标上了相关数据。每一张纸的眉头上都注明了时间和地点。①

天岫们从乡土走进城市，不浮夸，不做作，埋头苦干，怀抱着卑微的理想，一点点投入手里的苦差累活，他们是建设者。甚至包括置天岫于死地的贵州人，他们朴质认真，为自己的每一个举动负责，也为每一天的工作用心卖力，尽管他们地位卑微，在大历史中似乎不值一提，但他们背负着自我的理念甚至理想，他们付出的努力不比此一时代的任何一个人少，他们对成功的渴望同样不比任何人弱，他们代表了一个时代难以抹除的精神印记。

三、文化寓言与未来图景

对于徐则臣而言，无论是《耶路撒冷》《王城如海》，还是《北上》，又或者是系列小说集《北京西郊故事集》，包括他的《跑步穿过中关村》等中短篇小说，都有着一以贯之的精神求索，稳定的故事结构和人物情感中，充满着生命的与文化的探寻，他已经不满足于写一个人、一群人乃至一代人，他更是试图写出当代中国精神迁徙中的文化寓言，并循此探向无远弗届的未来图景。

徐则臣小说宏阔的时代历史视野，较为明晰地表现在北京乃至北方的譬喻和想象中。在小说《王城如海》，浩渺阔大的北京城

---

① 徐则臣：《看不见的城市》，见《北京西郊故事集》，北京十月文艺出版社，2020年，第126、138页。

成为人们的沉浮的所在，那里既能让人扶摇直上，也随时可以将人湮没殆尽。而《北上》中绵长浩荡的百年历史，同样巍峨的浩瀚的象喻，有一种置身其间而不自知的广博和庞大。《耶路撒冷》中，对照着当代世界的历史进程，深入其中的生活实感，直视既有的文化逻辑，又寻求广阔的现实对应，如中国成功申办奥运会，美国"9·11"恐怖袭击，2003年肆虐的SARS病毒，等等。而在《北京西郊故事集》中，在那些对城市若即若离的边缘人而言，北京是崇高的，他们大多来自南方，内心矗立着一种对北方/北京的崇拜，那是关乎历史的、资本的与权力的深层信仰。与明清之际北京作为一种皇权的代表不同，对于当代中国而言，其既是一种建立在商品拜物教意义上的崇高，更是位于文化梯级中的高阶和精神金字塔的顶尖。换句话说，无论从物质还是精神上，北京代表了无穷的想象，也意味着无尽的幻象。对于北京而言，外来者的失败，并不是某种退守，在徐则臣的小说中，个体生命意志的节节败退，通过"出走—归去"的叙事模式不断加以呈现，小说《屋顶上》讲述的是宝来、行健、米箩、我等人之间的情谊与情义，他们在北京的郊外专门贴小广告或做些边缘的行当维生，宝来在一次英雄救美中身受重伤，无力医治只能回到花街治疗，痴呆终老，经历了这一切的"我"也备受创痛，同样含泪回乡。小说《六耳猕猴》叙述了同样来自花街的冯年，在而立之年后，不得已也只能返乡。值得一提的是，徐则臣只是聚焦出走和流寓北京城的情境过程，而极少涉及人物败走返乡之后如何。小说更多地将关注点放在了人物的受困与受挫，他们一方面承受了时代的重压，另一方面却在自我的争取求取中寻得脱困之术，然而事实上，后者时常无从谈起，成了人物难以摆脱的时代梦魇与精神困境，"我想把我所理解的1970年代出生的同龄人的生活做一个彻底的清理。要表达的东西很多，那些溢出的、人物和故事不堪重负的部分怎么办？"① 因而可以说，徐则臣小说试图勾勒一代人精神危机及其突围的文化寓言，承载这一切的，是阔大而苍茫的北京城，在那里，喻示着近现代以来国族的兴衰哀乐，也构筑了当代中国的文化图景。中国的 20 世纪是一个失败中自觉的过程，然而这样的自觉时常建立在少数知识阶层的自觉身上，底层则更多只有失败而不自觉。与此相关的，是前述的"俯瞰"与"跑步"。前者是寓于"屋顶"的凝视与观望，其在《北京西郊故事集》诸篇中都有所展示，那只是一种日常的俯视，更准确地说是底层的鸟瞰，以戏谑为之，构设的是一种后现代的解构视角；而"跑步"自始至终都是一种前现代的原始运动方式，必定难以丈量偌大的北京城，"跑步"所代表的，是一种相对疲乏的地理的与文化的想象。在小说《如果大雪封门》中，养鸽子的慧聪期待一场雪的降临，"如果大雪包裹了北京，此刻站在屋顶上我能看见什么呢？那将是白茫茫一片大地真干净，将是银装素裹无始无终，将是均贫富等贵贱，将是高楼不再高、平房不再低，高和低只表示雪堆积得厚薄不同而已——北京就会像我读过的童话里的世界，清洁、安宁、饱满、祥和，每一个穿着鼓鼓囊囊的棉衣走出来的人都是对方的亲戚"②。然而不得不说，这只是一种精神疲倦与文化困乏。

这样的困境在徐则臣的《北上》中，得到了进一步直面与处理，并且显露出当代中国新的精神状况。小菠萝沿着运河"北上"的旅途，事实上建立了一种临时的"关系"，"使得他们在漫长的'北上'途中建立起了超越阶级和民族国家之上的作为个体的

---

① 徐则臣：《我的文学十年》，《天涯》2020 年第 3 期。
② 徐则臣：《如果大雪封门》，见《北京西郊故事集》，北京十月文艺出版社，2020年，第 203 页。

'人'与'人'之间的深厚的感情。这是'人'的意义上的诞生，也是和而不同的中国文化的表征"。而徐则臣意欲呈现的运河，正是试图给予全球化视野下的超越国族的文化尝试，"这部小说虽然侧重历史，但其落脚点却在现实：现实意识，应该说是贯穿这部小说始终的。这种现实意识可以理解为一种中国特有的和谐包容精神，一种和而不同的情怀，一种超越历史和当下的胸襟和气度"。正是在这样的意义上，《北上》以一条运河，贯穿了"一个民族的秘史"，"作为一种精神、情怀和气度，它沿着运河从一百多年前，甚至更远（比如说马可波罗时代）流向现在，若隐若现，始终存在着。从这个意义上讲，运河考古发现的文物，其意义就以如下的层面显现，即它们都是作为传统的力量显示出其当代价值来。它们是无声的，超越国界的，但也是绵长和持续发生作用的"。[①] 可以说，在徐则臣那里，运河不仅成为连接中国历史与当下的文化象喻，更是指向世界意义的未来图景。通过运河的流动，蜿蜒曲折，向未知的将来奔涌。从这个意义而言，《北上》作为一种精神迁徙，不仅指向人物主体，而且代表着整个国族的精神流变。

徐则臣写京杭大运河，从1900年义和团运动与八国联军侵略中国的历史为时间的开端，直至写到了2014大运河成功申遗，从作为革命的世纪的20世纪开端，到方兴未艾却又难以捕捉的全球化的21世纪。可以说，其中采取的是如运河般流动的纵向叙写的方式，呈现百年间的情理、爱恨与死生。小说中的人物，无论是拳民孙过程与联军士兵马福德，又或者是小菠萝，都携带着历史的讯息与时代的气息，并且都在政治的与文化的勾连中塑成自身，

时代的精神状况与主体的意识生成是若合符节的。小菠萝带着西方的文化身份和情感视角，被义和拳的流毒孙过程所害，而由此所映射的20世纪的中国，作为世界主义的悲剧形象，在21世纪重整自身，整个过程无不呈现出国族的精神状况。值得注意的是，到了徐则臣的小说里，越是历史的，就越能映现中国的当代属性；历史越远久，徐则臣越能写出现下的精神状貌。"1901年，作为漕运的大运河结束了自己的历史使命；2014年，那些与大运河怀有不解之缘的后人们，在这条大河边再次相聚。于是，汤汤大水成了一面镜子，映鉴出一百多年来中国曲折复杂的历史，和几代人深重纠结的命运。一条河流的历史，是几代人的历史，也是一个民族的历史，只是，这一种家国历史是以个人的、隐秘的、日常的、细节的方式呈现出来。"① 从细节的描摹走向宏大的叙事，徐则臣小说展现了一种史诗的气度。不得不说，在徐则臣的小说中，这样的图景是中国的，也是世界的；是传统的，也是现代的；是当下的，也是未来的。当中表现出了更为阔大的文化超越性，这是全球化时代的精神绵延和人文建构。

四、结语

海因里希·盖瑟尔伯格在《我们时代的精神状况》中，将视野延及新世纪的当下，同样直视的是"时代"的宏大命题。面对"世界秩序的瓦解"的"后民主"时代，一种"无政府式"的以及"去全球化的"精神状况不断萌发，面对全球化的"大衰退"，资本主义与自由主义遭遇了前所未有的危机，甚至人的主体性自身

---

① 徐则臣：《让沉默的河流说话》，《人民日报海外版》2019年6月26日。

也已出现不可逆转的裂隙。① 因而，如何在"大转型"中付诸新的文化想象，又何以绘写未来的世界图景，这既是时代的难题，也是其中不可回避的精神命题。雅斯贝斯在《时代的精神状况》里曾经提出的"如果人要成为人自身，他就需要一个被积极地实现的世界。如果人的世界已经没落，如果人的思想濒于死亡，那么，只要人不能主动地发现这个世界中的适合于他的思想观念，人就始终遮蔽着人自身"②。到了当代世界，人何以成其为自身，必然需要思想与精神的浇灌，否则，失却当代精神之合法性的人们，万难进行真正的关乎未来的文化推演。

回过头来看徐则臣的小说，其在全球化的背景下对人物的渴求与向往进行了深入的刻写，而在全球化遭遇自身危机的基础上，在这样的境况下，人的需求也许产生了新的向度，然而关于时代的精神状况，以及于焉或生成或龃龉的个体精神形态，却得以在徐则臣的小说中，确认全球化裂解前后的文化镜像，尤其在既往的普适性价值遭受普遍性质疑的当代世界，徐则臣的小说不断回到人的切身处境，回到边缘的价值以审视普世与中心；并且正面处理"时代"的遗产和资源，在进取与退守之间寻求生命感，在时代的褶皱中探寻意义的来源和去向。既不丧失远大的文化宏愿，同时不回避每个个体的精神诉求，在分裂的时代中，恰恰释放出了巨大的阐释力与建构性。

概言之，徐则臣所立意囊括的"时代的精神状况"，既是辉芒，也有阴影，人们在晦暗不明中挣扎、抗争，悬而未决，却毫

---

① [德]海因里希·盖瑟尔伯格：《我们时代的精神状况》，孙柏等译，上海人民出版社，2018年，第1-2页。
② [德]卡尔·雅斯贝斯：《时代的精神状况》，王德峰译，上海译文出版社，2003年，第211页。

不畏惧。他们到城市去，到世界去，在奔袭与冲撞中实现自己的价值质询，在那些或得意或败北的瞬间，捕捉生命中未曾实现的意义，他们来到了人世，尽管无甚能耐，也想看看太阳，在他们沉浮的身影里，有着当代中国的文化寓言，也许，在他们的时而溃不成军却始终屹立坚忍的精神场域中，足以孕育中国以至世界的未来图景。

第二节　当代小说的叙事传统回溯

一

当代中国小说对中国古典叙事传统的回溯，大而言之是将之进行转化和吸收的过程，但这并不是全方位的全面改造升级，而是一种有选择性的且不断内化的形式探索，与写作者个人的意趣方式、风格调性紧密相关。从这个意义而言，如是之回溯一方面是有限度地接受并且加以融会贯通，重新从中国的古典叙事资源中汲取能量，对抗后现代写作的越来越碎片化的浅白式书写，亦是对不断降格至表层生活化的拒绝深度的一种反驳；另一方面则是以推陈出新的修辞探寻，对小说内在的语言、结构、形式等所进行的一种自我的丰富或说革命。

这一个看起来貌似宏大的课题，事实上又是如此的细微，如前所述，其往往嵌入到小说文本的语言修辞之中，当然，这个过程不仅仅是拟古、仿古，而是要将之熔铸尔而生成新的叙事形态。因此，我有一个判断，就是尽管目前有一种向中国古典叙事形态汲取能量的趋势，但是以目前当代文学史上的尝试是远远不够的，或者说其属于一种方兴未艾的起步阶段，甚至于如果对照现代文学，如鲁迅《故事新编》《补天》《奔月》《理水》《采薇》《铸剑》《出关》《非攻》《起死》等篇什，便是一种回溯传统之后融汇出新的表达；张爱玲对《红楼梦》《海上花列传》等的熟稔及其在小说中的仿鉴模拟；端木蕻良自身是《红楼梦》的研究专家，他的小说同样深受《红楼梦》的影响，等等。相对而言，当下小说的摸索显得较为赢弱，但无论如何，还是创生出了不少值得注意的新文本。进入新时期，以至于新世纪，莫言、冯骥才、邱华栋、徐则臣等作家，都对回溯传统充满着兴趣，他们身上部分呈现出自觉的对于中国叙事传统的印刻，在小说中展现出回归古典叙事的多重路径，并通过各自的意趣和兴味，形塑成具有探索性的虚构文本。需要特别说明的是，本文以四位作家及他们的部分作品为中心进行讨论，并不是说其他作家或说他们本身的其他作品没有类似的探索，而是将话题更为归于集中，且将当代中国回溯传统中最具代表性的部分凸显出来。

对于中国的古典小说而言，无论是经典的长篇叙事文本如《金瓶梅》《封神演义》《三国演义》《水浒传》《西游记》《红楼梦》等，以至韩邦庆的《海上花列传》、孙家振的《海上繁华梦》、李伯元的《官场现形记》、吴趼人的《二十年目睹之怪现状》、刘鹗的《老残游记》、曾朴的《孽海花》，以及平江不肖生的《江湖奇侠传》等清末民初小说；唐传奇、宋元话本以至明朝的短篇小说集"三言""二拍"（包括冯梦龙编著的《喻世明言》《警世通言》和《醒世恒言》以及凌濛初创作的《初刻拍案惊奇》和《二刻拍案惊奇》），甚至于博大庞杂的民间传说、轶闻野史、寓言等，重心在于回溯历史与描写世俗，充满着趣味、说教的伦理色彩，明清之际的小说叙事则更倾向于欲望呈现与人心人性，并渐而过渡至现代小说。对于当代小说的回溯情况而言，除去经典的"名著"，对宋元话本与明清小说是最为倚重，而民间的寓言传说更是成其宝库。而当代小说革变在趋古的过程中，往往走向的是雅俗合流的形态，文人化的形态依旧得以保持。话本是说话人的底本，尤以宋元话本为最，充满民间市井色彩，因而讲起故事来活泼多元、不拘一格，与当时的世俗风气相互映照，折射出中国叙事传统最具活力与潜力的形态。直至明清小说，中国小说不断诞生出集大成之作，与此前的积淀或说准备不无关系。在我看来，当代中国小说在世俗性及其古典形态的吸收采纳、咀嚼消化以至最终的合熔转型，其一是其真正秉承的是传统的讲故事方式，在俗字上下功夫，语言灵活，结构谨严；其二是摹人写事，人事交杂，构筑对于生活的基本认知、辨析和判断，时时刻刻传递的是传统的文化认同与价值伦理，比如说"三言二拍"，比如说《世说新语》；其三是表面的日常书写和人事叙说，是将某种生活和情感转化成形而上的价值形态，呈示出生活本身所蕴含的文化形态，与此同时，又常常以小说自身的世俗趋向，不断解构既有的价值系统，由是形成种种悖论式的存在。

而当代中国小说在掉转头来回溯古典叙事传统的过程中，其语言或形式的修辞，势必与传统的价值伦理是多有扞格的，有意思的地方也在这里，也就是说，在当代性的叙事探索中，传统的形式与文化的系统性阐释不再彼此合拍，那么作者/叙事者在各取己需时，是否也会面临某种分裂，这是非常值得探讨的问题，更重要之处还在于，如是之内在的悖论在当代意识的参与下，尤其在当代中国/世界更为宏大与复杂的价值参照下，在新的人性与文化糅杂中，如何重新焕发生机，实践小说叙事的新的革命，这是当代中国小说转型过程中回溯叙事传统所面临的真正命题。当然，古典化并不是说与朗闻言或者半白半文的方式去表达，而是一种语言气质和言说调性的问题，立意于一种内外的反抗/反省之中，重新回到当代性修辞的内部。也即回到语言，映照人心，表达世情，传达文化内质的衍变与不变。

与当下小说实践某种外扩性的不断朝外探索与革新换代不同的是，对于叙事传统的回归是一个不断收敛的叙事进程。这样的叙事进程，语言与形式本身是往回收的，返归与重临是必要的经验，由是再重新转身朝向历史的潮头，悖论在这里，创生也在这里。这其中涉及的是一种精神和文化内核上的当代再现，意味着未完成与未知晓状态的探索。当然需要说明的是，对于明清及之前的叙事传统内部，并不是铁板一块的，亦可分出多重的与多元的层次，需要对之有所界定，限于篇幅，不纳入本文讨论的范畴。这里所试图探讨的，是当下的小说文本的症候式表现，尤其着意于传统与现实之间相互摩擦乃至对抗的所在，又或者沉入文本叙事的内部世界，查究古今融通或排斥而生成新的叙事形态。其中相互映照的，并不是相安无事与只事创新的静态交互，而是处于激烈的冲撞之中，动态而立体的可能性叙事。

可以说，对叙事传统的回溯，成为了中国当代小说转型中的重要形态。实际上在近现代以降的中国文学叙事中，这样的回溯已经形成某种潜流，尤其在通俗文学中表现得尤为明显，可以断言的是，随着雅俗之间的不断沟通合流，促进了传统叙事形态的历史性转化，在百年来的叙事美学流变中，呈现出回俗向雅与回雅向俗的双重浸透。因而，中国当代小说叙事转型中的回向传统，不仅关系到小说向历史寻求资源，进行形式探索与题材革命，还勾连至中国20世纪以来的文学发展史与接受史上的新的探寻，而且牵涉着大文化意义上的精神与价值融通。

二

不得不说，中国当代的小说能够真正体现出古典的情怀，或者是说真正有效地从中国的叙事传统中汲取养分并实现创造性转化的尝试并不多，这里所重点探讨的是莫言、冯骥才、邱华栋、徐则臣等作家，他们的探索性文本在这方面显然是有所发挥，有所吸纳和表达的。但此间的作家们又多有所侧重，从不同层面进行传统的当代转化，重要的是能够在文本的宏阔及细微处彰显出来。莫言从早期对拉美的魔幻现实主义一直延续到他近期的风格，比如他的短篇小说集《晚熟的人》，王德威将之视为莫言的"晚期风格的开始"（文章具体参考王德威《晚期风格的开始——莫言〈晚熟的人〉》）。获诺贝尔文学奖之后的莫言，事实上一直在不断寻求小说叙事上的转向与突破，因而他近几年的小说往往显得谨慎，叙事也不再如以前一般汪洋恣肆，很明显，他在寻求一种真正的内在革新。而这里所要重点讨论的《一斗阁笔记》（载于《上海文学》2019年第1期），就是莫言所开启的所谓"晚期风格"的小说，从一个集现代及西方的世界性书写，重新回归中国的叙事传统的探寻。

莫言的小说往往从西方和民间两处汲取能量，无论是魔幻现实主义的叙事探索，还是来自民间的泥沙俱下的价值伦理秉持。都能彰显莫言小说的种种开放性与不可预知性。莫言将民间的野性与伟力汇入小说的叙事话语之中，不断拓开文本自身的想象力，构造出宏阔的精神空间，并且将文化自身的深远广大注入虚构的世界，使之不断落地、及物，迸发出强烈的倾向性，创生强大的主体动能，推进小说向深，向远。而《一斗阁笔记》在莫言的叙事谱系中是非常有意思的存在，其更像是中国传统的笔记体小说，相较于莫言既往洋洋洒洒的话语形态，《一斗阁笔记》显得尤为克制，然而需要指出的是，那只是表面的克制，小说事实上承载着非常多元的价值评断，也透露出多重的隐喻。对于莫言而言，"晚期风格"的小说叙事，不仅意味着一种语言的减法，而且呈现出形式的"退步"，也即退到传统的最浅白易识的文本形态，退到减无可减的极简状态，这无疑代表着某种臻于化境的叙事。《真牛》是政治隐喻，是生命寓言。写的是牛却又处处指着人写；写人，又不断往上提，显然要写社会、写文化、写政治。在小说中，人心人性的维度不断延展提升，实际上终而落于一个"真"字。"牛一到集市，双眼放光，充满期待又略带忧伤，仿佛一个待嫁的新娘。集市上收税的人一见它就乐了：'伙计，您又来了呵。'牛眨眨眼曰：'伙计，不该说的莫说，拜托了呵！'"在这里，奸诈、狡黠的牛性／人性，写得如此生趣盎然。这是一种传统的笔记体与现代的短篇小说的化合。《诗家》则更具反讽意味，"大清乾隆年间，吾乡白公有三子，皆忤逆不孝，但俱有诗才。父将三子诉之于官。差役将三子拘至衙，县官升堂审讯。父历数三子不孝行状，言之动情处，失声号啕，老泪纵横。"于是父亲告到府衙，县官不审案情，却转向考究"诗家"，三子各自为诗，仿佛各有其妙，县官转而将矛头指向其父："官大喜，令差役责打白公四十大板，斥之：'生了三个诗人，还告什么刁状。'"读来更像一则趣味横生的小品，让人忍俊不禁、拍案叫绝。然哑然失笑之余，细细想来，发现莫言此番乃是调了文学的侃，尤其消解了传统诗文的正典权威意义。

《仙桃》在建构的同时进行解构，最终目的还是要消解仙桃的稀罕甚至神圣。小说开始一直在渲染仙桃的难得，从神话传说，到仙鹤叼走，直至最后反转。"抗日战争时，游击队找杜乐造抛石机。其时杜乐已死，其子杜兴按父留图纸，造抛石机一具，在攻打蓝村炮楼时，立下大功。游击队奖励杜乐，赠其蟠桃一筐。"莫言在这里大展后现代之笔法，那些充满着象征意味之物，却在不经意间戳破，调皮戏谑之余，亦见其乐趣与睿智。《茂腔》中，老妇人病重，弥留之际的最后愿望，是临死前想听一听茂腔。"等到著名旦角郭秀丽那悲凉婉转的唱腔响起来时，老妇竟然坐了起来。一曲听罢，心满意足地说：'中了，现在可以死了。'言毕，仰倒而逝。"值得注意的是，此篇在这组笔记体中，颇为不同，完全没有别篇揶揄反讽之风，也没有故事反转之调，足见出莫言对民间/乡土文化的致敬。这是他一以贯之的叙事姿态或说伦理。《锦衣》则是一出引人入胜的故事，"人鸡幻化"的桥段显然来源于民间传说，一富家女宁死不嫁，却在闺中与一"美貌华服男子"夜夜相会，后得母亲之计，将华服锁在柜中，破晓之时男子欲去，无衣可着，赤裸离去。彼时，"女急开柜，见满柜鸡毛灿灿。女抱鸡毛出，望裸鸡而投之。只见吉羽纷扬，盘旋片刻，皆归位鸡身，有条不紊，片羽未乱也。公鸡展翅，飞上墙头，引颈长啼。啼罢，忽作人语，曰：吾本天上昴星官，贬谪人间十三年，今日期满回宫去，有啥问题找莫言。"令人哭笑不得之处，既在人与鸡的情爱悲剧，更在最后"有啥问题找莫言"，也就是说，这是自己的虚拟，当真不得，这似乎又可视为当代小说的一种元叙事，男女突破人与人，突破空间的界限，却亲自将其解构，告知故事之虚、之假，不得不说，这是一出充满后现代意味的笔记体小说。

莫言的《虎疤》，短短数百字的篇幅，却能写出一种历史感，与虎搏斗的疤痕始终伴随生命的沉浮，在人民公社时期"怀才不遇"，又在改革开放后成了卖药酒的，"四集遍赶，卖虎骨酒、虎鞭酒，当有人质疑其假时，他指着自己的疤脸说：'看到了吧？这是跟老虎搏斗时所伤，虎死我伤。'"一个虎疤，仿佛那是伤痕，也是勋章，更是个人意志的认知、辨识和标榜。《爱马》同样如此，小小的篇幅却要容纳那些历史意识，而且始终不丢弃宏大叙事，聚焦生命的与伦理的，甚至哲学的与政治的命题，并且始终怀抱文学自身的属性和问题。"一个地主爱人民公社的马爱到这种程度，谁会相信？如果那匹马是他自己的，他该怎么个爱法？又一想，我这想法太不文学了，真正的爱，是与所有权无关的。上帝是所有人的，难道能归你一个人所有吗？祖国是十几亿人共有的，难道能归你自己吗？想到这些，我就明白了。"文学的界限是否有别于寻常的界限，文学的伦理能否自外于常识，莫言仿佛话里有话，是肯定，又似反讽。回过头看，我们总想在莫言小说里做出更多的解读，我又常常往回想，这是否恰恰是莫言讽刺的所在，是否又意味着掉入了另一口陷阱？莫言从长篇到短制，从西方回归古典，回古向今，返璞归真，一切为真、为爱、为文学，更为世间乃至宇宙万物，莫言想传递的道理很深，亦很浅显。

事实上，莫言在前期的长篇小说《檀香刑》《丰乳肥臀》等之中，已经有回归传统的迹象和尝试，长篇尔后的短制，从内在话语形式到外在内容呈现上，都完全回到了传统中国的叙事内质之中。当然并不是说莫言完全放弃了早前的叙事形态，而是融会贯通，更为随心所欲不逾矩了。而在《晚熟的人》中，内在反思和批判意识更为强烈，虽然外在形式上采取了更为隐晦的方式。王德威在《晚期风格的开始——莫言〈晚熟的人〉》中，提出萨义德的"晚期风格"的论述，其中指出诺奖之后的莫言的衰年变法，在《晚熟的人》中充满着文化批判与社会批判，既与前期寻根的、历史的乡土叙事有异，又和《一斗阁笔记》中的意趣风格区隔甚巨以至另构一重镜像了。

总而言之，莫言的"晚期风格的开始"，叙事之意蕴往往移出形式的局宥，而对传统叙事形态的回归本身，亦形成某种显赫的悖论。莫言明知道他若描述／叙述之事，以这样一种旧瓶，显然难以承载其所酿就的新酒，但他还是有意为之，他试图将其中的张力发挥到极致，又或者说通过冲撞以拓宽传统的笔记体形式内在的承载力，使其达到某种当代化的效果，更重要的，小说在莫言那里，不再是大叙事，而成为一种游戏，是一重实验，因而可以进行多重的试验和探索，形塑种种戏拟、调侃、反讽的调性。如流水般四下流溢，不拘一格。与其说莫言是回溯传统，不如说这是一种文体的自由，这是新的无远弗届。

三

冯骥才早期的作品如《雕花烟斗》《神鞭》《三寸金莲》等，或者展露现代中国精神遗落中的文化情怀，又或以传统的叙事形态讲述世俗的情趣意志。《俗世奇人》系列小说是冯骥才的短篇代表作，2018年获鲁迅文学奖短篇小说奖。曾在2000年第3期的《收获》杂志上推出《俗世奇人》十八篇，并于2015年第3期的《收获》杂志推出《俗世奇人新篇》共十八篇。近年冯骥才又续写了第三辑《俗世奇人之三》。冯骥才的《俗世奇人》，既在俗也在奇，既在世也在人。冯骥才状似写的是传统，实则却常常落脚于一新字。

在《大关丁》中，冯骥才写出了糖堆的前世今生，实则又勾勒出丁大少的生命起伏，两者相互缠绕，描绘出天津卫近现代的历史场景与生活现场。"快到年底，丁大少手头阔绰些，开始在糖堆上玩起花活，夹豆馅的，裹黑白芝麻的，镶上各种干鲜杂果的，愈做愈好愈奇愈精，天津人吃了多少年的糖堆，还没吃过大关丁这些花样翻新的糖堆。"而这里的新，来源于地缘性的特征，如天津卫作为近代以来率先开埠的城市，得风气之先，除了奇技淫巧，便是人心思变，人心向新。而真正的现代，对应的是一种新的"心"，也即新的主体性认同及其建构。"大关丁过去是吃糖堆，今天是做糖堆。吃糖堆用嘴，做糖堆用心。一旦用心，能耐加倍。"从世道而至于人心，从历史转进现实，又从中游离出来，冯骥才将小说的文体学推进到了一个新的高度。《大关丁》写天津卫的日常生活，写出了现代中国的那种现代意识，"他不玩牌不玩鸟不玩狗不玩酒令不玩小脚女人，他瞧不上这些玩烂了的东西。他脑瓜后边还耷拉一根辫子时，就骑着洋人的自行车，城里城外跑，叫全城的人全都傻了眼"。折射着传统的裂变，冯骥才对"物"存在着某种偏爱，"天津又有租界，有洋货，他能知道洋人哪样东西好。他把白糖改为荷兰的冰花糖，不单又甜又香，还分外透亮……"这与古典叙事有着根本的区隔，《杜十娘怒沉百宝箱》，也写物，写百宝箱，却最终落脚于情爱及其遗落，杜十娘的悲愤背后，是既定伦理与开裂风气之间的根本冲突。

小说《钓鸡》写 1927 年，天津卫的一位奇人，"这人谁也没见过。姓嘛叫嘛，长得嘛样，也就没人能说清楚。既然是奇人，就得有出奇的地方。这人是位钓客，但不是钓鱼，是钓鸡。鸡怎么钓？我说您听——别急。"很显然，这是古代中国叙事传统中的说书形态。

"老刘开始到处走，留神用耳朵摸，只听到哪儿哪儿丢鸡的传闻，却没人说偷鸡的人给逮着了，只听到一个绰号叫'活时迁'——叫得挺响。嘿，人没见，号先有了。"小说不是一览无余的，甚至于有些左顾右盼，其意图在于，在叙事的间隔掺杂传统的故事讲述过程中的评说与评点，如是不仅在于加强叙事效果，营造"拍案惊奇"的形式，更是通过这样的言说，重新建立讲故事的传统，这是"讲故事的人"的当代衍生。"活时迁看到一个有鸡的地界，蹲在一个墙角，抽着旱烟，假装晒太阳。待鸡一来，先将黄豆带着线抛出去，笔帽留在手中。鸡上来吞进黄豆，等黄豆下肚，一拽线，把线拉直，就劲把铜笔帽往前一推，笔帽穿在线中，顺线飞快而下，直奔鸡嘴，正好把嘴套住。鸡愈挣，线愈紧，为嘛？豆子卡在鸡嘴里边，笔帽套在鸡嘴外边，两股劲正好把鸡嘴摽得牢牢的，而且鸡的嘴套着笔帽张不开，叫不出声。活时迁两下就把鸡拉到跟前。"偷鸡者的动作、神态、技艺呼之欲出，充满着民间的与生活的趣味意义。不仅如此，小说提到："人家老刘是江湖。真正的江湖都厚道，得饶人处且饶人。他叫活时迁把笼子里的鸡腿拴在一起，头朝下提在手里，只朝活时迁说了一句：'小能耐，指着它活不了一辈子，弄不好只活半辈子。打住吧。'"其中还涉及了古典小说的教化功能的当代延伸，而且小说最后专门提及："打这天起，天津没听说谁再丢鸡。却都知道粮店后街有位姓刘的汉子，叫'赛时迁'。"这就更贴近于传统说书背后的意义伦理，不仅在于吸引读者/观众参与娱乐，且纠正世风，纠偏风气，以期达到传递和表达世情的形态和功能。

《狗不理》写的是天津闻名遐迩的狗不理包子，"天津人讲吃讲玩不讲穿，把讲穿的事儿留给上海人。上海人重外表，天津人重实惠；人活世上，吃饱第一。天津人说，衣服穿给人看，肉吃在自己肚里；上海人说，穿绫罗绸缎是自己美，吃山珍海味一样是向人显摆。天津人反问：那么狗不理包子呢？吃给谁看？谁吃谁美。"小说追溯了狗不理包子的起源，其代表着天津最接地气的世俗性，尤其是菜市场里的小小包子，走进了"王谢堂前"，送到了袁世凯和慈禧太后的口中，并被大加赞赏，扬名立万，小说在日常性之外，重新追及"狗不理"包子的传奇性。

从叙事传统中不断衍化开来的雅俗同赏的潮流，事实上意味着一个从叙事传统到当代问题的呈现，不仅仅是一个小说的技巧和形式的问题，更重要的是小说作为一种20世纪以来的显学文体如何重新创造出新的价值形态，尤其在宏大的政治历史逐渐退场之际，如何重新聚焦世道人心，这都集中于文体意识自身的认知与革新之中。这在当代中国小说的发展史中的探索可以说是非常稀缺的，由于中国强大的现实主义传统，使得中国文学，尤其是当代的中国小说在面对现实问题时，往往具有非常强烈的问题意识和社会剖析的倾向，但是真正将文体作为一种问题提出来，并且去实践真正包孕当代意味虚构性叙事，这事实上就延续了80年代的一种对于小说文体的内在探索，一方面是从世界文学上汲取养分，或者说直接地模仿和翻新世界文学中的可在地化元素，如西方现代派、拉美魔幻现实主义等；另一方面则是叙事形式上的"寻根"潮流，从中国的古典文学，尤其是传统说部中提炼叙事传统并施以转化。然而，问题不仅仅局限在这里，事实上当下文学对传统进行转化的过程，不仅仅是文体的变革，在没有形成某种思潮的情况下考究的只能是写作主体的叙事调性，以及与当代中国的问题意识紧密结合。这就给作家提供了一种难度的写作，也就是说，小说在秉持既有的形式革新与文体革命的同时，又要将个人的修辞风格，将个人的语言偏向、话语调性、美学趣味进行充分的融合。而冯骥才的《俗世奇人》系列作品，可以视为一个新的同时具有地方性与某种普适性的新的表达。

在这个过程中，还需要去处理当代中国小说自身的多重传统问题，也就是说，当代中国小说所面对的古典传统需要进行一个内外的切换，在这个过程中又需要去面对自身的现代与当代的要素，也就是 20 世纪以来的家国传统与世界意识。事实上古今、中西的传统在其中既有融合，也有内在的碰撞。故而不能将中国的叙事传统作为铁板一块来看待，而应该将其作为一种多层次的立体的存在。话本的传统主要是以读者为中心，这还涉及如何打通雅俗的问题。"三言二拍"则是世俗化的表达，同时又对当时的社会历史政治、伦理道德加以映照。明清小说，尤其是晚清小说，开始倾向于对生存意志与情感欲望的呈现，其中的现代性已然呼之欲出。这就为当代的小说家提供了一种新的命题，当代小说在试图完成自身革命的时候，不得不面对一种多维的与多层次的传统向度，并且在文本中对其中之纠葛缠绕进行充分辨析取舍，这既是一种价值和经验，是有待于进行咀嚼，吸收与再转化的，同时也很可能造成某种包袱，演化为小说自身的影响的焦虑以及现实的压迫。因此，如何将其中之杂糅条分缕析，又不捣碎其内在价值的复杂多义，这是传统叙事在当代转型中不得不面临的问题与处境。

四

邱华栋在《十侠》（人民文学出版社 2020 年）的后记中谈及自己的写作经验时说："十五岁的时候就写过一部武侠小说，是个小长篇。因为当年读金庸、梁羽生和古龙的小说，来了劲头，结果没有写成功。这两年，我读了不少正史、野史、轶闻杂记、汉魏笔记、唐传奇、宋代话本、明清侠义小说、民国武侠小说等，当年的兴味重新催动我下笔。因此这本短篇小说集，可能也呈现了我的阅读经验的影响。中国作家的写作资源是那么的丰富，但我们常常对自己拥有的财富浑然不觉。"对于此，《十侠》无疑是一个难得的探索。值得一提的是，小说集中的这些篇目（包括《击衣》《龟息》《易容》《刀铭》《琴断》《听功》《画隐》《辩道》《绳技》《剑笈》）并不是相互割裂的，彼此之间有着内在的关联，"这么一组十篇小说，就梳理出一条绵延两千多年的侠义精神脉络。我把一个个刺客、侠士放在著名的历史事件中，对历史情景进行重新想象和结构。因此，这一组小说都应该算是历史武侠小说。我作短篇小说倾向于写整个系列，有一种图谱式的组合感，展示拼图的不同侧面，类似音乐的不断回旋，所以单篇肯定是无法表现出这种企图的。"这是一个连接古今侠义文化的系统，或者说这是一种集成式的小说试验，代表着邱华栋在小说叙事中的回古向今。需要指出的是，这并不是说在拟古的基础上加以现代的发抒，而是在一种当代意味的叙事尝试中，回溯古典的情绪、情义、情怀。值得注意的是，邱华栋的《十侠》，几乎每篇都有一个第一人称叙事者"我"，而且我的上头都有师父，因而我往往是一个不成熟的与未完成的主体，既连接着传统——也继承着师父的衣钵——同时又以自身的不确定性，指向着某种未知与未来，正是如此的开放性，指示着邱华栋小说的一种当代意义。因而可以说，邱华栋的小说集《十侠》，既是古典的也是现代的，既是历史的也是当下的，具有一种非常明晰而突出的拟古之当代性。

中国文学的叙事传统中，类型文学是重要的一环，往往携带着固定的模式和套路，武侠小说、世情小说，甚至是晚清的谴责小说，狭邪小说如韩邦庆的《海上花列传》、孙家振（海上漱石生）的《海上繁华梦》、陈森的《品花宝鉴》、魏子安的《花月痕》、张春帆的《九尾龟》等，这无疑是通俗文学一脉，甚至流播至当下如火如荼的网络小说。而就严肃文学而言，同样存在着对类型的延续与突围。邱华栋的《十侠》是历史武侠的短篇小说集，往往借助历史中的真人真事，甚至不避已有定论的历史事件与主体，立意于武侠／侠义传统的当代转化，《击衣》根据三家分晋的故事为原型进行改编，"我"是晋国著名侠客毕阳的后代——刺客豫让，在乱世之中，"我听师父说，现在天下大乱，到处都是游侠、刺客、说客、谋士、盗匪在行走"。而在这样的兵荒马乱的年代，小说所关注的不是成王败寇，不是尔虞我诈，却指示的是"守住做人的底线"。遭遇背叛的智伯瑶，完败于阴谋联手的赵、韩、魏三公卿，襄子还将智伯瑶家族的几代人共二百多口全都杀掉。智伯对"我"有知遇之恩，"我"则发誓以复仇报答主公，前去刺杀赵襄子，为智伯报仇雪恨。未遂暴露后，赵襄子也敬"我"是义人，不忍杀之。最终，"我"在一次刺杀中身陷险境，赵襄子却同意脱去外衣，让"我"以击衣代替对他的刺杀，"这样保全了你的忠，也体现了我的义，而你又以自愿投降，而成就了你的忠义。我也因答应了你的要求，而结束我们的恩怨"。可以见出，小说秉持的是一种传统武侠的侠、义、情，这是"我"同时也是赵襄子等人一以贯之的准则，尽管在赵襄子那里，传递出某种复杂立体的道德伦理，他谋划杀害了智伯瑶，却在复仇者"我"的身上展示出了丰富的内在。而在"我"的身上，对智伯瑶的忠诚，其中无不代表着一种发思古之幽情，复仇之路上不可取消的信义与道义，由此迸发的忠义两全中舍生取义的非凡气度，都喻示了一个旁逸斜出的由传统游至于现代的主体性。

颇有意味的地方还在于，小说《击衣》里头提到一个场景，铁匠贾师父是"我"的师父，在他被杀害之后，"我"背负着他的以及"我"自己锻造的"双剑"，在使用双剑时，"两剑的剑尖永不对着一个方向。一剑刺扎，另一剑必须削砍。一剑劈斫，另一剑则一定挥抹。如此剑法快捷、凶狠，当真是双剑无敌了。练习完毕，我把两把一尺剑一左一右插在腰间，手按剑柄，我现在是双剑侠士豫让。我的剑要出鞘了，我能感觉到祖父毕阳的血脉也在我体内喧响"。小说中呈现出来的，是新旧的糅杂，似乎形塑成为某种隐喻，"我"的一招一式，都意味着某种传承，又体现着某种创造，仗剑天涯，嗜血复仇，传达出传统而又现代的精神意志，侠义的承续背后，是当代意义的发抒，武侠固然意味着古典式的类型文学，但更缔造出新的现代价值，也即义气豪情的流波、一诺千金的重铸，传统的意绪伦理的当代呈现，通过一种回溯古典的侠义叙事加以表达。

《琴断》写的是"我"年少经历战乱，师父石百丈收养了成为孤儿的"我"，"我"学成"飞鸟不动"之后，受师父之命前去保护嵇康。"我"跟着嵇康学打铁，打造农具、日用具，还打造了一柄精钢剑。由是嵇康成了"我"新的师父。渐渐地，"我"开始追随嵇康，见证着他的生活、家庭和情感，接触了竹林七贤，也感受到了嵇康的境界与思想，包括后来的危机与险境。尤其是钟会来见嵇康的一幕，作为一段被不断"讲述"的历史——对应小说的则是重新的复述/转述，于是乎形成了颇有意味的言说。"我立即放下手里的风箱拉手，攀缘上那棵大柳树。但见那些人纷纷在巷子口上了冠盖马车，扬长而去了。"甚至于嵇康还带着"我"，找到师父隐居的山顶岩洞，泣别已然逝去的师父后，又继续寻访隐者孙登，见到后者时，"嵇康稽首拜谢，表达敬意，这个老头也不回礼，他自顾自向一块伸出悬崖、面向莽莽丛林的山岩走过去。然后，孙登是一言不发，他盘腿坐下来，面向那广大的世界。"然而，孙登这样的隐者，却并不是嵇康心向往之的，嵇康的心绪在别处。如是，便从更为多元立体的层面，以此洞见嵇康的为人及其思想。这是值得玩味的地方，小说在虚构的形态中被嵌入其间的"我"，于焉成为一个"新"的旁观者或曰见证者，与小说所内置的叙事视角与伦理向度是彼此一致的。不仅如此，我还是仿佛实有其事的参与者，作者的意图显然并不是以一个虚设的人物去影响和篡改历史，而更多的是掺杂一种新的观测／察见的视域。在钟会杀害嵇康之后，"我"试图去投靠钟会，"他杀嵇康，然后我就杀他。我必须要报仇雪恨。我要寻找机会。我走了，我参加了军队，不久，就到钟会指挥的禁军中担任了一个统领"。与《击衣》相类似，这又是一则关于复仇的故事，"我"进入钟会的军营，将钟会经历的一切看在眼里，伺机报仇，而最终触发计划完成的，是在一次对得意忘形的钟会的窥探中，"大殿里只有他一个人。宫女、护卫、书记都被他支走了。他狂笑，暴跳，就像一个小丑一样在那里翻滚。太丑陋了！这一切，只有躲在大殿廊柱上的我看到了"。历史被想象性地重构／虚构，挖掘人心与人性的另一重侧面，并以特定的价值伦理对此做出新的论断和评价。"钟会以为他占领了蜀国，蜀国自有天险保护，进可攻退可守，但他没有料到，还有我的存在。我从大殿的廊柱之后，抱着嵇康生前最后所弹的那张清远琴，走出来面对钟会。"小说试图在历史中嵌进新的未知的元素，甚至乎，"我"参与到了那个大历史的发展进程当中，现身与仇人钟会决斗，经过若干回合的交手，最终用冰蚕琴弦将钟会勒毙于大殿之上，左右了事件的走向与人物的命运。在此之后，"我"重新归隐于大山白云之中，缅怀师父石百丈和嵇康，事实上，"我"演化成为他们两人的某种精神的延续。"嵇康的琴板被我修复了，琴弦被我安上了。那把杀死钟会、给嵇康报了仇的越国宝剑，被我装在剑鞘里藏起来了。我静的时候弹琴，想念我师父石百丈和嵇康，他们两个人，一个武侠客，一个文侠客。想动的时候我在树梢上腾跃，追逐飞鸟，飞鸟和我一起飞，我使用内力，让飞鸟扇动翅膀，但却飞不动。"值得注意的是，这样的精神延续，才是当代中国小说在回溯传统叙事形态时的真正意义，也即内化于话语修辞中的主体性的情感存续和价值衍化，在此基础上生成并造化出形式的构造，以及由此推演而成不可逆与不可替的文化蕴藉。

小说《龟息》同样饶有兴味，"我"是一个孤儿，由师父抚养长大。乌龟如石头般坚硬无比，而龟息功则让人延年益寿，"就是像乌龟一样呼吸。一呼一吸，一吸一呼，乌龟的呼吸节奏十分缓慢，就像它的动作一样"。要成就龟息神功，练气是重要一环，吐纳、呼吸、闭气、冥思、长眠等，"没气，人就死了，所以要练气。练气，其实就是掌握呼和吸"。然而不得不说，气是极为抽象的，又极为具体，就在万事万物之中，在一举一动间。邱华栋在小说中重塑了传统武术的哲学意味，其中又时时刻刻显露出芸芸众生的伦理价值。比附乌龟，比附古松，又如静水流深，如穿山甲一般的缩骨功，包括吸日精法、吸月华法，不一而足。在师父那里，与这些相对立的，是所谓的"人间景象"。小说妙就妙在，龟息之气与一个帝王、一个王朝的兴衰之气相呼应，山野之间的生命秘籍，与历史与时间仿佛毫无关联，却始终遥相对照，这是一种关乎时间与空间的跨度广度极大的想象性对应，其关乎兴亡、关乎死生，更重要的，有限的生活史、生命史与仿佛无限的王朝更替史之间，相互疏离却又若合符节。当代小说在回溯传统的过程中，同样面临着一种"气"的对接，是气质，也是气度，更是气象。这是最难以接续之处，就像始皇帝倾尽全力甚至是杀气腾腾所意欲求取的长生不老之术，与隐逸出世、平心静气方可致之的龟息之法之间，存在着难以逾越的巨大鸿沟。小说在讲述现实的与历史的不可能性，却在叙事之中链接着某种新的可能。"我"师父高誓据称已活了三百多岁，他的龟息长生法，正是始皇帝所汲汲以求的，山间相对静止的人事，对应着的，是始皇帝派徐福带着六百童男童女，四处求觅长生之道。而始皇帝的第四次巡游，亦是奔师父的龟息法而去的。然而，学习龟息的导引图，却只能传给一个人，"要根器好、人品正的，而且还要出世，不能入世的人"。不仅如此，在小说中，叙事者还透露出了一种新的时间观或说历史观，"时间在向前，而历史则消隐在不可靠的记忆和叙事里，杂草丛生"。这是一种与既往的王朝更替与合久必分、分久必合的历史趋势不同的认知，重新回到历史发生的深处，并探寻其末梢与根茎，了解那些大开大合的宏阔历史背后不可揣度与难以估量的存在。"我"最终无奈，唯有骑龟朝大海而去，再次遁世求生，将龟息功带到遥远的海岛上去。归根结底，现实生活无法匹配也难以做到龟息所要求的精神境地，故只能藏诸名山、放逐大海。

就像在小说《剑笈》里，邱伯仁随结发妻子练成秦地终南山旋风剑派的剑法后，开馆授徒，然而能接受并坚持下来者寥寥，"众人听了，一哄而散，心想：这剑术太难学了。这三年那三年，前三年后三年，我们哪里有这个毅力呢？虽然邱伯仁武艺高强，可他们也没有这份毅力啊，就都走了"。从小说中所传递出来的信息可知，事实上并不是没有神功与永生，而是神迹永远是难得的，其难练、难成。绝世武功并非没有，登上顶峰绝非易事，绝学的失传有时并非偶然，小说在传递一种古今皆识皆通的价值观，但又不限于此。那函剑术秘笈锦盒就是栾树偷走的。栾树随后涉入武功，大开杀戒，泛积仇怨，最后邱伯仁的女儿将栾树的手腕的筋脉和脚筋都挑断了，他的武功和剑法自此都废了。"奉当今皇上旨意，朝廷正在编修《四库全书》，我们要进献这套剑术秘笈，给纪昀纪晓岚总编修。栾树的武功现在也废了，这段恩怨，有因有果了，的确可以了结了。"《剑笈》这篇有意味之处便在于此，作者自言小说的部分情节取材自《古今怪异集成》。故事背景是乾隆皇帝让纪晓岚编修《四库全书》，一边是官方的编修，一边是民间的恩怨了结，善恶有报，天道轮回，将编修《四库全书》等史实当代化并成为小说的某种终结，历史之人、之事、之物不再是固化的存在，而在小说中以更为能动的方式，参与到叙事的进程之中，并且塑造出更为深刻具体的形象，这无疑是邱华栋小说的一种创新。中国的武侠传统叙事从司马迁的《史记》对游侠的书写开始，一直到近现代以来的武侠小说，包括金庸、梁羽生等人的历史情结和情感伦理表达，直至当下的武侠的存续问题以及侠义精神的当代化。邱华栋的《十侠》不断地将传统的价值伦理引向多元，并将某种既知的传统导向未知的新畛域，实践文化的延续以及在此基础上探寻的文学的革新。这表面上是某种悖论式的变化形态，但是现代小说的发展，往往就介于如是这般的延续与断裂，以及沿革与新变之中。

五

徐则臣的小说则是另一个完全不同的路径，其往往从中国当下的现实处境出发，以一种现实主义的底层书写，贴着中国的问题来写，其始终存有一个当代性的镜像与当代人的生存意识在里面，同时又能回归到中国的叙事传统，有意识地进行转化。也就是说，徐则臣的小说具有一种阶层的底层意识与现实的问题意识，与此同时，他又有很强烈的回归中国叙事传统的文体意识。"既然理论上一致认为中国文化传统如此重要、文学遗产如此辉煌，为什么年轻作家趁手的写作技巧、思维方式、进入文学的方式主要靠进口的？一个当下的中国作家跟传统和遗产究竟应该和可能产生什么样的关系？"①不得不说，当形式变革甚至语言游戏走进死胡同之后，当代中国小说确实亟待面临着新的资源的探寻。对此，徐则臣是有深刻的自觉的："这两年逐渐从内心自发地生出回归的念头，跟古典和传统文化之间的亲和力、亲密感与日俱增。有种要跟它接上头的愿望。可能也跟年龄有关，三十岁的时候我肯定不会想这个事。当然这种接头很困难，我在重读《聊斋志异》、"三言二拍"，反复读《古诗十九首》，看元曲，尤其是《古诗十九首》和元曲，读起来特别地贴心贴肺。我也在写一个系列短篇小说，摸着石头过河，尝试在现代和古典之间、在当下和传统之间找到一条转化和融合的路径。"由此可见，如何与深远广大的传统叙事/抒情形态建构联系，形构叙事的与形式的自觉，成为当代叙事实验中的新的课题。需要指出的是，回归传统不是终点，而只是开端，代表的是当代小说革命的一种方法论，更是精神的与文化的变革路径。"不仅仅是切磋技艺、增进感情，还是深化大家对这个世界的认知，探讨我们的写作如何呈现共同面临的核心疑难和情感，寻找最有效的修辞与形式的必要路径。今天的青年作家可能也需要这样的抱团，有些东西的确非一己之力所能解决的。只要谈得来，就应该敞开了认真聊一聊，寻找共同的、重要的东西，包括我们与传统、历史和文化之间的关系。"②小说中回溯古典叙事传统，并不意味着一种慕古追思，而是以更为先锋的变革与表征的姿态，重塑当代之想象与未来之形式，其中需要实践的是历史的重新发现和书写，同时也是文化的整合及再发抒。

对于徐则臣而言，他的小说如《耶路撒冷》《王城如海》，以至后来获得茅盾文学奖的长篇小说《北上》，又或者是他前期的中

---

① 参见《新时代青年写作的可能性》，《文艺报》2020 年 6 月 22 日。
② 参见《新时代青年写作的可能性》，《南方文坛》2020 年第 5 期。

篇代表作品《跑步穿过中关村》，以及新近的系列小说集《北京西郊故事集》等，都有着一以贯之的文化诉求和精神指向。在我看来，徐则臣"稳定的故事结构和人物情感中，充满着生命的与文化的探寻，他已经不满足于写一个人、一群人乃至一代人，他更是试图写出当代中国精神迁徙中的文化寓言，并循此探向无远弗届的未来图景"①。长篇小说《北上》书写的是近现代中国直至当下的百年历史，"作为一种精神、情怀和气度，它沿着运河从一百多年前，甚至更远（比如说马可波罗时代）流向现在，若隐若现，始终存在着。从这个意义上讲，运河考古发现的文物，其意义就以如下的层面显现，即它们都是作为传统的力量显示出其当代价值来。它们是无声的，超越国界的，但也是绵长和持续发生作用的"②。特别是那种在传统与现代中无声绵延，并且交融契合的气质，在徐则臣的小说中极为明显。徐则臣所塑造的花街，就是颇具古典气质的地域，在《耶路撒冷》中，大和堂的存在，与耶路撒冷形成了鲜明的对照，中国与世界、传统与现代、回望与希冀，都在彼处滋生。《耶路撒冷》里的故事也不是像一阵风那样跑得飞快，人物多半都是走走停停、愁肠百转，过去、现在和未来，任何一个时间段都可能让他们沉溺其中。《箴言录》里有一段话：如果你能看，就要看见；如果你能看见，就要仔细观察。为了让他们看见进而看清楚——其实是让我自己看见和看清楚——我不得不对他们做加法；的确，我几乎是不厌其烦地深入到他们的皮肤、眼睛和内心，我想把他们的困惑、疑问、疼痛和发现说

---

① 曾攀：《时代的精神状况——徐则臣论》，《小说评论》2021年第1期。
② 徐勇：《物的关系美学与"主体间性"——徐则臣〈北上〉论》，《南方文坛》2019年第3期。

清楚，起码是努力说清楚。"①不仅如此，在小说中，当地管委会策划给"古往今来全世界最漂亮的妓女"翠宝宝立雕像、设纪念馆，这里的讽喻意图是非常明显的。然而值得注意的是，徐则臣在回溯传统劝讽惩戒的道德功能过程中，事实上是将其揉碎生新了，在小说中只隐约透露出人性揭露与社会批判，而且这个过程始终有一个外部的"世界"在，这个世界在不断拓宽传统的边界，彼此参照，又相互激荡、砥砺。"我相信在'第一次世界大战''第二次世界大战'乃至放话'解放亚非拉'的时候，中国人对'世界'的理解也不会像今天这样充分：那时候对大多数人来说，提及'世界'只是在叙述一个抽象的词，洋鬼子等同于某种天外飞仙，而现在，全世界布满了中国人；不仅仅一个中国人可以随随便便地跑遍全中国，就算拿来一个地球仪，你把眼睛探上去，也会看见这个椭圆形的球体的各个角落都在闪动着黑头发和黄皮肤。像天气预报上的风云流变，中国人在中国的版图和世界的版图上毫无章法地流动，呼的一波刮到这儿，呼的一波又刮到那儿。'世界'从一个名词和形容词变成了一个动词。"②可以说，在徐则臣那里，"世界"是"一个动词"，就如同传统实际上也始终是变动不居的。在小说《六耳猕猴》《伞柄与卖油郎》中，也似乎存在着传统叙事的影子，但因改头换面又显得多有不同。

　　小说《青城》则独具古风和古意，却又以现代的情感伦理进行包裹。其中提及，"'气'是个玄妙东西，看着一支笔没二两重，我临《兰亭序》过半就得大汗淋漓，临完了，得一屁股坐下来歇两支烟的工夫。现在的老铁已经很难把一支笔连着握上半个钟头了"。青城让"我"教写赵字，"我"思虑再三，写字与人的气质

① 徐则臣：《写作从神经衰弱开始——自述》，《小说评论》2015年第3期。
② 徐则臣：《耶路撒冷》，北京十月文艺出版社，2014年，第27页。

是一致的，有些内在的贯通的气息。"我还是犹豫。非是不愿教，而是赵熙不适合她。赵字流利俊朗，拘谨却森严，有优雅的金石气，碑学素养深厚。青城的画风路子有点野，怕不容易被赵字降服。但她就对上眼了，学着玩嘛，我画字玩噻。当成画来画，那就没啥可说的了。我想她学赵字也好。在风格和间架结构上，老铁在艺术上安分守己，却也扎实，赵字他是可以指点一二的。"小说的最后，"我"斩断与剪不断理还乱的青城以及她的爱人老铁的一切联系，移居他处，偶然间与房东谈及两人时，间接听到了青城的所为：

"她不假冒，落款上写得明明白白，就是临摹赵字。"

"落上临赵字？"我还是有点不明白。

"价格肯定低得多噻，她非要这样子，没得法。"①

青城最后的这一笔，神气毕现，是叙事者的神来之笔，坚持落上临赵字，不为高价，为一份情，是情怀，也是情愫，既是对自我的坚守，对艺术之心的秉持，同时也是对"我"的缅怀，那些远去的，其实并没有离开，而总是以某种兀然独存的形式，复活、赋魂。当代小说回溯传统叙事，意义也在此。徐则臣往往不在形式甚至不在题材上露出痕迹，然而却是在纵横度上极为考究的作者，《跑步穿过中关村》《如果大雪封门》，包括《北京西郊故事集》中的诸多篇什，都是关注底层的与边缘人的现实处境，而《北上》则将时间拉长、回溯，以运河牵引人事、考究历史。《北上》事实上代表着一种精神的迁徙，那是生活史与灵魂史的变迁，同时也意味着现当代中国文化精神的总体演进。但是这样的沿革在徐则臣那里是不显山不露水的，"他们的精神深处照应了他们身

① 徐则臣：《青城》，《青年作家》2019年第4期。

处的时代之复杂性：时代和历史的复杂性与他们自身的复杂性，成正比。如果你想把这个时代看清楚，你就得把他们看清楚；如果你承认这个时代足够复杂，那你也得充分正视他们的复杂，而看清楚是多么艰难和缓慢：有多复杂，就有多艰难；有多艰难，就有多缓慢。这还只是认识论上的复杂、艰难和缓慢，我要用文字呈现出来，还面临了小说艺术上的难度。这个难度同样导致了缓慢"[①]。如同古典小说的时间感是缓慢乃至静止的，治乱轮替、荣衰相序，现代意义的历史性时间往往付之阙如。徐则臣的小说，同样存在的某种不可名状的缓慢感，并不是要直接推动进程，揭示"进化"之可能，而是渐渐透露时间的秘密及其力量，窥探历史的流变和更迭。

　　关于长篇小说《北上》，徐则臣提到："1901 年，作为漕运的大运河结束了自己的历史使命；2014 年，那些与大运河怀有不解之缘的后人们，在这条大河边再次相聚。于是，汤汤大水成了一面镜子，映鉴出一百多年来中国曲折复杂的历史，和几代人深重纠结的命运。一条河流的历史，是几代人的历史，也是一个民族的历史，只是，这一种家国历史是以个人的、隐秘的、日常的、细节的方式呈现出来。"[②]历史的宏大叙事，与现实的隐微书写，同时注入人物的身上。在小说《如果大雪封门》中，养鸽子的慧聪期待一场雪的降临，"如果大雪包裹了北京，此刻站在屋顶上我能看见什么呢？那将是白茫茫一片大地真干净，将是银装素裹无始无终，将是均贫富等贵贱，将是高楼不再高、平房不再低，高和低只表示雪堆积得厚薄不同而已——北京就会像我读过的童话里的世界，清洁、安宁、饱满、祥和，每一个穿着鼓鼓囊囊的棉衣

① 徐则臣：《写作从神经衰弱开始——自述》，《小说评论》2015 年第 3 期。
② 徐则臣：《让沉默的河流说话》，《人民日报海外版》，2019 年 6 月 26 日。

走出来的人都是对方的亲戚"①。从中无疑能够见出《红楼梦》的影子,"落了片白茫茫大地真干净",然而,这一切早已在当下改弦更张,这也是徐则臣在回溯古典传统时的一种重要的处理方式,其并不是直接移用内涵上的对照,在形式上也极少有仿照的痕迹,而是直接化而施之,更为圆融地将当代性的意义呈示出来。

<h2 style="text-align:center">六</h2>

冯骥才在《狗不理》中说到那么一段话:"天津人吃的玩的全不贵,吃得解馋玩得过瘾就行。天津人吃的三大样——十八街麻花耳朵眼炸糕狗不理包子,不就是一点面一点糖一点肉吗?玩的三大样——泥人张风筝魏杨柳青年画,不就一块泥一张纸一点颜色吗?非金非银非玉非翡翠非象牙,可在这儿讲究的不是材料,是手艺,不论泥的面的纸的草的布的,到了身怀绝技的手艺人手里一摆弄,就像从天上掉下来的宝贝了。"小说同样如此,古往今来,小说主题不外乎情爱欲念、活法生计、人际关系、心绪感知,然而,文学的转向,小说的变革,关键还是看小说家的手艺,叙事伦理、修辞形式、语言调性,不断翻出新篇,铸就新样。邱华栋的《击衣》中专门提及一个铁匠贾师傅,"贾师傅是晋地一个好铁匠,他打铁很有一套。火花四溅中,一件不成形的东西在一团活火中渐渐成形,这让我懂得了一个很重要的道理。人也是如此,一开始,你就是那一团不成器的混沌物,渐渐地在火焰和铁锤的共同作用下,才逐渐成形,成为了一件可用的东西"。因而,关键在于用什么来锻造,最终的成品是什么,这就需要糅合锻造者的手法、意图和趣味。在这个过程中,传统的道德说教和情感伦理

---

① 徐则臣:《如果大雪封门》,见《北京西郊故事集》,北京十月文艺出版社,2020年,第203页。

是被摒弃得较为明显的，原因自然与叙事传递出来的意义在当下已然改弦易辙，更与如今的价值多元化趋向相关联，重要之处还在于小说目下讲求的开放性，传统的惩恶扬善、劝讽相依的叙事套路，容易窄化文本，固化意义。总而言之，中国当代小说转型中的叙事传统回溯，既在形，更在神，要化得好，化得巧，并非易事，其中不仅要有历史意识的秉持，同时也意味着需要通过推陈出新，创生出更为丰富多元的当代性命题。

第三节　叙事推演与形式生成

一、余数的除法

麦家的长篇小说《暗算》中，智商超群的数学家黄依依胸有成竹，特嘱情报机构 701 进行了一个月的演算，最后实施统一的"加减乘除"，以破译敌人的密钥和行迹，然而不料最后算出的结果是个"不尽数"，除不尽，数破了，"换句话说，就是黄依依的猜想是错的"。除出余数对黄依依的解密是致命失误，但在小说世界里，"余数"是题中应有之义。黄依依破译和解密的算法，建立在大体量的数据考察与演算法则之上，更遵循着她个人的经验和直觉，此处的试错铺垫了往后的功成。而同样依托于主体经验与美学觉知，在微观堆积和细节累聚基础上的规模布局与宏观推演，则代表了长篇小说的质地。这与中短篇小说意义上的算术和量测，有着体例、性征和方法论意义的区隔。也就是说，长篇小说乃于历史的长时段或延宕足够长的时间形态中，于千万人及缠绕其间的人事与人心之中，试图最大限度地使用"除法"求得"余数"的写作。

当下的长篇小说，在文学观念的革变与语言文体的发展过程中，遭受到来自信息膨胀与经验贬值的冲击，纯粹的形式变化、简单的语言翻新以及单向度的经验想象，已经难以满足当下文学鼎新与阅读转变。尤其对于长篇而言，建构诗学与科学的统合，重估真实与虚构的关系，专注内容革命与话语转型，将成为新的叙事趋向。厄尔·迈纳说："事实性与虚构性，这两个概念是互相关联的，但在逻辑上事实先于虚构。这种情况适用于所有文学，尽管在实际应用中事实性与虚构性的程度会有所不同。"这里的"事实性"还可以延伸到更广阔的范畴，长篇小说企图包罗万象、吞吐时空的野心，必然需要接受来自不同逻辑、伦理、学科、文化的考辨，这是一度被搁置的命题。因此，在"长篇"内部施行逻辑化的经验主义、科学化的形而上学以及推演严密的现实历史叙述，就显得尤为重要。

不仅如此，繁复而神秘的内在世界以及由此铺衍出来的精神史诗，同样需要"长篇"的推演。从纵向来看，中短篇小说相对而言不可能容纳过多的时间段落，否则在仅有的篇幅内极易演变成为一种编年史，因而"长篇"必然担负着叙说现实或心理时间流变的使命；而以横向来看，即便是"长篇"，也只可博观而约取，于万象之中，取景、取物、取人、取事，表面似无定法，实则有着内在的规约，通过篇幅的延展加以定义和框准。在这个过程中，长篇小说提供了一种演算的方法，其中涉及大规模长时段的结构锚定、情节推导、精神演变等，需要的是基于事实原则、人性规律、话语形态与精神法则的"演算"。"演算"一词，尊乎"法"而不唯定法，周旋于现实与人心的"大数据"，建造结构、推演情节理据充分，叙述人情、讲说事理穿插有度，表现生活、传导文化叙论得当。

值得一提的是，"除法"是演算的一种，而"余数"是演算的结果。小说固然可以虚构，可以天马行空，但需要遵循内在的逻辑，依照既定的伦理。演算最基本的是加减乘除，极大限度地道尽世间纷繁，长篇小说是其中集大成者。演绎历史，推及人心，无往不至，靠的就是话语的演化与美学的逻辑。"长篇"是百川入海，一开始就预设了更宽阔的容量与更宏大的气度，其间潮汐周始，洋流环行，无不依照自然法则，气象万千的背后，往往有律可循。

余华的《活着》虽以"活着"为名，实则多为死亡，小说里除尽温情与冷酷，福贵是最显豁的余数。更让人心有戚戚焉的，却是"除法"本身，也即历史的轰鸣与个体的归宿。尽管其中不无戏剧性的设置，但整个小说的叙事推演，不仅与历史驱动、现实形态若合符节，而且始终遵循精神演进的基本逻辑和人性发展的潜在伦理。对于长篇小说而言，人事甚至物情在历史与现实中除出的"余数"，靠的并不仅仅是其自身，更倚重如影随形的"除法"，也即一种形而上的精神运算法则，将人心与人性有理有据地引向必定的归属与终局。

很多小说篇幅一拉长，人情物事一繁杂，就容易丧失分寸感。在"长篇"的"演算"中，昭彰的是一种写作守持与言说理据。叙事的"演算"如何获致一个坚硬的内核，这关乎着长篇小说的生死存亡。无论是除法之下诞生的"余数"，还是余数背后潜行的"除法"，小说家不是上天入地无所不能者，"长篇"的文本更着眼于叙事的法则、语言的逻辑与科学的态度。如此，小说中的主体经验及其美学表达方立得住身，也才放得出光。

二、没谱的法则

《解密》中，在经历了之前巨大的挫败之后，背负解密之使命的黄依依在万千头绪中重整旗鼓，提出"所有的密码都是在没谱的情况下被破译的"，诚然如是，最终 701 在一种看似放松随意的"没谱"推导中，重新蓄积能势寻求突破，完成了最紧密的逻辑破解。

真正好的长篇小说同样需要这样的辩证，也即在长期的演算中求得灵光乍现的时刻，在充分的"法"与"谱"的叙事推演里获致旁逸斜出的"没谱"，终而于长久有效的周旋之后得以推进一格，或宕开一境。

未来的长篇小说写作，在吸收以往形式革新、美学经验的基础上，更需要注重文本的逻辑与内部的推演，在这个过程中，任何的想象和估算都不是信马由缰，很多时候需要的是实实在在的干货，求索更为严密的逻辑推导。如是内部谨严的"演算"过程，在于一个"法"字，胡编乱造必然逻辑混乱，不符常理者，便经不住推敲。当然，"法"只是写作的基础和内嵌的法理，不必过度拘泥，否则便显出平庸、乏味。故而这里倡导一种"没谱"之"法"，有法而无常法，循法而保有趣味，于有所度量中突破框囿。

"没谱"是倚重灵晕，破除程式化；"法则"是摒弃自以为是，追求推导演进过程的精准。毛姆说："能否删减则取决于是什么样的大家之作，比如情节跌宕的《傲慢与偏见》在他心中就一个字也删不得，同样不能删的还有结构紧凑的《包法利夫人》。明智的批评家森茨伯利曾写道：极少有小说作品能经得起精练和浓缩，甚至狄更斯的也不例外。"语言的精练、表达的准确、结构的谨严，这是"大家之作"的基本状貌。

沈从文曾提出写小说要"贴着人物写"，这里的"贴着"事实上讲的是小说叙事的潜在规约，其中需要坚守既定的美学逻辑，也势必脱不开小说家的艺术感觉。因而叙事和美学的法则是一种无定法的精准，一方面糅合了既有的观念伦理，"贴着"和牵住人物；另一方面则须于文本现场之中将其释放，使之于不同的逻辑样态中养成或变更性格。郜元宝在此基础上进一步指出："小说家不仅要'贴着人物写'，还要'贴着'自己在小说中的各种'化身'来写。这些'化身'，就是他根据需要，在小说中设立的千姿百态的'叙述者'。"小说写作需要假借一定的法则进行，但这其中不是机械化的复刻，不是按部就班和中规中矩，而是一种形而上的科学，小说家在释解艺术之灵魂的同时，也须"贴着"常识与逻辑向前推演，这是叙事得以成立的基石，也是人物站得住脚的关键。尤其长篇小说需要从纷乱的头绪和多元的牵引中实施推进和演变，更讲求语言和结构的细察考究，从而构筑出一气呵成、无懈可击的文本。就像砖石与沙砾需要严格依循工程原理累聚建筑，否则，再宏伟的构造，也不过是空中楼阁。

长篇小说通过"演算"推进叙事和演绎人心，探求的是艺术机制与精神法则并存，主体创造与逻辑推理共进，经营叙事的一头一线，琢磨人物的一言一行，直至推演出最后的终局。《红楼梦》中的四大家族从荣华走向衰颓，是政局的、经济的缘由，同时也归于精神的涣散与人心的溃败，小说从千头万绪之中掌握结构、控制节奏，以百科全书式的姿态，演算出时代的大变局与世俗的心灵史。

米兰·昆德拉认为，与人类历史进程中的整饬相较，小说的精神是复杂性的精神。长篇小说面临的自然更是一种庞大的丰富与复杂，由是，则更呼唤叙事的辨析，亟须内在而有序的话语梳理，令文化逻辑、社会形态、心理机制充分参与其中，以严密的美学"演算"，推敲出值得信任的文本世界。可以说，从琐屑繁复的细部，到宏大壮阔的构思，逻辑严格的推论与演算，始终是长篇小说写作的基本操守。

三、内外的推演

毛姆曾引用乔治·森茨伯利的观念提出："《汤姆·琼斯》是一部生活的史诗——当然，不是那种最崇高、珍稀、激昂的史诗，而是一部描写普通人的、健康的普通生活的史诗；它不是完美无瑕的，但它充满了真实感与人情味。也许，除了莎士比亚，再也没有人像菲尔丁这样，能够在一个虚拟的世界中真实表现普通人的喜怒哀乐。"越是浩浩汤汤的宏阔之作，就越不应当遗落"真实"的涓细水流，这是长篇小说所应秉持的叙事品格。对真实与真实感的执念甚至是偏执，既来自文学经典遥远的召唤，同时也是立于愈发虚空和浮夸的当下，重探长篇小说之未来方向。

即便如先锋文学将虚构设定为最高的真实，甚至将小说的叙事视为一种语言与形式的游戏，但是还原到小说的文本肌理时，同样追求的是语辞与表达上的无懈可击，场景的架构、人物的设定、情节的推演，都需要形而上的逻辑伦理支撑，所有的叙述演进都不是为所欲为的，想象的膨胀恰恰需要对应言说和叙事的真切谨严。格非的"江南三部曲"，表面结构了乌托邦的空间与状似高蹈虚空的人事，延续的是作者一直以来的语言的神秘与结构的虚缈，但文本深处却有着内在的牵引和逻辑，其中投射出来的中国知识分子一个世纪以来的精神轨迹，尤其人物身上所表征的历史症结与灵魂病征，都是有迹可循的。

　　这里所言的长篇小说的"演算"，不是一种细致的斤斤计较的计量，也不是形而下的简单增减除余。从外部而言，长篇小说所牵涉的历史、政治、经济的基本事实与内在逻辑，成为叙事推演的基本要素；而从内部来看，关乎精神的发端转圜，关于人心与灵魂的算法，同样有待谨慎而严密的"演算"。

　　在德勒兹看来，"流是基于创造与破坏之间的某种强烈的、瞬间的和突变的东西"，其似乎是难以捕捉和塑形的，既道出了写作的旨归，也提示了其中之难度。"写作没有其他功能：是一种与其他流——世界的全部生成 – 少数者——汇合的流。"长篇小说则是不同的"流"之间的大交汇与大融合，在这个过程中，重整、梳理与演算势在必行，唯其如是，才可以在充满"复杂性"的长篇文本中，对"流"进行解域与再造，最终"生成"特定的形式或形态，以此推演新的现实与未来镜像，演算深刻而内在的精神谱系。

　　小说以虚构和想象为归依，文本之中无不是变形、虚拟、夸张等元素的铺叙叠加，但愈是挥洒自如的构思，就愈有待滴水不漏的推演，以生成难以阻遏的命运，塑造无法复刻的形象。当下的长篇小说由于现实的丰盛与技艺的醇熟，愈发显露出气象磅礴、吞吐万物的兆象，但也时常凸现自以为是与破绽百出的弊病，那些缺乏耐心、粗制滥造与不符理据的"演算"，自然难以生成沉稳坚固的诗学质地。因而，长篇小说的写作，终究需要积经验与语言之跬步，守科学与逻辑之方圆，彼此并行而不悖，方可"演算"出关于未来的星辰大海。

第四节　文学转向与小说革命

一

我一直以为，当代中国文学正在经历一次深刻的转向。我们了解文学史都知道，中国文学从 20 世纪 80 年代新时期以来，经历了充分的"向内转"，文学在形式语言上不断得到蕴蓄、更新、革变，进入新世纪，我有一个基本的判断，尤其是对于当下的小说，一方面，文学"向内转"演变成为一种潜流；但另一方面，文学的"向外转"将逐渐成为新的趋势。两者并立并置，成为当代中国文学发展的新走向。当然，"向外转"是个笼统的说法，对作家来说，向外究竟是面向何处，到底转到哪里？这是难点，也是痛点。在我看来，文学的"向外转"是要走向文学所难以认知或有待认知的界域，走到时代的敏感点和扭结处，与此同时也走进幽微细腻的人心人性中，于焉传递关于历史与当下的征兆或症结。质言之，"向外转"是要作家走出简单的小说内部的循环，走向无远弗届的世界；但也要指出，文学的边界自然可以是无限的，但最终也需要回到文学本身，熔铸历史性、时代性与文学性，以审美和人性为路径，在形式修辞和语言结构的内部进行造设铺展。王尧曾提出新的"小说革命"的必要与可能，其中指出："当我在这样的关联中讨论新的'小说革命'时，我想确认一个基本事实：在社会文化结构发生变化时，文学的内部运动总是文学发展的动力。如果这个事实能够成立，并且参照 1985 年前后'小说革命'的实践以及当时风生水起的思想文化景观，我不得不说出我的基本判断：相当长时间以来，小说创作在整体上处于停滞状态。"① 因而，有必要在新世纪的当下，重启对于小说的内外变革，这是小说面临外在的未知及未定的危机时，需要完成的自我审视和重构，同时也是自身未完成之革命的内在要求。

对于百年中国文学史而言，小说总体有三个向内开掘的时刻，分别是 20 世纪 20 年代自叙传小说、30 年代的新感觉派小说、80 年代意识流小说，直至当下以东西长篇小说《回响》为代表的"心理现实主义"小说，似乎又为展开新的面貌提供了契机。事实上现代小说在诞生之初，就以展露和剖析人的内心为重要特征，这些思潮、流派和形式探索，代表着文化中国之精神史、心灵史、生活史的求索。但从长时段来看，小说的心理和意识流叙事，在革命与启蒙并置的 20 世纪的中国，以及后现代的新世纪及至当下，都往往是被压抑和被忽略的叙事脉络，这既出于现代中国百年来为重现实主义的倾向所笼罩，同时也在于心理开掘的叙事自身的局限，因此当代中国小说亟待通过新的形式探索和修辞形态，在心理意识和精神剖析层面，实现自身叙事谱系的开拓更新。

心理学和小说本身的叙事学，两者以成熟的理论及艺术形式出现，都已经不年轻了，而且都走过了各自完整的发展轨迹。有意思的是，在东西的长篇小说《回响》里，充满意味地完成了两者的切合，彼此的优势在文本里面剧烈地激荡，极富张力。小说将当代人的心理和情感、生活和命运紧密相扣。不仅如此，对于一个小说家而言，如何认知、处置以及咀嚼融通心理学、刑侦学等知识，是存在极大难度的，"如此之'难'很大程度是因为自己对故事中涉及的推理和心理领域，其实都比较陌生。'之前，我从

---

① 王尧：《新"小说革命"的必要与可能》，《文学报》2020 年 9 月 25 日。

来没碰过推理，也从来没有把心理学知识用于小说创作，但这次我想试一试。显然，这两方面的经验和知识储备都不够。'变化也出现在 2017 年。当时新加坡南洋理工大学聘请东西为驻校作家，在校园里他除了一边构思小说的开头，一边也开始利用空余时间去学习心理学方面的知识。东西坦言，那半年小说的写作进展几乎为零，但自己的观点却发生了微妙的改变，'尤其对他人对自己都有了比从前稍微准确一点的认识。内心的调整，让我写人物时多了一份理解，特别是对人物的复杂性有了更多的包容'。而为了足够专业，在写作过程中，他除了学习心理学的专业知识，就心理咨询请教专业人士，刑侦方面的细节也专门向刑侦专家请教过"[1]。毛姆提到小说的知识表述与叙述时曾谈到，在描述羊肉有多么好吃时，小说家没有必要完整地叙写羊的生长发育甚至烹饪的全部过程，知识的发抒并不是照搬和铺陈，其中的转化必须与思想的生发和形式的修辞相融汇，创生整全而适切的文学。纵观东西的《回响》，不得不说其中心理学、刑侦学等相对于文学而言的"外部"的知识，与文学自身相与熔铸，使得小说文本找到了新的突破口，或者说找到了新的入口，从而写出了一种"人迹罕至"的小说，这是作家苦心孤诣的结果，也是作品获致真正的异质性的重要因由。这样的尝试能够冲破写作者自己头顶的天花板，到达更深远广大的世界。可以说，文学正在经验新的革命，其更多的是朝向外部的，是寻求新的沟通、新的融合、新的创造。

一直以来，东西的小说都是富有力量感的，无论是其"命运三部曲"的长篇小说《耳光响亮》《后悔录》《篡改的命》，还是《没有语言的生活》等中短篇代表作，都能透露出东西所要入木三

---

[1]《作家东西发布新作〈回响〉：推理＋心理双线展开，这本小说玩得有点嗨》，见 https://new.qq.com/rain/a/20210623A06A4F00.

分地揳进现实历史之筋络的尝试。"可以说，这个三部曲一以贯之东西对命运的不懈追问，其决绝的批判现实主义创作风格，既坚定执着关注民间苦难的平民立场，又有紧密的内在逻辑形成井然密实的结构，棱角分明的主人公构成了个性鲜明的人物形象，命运诡异坎坷赋予小说的狠毒绝望与野气横生。比较独特的是东西有东西的幽默，那是一种含泪的笑或说一种凡间的快乐，使其小说里野地里生野地里长的人物充满艺术张力。"① 而在小说《回响》里，冉咚咚是最典型的代表，她始终与世俗坚毅地周旋，与卑微和罪恶的元素正面对抗。在抵抗外部挤压的同时，克服自我并重建自我，人物的内在始终充满了力量感，这是小说的穿透力，如果没有这种穿透的力道，小说就必然滑向平乏。我始终觉得，乏味不是当下小说创作最棘手的问题，乏力才是。而东西小说中的力量感是异常充沛的，这种力量能够挥拳打出去，直击人心，扣问灵魂，探寻现实的对应。陈晓明曾引用麦克尤恩的小说《水泥花园》来讨论当代中国的历史意识，在他看来，当下中国小说过分依赖历史，"那么我读当代中国的小说，大部分是依赖历史，它当然也很让我震撼。但是我经常觉得技术上还不能让我太信服，逻辑上的力量比较庸常。小说也有自己的逻辑，每部小说要做出自己的逻辑，重新去建构、结构世界、生活和人的命运"②。当下的很多小说，说实话，有越写越小的危险。以小见大是文学惯常的经验，实际上，当代中国小说已然在渐渐逾离简单的形式语言的内卷，而寻向更为切实的现实对应，胡学文的《有生》、迟子建的《烟火漫卷》等小说，其中的接生婆乔大梅、开着"爱心护送"的

---

① 参见《东西作品国际研讨会发言纪要》，《南方文坛》2017 年第 5 期。
② 东西、张清华、陈晓明：《先锋文学精神的继承者——谈东西和〈篡改的命〉》，《上海文学》2016 年第 7 期。

救护车司机刘建国等，出现了这么一种状况，那就是以小人物撑起整部小说，所有的叙事情节和人物关系都围绕着在宏阔的历史中的一个似乎微不足道的人物进行，然而却以小人物牵引出大世界，一个人辐射一个阶层，甚至借以同情悲悯而推衍至所有的人，结构更为广阔的生死、生活与生命。

这还不够，好的小说还有一个更为深邃而广阔的世界需要探寻，那就是人的深层心理世界，小人物从来都自有其大世界。以小见小也尚且还能契合后现代的生存境况，但最糟糕的是，越写越逼仄狭隘，写进了死胡同，掉下去就再也提不起来了。所以我在这里想说的是，小说是需要有一个换喻和转喻的过程的，再小的题材、人物，也需要有境界，当然这个境界，不是说要写得多么高大全，写普通人当然是一种小，但不是陷进庸常里出不来，但小说需要从中焕发新的文化想象，创生出异质的精神空间。而东西的《回响》是一种非常独特的以深邃见广大的叙事，也印证了当代中国小说"向外转"过程中不仅是面对和处理那些未知与未定之经验，更要朝向历史和时代的兆象，切入其间之肌理。"多年前写《后悔录》时，我就有意识地向人物内心开掘，并做过一些努力，但这一次我想做得更彻底。认知别人也许不那么难，而最难的是认知自己。小说中的人物在认知自己，作者通过写人物得到自我认知。我们虚构如此多的情节和细节，不就是为了一个崭新的'认知'吗？世界上每天都有奇事发生，和奇事比起来，作家们不仅写得不够快，而且还写得不够稀奇，因此，奇事于我已无太多吸引力，而对心灵的探寻却依然让我着迷。"[1]《回响》代表的是现代心理学与现代小说的结合，是将刑侦学、心理学和叙

---

① 东西：《回响·后记》，人民文学出版社，2021年，第348页。

事学等熔于一炉，在不同的知识谱系、逻辑走向与精神伦理中，打通雅俗的重要尝试。东西试图完成更为广阔的心理的与精神的指向，延及的是普通人的情感和生活困境，因而更具备某种总体性的性征。其中所涉及的不仅是一般家庭和夫妻不得不面临的信任问题，而且在性别议题上寻得新的路径，更重要的，是在表象化和碎片化，以及缺乏心理罪感和精神净化的时代，形成自身的形式思维和小说方法论，以虚构辐射现实，从而以深刻达至广大。

<h2 style="text-align:center">二</h2>

好的小说，必须存在内部的紧张。当然这其中不是写作者预知的矛盾，而是推演中难以逾越的角逐。甚至叙事者都无法预知故事及心理的发展，只能听由逻辑的与心理的规律，随着故事的推进，人物自我在变动，其间将不可避免地走向毁灭或得以重生，向往欢愉或奔赴苦难，无论如何，这里面总有着一种不可逆的内部逻辑。不仅出自于文本外部的读者的期待，而且甚或超出文本的实际建构者的预设。

东西的《回响》总体而言似乎不难理解，其中包含着两个层面的叙事结构，分别在奇数章与偶数章中展开：一个写的是凶杀案破案的现实主义，一个写的是人物精神征兆的心理主义。最有意思的，是对人物心理、人物关系、人物处境的精彩把捉，这是需要写作者思想的参与的，尤其是在小说中蕴蓄的凝练、概括、穿透的能力，凸显语言的掌控与思想的规整。叙事者思想的发抒及心理的观照，既从微观的角度把握人物的痛点，同时从宏观的层面捕捉故事结构中最纠葛扭结的所在。从小说《回响》来看，人物的心理病症似乎是先验的，在叙事未发生之际便与生俱来的，同时也是写作者赋予的。小说的发展和情节的推进，只是令其不断发酵而得以生发。在这个过程中，关键不在于心理病疾是否得以纾解，而在于纾解的方式，以及帮助纾解的对象。这与古典的精神体验、人本中心差异甚大，整个小说贯穿的是冉咚咚对罪犯与丈夫的不信任感，她所要诉说的事情最后都无功而返，总是被阻滞、忽略或歪曲。但值得注意的是，冉咚咚正是在不断重复的述说中试图确认或辨认自我，但也于焉迷失了自我，就在人物主体不同的分身和分裂中，小说借由冉咚咚探入个体、群体以至时代更深的心理岩层。米兰·昆德拉在《小说的艺术》中所言，"每部小说都在告诉读者：'事情要比你想象的复杂。'这是小说永恒的真理，但在那些先于问题并派出问题的简单而快捷的回答的喧闹中，这一真理越来越让人无法听到。对我们的时代精神来说，或者安娜是对的，或者卡列宁是对的，而塞万提斯告诉我们的有关认知的困难性以及真理的不可把握性的古老智慧，在时代精神看来，是多余的，无用的"①。可以说，故事的不同讲法，人物的性格岩层，决定了叙事的多元进展，形成开放的结局而得以不断延伸，最重要的地方，还在于小说常常想要去触碰又往往难以洞见的人心和历史。值得一提的是，小说《回响》中，冉咚咚与慕达夫之间的追问不断重复，甚至有时候令人觉得颇为冗长，她不厌其烦地审视质问他，他虽有所反感却不预备反抗，在这种情况下，人物的"重复"或"重述"在小说中的意义是非常显豁的：一是确认不信任感或者不安全感作为一种内心体验和生命遭遇，并将其与罪案及社会状况相联系；二是探寻并建构自我的身份，尤其是作为精神病症的自属与他属；三是重复地输出却得不到接收和反馈，得不到理解和同情，从而心理的疾痛反弹回到人物主体，强

---

① ［捷克］米兰·昆德拉：《小说的艺术》，董强译，译文出版社，2004年，第24页。

化、激化甚至是异化人物的心理而使其变形。再拓开来说，我更愿意将以冉咚咚为代表的心理探视视为一种溶洞的构设，当中隐秘而实有，空洞以容积风水，难以辨别的方位，不可预测的水流风向。不仅如此，冉咚咚更像是后现代社会人际相处之中不可拆卸的浮桥和孤岛，是冰川及其未曾显露的躯体，她更成为一种符号、一个隐喻。我一直在想，在一个隐私阙如，却又处处藏匿着私密性的时代，我们如何去勘探一个人的内心。以他者作为镜鉴，又以自我审度别人，这也是当代小说"向外转"的题中应有之义，人的心理、人的命运、人的灵魂，由此展开了个体/群体的精神征兆、时代的精神纠葛、历史的文化困境，已然成为文学转向与小说革命的新意旨。

吴义勤针对《回响》提出了一个重要的论断，他指出："有意识地把'现实'纳入'心理''感觉'中，纳入人物（主要是冉咚咚）的主观意识中，通过人物的体验去推理、猜测和摸索。而与此同时，小说又提供各种其他的'事实'来延迟'真相'的发现，甚至揭穿所谓的真相不过是梦境、幻觉或自以为是的臆测。从这个意义上说，《回响》堪称是一部典型的'心理现实主义'小说，作家笔下的'现实'包含着突出的心理体验的内容。"具体而言，所谓的心理现实，是"小说精心描绘日常生活中个体相对独立的心理活动和潜意识"。[1] 小说的最后一个部分"疚爱"，写冉咚咚为了破大坑案，找到杀害夏冰清的真正凶手，跟随犯罪嫌疑人刘青和卜之兰到了他们隐居的云南埃里，与他们生活劳作在一起，但是却始终没有捅破那张纸，没有暴露和展示自己的意图，为的就是施展一种心理战，事实证明，人最终逃不过自我的心理缠绕，

---

[1] 吴义勤：《探寻生活和自我的"真相"》，《南方文坛》2021 年第 4 期。

冉咚咚也于此击溃了他们的心理防线。

他说如果我离开了，你会好起来吗？她说离不离开不是问题，问题是我们犯没犯罪？我要是不爱你，你犯不犯罪也不是问题，问题是我已经成为你的一部分，你的罪也是我的罪，我的罪也是你的罪，我们好像变成一个人了。他说你凭什么断定我有罪？她说我不晓得，反正一看见冉咚咚我就紧张焦虑，就觉得夏冰清是我害死的，我都不认识夏冰清，为什么会有这种想法？说完，她突然哭起来好像谁欺负她似的越哭越伤心。他把她紧紧搂在怀里，仿佛搂紧了就能给她能量。她瑟瑟发抖，嘟囔："我有罪……"刘青想真是功亏一篑，我顶住了冉咚咚凌芳和邵天伟的轮番讯问，却顶不住爱人的眼泪。①

这既是冉咚咚的一种刑侦的手段，同时也是人的"心理现实主义"。可以说，东西在整个小说中所铺设的两条线索，在这里真正完成了内在的叠合。值得注意的是，并不是说案件的线索与家庭伦理中的心理线索之间，是互不关联的，事实上从刘青、卜之兰，包括幕后主使徐山川，以及沈小迎、吴文超等人所拉扯出来的追凶这条线，同样能够见出人物心理的不可捉摸与难以断定。"《回响》最初是想写一写夫妻之间的情感问题，但构思时觉得仅这条线太单薄，思维就滞涩了，几乎是暂停似的纠结。十多年前写《后悔录》时，我就对人物的内心着迷，可每次写都觉得深入不够，于是，这次我想来得更彻底一点。为了说明情感没法勘破，我加了一条可以勘破的追凶线，但写着写着，发现这一条线上的人物内心同样宽阔无边。"②不得不说，《回响》最重要的还是写出

---

① 东西：《回响》，人民文学出版社，2021年，第308-309页。
② 陈曦：《东西：写心理现实更需要技术含量》，见"现代快报读品周刊"公众号，2021年6月28日。

了人物心理发展过程，以及人物心理的互相映照，尤其是在冉咚咚破案的步步为营与对丈夫慕达夫的不断追问中，事实上也在不断捏合着表面上并不相契的两条主线。只有内在的心理与外在的案情都接近终结之时，在内外的互动与辩证中，才能完成最后的罪感认知与精神净化。"冉咚咚和刘青坐着村长的吉普车离开埃里。路上，冉咚咚想刘青的罪感既是卜之兰逼出来的，也是村民们逼出来的。由于村庄的生活高度透明，每个人的为人都被他人监督和评价，于是传统伦理才得以保留并执行，就像大自然的自我净化，埃里村也在净化这里的每一个人。"[①] 这里无疑透露出了东西小说富于穿透力的心理描写，其中让我最为惊讶的是，东西是如此准确地直抵冉咚咚和慕达夫的内心，如此熟稔自己的人物和他们的处境，详尽地表述他们的夫妻、家庭及周遭的情感。叙事者的心理把捉和表述能力的精准独到，背后无疑是有着宏阔而思微的思想理性的。这是智性叙事的重要形态，由是使得小说得以真正穿透人心，破除"故事"本身的简单表达，直插灵魂的腹地，揭开主体心理的征象和征兆。

三

谢有顺在对东西的《回响》的评论文章中，提到了小说本身的性质和功能，"现代小说的经典写法就是在一种细节流和生活流中再造'真实'。相比之下，中国当代很多作家写的并非现代小说，他们仍然热衷于讲述传奇，无论是历史、家族的传奇，还是个人生活史的传奇，都是把读者带向'远方'，通过故事所呈现的是他者的生活，阅读也成了对好奇心的满足。现代小说不同，它

---

① 东西:《回响》，人民文学出版社，2021 年，第 312 页。

是对人性的近距离逼视，也在辨析生活秘密的同时追问内心、审视自我。东西是不多见的几个敢于近距离逼视当代生活的作家。他的写作，写的都是当下生活，是普通人的真实日子，也是平庸人生的奇特段落，但他总能切开生活的断面，让我们看到被放大和夸张之后的人性。他是真正用当代材料来做人性实验的现代写作者。他的中短篇小说是如此，他的几部长篇小说也是如此"①。事实上，小说将焦点置于当代生活和当代人的心理，是要冒着很大风险的，因为当代是一个尚未完全显露真容的时间段，一切都在发展之中，很多时候甚至是未完成的状态，况且人心思变，在当下呼啸前行的社会变动之中，如何捕捉和把定人的内在，是非常艰难的，但同时也是意义非凡的，小说因此在不断试探异样与异质的边界，也在创生新的意义和想象。

很难想象，如果《回响》这部小说，只剩下案件侦破这一条线索，会是怎样的乏味。而另一条勘破心理与勘破爱情的主线，同样需要破案的一脉加以烘托对照。需要指出的是，无论是刑侦学，还是心理学，都是需要必要的"知识"的，否则小说不可信，不仅逻辑上难以运转，就连基本的认知和表述都会站不住脚，更何况还要以此为轴心进行推演和铺展，根基不牢靠的话，文本的大厦将随时轰然倒塌。关于小说中的"知识"议题，东西自己则提到："文学创作不应该受已有的知识约束，知识是拿来为创作服务的。比如再咚咚，她的性格看起来有些偏执，但只要我们注意到她的职业和压力，就能理解她的行为了。她自己也意识到了偏执，所以她问自己：为什么活成了自己的反义词？明明心里是这样想的，可说出来的意思却完全相反。写出她的心理矛盾，也许

---

① 谢有顺、岑攀：《日常生活令人惊骇的一面》，《南方文坛》2021 年第 4 期。

才真正地把她写准确了。人心比天空浩瀚，人物包括作者真正的成熟，或许就是能够容纳这些矛盾，而不是简单的非黑即白。这些认知的转化，好像都是心理学知识进入文学后的化学反应。"[1] 知识的蕴蓄和运转，不仅是文学转向的重要表现，尤其是文学在走出自身狭小边界，走向未知的广阔的外部时，亟须汲取新的知识，或新的学科、新的地域、新的理论，等等。这既是对小说的丰富，也是挑战。

知识的蕴蓄和叙述，是思想性写作的前提或说基础，其中包含着写作者及叙事自身的元认知，也即对写作本身的自觉。东西小说中的这种自觉，还常常表现在叙事者穿插其间的议论之中。"几天前，他们曾听旁人说过江边出现浮尸，甚至为无辜的生命叹过长气，但万万没想到他们为之叹息的那个人竟然是自己的女儿。这很残酷，分明是在为自己叹息却以为是在叹息别人，明明是在悲伤自己却还以为是在悲伤别人，好像看见危险已从头顶掠过，不料几天后又飞回来砸到自己头上。"[2] 概观整部小说，写作者之"智性"所参与的，除了前述在叙事结构上的设计、小说内在的价值伦理的锚定以及叙事之思想性的把握，还有就是关于小说的议论，《回响》的叙事与议论始终交杂，参与着故事的进展。一般而言，小说是较为忌讳插入议论的，尤其是大段大段的议论，这样会伤害文气，阻滞叙事的节奏和进程，使读者中断对于故事和人物的代入性理解。然而需要指出的是，在巴尔扎克、陀思妥耶夫斯基等作家那里，议论是比比皆是的，且因其精练、精到和精辟，甚至成了小说本身不可忽略的主体性存在。东西的议论同样没有

---

[1] 见《东西〈回响〉：写镜子里面的人》，https://www.thepaper.cn/newsDetail_forward_13213276.

[2] 东西：《回响》，人民文学出版社，2021 年，第 4 页。

起到反效果，对小说本身多有助益，归其原因，便是精准，是透彻，尤其切合小说在开掘人物心理时需要不断地辨析和辨认，需要通过争论与辩难，这个时候议论的作用便最大限度地发挥了出来，而且更多的时候颇具哲思的成分，与心理学本身以及小说内在的精神气质是若合符节的。

如若读得细，《回响》整个小说是极少景物描写，这是东西一贯的叙事风格，也与小说自身的内在肌理和格调有所关联。一般而言，长篇小说总是含有水分的，正如村上春树所言，长篇小说不能将每个部位的螺丝都拧得太紧，需要留置空间，也就是说长篇叙事文本需要在节奏上加以把握，不可过于紧凑，否则会令人喘不过气来，景物描写便是调节长篇小说节奏感的重要元素。但是东西的《回响》却只在极为少数的地方有景物描写，如冉咚咚到达云南查案时为展现异地的景色有所描绘，但也始终与故事进程及人的心理结合。小说的整体显得非常节制，无论是案件还是心理的，都显得非常紧迫，甚至显得压抑。即便是涉及景物，都直指内心，"天渐渐地黑了下来，像一块纱巾慢慢地挡住了眼前的景色，最后连自己也被罩在纱巾里。他们摸黑进了村庄，在狗吠声中敲开了房门。开门的是刘青，看见一下来了这么多陌生人，他的脸上掠过一丝惊慌。卜之兰不知内情，问你们找谁？冉咚咚说刘青。她仿佛有了不祥的预感，脸忽地沉了下来"[1]。可以说，东西的《回响》有一个宏大的理性在统摄，不是任由人物自身四下满溢般发展，而是有节制、有限度、有理性、有思想地进行推演，同时也是充满逻辑感的，同时体现的是刑侦故事的发展逻辑与人物内部的心理逻辑。例如，在涉及对爱情观的书写时，东西提道：

---

[1] 东西：《回响》，人民文学出版社，2021年，第241页。

"不止一个读者问我到底慕达夫出没出轨，我说这是一道测试题，答案就是心理投射，认为慕达夫出轨的他已经出轨了，认为慕达夫没有出轨的，他还没出轨。我只能说小说，没有资格说爱情与婚姻。作家不是婚恋专家，作家只发现有趣的现象加以描绘，而提供不了答案。而关于婚恋的答案，也许都是伪答案，爱情和婚姻被一代一代作家书写，其原因就是其复杂性和广阔性，也有人说爱情和婚姻其实很简单，所以，说不清楚。《回响》不是往简单上写，而是想写出心里面的无法揣摸，即使你是神探，即使你是心理学家。"[①] 小说家并不提供任何答案，他有时候只是摆出问题，在困境的不断营造中，甚至创生出更多的问题。这样的不确定性与开放性的观念，一直统制着整部小说的叙事进展。"我相信有爱情，因为我强烈地感受到过。但爱情到底能持续多久？是这部小说探索的部分内容。我们不缺爱情，缺的是爱情的持续力。写完这部小说，我发觉能把平凡的生活过好就是英雄，能把夫妻生活经营好就是爱情。爱情在不同时期有不同的表现形式，小说中我把慕达夫与冉咚咚的爱情分为三个时期，即'口香糖期''鸡尾酒期'和'飞行模式期'。我也在小说中表达了这样的观点：'爱在不同时期有不同的表现，就像服药，不同的年龄段服不同的药量。'"通过爱情的解析，东西的《回响》事实上还涉及一个命题，那就是小说如何在人物个体的病征中，言说和表述时代征兆。如果说冉咚咚为了查案，也为了查验丈夫是否出轨，而显现出神经质的情态，仍情有可原，也不难循此得到其精神病疾的结论，但是当她开始因此自虐自残，问题就出现了。

　　他说我是被哭声惊醒的。她说你做梦吧。他说没事就好，说

---

① 见《东西〈回响〉：写镜子里面的人》，https://www.thepaper.cn/newsDetail_forward_13213276.

完，转身欲出，却看见门把手上沾着一丝血迹。他立刻掀开毯子，抓起她的双手，看见她左手腕子上有一道浅浅的血痕。他心里泛起不祥，说为什么要这样？

"现在我终于明白夏冰清割腕时的感受了。"她把手飞快地缩回去，像什么事也没发生似的，"体会一下受害人的绝望，也许能获得破案的灵感。"

"荒唐。"他从抽屉找出一块创可贴，贴在她左手腕子的伤口上。他紧紧地捂住那个伤口，好像要为它止血，而其实它早就不冒血了。虽然它只是一个浅尝辄止的伤口，但在他看来却是一道深渊，是她心理崩溃的信号。①

有意思的是，小说里有个细节，冉咚咚坚持让丈夫慕达夫去心理医生莫医生处看病，事实上，夫妻二人都曾在莫医生那里获得了是否是精神病的否定性回答，"莫医生说你的什么表现让她怀疑你有病？他本来不想说，但忽然觉得不说会损害冉咚咚的形象，于是便把自己近期的表现详细地略带夸张地说了一遍，仿佛不夸张就不足以保护冉咚咚。莫医生说要是不慎踩了几粒玻璃碴就算精神疾病，那我去哪里找正常人？这话让慕达夫的小心脏欢快地蹦跃，但为了不让冉咚咚继续担心，他请求莫医生为他开药，哪怕象征性地吃几天。莫医生说药不能乱吃。他说不吃药怎么过得了冉咚咚这一关？莫医生说我会跟她讲清楚"②。也就是说，在精神科医生的视角中，两人没有一个人是有病的。然而，小说将两人视为相互镜像中的病症，这就是意味深长的地方。他们的病疾并不是本身所携带的，而是在彼此的眼中成为了精神病人，其中似乎透露着某种隐喻，小说所映射的，是当代生活中无处不在的误

---

① 东西:《回响》，人民文学出版社，2021 年，第 188 页。
② 东西:《回响》，人民文学出版社，2021 年，第 241 页。

读与误认，是在相互的心理投射中产生的错觉、误差，在这种情况下，他者不再能够镜鉴自我，彼此之间是相互割裂的存在，这是一种时代的、生活的与人际的重要病兆。

<h2 style="text-align:center">四</h2>

东西的小说向来具有很强烈的问题意识，在语言与形式的把控上也独有先锋意味，他不仅尝试掌控叙事过程，同时把握伦理的深层表述。如前所述，《回响》具有突出的"智性写作"特征，小说在侦查过程试探中的试探，而心理进程同样反转又反转。其中关注的是人性的复杂结构，整体性观照人的心理、情感、理性和社会性。小说中，冉咚咚试图勘破罪案的真相与情感的真相，但文学教授慕达夫却一语勘破其中之谬误，"别以为你破了几个案件就能勘破人性，就能归类概括总结人类的所有感情，这可能吗？你接触到的犯人只不过是有限的几个心理病态的标本，他们怎么能代表全人类？感情远比案件复杂，就像心灵远比天空宽广"①。这样的话语看似大而无当强词夺理，如置于更广阔也更幽微的人心中时，却显得言之有理。更重要之处在于作者往往以这样的方式，穿透案件与情感自身的局限，将人性的与命运的、苦难的与生命的"真相"抽离出来，这是东西小说表述"智性"的重要形态。张燕玲在《东西长篇小说〈回响〉：人生的光影与人性的回响》中提出："我以为，读《回响》是需要智力与精力的。小说从公安局案件负责人冉咚咚破案切入，以心理开掘悬疑推进故事，作品角度新颖，情节跌宕起伏，人物群像复杂鲜活。其中，东西成功塑造了一个新的深刻的文学形象：冉咚咚，这位在看不见的战线上

---

① 东西：《回响》，人民文学出版社，2021 年，第 345 页。

成长的女英雄，敏感求真、敬业坚执。她不仅有深刻坚定的职业精神，东西还在冉咚咚人生的光影与人性的回响中，展现了广阔丰富的人心面向，繁复裂变，至明至暗，那些心理生命艰苦卓越的战斗力透纸背，如芒在刺，一切都出乎意料，令人过目不忘。"①《回响》一方面需要从案件的叙写中抽丝剥茧层层推进，另一方面则要从纵深处开掘人物的心理世界，如果没有思想性的参与是不可想象的。东西一直以来，都是智性写作的代表性人物，而长篇小说《回响》的出现，则可以视为是智性叙事的一种范型。如吴义勤所指出：

> 文学不是关于社会现实及人的词典和百科全书，它是人的启示录。社会生活和现实关乎人的生存、生活和生命，关乎人在时代现实中的遭遇、处境和命运，对这一现实进行思考和表现的文学，便是人对人的启示录。在此意义上，东西的长篇小说《回响》便是"启示录"式的写作。小说描绘了两种现实场景、两个世界景观：一个是社会生活世界、景观，一个是人的心理和精神世界、景观。通过两个世界那心灵的秘密地，两幅景观，小说形成了一个有意识建构起来的视角，其焦点是"现实"或"事实""真相"。作为一部虚构性小说，《回响》在展示生活和心理世界的同时，营造了一个心灵之梦，从而超脱了普通生活状态，敞开了其沉默部分。这是一部具有强烈的刺痛人心、启迪心灵、升华灵魂的"真实性"的小说。②

不得不说，如若要成为一种启示录，成为升华人的灵魂的小说，没有"智性"的参与是不可想象的。"智性写作不仅意味着表

---

① 张燕玲：《东西长篇小说〈回响〉：人生的光影与人性的回响》，《文艺报》2021年4月2日。
② 吴义勤：《探寻生活和自我的"真相"》，《南方文坛》2021年第4期。

层的知识储备与文化累积，更重要之处在于小说写作中的现实性
与未来感，由此生发厚重和深邃的文学表达，形塑具有解释力和
生产性的知识话语、思想意识与文化理论，回应当下中国的历史
命题。不仅如此，从小说的内部而言，智性叙事有助于矫正当下
叙事的琐屑与表述的随性，在文体、语言、意象、章法等方面加
以深耕与经营，从而为修辞与形式的变革不断提供新的创造性元
素。"①王蒙先生曾经提出作家的学者化，强调写作者的知识素养，
那是一种必不可少的前提或者底蕴，这是第一个层次；当然这里
面不是简单的知识储备，甚至不需要完整的知识系统，而是一种
见识、立场、伦理，甚至是毛姆所说的偏见。"东西为完成这一主
题的写作，做了许多专业上的研究和准备，比如小说中涉及的办
案和法律知识，比如犯罪心理学、精神分析学、情爱哲学等，这
些专业知识的准备，为东西讲述那些案件和人际关系的细节，奠
定了强大的真实感。庞德说，'陈述的准确性是写作的唯一道德'，
汪曾祺也说过类似的话，语言的唯一标准是准确，但这种准确性
是建基于了解、熟悉和专业上的。"②小说并非直接呈现知识，而
必须将知识加以咀嚼消化，对知识进行融通与再发抒，尤其需要
在主体化、对象化中，融汇关于知识的修辞。这个过程都是自觉
的和系统的表达，同时也是萨义德所说的对系统的反驳；不仅如
此，智性叙事必然是走向深远广大的叙事，吴义勤也提到东西小
说中的"智性"："《回响》具有突出的'智性写作'特征。它是一
部以案件和情感为主要内容和叙事线索，以'大坑案'侦破和慕
达夫与冉咚咚的婚姻、家庭走向为'问题'导向的分析性、剖析

---

① 曾攀：《当代中国小说的智性写作——以韩少功、格非、李洱为中心的讨论》，
《上海文学》2020 年第 7 期。
② 谢有顺、岑攀：《日常生活令人惊骇的一面》，《南方文坛》2021 年第 4 期。

性小说。不同于常见的侦探破案故事和爱情伦理故事，小说有着严肃的'问题'聚焦和人性追问。它还是一部以人类理性和情感、智性与心理为主，以社会现实生活为辅的小说。它关注人性的复杂结构，整体性观照人的心理、情感、理性和社会性。它是小说、文学与心理学和案情推理学的'合作'。对案件的侦查、推理，对人心的推测、研究，嵌入了小说叙事，构成其基本内容，影响了叙事节奏的快慢。小说在很大程度上体现着一种环环相扣、迂回曲折却又步步推进、深入人心的探究案件和情感真相的思维方式。小说以心理和推理作为基本内容和情节结构形式，对人性人心状况进行了较为广阔、细致和全面的想象性辨析和考察，揭示了隐藏在日常生活、情感和伦理关系之中却被遮掩或无法说出的'真实'，揭示了那些隐秘的不欲示人的思想和欲念在它自身轨迹上的运动。"① 一直以来，东西小说中的智性塑造有内在的伦理修辞与语言的造境作用，如早期的先锋写作《没有语言的生活》《反义词大楼》《目光愈拉愈长》等；其次有纵深的历史感与广阔时间性，东西对社会现实的执念，往往通过冷酷的和反讽的语辞托出，而且将人物主体置于一种临界点之中，试图窥探他们的苦难命运，以及由此衍化出来的精神 / 文化镜像，《篡改的命》《后悔录》等小说中的现实感，特别是里面潜藏的问题意识，对焦的是对于社会阶层和人的生存境况的反思；再次是东西小说里的普遍性和统摄性，这是探寻整全性的文化反思的重要路径，同时也是生命意义上的探索，在他的人物身上，是社会底层的小人物，是乡土世界的"没有语言"的个体 / 群体，是性别的议题与难题，也是普通的人性，在那些不断被逼到绝境的人物身上，是一个经济体、欲望体、

---

① 吴义勤：《探寻生活和自我的"真相"》，《南方文坛》2021 年第 4 期。

性别体，透露出时代的伦理及其悖谬。在浮泛的浮躁的年代，如何塑成一种总体性的意义，东西小说的探索显得尤为可贵且重要。

　　小说中曾提到一种"心理远视症"，这也是现代世界的征兆之一，"再往下问，他们又摇头了，好像他们只懂得这个动作。他们生活在她的虚构中，凡是发生在北京的他们说得头头是道，凡是发生在本市的他们基本蒙圈。他们似乎患了心理远视症。心理远视就是现实盲视，他们再次证明越亲的人其实越不知道，就像鼻子不知道眼睛，眼睛不知道睫毛"①。我一直在想，在这个时代，我们如何处理自我与他者，如何处置近端与远处的关联，如果处理不好，我们将时刻都处在决裂之中，与逝去的时间，与过去的自己，以及与或远或近的他人，与一切钟意的或厌恶的处境，都处于一种决裂与孤独之中，从某种意义而言，东西的《回响》正在直击我们的命门。细读小说可以知道，其中对所有人的预设都出现了偏差，这是非常有意思的地方，东西似乎想打破所有的预设，人物频频从既定的精神轨道中逾离出来。于是小说也充满了种种内爆的能量。当代世界，人与人之间的距离存在着越来越疏远的危机，人们都在走向他者的反面，相互之间的陌生与疏隔，精神的分裂与割裂，告状、举报，不断诞生新的内卷。很多时候我们似乎从不会认真端详、认知、理解过别人。如是，这个时代将变得陌生又可悲，每一个人仿佛都是另外一个人，一个和自我毫不相干的人。《回响》中冉咚咚和慕达夫之间的关系，是小说的主脉，我甚至认为，他们两人之间的争辩，是一场关于小说的真实与虚构的争夺，譬如冉咚咚在读贝贞的小说时，联想到丈夫的不贞，但丈夫不断告诫她，小说第一特征是虚构，第二特征还是虚

---

① 东西：《回响》，人民文学出版社，2021 年，第 7 页。

构，但冉咚咚没有这方面的文学知识，或者她的心理超离了文学自身的特性，因而还是不断地将怀疑和质疑施加于丈夫的身上。事实上是关于小说本身的元叙事，是对于虚构与写实的内在辨析。甚至对于爱情，慕达夫不断谈及的文学文本，如卡夫卡的《判决》、曹雪芹的《红楼梦》、马尔克斯的《霍乱时期的爱情》等，都因为不同的认知系统的偏差而无法得到回应。人物朝着各自不同的方向发展，无可避免地走向了割裂和疏离。然而这还不是问题的全部，冉咚咚身上蕴蓄的力量固然是正义的与正面的，但是这样的力量又常常有所偏倚和偏颇，细读小说会发现，冉咚咚很少对自我进行反思，而且她的性格心理也没有经历必要的曲折，也许这与她作为警察的角色有关，不加约束和反思的"力量"喷薄而出时，必然伤及周围的无辜。东西或许在这里寄寓了更深层的隐喻，不仅是个体的病症，而且关于集体的或时代的与文化的肌体。

除了冉咚咚之外，小说的另一个核心人物是慕达夫，"当时，他在博士圈以狂出名，狂就狂在他敢批评鲁迅和沈从文的小说。他用鲁迅小说的思想性来批评沈从文小说的不足，又用沈从文小说的艺术性来批评鲁迅小说的欠缺，就像挑唆两位大神打架然后自己站出来做裁判。如果非得选一位现代文学家来佩服，那他只选郁达夫，原因是郁达夫身上有一种惊人的坦诚，坦诚到敢把自己在日本嫖娼的经历写成文章发表。他认为中国文人几千年来虚伪者居多，要是连自己的内心都不敢挖开，那又何谈去挖所谓的国民性？但是，就在他快要狂出天际的时候，有人出来指证他佩服郁达夫其实是佩服自己，因为他们同名，潜意识里他恨不得改姓"①。熟悉现代中国文学史都知道，郁达夫是 20 世纪中国现代小说创作的先驱，代表作有《沉沦》《故都的秋》《春风沉醉的晚上》《迟桂花》等，在《沉沦》小说集中，郁达夫将日本的自叙传小说在地化，尤其勾连自我剖析与国家民族的关系，袒露的同样是一种心理的、精神的以及性的苦闷与病疾，实践了国族的与个体的精神解析。郁达夫在《〈沉沦〉自序》中说："第一篇《沉沦》是描写着一个病的青年的心理，也可以说是青年忧郁病 Hypochondair 的解剖，里边也带叙着现代人的苦闷——便是性的要求和灵肉的冲突——但是我的描写是失败了。"②联想到慕达夫的性格心理，其与自己的偶像郁达夫的自我剖析之间，既有若合符节之处，如小说中提到的他与师妹的交往，甚至还援引了郁达夫的《雪夜》告诫自己："太不值得了！太不值得了！我的理想，我的远志，我的对国家所抱负的热情，现在还有些什么？还有些什么呢？"③又不尽相同，根本在于郁达夫是一种主动的自我剖解，但在冉咚咚面前，慕达夫只是被动应付，都是被冉咚咚的思维和逼迫牵着走的。我倒觉得，重心既在冉，也在慕一方面坚持自我，另一方面则不得不始终迁就冉咚咚，然而在他身上却还是有着光明磊落的质地在，尤其是在他和贝贞的交往中，一直保持着必要的距离，也自始至终没有背叛自己的妻子——尽管慕达夫与冉咚咚已签署了离婚协议，但慕却始终没有弃她而去，这是慕达夫身上所传递出来的力量。

这就不得不说到东西小说的叙事调性，一直以来，东西的小

① 东西:《回响》，人民文学出版社，2021 年，第 45 页。
② 郁达夫:《〈沉沦〉自序》，见《郁达夫文集》第七卷，花城出版社，1982 年，第 149 页。
③ 东西:《回响》，人民文学出版社，2021 年，第 49 页。

说架势都很足，非常沉稳，基本功牢靠，根基扎实，凝神聚气，内功非常深厚。但是施展拳脚，打出招式时，又常常有旁枝斜逸之处，或人物得意或尴尬之时幽人一默，或故事推进至关键时刻的精准到位的议论，这是作家的独门武功。从命运三部曲的《耳光响亮》《后悔录》《篡改的命》，到《回响》，在东西的叙事框架中，情感的普遍性与伦理的独特性是熔铸在同一种框架里的，普遍的人性是底子，这还不够，好的小说还需要有认知的与伦理的独特性，这才是冲击人打动人的地方。东西小说很多人物，都不无偏执，他们懂得坚持，懂得反抗，他们始终在一种内外的斡旋中建设或解构自身。我常常觉得，东西小说写一个人，也是写一代人，或者说写所有的人。这是东西小说里头的"做派"，那是小说内在的腔调或说调性，幽默有灵性，旁枝斜逸却牢不可破，语言是变动不居的，有内爆力，形象的刻画有其固有的发展轨迹，是情感史、生活史、精神史，背后激荡着一个个历史的区间，从而使得人的命运，通过内在世界的铺设，传递出真正的力量感，换言之，东西通过向内的开掘，运送出一种向外的能量，以深邃走向广大，这也是保证东西小说水准的最重要路径。

<h1 style="text-align:center">五</h1>

当下的时代开始从快餐文化到高潮文化演进——因而在所谓的"抖音"时代，更需要真正的文化再思。时代呼啸前行，我们该前进还是后退？我们生活在只有"高潮"也即只在乎最后那个结果的年代，择取的是短时间的颤动，抹去了沉浸与沉静的过程，也不愿拘束于平淡和平凡，只消享受最快活的时刻，就像一个短视频，要短，越短越好，越直接越到位就越打动人心，省略了摩挲，咀嚼，切磋，琢磨的过程，肤浅化与表层化的生活方式正在

侵占并改变当代人的精神结构，甚至形式本身瞬间转化成内容，美学被直接过滤掉，只有瞬时性的享受文化，这在网络时代风靡的所谓"一夜暴富"式的一步登天可见一斑。如是便会丧失深层社会肌理与历史冲击带来的难度感的冲击，人的自身也将变得越来越脆弱。从文化发展层面上看，粗俗化与粗放化的娱乐态度，丧失了蕴蓄的过程，心理性的兴奋被生理性的亢奋所取代，瞬间的爆炸之后，是无尽的空虚，是更加难以抹除的虚无，最直接的后果，原来浮躁二字问题只在浮上，现在则上升为躁狂、路怒、家暴等精神症状，铭记的不可能，记忆力消退，导致的直接结果就是内心空洞。转瞬即逝，稍纵即逝的快感，爆炸中迅速的遗忘，外部的过度膨胀，将会导致内在精神的萎缩和空心化。这是值得我们警惕的精神、心理和文化现状。

东西的《回响》一方面向外转向心理学、刑侦学，同时通过文学自身的消化重铸；另一方面以极大的耐心观测和对焦人物的心理发展进程，这是一次缓慢而深邃的探索。当代中国文学的"向外转"，"代表的是一次文艺思潮的涌动"，这是文学内外的一次新的自我／他者的审视，尤其置于当下日新的社会政治和科技革命之中，于文学而言是一种立体而迫切的面向。"时至 21 世纪的今日，随着物质丰富与信息爆炸时代的来临，专业化与知识性趋势的不断加深，文学一方面形成对外在之物事、信息、知识的高度涵纳与聚焦，内在的语言、结构、形式等因素与之进行新的对接和融合，而且经过了新时期以来的寻根文学、先锋文学、新写实文学等思潮的内外衍变，中国当代文学在'向内转'的变革中，实现了面向自身内部的充分的周旋与推进，并且开始不断寻求外在的延展和突破，试图以此破解面临新境况时不断滋生的内在危机。另一方面，不断更新的外部世界也倒逼文学进行新的变革，不同的文化形态与专业知识在实现自身的精深之时，更不断发生交叉和融合，在此过程中，文学重新面向宇宙自然的外在之'物'，重置已知或未知的'知识'与信息，并且在'非虚构'及其所启发的新实证精神和写实艺术中，形成了当下中国文学'向外转'的主要形态。"[①] 当然，在这个过程中，小说的革命是更为迫切的，20世纪以降，小说已经成为文学最显豁的部分，也担负着丰富复杂的社会历史功能，因此亟待一次真正意义上的转身，实现新的经验熔铸、价值取向与形式话语的全面革新。

第五节　叙事新变与未来形态

进入新世纪以来，当代中国小说迥异于晚近以来的叙事形态，也不同于80年代的精神向度和形式迭新，如何把握中国现代小说经过百余年的发展之后，直至当下的叙事转型及其未来形态，这是一个宏大的命题，能且只能通过目前现有的文本和精神状态进行新的估量，在此并不试图做凌空蹈虚的猜测，而是深入诸种想象性文本，在其细部及精神的延伸处，探究形式修辞的新形态，同时探索小说叙事的未来指向和文化维度。

具体而言，针对近年来中国文学的当代叙事，其一是经验与认知的转化问题，这涉及写作者以及文学文本的新对象与新形式；其二是现实与历史重估的问题，新的时代状况势必导致时间和空间的重新认知，同时也倒追历史，形成当代的历史意识；其三是类型与情感的交互，这一方面涉及的是网络文学与严肃文学的互动互渗与彼此借鉴的问题，另一方面则代表着当下小说的类型化

[①] 曾攀：《物·知识·非虚构——当代中国文学的"向外转"》，《南方文坛》2019年第3期。

叙事及其透露出来的情感模式；其四是智能与诗性的互通，在人工智能逐渐渗透于文学写作与文学传播的当下，重新思考并实践新的叙事样态，甚至决定了小说未来的存在形式；最后则涉及的是小说叙事的形式更新，这既是以往着重探讨的文学文本内部的话语新变，同时也意味着外部的更新换代，文学尤其小说需要面对更多的挑战，也需要作出更多的改变，更重要的是，小说需要在此过程中将自身及其衍生出来的形态不断问题化，以此适应新的迭变，也创造新的形式。

一、经验与认知

进入 21 世纪，互联网的发展日新月异，文学聚焦的对象也出现了更多元的形态，出现了不少我们现行读法很难进入的小说。首先提及的是"90 后"小说家梁豪的短篇小说《世界》，写的是以前在文学文本中没有关注过的网络直播，通过凸显网红万人捧场的线上与孤独寂寥的线下状态的相互对照，传达出在现实与虚拟的冒险中穿梭的人心与人性。"关了灯的房间，归顺到阳光的背部。夜晚如此漫长如此漆黑，夜里的人，各自揽着零零散散的异梦，合眼而眠。眼罩底下，爱，欲望，过去的片段，心虚，鬼胎，未来的启示，一只猫，熟悉的风声，所有或抽象或具象的梦的碎片互相堆叠，彼此杂糅，甚至自相矛盾，让梦里的人忙于应付而无可自拔。"这是一种新的经验表达，也代表着非同以往的认知的转型。正如梁豪所言："小说何为？我不知道，只是恍惚以为，它始于我们觉得，流连于我们不觉，终于似有所觉，恍兮惚兮，其中有象。我们都是摸'象'人，在真伪、虚实、耳朵与鼻子、美丑、爱恨和大小之间。"在不同的真相与拟像中，当代的生活变得含混，变得乱淆，于是需要新的秩序性探索，需要新的判断标准，这是当代小说存在的价值，也是未来的方向。

不仅如此，经验与认知的转化不仅意味着新的事物与新的题材的呈现，同时也意味着文学写作者的自我陌生化，既往的对象与形式于焉发生新的转圜。李约热下乡两年，期间开始书写扶贫题材的小说，他之前写农民，写的多是苦难、悲剧、荒诞，现在对观照农民的态度改变了，在小说《喜悦》中，他提到如今对农民的叙事伦理有所转圜，那就是小说中提到的四个字：小心轻放。"李作家回城的时候，曾跟朋友们聊，他说来到乡村后，看到听到很多人的故事，他有一种'小心轻放'的感觉，就是说对村里的人和事，要认真对待，要'小心轻放'。就拿赵忠原来说，他算是八度屯最有威望的人了，表面上大大咧咧，但是心底是愁苦的。他跟李作家讲他在浙江工地受伤的情形，开始的时候像讲笑话一样，他还笑哈哈的，最后则流出眼泪。"试图将扶贫的五合村纳入野马镇叙事的文学谱系之中。而从一种恣意放纵的野性书写，到小心翼翼地处理人物的身份姿态，这是经验与认知给予作者的新的转化。如果这样的农民形象置于整个新文学以来的乡土文学谱系，无疑显示出了现实主义书写的新的可能。

而在自我的经验之外，还涉及他者的映射过程，值得注意的是，这个过程往往伴随着后启蒙与后革命时代的生活化表达，这也是当代中国小说叙事转型过程中的一个重要特征。金仁顺的小说《众生》，涉及的是个体生活经验的细微问题，小得不能再小的日常现场，却能够激发出无边的认知面，尤其是当中所涉及的如何转化现实人生的困境，如何坚持内在的精神脊柱，抵抗外在的尖锐浑浊，这都不是空对空的虚拟之言可以抵达的，文学除了模仿、再现，还有转化和升华，在这其中，转化是最为关键的一环，尤其是通过日常经验的转化，以及在此过程中的形式与理念的出新，往往意味着个体生命的新的想象。不仅如此，这也是当代小说在穷尽技巧之际的一种大巧若拙的形式表达，金仁顺的《众生》中的平平无奇的生活，代表的恰恰是一种平凡无奇的状态。正如作者在小说最后所提到的："我很震惊，想起法国作家蒙田说过一句话：强劲的想象产生事实。我从来没想过，这句话居然会落实在我认识的人身上。"通过想象形成事实，这是小说的虚构的拟像，同时也是想象性的现实形态对照，也就是说，通过人物主体之间的新的交互与融合，生产出了新的生活及其价值形态，也创生出新的伦理认同。

　　本雅明在评论赫尔德诗歌的时候提到，人生的经验有一种完整性，但是诗人不能把这种完整的人生经验复制到诗歌，或者文学作品里面。这个过程需要一种转化，但这个转化其实是一种非常痛苦的过程。或者说转化的本身是由痛苦所铺就。又如莫言的《一斗阁笔记》，其将金仁顺的"平凡无奇"加以翻转，执意将平凡无奇坐实，正所谓一寸短一寸强，随之而来的是一寸难。其中的《褂子》一则，写显摆逞能，装疯卖傻，"那些娘儿们，一定认为我疯了。我暗自得意。装疯卖傻是为了吸引女人的注意，她们注意我了，并且知道了我的抗寒和我的爱护衣服。当我拾满了一兜棉花到地头上找麻袋时，麻袋没有了，珍藏在麻袋里的褂子自然也没有了"。作者最后还不忘戏谑道："装疯卖傻是要付出代价的。"这显然代表了当代中国小说日常叙事的典范，莫言从既往独步中国文坛的长篇乡土写作，回归到细节的巧妙融合的生活现场，以愚笨包裹精巧，值得注意的是，小说开始以吾（余）作为第一人称叙述，然而到了最后的揶揄，却既可理解为一种自嘲，又更像是一种外在于斯的戏谑，冷不丁来那么一句，与古典小说中的惩恶扬善或教导教训颇为相似，轻松诙谐，又意味隽永，最重要的，莫言的大智若愚正说明了小说需要技巧，但好的小说，却又在技巧之外，需要形式的依托，这个过程中，故事又是超乎形式的——这是故事与形式的辩证。小说的形式表面上收束了，但故事却并未结束，还在呼啸向前，曲折蜿蜒，不绝于耳。坏的小说，故事在形式中是萎缩枯萎凋零的；好的小说，故事必定胀破形式本身，形成新的意味与想象。

除此之外，还有一种小说形态需要提及，那就是革命与启蒙历史中所鲜有的，而在后现代的生活和情感中时有显露的一种叙述——有棱有角的多元主体与有情有义的复杂伦理。这方面在2020 年的几部长篇小说中表现得尤为明显。如王松的《烟火》，写了一个多世纪以前的天津，小说好看，过瘾，活色生香，一是独特的叙事语言，短句很多，繁复多元，内爆点充足，能够将人物最关键最具特点的部分以最简洁的话语传达出来，故而形成冲击力；二是人物的鲜活显豁，小说能够将一百多年前人情物事写活，这是真正的历史意识的体现。克罗齐曾经提出所谓的历史意识，不仅需要过去性，同时需要当代性。王松的小说中，透露出从前现代走向现代的城市史，以及在此时空中人们的生活史和创业史，从他们的精神与生命沉浮中，窥探一个时代的精神状况。那么问题在于，想象性叙事如何与当下的我们发生共鸣，《烟火》写的是天津，但实际上有一个国家及一个民族的影子；写的是天津老胡同里的烟火气，但是奋斗挣扎，命运的抉择，精神的坚守等，与当下的每一个人息息相关。迟子建长篇小说《烟火漫卷》分为上下两部，上部为"谁来署名的早晨"，下部为"谁来落幕的夜晚"，写一座城市与一群人的日与夜，开"爱心护送"车的小人物以及围绕着他的家庭、友朋及遭际，写出了哈尔滨的世情民生，"我在哈尔滨生活了三十年，关于这座城市的文学书写，现当代都涌现了许多优秀作家，我只不过是其中一个小小的参与者。任何一块地理概念的区域，无论它是城市还是乡村，都是所有文学写作者的共同资源。这点作家不能像某些低等动物那样，以野蛮的撒尿方式圈占文学领地，因为没有任何一块文学领地是私人的。无论是黑龙江还是哈尔滨，它的文学与它的经济一样，是所有乐于来此书写和开拓的人们的共同财富"。不仅如此，小说更重要的是传达出人们朴素而日常的情感，他们的精神纠结、他们的细小盘算、他们的伤痛喜悦，在生与死的面前得到不同的参照，也做出了彼此的抉择，事实上迟子建写出了一代人的品格，也呈现出了一座城市的内在格调。

　　李约热小说《喜悦》，是贴近时代政治的作品，如何吞咽消化不做简单的传声筒，需要小说在建构自身的时代性时加以充分而有效的形式化，具体而言，既要保持在场，又要保持距离。"我把我经历的事情和伯恩哈德经历的事情放在一起，是想说明：第一，现实生活的魂是可以扎扎实实地在小说里安家落户的。现实空间和小说世界里的事物，魂是相通的，神是相似的。现实空间事物的聚变，为小说世界提供充足的材料，是汽车和燃料的关系。第二，既然魂是相通的，神是相似的，这也就够了，不要人为地拔高现实的海拔。'和解''关怀''原谅''温暖'这样的美词，在现实空间里，都是浴火重生的词语，在小说世界里，更加需要有足够的细节铺垫和情感注入，只有这样，才能让这些美好的词汇莅临。在小说的世界里，既要关心命有多重，也要关心情有多真。短篇小说《喜悦》，就是在这样的思考中完成。"互联的、相通的，事实上就是写作者将自身与广大的乡土世界，与质朴淳厚的农民联系在一起，同呼吸，共命运。除此之外，红日的长篇小说《驻村笔记》、海勒根那的短篇小说《请喝一碗哈图布其的酒》等，都聚焦了扶贫攻坚的乡土经验。这都是对当代中国小说重要的经验拓展，而且代表着百年中国现代小说发展的新的转向，当代叙事更加切实地专注于脚下的这片土地，甚至表现为一种"向外转"，"当代中国文学的'向外转'，代表的是一次文艺思潮的涌动，是一种复杂的精神面向，意味着文学向自身内部发动的一次巨大挑战。其并不是简单的对外在世界投去目光和添加言辞，而是在充裕的向内开掘之后的向外延伸，是一种文学的主动转身与自我探求。质言之，是向新的美学诉求、表现形式与话语空间进发，牵动文学之文体、形式、语言等层面的重要变革。就具体的文学现场与文本肌理而言，对'物的重审和抒发'，以'知识的重组与重构'为核心的写作探索，倚重历史事实与时代现场的求真与务实所激发的'非虚构形式'，如此构成了当代中国文学'向外转'的主要内容。物、知识、非虚构，三者并不是表面上的简单并列，其内部有着深层的交叠与关联，共同指向文学内外的写作标的、结构话语和叙事形态，这是文学'向外转'的思潮中最重要的三个面向，在当下的文学现场得以广泛呈现并融入文学的内部机制，进而走向自身的成熟，标志着当代文学'向外转'的真正确立"。将思维与叙述延伸至更为切实而深远的中国大地，深入到乡土世界的内部，表现那里大多数人的苦难及其超越，这已成为当代中国小说的一种叙事转型，同时也代表了一种未来形态。

二、现实与历史

如前所述，作家需要走出语言与形式的书斋式写作，走向无远弗届的大世界、大天地之间，这便需要多重形态的时空拓展和精神延伸。海外华文女作家陈谦的小说《下楼》，写的是丹妮远渡重洋，空间变迁，但是历史所遗留的创伤依旧存在，在她的丈夫去世以后，创伤彻底显露出来，时间的信息和历史的包袱，在人物的身上不断显露，从而同时将时代的与个人的精神状况显现出来，构成阔大而幽微的心理状态。黄咏梅的小说则擅长"以小见小"，不故意拔高人物精神，也与宏大叙事保持一定距离，可以说，在黄咏梅那里是一种宏小叙事，此中之"小"，不是走进死胡同的那种小格局小情绪，而是负负得正，小小得大，代表着一种日常的盛宴，意味着现实主义的新的可能性表达，人物得以在充分的丰厚的主体性中获得新的觉悟和精神，从而走向更阔大的世界与境界。

这里还不得不提到文坛的常青树王蒙和他的长篇小说《笑的风》。从中国的北方乡村到省城到上海到北京，从海外的德国西柏林到希腊到匈牙利到爱尔兰，王蒙的作品可以对应当代中国文学发展史，最重要的，其与知识人的阅读史、精神史、心灵史相与随行。从《青春万岁》《活动变人形》《坚硬的稀粥》《组织部来了个年轻人》，到意识流小说的新探索如《布礼》《夜的眼》《海的梦》等，再到自传性写作的新尝试《王蒙自传》，王蒙的写作与中国当代文学史对标，形象地说，这是一种"以大见大"的书写，宏阔的气度，无论何种题材人物，都能体现大手笔的表达，这其中，小说的吞吐，它的气息气象，它的立意，与历史与时代的激荡共振，可见以大见大的胸襟和气魄。"写不出大时间、大空间、大变化的小说来，怎么对得起师友读者？怎么对得起吾国吾民、此时此代？"在王蒙那里，文学写作的四重境界是青春—沉稳—老到—赤诚，王蒙小说纵横捭阖，嬉笑怒骂，一气呵成，形式不拘一格，故事从心所欲，语言臻于化境，从"少年老成"演变为"老年赤诚"，潇洒自在，从容恣肆。

梁晓阳的《出塞书》，思绪理路纵贯南北，从亚热带的广西北流，到广袤宏阔的新疆。作者 2003 年开始动笔，2017 年完成，断断续续写了十五年，2018 年在《中国作家》杂志发表了十一万字，当时作为非虚构作品发表，2019 年 8 月由作家出版社出版了单行本，字数皇皇六十五万。在我看来，这部长篇小说蕴含着三个打通：文体打通、南北打通、灵肉打通。可以说，文学叙事的经纬度、文体的融合和打通，代表了当代中国小说的新尝试，尽管其中出现了新的矛盾和问题，但是这样的尝试是值得肯定的。从传统来看，纪实性书写不只是狭义的写实概念，其同样可以是虚构的抒情的融合；现代来看，自叙写作擅于表现内在、述写情绪，是一种向内突进的文体，通过剖露心迹，袒露内在。小说所表达的行旅史、成长史、心灵史、文化史，既有阔大的构架，又有细部的生活，关键在于小说如何将碎片再熔炼再精练，从而显得在宏阔之中，兼及饱满和丰厚。

历史的自然代入如何形成反思的力量，如何重整精神的秩序，这是当代中国小说的一种重要向度，王尧的长篇小说《民谣》写 70 年代知青史、家族史、路内的《雾行者》写 90 年代的打工者、经商者与文艺青年等在世纪末最具代表性的人物主体，梁晓阳《出塞书》写 50—80 年代盲流，等等。并且也出现了对古典的重塑，如邱华栋的短篇小说集《十侠》、徐则臣的短篇小说《虞公山》等，都显露出了特有的历史意识，回归传统以汲取题材的、语言的形态，以及最重要的意趣的形式的能量而重新发抒，对其吸收，也对其审视，形成具有创造性的当代文本，以完成历史的重现及其重估。

三、类型与情感

关于类型与情感的辩证性话题，针对的最主要对象自然是网络写作与严肃文学写作的形态，而在纯文学的书写中也同样有所触及。纵观当代小说的类型与情感性叙事，家庭/家族叙事是最为常见的。邵丽的《黄河故事》、杨遥的《父亲和我的时代》、吴君的《小户人家》、葛水平的《养子如虎》、李骏虎的《家谱》等，从聚焦家庭琐事与个体史出发，以小见小，以大见小，时代历史也归于细部的微观的呈现，在生活的现场中开掘人心人性的向度。也有人性的幽冥不定，如陈鹏的《黑夜之黑》、笛安《我认识过一个比我善良的人》等，人的善恶、明暗、生死等，从抽象走向实在。艾伟的《敦煌》，直陈情感的无可归宿与难以落稳，追及历史讲述的判定性难题。其中不再是宏大与微观，不应执拗于大与小，而是消解与重建的问题。陶丽群的《七月之光》讲述了对越自卫反击战中受伤的老建，如何在乡土世界中疗愈，由是触及了自然再造与乡土重估的命题。值得注意的是，在此过程中，革命的战争的模式，尤其是置于世界文学的范围内，陶丽群的《七月之光》将当代中国乡土世界的状貌掺入其间，在类型与情感的彼此加持中完成新的叙事形态构造。

　　而类型与情感的转化更为突出的地方体现在网络文学的生产方式中，值得讨论的，是其中的写作方式问题。当然，生产方式中包括了写作者的创作、公司网站的推手以及诸种网络文学衍生物等。当然我这里所用的"生产"一词，正是出于网络小说最为人所诟病之处，那就是在网络文学书写中的模式化的自觉与不自觉的统一：自觉是因为流行的文学模式容易被读者接受，故而类似之前所提出的北川云上锦与夯夯的作品，会主动地靠近和贴合流行的叙事类型；而不自觉则主要由于网络文学创作的外在因素——公司要求、网站风格、文学类型、阅读模式等——对作者的规训。而多方面合力所形成的模式化书写，也成了网络小说创作的常态。这本也无可厚非，因为那既是网络叙事建构自身辨识度和提高读者接受度的一种方式，但是需要警惕的是，对模式化的迎合，也是网络文学不可计数的粗制滥造的重要原因。就像本雅明在《机械复制时代的艺术品》中所提到的，"复制"确实成了我们这个时代的关键词，而网络小说也经常由于自身自觉与不自觉的模式化过程，影响了其文学性与美学性。

从写作方式而言，集体创作、枪手写作、软件写作甚至抄袭借鉴等，都呈现出了当下网络文艺的新的书写方式。曾经风靡网络的小说《三生三世十里桃花》，就出现了颇具争议的抄袭问题，小说作者唐七公子被匪我思存等网络作者指责抄袭，这样的问题在网络文坛并不鲜见。写作方式的问题，也即将成为或者已经成为讨论网络写作的重要议题之一，这是我们讨论网络写作必然受到的一种冲击。《三生三世十里桃花》的抄袭风波，固然是网络文学写作问题的一个极端，其根本原因，则在于网络文学叙事本身的积重难返的模式化写作。而要打破这样的模式化与类型化，"经验"的介入势在必行。从现代人的生存境况、书写方式和阅读状况来看，我们很容易被他人的经验所蒙蔽，被外界的喧嚣所搅扰，被那些我们无法触及或不愿深究的经验所愚弄，我们如今接触了越来越多的间接而贫乏的经验。正因为如此，"生活"的实感经验作为写作的资源和要素，才显得尤为重要。只有通过这样的途径，写作者才能真正获取自我的主体经验，并以之渗透进文学的叙事过程，从而摆脱笼罩在自身之上的"匮乏"。因而，"经验"的获取、运思与建构，对于网络小说创作中的模式化的打破，有着极为重要的意义。而从某种意义而言，少数民族网络作者无疑更容易获致自我意识，从自我的身份认知出发，到结合本民族的神话传说、文化政治、人文理念以及历史地理等，实现从写手到作家的转变，以及从炮制到真正的书写的转变。因而，少数民族网络文学，回到写作经验本身，回到语言构建本身，也便是回到文学本身和创造力本身。如是这般的网络文学，能够想见，会是怎样的令人期待。

再看另一位网络作家江边傩送的作品，如《极品神医》《极品神相》等，一方面透露出来的是网络文学固有的模式化倾向，其既有一种表层的接受和认同，也必不可缺地带有作家主体与个体经验的参与，后者是摆脱简单的模仿和遵循，实现对类型化与模式复制的打破，这种突破有赖于内在经验的发现、发抒和发掘。江边傩送小说中的神医、神相等形象的成功塑造，便是对主体经验开掘的结果。寄寓于医学层面与面相学知识上的虚构性书写，显然对网络写作的"极品"模式，进行了新的题材探索和美学尝试，尤其是将新的学科元素和传统文化掺入小说的文本世界。在《极品神医》中，医学成了小说人物主体意识之昭彰的基本途径，其中围绕着人性的亲与疏、围绕着正义与邪恶以及亲情、友情、爱情的纠结缠绕，令人物本身的发展与人物关系，变得富于张力，同时也让故事的推进更为引人入胜。在当下社会，人类主体之间的交流变得贫乏，缺乏沟通，人们变得敏感而脆弱。个体经验的体悟在这个过程中，慢慢变得匮乏起来，变得枯燥和单调，变得毫无趣味。所以我们要真正的经验，要真正的主体经验。网络文学以什么元素和内蕴，真正触动读者并且留下痕迹？或者说，如何通过自我独特性的认知和召唤，对抗和超越一般意义上的网络文学写作。真实问题也是难题。因为我们在观察网络文学的时候，可以发现在网络上和市场中趋俗的类型写作，非常司空见惯的通俗化和模式化书写，譬如游戏、玄幻、悬疑、盗墓、武侠、言情、科幻、仙侠、灵异、耽美等，触目皆是，无非是网络文学世界对读者和市场的迎合。这本也无可厚非，但是在内容为王的时代，网络文学是否可以尝试那些独一无二的或者具有前瞻性的文化、历史和生活？可以断言，那里的写作资源和想象空间，尤其是经过生活实感的洗练和印证的点滴丝缕，无疑将成为更为吸引人心的所在，也可以作为网络书写得天独厚的写作资源。

在探讨中国的网络文学时，将从网络文学探究包罗万象的网络文化，再从网络文化向网络文明转化。德国人埃利亚斯在《文明的进程》中指出，文化与文明的区别，就在于对"差异性"的理解不同，文化强调的是差异性的存在，而文明则见证了差异性的消解，更趋向的是普遍性的价值和意义。不仅如此，网络文明还将通过文学与文化的话语实践，构造出自我的生存空间、语言生成场域以及新的象征符号与意义系统。在这个过程中，中国网络文学的世界性，正在慢慢形成，新的全球性话语既然开始建构，关乎网络文学的理论研究，也将在世界范围内形成举足轻重的影响。而现在便是我们建构网络文论的最佳时刻。毫无疑问，网络小说成了我们这个时代最大的文学趣味。这是对于文学读者来说的。而对于文学研究者而言，关心的则是网络文学的批评和理论建构问题。在我看来，网络文学在中国的异军突起，对于文学研究者，是一种得天独厚的网络资源、数据资源、文学文化资源，甚至是国家民族资源。说得直白点，网络文学的繁盛，更需要自身的研究和批评，需要自身的理论建构，尤其是在世界范围内，通过树立具有全球意识的，而且是系统的网络文学理论，构筑合理可行的网络文学评价方式，创造中国化之符码、中国化之话语。

纵观文学历史，每一种成气候的文学，都伴随着文学批评和文学理论的交互，两者之间是相互激荡，彼此促进的。20世纪初，五四新文学运动，科学民主的文化理论，与五四新文学形成了共振；二三十年代，左翼文学的崛起，同样来自马克思主义与革命文学理论的推动；五六十年代的社会主义文学兴起，则是源于社会主义现实主义的推动；新时期则是出自蜂拥而至的西方文学理论思潮的影响，形成了新的文学高峰。21世纪，网络文学在中国的异军突起，也迫切需要与相关文学理论的互动。这是一个很好的时机，通过网络文学的理论建构，提供全球视野的文论思潮，进而发出真正的中国的声音。这样证明了，网络文学在整个国家文化战略层面的重要性。

如前所述，网络文学内部不仅存在着类型和题材上的分野，而且还蕴蓄着民族性与世界性的区隔，以及文化与文明的探讨等，因为这里可以得出结论：网络文学是一个多元共生的场域。德勒兹曾提出"块茎"理论，在整个网络文学生态中，具有显著的特征。网络文学内部所生产出的多极文化元素，构成了不同意义的岛链，彼此独立，相互之间拥有自身的体系和系统，但又紧密相连，不可分割，分享着诸多共有的象征与符码。在这个过程中，网络文学在地域形态、身份意识、主体经验等层面，都昭示出自身的独特性与独创性，理应成为整个网络文学创作界域的重要版图。而主体经验在写作中的重要性在于，正如伽达默尔所言，体验或说经验是具有延续性和生产性的，故而在这里引入网络写作的未来想象的论述，是为了通过文学所真实书写的现在，推演出自身的未来，铺陈出新的文学文化图景。

总而言之，网络文学不缺故事，不缺好故事，尤其是具有地域特色与独特题材的网络文学。而从边缘到中心的想象空间的拓开，也势必带来新的书写方式，创造出新的叙事范式。在这个过程中，并不意味着要放弃市场化层面的审美主潮和写作模式，因为后者往往能够折射出写作者与阅读者分享的隐秘心理，以及集体无意识的匮乏与快感。但是少数民族网络文学，应该蕴含更为宏大的意旨，那就是其中的民族性、国家性与世界性的统一。民族性是前提，国家性是态势，而世界性则是一种广阔的视野。未来想象事实上是一种立足于本民族的现实进行新的延伸，而不单单只是类型化的玄幻，以及比比皆是的"想象界"。因为后者事实上并没有让少数民族网络写作结构出具有主体与地域意义的"想象"，更遑论其本来所具备的民族和世界视野。从匮乏的模式化的想象，转向自我的内部，真正回到少数民族自身的历史与当下，进而推演出新的版图和场域，在碎片化和快餐式的网络写作中，必定能够重新凝聚叙事的力量，重塑文学的再造功能。

相对于当代网络文学的写作，严肃文学则进一步掘入人物主体的精神世界。映川短篇小说《有人睡着就好》，表面上写人物为身体之病与精神之症所困，也许可以回归好好睡觉，好好生活的原始主体，然而更重要之处在于，小说揭示当代浑浑噩噩、忙忙碌碌的人们，如何重整内心，不仅要好好安顿自己，更需要善待他人。这其中牵涉到的是情感的播撒以及在此过程中隐现的精神的共情。张楚的中篇小说《过香河》，可以说代表着城市与乡土的新时代特征下的现实主义书写，对于此，需要特别提及的是，其一，现实主义似乎是一个老生常谈的话题，然而现实却又始终对当下的经验认知存在一种挑战甚而挑衅的姿态，从而不得不去直面和重估现实的问题。然而无论是古典主义、浪漫主义，还是现代主义，都无法回避现实的内嵌式存在。现实主义成为文学最本质最经久不息的表达，但其如何翻新，何以形塑新的可能性，焕发新的生机，这是当下的文学写作不得不面临的困境。其二，现实主义的当下书写需要历经多重转化，以及在转化过程中形成新的形式、新的可能、新的反思乃至新的批判。

四、智能与诗性

东西的长篇小说《篡改的命》出版于 2015 年，但在 2020 年，因为篡改高考志愿等新闻的爆出而重新出现在世人的视野，值得注意的是，这是在小说问世多年之后，其中情节在现实中不断浮现，可以说，东西的叙事以其智性与洞见，形成强烈的穿透力，不断印证着时代的变与不变。艾伟《最后一天和另外的某一天》，充满智性的叙事结构，作者苦心经营，专注于小说架构本身，始终呼应着故事情节的推进与人物心理的演变，并且契合内在的叙事伦理，塑造精神氛围和价值取向。李洱的《应物兄》，更是直接强调知识分子的归宿与命运，智性在康德那里被翻译成understanding，类似于把握物理认识的那种能力，理性是更高级的，具有超越性的认知能力。具有一种统摄力和穿透性的把握，能够实现新的总体性的建设和未完成状态下的预见，可以说，几乎每一次小说革命，事实上都内含着智性的推送，如浪漫主义对应工业化的批判，更遑论现代主义小说中如卡夫卡对人的异化的表达，而现实主义要更进一步向前推进，生产出现实主义新的可能，无疑需要智性的力量。智性写作亦将成为现实主义书写创造新的可能的重要方向，实现对过分感性及其所带来的片段化碎片化的超越。

值得注意的是，智性叙事同样可以视为情感叙事的一种特殊类型，并非没有或杜绝情感，而是相对隐匿的，是被知识与理性改造过的文化形态，其同样指向精神的觉知和主体的认同。在多元文化视野中，单一文化形态的洞见可能会带来盲视，不同文化之间也可以有立场和观念的差异，甚至可以有所谓"片面的深刻"。但是文艺和美学不应走向极端和狭隘，而应该更为包容和扩大，立足于社会整体与总体历史，并将之与不同文化类型与社会形态进行参照和辩证。在不同文化之间或协调或排斥的过程中，人工智能也将会在未来形成自身的文化，我将之称为"智能文化"，甚至可以演变成为一种现代的"智能文明"，这样的文化或文明会成为人类生活中的一极，与其他文化或文明共存和沟通，当然也存在着彼此之间的对抗和取代。可以说，人工智能时代为人类提供了新的想象空间和新的可能性，与此同时也产生了新的挑战和危机，后者主要体现在：其一，人对人工智能的过分依赖而产生同化；其二，人类被人工智能所异化；其三，人工智能带来的新的伦理危机；其四，人工智能压抑、挑战甚至取代人类。当下的人工智能所带来及可能带来的意志、精神和伦理的危机，需要重新探讨人工智能时代的诗性主体建构，突出主体内部的革变，也强调两者之间的沟通和融合。

那么在人工智能时代，如何实现诗性主体的建构：一方面不失自身形态而协调和融入人工智能文化之中，另一方面则是应对人的主体性在人工智能时代所可能产生的变形与变异。首先是语言。如海德格尔所言，语言是存在之家，诗人是在世界的暗夜中呼唤圣灵的人。诗性语言与人工智能的语言不同，后者也许可以不断模仿、复制和汇集语言，但是却无法创造自己的语言，更无法形成自身的风格。而只有人独特的、复杂的以及无限的经验付诸诗学和创造，才能保持人的独立性、精神性与神性，并且给人工智能增加新的素材，创生新的可能性。其次是价值。需要建构自身的丰富的主体性，恢复人之为人的美学和人文价值。人自身如能秉持灵性，便可思考、可顿悟、可反省、可转圜，精神的曲折和延宕同样珍贵，这是人工智能所无法达到的，同时也是人的自身在人工智能时代所需要立足形成的内部变革，牵涉到的是文学文化的价值再造功能。钟嵘在《诗品》中说:"气之动物,物之感人,故摇荡性情,形诸舞咏。照烛三才,晖丽万有,灵祇待之以致飨,幽微藉之以昭告,动天地,感鬼神,莫近于诗。"现实的追求与灵魂的归属是诗性的两极,自然之气和天地之物可以使人动情、催人生思,从而能够实现艺术的创造和精神的再生,灵魂和幽思只有经历天地自然和世间万物的激荡和洗涤,才能真正创造出如诗般"动天地,感鬼神"的理想生命。人工智能主要是以概念化、公式化、编程化与模拟化为中心,即便阿尔法狗能够战胜围棋世界冠军,但它只代表"技艺"的集大成;即便微软研制出来的机器人小冰能够挪用语辞进行诗歌的拼接,但是其中之思想性与艺术性却难以成型,无法蕴藉复杂丰富的诗意,更不能形成独树一帜的风格。值得注意的是,这里所呼唤的人工智能时代的诗性主体建构,并不仅仅是对其进行反拨和对抗,也不仅仅是关注人自身的性灵、信仰,而更多的是一个完整的无限的内部探求,塑造有着自我之灵性与诗性的审美主体,对人工智能进行新的启发和校准,为人工智能提供更为良性的、善性的以及诗性的精神和文化范本。

当下我们正处于"弱人工智能"时期,也就是我们现在广泛运用的人工智能类型,这只是一种工程学方法意义上的程序逻辑化的智能形态,而人工智能还要继续往"强人工智能"乃至"超人工智能"方向发展,这就要与人类世界的文化以及与人的精神性与无限性对接,在此意义上提出诗性主体的建构就尤为必要。因而,无论是前面提到的语言与灵气、诗意与信仰,都指向人的包容性、无限性和创造性,文化属性与人性互通,这是更高级别的人工智能的追求目标。我们经常谈到人工智能与诗性、文化及人的无限性之间的关系,这两者事实上存在着一个双向建构的形态。例如特斯拉的 AP 智能系统的发展，从开始只有方向和安危的反应，发展到后来的更多向度的识别，再到将来他们可能开启的对人的认知与人性形态的研究，如加塞变道等行车不规范所带来的危险。人工智能只有将全面的、完整的、无限的人自身纳入考量，才能真正实现突破性的发展，从低级的人工智能向更高级的人工智能发展。在这个过程中提出人工智能时代的诗性主体的建构，一方面使人工智能的缺陷不至于陷入更大的困境；而另一方面则使得二者向着更为良性的方向发展。

自五四的问题小说而始，中国文学走向现代的过程，就是一个不断疑问、质问、设问的经验。到了 20 世纪 40 年代，处理问题反而重新激发出问题本身的丰富性，而在 20 世纪 50 到 70 年代，文学提出问题的声音越来越微弱，直至新时期，文学重新设问："绚丽的楚文化到哪里去了？"寻根文学是代表。到了新世纪，文学自身遭遇的危机问题，如 AI 写作，文学面临的超现实问题，也意味着未来命运需要重估，包括城市与乡土的书写问题，以及生态自然的理念下小说如何重整内在的形式，将当代中国面临的"问题"作为一种方法，一种话语，形塑文学内在的美学伦理，传递当代中国叙事的精神向度。在此过程中，促进人工智能与人类之间的彼此参照、协商，这是一个不断磨合和补充的过程，也是我们今天谈人的主体建构与人工智能之关系的核心命题。而只有诗性的存在，人才能从有限走向无限，从现实走向理想，从当下走向未来，这是人的永恒命题，也是人工智能走向未来的真正命题。

五、结语或形式的更新

弗吉尼亚·伍尔夫在《狭窄的艺术之桥》中指出她正处的时

代："我们并不是牢牢地固定在我们的立足之处；事物在我们的周围运动着；我们本身也在运动着。"在她看来，对于"我们正在走向何方"，应当是评论家需要"告知"人们，或者至少应当去"猜测一下"的。文艺发展的不确定性，成为了当代中国小说叙事转型的内在现实，同时也代表着如何打造未来形态的外在需求。伍尔夫试图对形式的固化重新考量，提出一种文体综合论，打破其间的畛域，以创生新的可能。"小说或者未来小说的变种，会具有诗歌的某些属性。它将表现人与自然、人与命运之间的关系，表现它的想象和它的梦幻。但它也将表现出生活中那种嘲弄、矛盾、疑问、封闭和复杂等特性。它将采用那个不协调因素的奇异的混合体——现代心灵——的模式。因此，它将把那作为民主的艺术形式的散文之珍贵特性——它的自由、无畏、灵活——紧紧地攥在胸前。因为，散文是如此谦逊，它可以到处通行；对它来说，没有什么它不能涉足的太低级、太肮脏、太卑贱的地方。它又是无限忍耐，虚心渴望得到知识。"她甚至指出，未来的小说将成为一种更加综合化的文学形式，"在那些所谓小说之中，很可能会出现一种我们几乎无法命名的作品。它将用散文写成，但那是一种具有许多诗歌特征的散文。它将具有诗歌的某种凝练，但更多地接近于散文的平凡。它将带有戏剧性，然而它又不是戏剧。它将被人阅读，而不是被人演出"。不得不说，在融通与综合的基础上进行再造，是当代小说的重要发展向度。

昆德拉把西方小说史或欧洲小说史划分为三种形态：以拉伯雷、塞万提斯等人的小说为代表的"上半时"，以巴尔扎克、普鲁斯特等人的小说为代表的"下半时"，以及以卡夫卡、布洛赫等人的小说为代表的"第三时"。"上半时"小说文体自由，属于小说的原生态；"下半时"小说文体固化，呈现出程式化特征；而"第三时"小说是对"下半时"小说的反拨和对"上半时"小说的复归。不同文类之间实有相通之处，李敬泽的《会饮记》《咏而归》等著作，"它绕开了每一种已被确认的文体"，则是对文体的打通或说打乱，以重铸新的可能性。

伽达默尔在《真理与方法》中，提到何为"体验"："显然，对'体验'一词的构造是以两个方面意义为根据的：一方面是直接性，这种直接性先于所有解释、处理或传达而存在，并且只是为解释提供线索、为创作提供素材；另一方面是由直接性中获得的收获，即直接性留存下来的结果……如果某个东西不仅被经历过，而且它的经历存在还获得一种使自身具有继续存在意义的特征，那么这种东西就属于体验。"在伽达默尔那里，"体验"一词及其所代表的生命精神，对抗的是启蒙运动的理性主义，意味着主体内在意义的延续性存在；而当代中国小说同样需要以新的文化经验、生活体验和未来想象为核心，建构起真正的内在经验，以此勾连经验与认知、历史与未来、类型与情感、智性与诗性的内在理路，终而寻向无远弗届的精神状态、文化立足及未来形式。

第二章　历史、革命与时代

第一节　新乡土叙事：主体、实践与历史的发展意志

一

近年来，"新乡土文学""新乡土写作"与"新乡土叙事"的提法不断在学术界发酵，尽管其中关于"新乡土"的表述各有不同，但指涉的乡土文学及其映射下的乡土中国新变是一致的。这里之所以没有采用"文学"与"写作"等较宽泛的概念，而以乡土之"叙事"为核心进行阐析，一方面是基于近现代以来的中国乡土文学谱系中，小说的创作实绩最引人瞩目，且乡土叙事以其广博和细微、深邃与阔大，深刻切入时代的社会境况与精神状况；另一方面则是纵观近些年的乡土文学，相对而言，书写乡土的散文、诗歌等文类在开阔度、纵深度上，与小说不可同日而语，而且从乡土的"叙事"来看，已经形成自足的价值体系和内在的阐释系统，可以非常清晰地勾勒出乡土文学之"新"在何处，并能够表征当代中国的诸多命题。当然任何的概念与理论都不是无懈可击的，任何的洞见也都会存在盲视，立场和观念本身尤为如此，如若还难以清晰分梳，那只能是以"叙事"文本为纲，确乎可以使论述更为集中。自此，似乎可以很清楚地形成相关表述了："新

乡土叙事"脱胎于 20 世纪 90 年代之后中国乡土文学的多元转向，尤其是 21 世纪第二个十年以来的山乡巨变背景下，在主体性、实践性、发展性与时代性四个层面，建构起了自身的艺术理念和意义系统，并且不断生产出迥异于既往乡土小说的沿革诉求、主体建构、话语伦理和价值谱系。

孟繁华在《百年中国的主流文学——乡土文学，农村题材，新乡土文学的历史演变》中较早提出"新乡土文学"的概念，指出"这种变化最重要的特征，一是对乡村中国'超稳定文化结构'的发现；二是乡村叙事整体性的破碎"。事实上，从论者所列举的作品来看，重点讨论的还是小说文本中的乡土，其中提出写作者对中国 / 乡土现代性的不确定的确认，正是乡土叙事开启"新"状貌的思想前提 [①]。王尧则将旧乡土与新乡土进行了明显的对比，尤其是出于新的生活经验和精神认同的新变，指出"关于乡土的叙事，其实首先不是文学史问题，而是何为乡土生活的问题。即便在今天我们讨论'新乡土叙事'时，仍然面临这样的问题。就此而言，不能不说，我们的写作者和批评家对新乡土生活越来越陌生" [②]。张燕玲则断言，"乡土中国的书写已经进入到一种新的阶段"，具体说来，"'新乡土叙事'之新，在于无论表达内容还是表现方式都呈现出新的美学样貌，这不仅是时代巨变带来的乡村变化，包括生活方式、社会形态、自然生态，尤其精神需求和矛盾问题，都期待写作者的艺术挖掘与表现。因此'新乡土叙事'需要对日常经验美学与宏大史诗美学进行融汇再造，从而建构一个

---

① 孟繁华：《百年中国的主流文学——乡土文学 / 农村题材 / 新乡土文学的历史演变》，《天津社会科学》2009 年第 2 期。
② 王尧：《"新乡土叙事"札记》，《南方文坛》2022 年第 5 期。

开放包容的现实主义美学"①，由此可见，"新乡土叙事"不仅对照着当代中国的山乡巨变，而且构成了写作者自觉的美学求索。对于所谓的"山乡巨变"，吴义勤认为近现代以来的中国历史发生了四次，第一次是解放战争时期的土改运动，第二次是20世纪五六十年代的合作化时期，第三次是20世纪八九十年代的新时期乡土写作，"第四次就是新时代的山乡巨变，是中国在脱贫攻坚、全面小康完成之后，以农村现代化、共同富裕、生态建设等为特征的山乡巨变"②。这其中可以看出乡土变革的若干脉络，也有助于理解当代中国乡土叙事的历史背景，关键在于面对时下的"山乡巨变"及其叙事的不确定性与未完成性，小说虚构性的想象如何处理面向未来的充满实践性与发展指向的农村、农业、农民，成为了"新乡土叙事"的时代课题。

可以说，"新乡土"不仅指的是新生活现场与新民风民俗，而且对应着乡村和农民的观念重塑、精神重构与文化重思。并由此衍生出新人物、新观念，形成乡土新变的内生性动力，衍化为自足性、发展性、建设性的乡土气象，王尧提到的"从我们熟悉的路遥的《人生》到阎连科的《受活》，都存在一个文明诱惑下的乡土生活问题。十多年前，批评界曾经讨论过'乡下人进城'这个命题，进城便是'诱惑'使然"③，当代"新乡土"的人物主体则与90年代以来的乡土境况不同，反其道而行之般从出走到返乡，参与到乡土内部的建设之中。确乎如此，在"新乡土"的语境下，一切正在起变化，对于乡村而言，愚昧的、落后的，未必得到彻

---

① 张燕玲：《新乡土叙事之新——凡一平的〈四季书〉及其上岭村系列》，《文艺报》2022年11月30日。
② 参见《如何建立新乡土意识，激变出文学史上的"第四次山乡巨变"？》，《文学报》2022年12月8日。
③ 王尧：《"新乡土叙事"札记》，《南方文坛》2022年第5期。

底改变，但却在切切实实谋求变革。这个过程自然不是凌空蹈虚搬弄名词，"新乡土"的形成离不开"主体"的"实践"参与以及"时代"的"发展"意志。质言之，寻求发展与变革，熔铸于"新人"主体，也激荡于历史的洪涛。杨辉以秦岭为中心，讲述自然之变与人心迁徙，在乡土之"新"所开启的新天人关系中，"不独蕴含文学世界'风景'开显之虚拟义，亦其更为复杂宏阔之社会实践义"①。所谓的"实践"，对于乡土之革变而言，尤为关键，"农业、农村、农民问题被认为是关系国计民生的根本性问题，并在最高层级的国家话语层面获得强调，一方面印证了传统乡村的确面临诸多现实难题，另一方面也昭告了对乡村艰难现状进行大规模改变的实践行将展开"②。如此说来，新乡土叙事便不再是启蒙主义的指摘和批判，不是革命文学语境里的哀痛和奋发，也不是后来寻根文学中的探寻文化根脉以及一般地方性叙事里的风土风俗书写。21世纪第二个十年开始，社会的动向，历史的变革，延续了近现代以来求新求变的历史意志，尤其是脱贫攻坚与乡村振兴的实践，塑造了新的乡土经验和改造实践。但是从文学内部而言，也对应着传统乡土叙事的内在危机，特别是城市化愈为发达的当下，写作者乡土经验的中空不断暴露，乡土转型中诸多难以为继的价值伦理也亟待清算，新的认知语境和认同基础有待进一步确立。

"新乡土叙事"的出现，意味着直接经验与间接经验的复杂糅合，如是之双重经验所构成的叙事视野，始终延续着百年来的

---

① 杨辉：《终南山的变容——晚近十年陕西乡土叙事的"风景"之喻》，《南方文坛》2022年第5期。
② 李壮：《历史逻辑、题材风格及"缝隙体验"：关于"新乡土叙事"》，《南方文坛》2022年第5期。

中国乡土叙事,而在"新乡土叙事"中,更是容纳着直接经验、间接经验以及由间接经验转入直接经验的多元探索。在这个过程中,重要的还在于写作者在多重经验的结合中,塑造对于"新乡土"的认识、认知与认同。如毕飞宇所言:"从我写作的第一天起,我的写作就出现了'对半分'的局面,一部分和城市有关,另一部分则专注于乡村。这不是什么宏大的规划,更不是我的刻意为之,它是不自觉的。相对于一个在乡村长大后来又进了城的写作者来说,'两手都要抓'似乎是一个必然的局面。"然而,作为乡土文学的代表性作家之一的毕飞宇,却坦言自己所写的并不是新的乡土文学,"我不认为我是新的'乡土文学'的实践者,在我的心中,我们的乡土文学果真要有一个本质性的提升,它必须是另外的一副样子"[1]。而这所谓的另一副"样子",也许可以理解为当代中国的乡土之"新",其主要在于以下几个层面:一是主体性,这是乡村改革的中坚力量,也关涉乡土书写的全新形象塑造,尤其当代乡土叙事中的"新人"形象的生成,代表着"新乡土叙事"的美学品格;二是实践性,与中国当下的山乡巨变息息相关,写作者或见证或实践,融直接与间接经验为一体,参与到新的乡村变局之中;三是发展性,也即在当代中国乡土的新发展理念与发展格局中,重塑叙事的观念与视点,更新主体形象的经验与意志、观念与价值,在更广阔的维度中捕捉"发展"的当代意义;四是时代性,并不单单指向自上而下的政治元素,而且依循百年中国乡土文学中形成的宏大旨归,于传统的历史沉积中,不断建构新的历史意志和变革精神。

---

[1] 毕飞宇:《关于乡土文学的一点浅见》,《小说评论》2022 年第 6 期。

<h1 style="text-align:center">二</h1>

在此前的《陌上》等小说中，付秀莹构筑了"芳村"这一颇具地域色彩的经验世界。长篇小说《野望》延续了《陌上》的写作，描绘出中国北方乡土的全景图。李敬泽说"《陌上》《他乡》《野望》构成了付秀莹乡土写作的三部曲"，但付秀莹的乡土书写，实际上面临着极大的挑战，"乡土写作的传统自现代以来非常强大，但同时也在时代变革中面临着极大考验，甚至有过枯竭的危险。在付秀莹及近年来其他作家关于乡土的写作中，我们能看到乡土写作在新的时代条件下所焕发出的新的可能性"①。"新"自是从"旧"脱胎而来，正如"变"与"常"的关联，《野望》意在写"新"，新时代、新乡村、新气象，最起码的，其中透露出了诸多"新的可能性"。对此，付秀莹却显得极为耐心，在由"旧"推导出"新"的叙事过程甚或说历程中，小说更多时候是不动声色的，如此克制而充满审慎，撙节传统以开启当下的文本，甚为难得。

在付秀莹那里，"芳村"之新是触目可见的，即便翠台在看电视，也是"一面看，一面生气，假，真假，一看就是城里人瞎编的……翠台说，如今农村早大变样儿了，这都是哪年的老皇历哇。真该叫这编电视的来咱芳村走走看看！"②不得不说，尽管在诸多层面仍多有承继和牵连，但"新乡土"确已迥然不同于以往的那个旧乡土，正如王尧所言，"我对村庄的情感已经超越写作本身，而且越来越意识到我对那个村庄也陌生了，新乡土正在覆盖我的

---

① 参见《专家研讨长篇小说〈野望〉》，《文艺报》2023 年 1 月 6 日。
② 付秀莹：《野望》，北京十月文艺出版社，2022 年，第 85 页。本文引用如无特别说明，均出自该书，不赘注。

旧乡土。"① 实际上，20 世纪八九十年代以来城市化进程中，乡土的处境是极为艰难的，一直到现在都还在处理这样的问题与难题。这是绕不过去的存在，也是目前为止还跳不出来的藩篱。特别在当代中国，柳青《创业史》的革命话语中的乡土之变已逐渐隐匿，陈忠实《白鹿原》式的走不出历史循环的家族困境也不复存在，更多的是以贾平凹《秦腔》为代表的乡土叙事，其中对乡土的主体断层和伦理裂解表达出前所未有的忧思。在这里引入"新乡土叙事"的概念，试图在新的时代状况及其精神现实的统摄下，呈现"新乡土"的建设进程和发展新貌，当然这个过程也将一定程度裹挟着此前的乡土文学传统，但重心已在于重构实践精神、发展伦理与主体意志。以往的乡土文学所寄寓的忧惧和反思固然是存在的，但重要还在更新自我，为乡土内部注入鲜活血液，再造强健筋骨。

　　这个过程是漫长而曲折的。"芳村"与当代中国万千乡土颇有共通之处，小说以翠台为视角对乡土乡民进行牵引，她仗义执言，重义轻利，既是旁观者，也是参与者。一身肝胆，路见不平拔刀相助，虽对很多事情无能为力，但总想奋力一击，保留一线希望。她的经验、观念以及对子女、乡亲的姿态，代表着最具普泛意味的乡土伦理。小说表面是日常的家庭生活和生产劳动，但农民话语背后折射出来的乡土观念，在"芳村"乃至整个中国当代乡土，皆为常态，指示着传统中国的价值认知和道德认识。其中写了四代人，重心在于中间两代，也即翠台们及其子女，当然还有围绕在他们周边的众多乡亲父老。小说里多是天然的似乎是与生俱来的乐观、自嘲和喜气洋洋，"街门口石头爷好像在跟谁说话，嘻嘻

---

① 王尧：《"新乡土叙事"札记》，《南方文坛》2022 年第 5 期。

哈哈的，热闹得不行。她爹说，庄稼主子，就是个穷乐。这一帮子老头儿，天天来这村东口上坐着，村里人给起了个名儿，叫等死队"。"芳村"的人们对自我的认知很清楚，乐观、坦然，他们外出谋生也好，在乡下做企业也罢，又或者仅仅干点小买卖，种些庄稼作物，即便时而遭遇失败，但精神是昂扬的，对生活充满热切，人情世故依循传统又不落现代观念，这样的"新乡土"总有一种适切性，维持着当代乡村整体的运转。当然也会生出变化和意外，但付秀莹在小说中处理得很好，也足够忍耐，一切都在铺衍中生成，就算是变动与沉浮，都在生活和人情中有迹可循。如果将之称为一种新的乡土风俗、风气、风尚亦不为过，程光炜曾在论及《陌上》时提出："风俗是在委托风景来调节社会矛盾，改善人心的善恶，是把激烈异常的悲剧，尽量在温馨温暖的叙述中稀释掉。"[1] 通过这样的风俗化写作，使得人物有了真实可靠的依托，更使小说充满烟火气息，这样的状貌一般而言不容易勾勒和描绘，反倒会被鸡零狗碎的日子所遮蔽，但《野望》始终抓紧俗常的生活不放，呈现乡土世界未尝失落的整体情感伦理。与此相关的，是"芳村"的叙事实际上包裹着乡村振兴等诸多时代主题，而非相反；换言之，乡土生活、农民群体与农村变革，成为小说叙述的主体，因此不是一般意义上的以宏大叙事为纲领，甚至以后者覆盖前者。写作者并不愿意将"芳村"的故事写得跌宕起伏、峰回路转，却是在"野"而"望"，这样的乡土叙事，"新"得很安稳，也很沉着；很乡土，也很中国。

自此，《野望》铺衍出了一个极为真切的华北乡村世界，展现的是中国北方的景观与景深、风情与风气，这样便引入了一种文

---

[1] 程光炜：《心思细密的小说家——读付秀莹长篇小说〈陌上〉》，《中国当代文学研究》2019 年第 2 期。

学的地方性路径，"村委会前面，有一大块空地，摆满了卖各种吃食的摊子，油烟滚滚，弥漫着诱人的香气，倒有了一种热气腾腾的年味儿"，处处是民间不灭与不朽的喜气、热络，但有一点，如果深入了解乡土与乡民，农民相对而言毕竟淳朴自然，尽管他们身上也多有局限，但是对比以城市为他者来看，人性的纵深是不可同日而语的，因此，看待和处理当代中国乡土及农民问题，需要纳入新的认识框架中加以观照。细读小说会发现，故事里家家有本难念的经，仿佛个个都被系上了结，如是家庭的、情感的，以及谋生的、经商的困境，意味着"旧"的乡土难以为继的征候。因而在这样的境况下，几乎所有的小说人物都亟待打开新的局面，需要新的气息、价值、风尚加以更新引领。这就是小说《野望》对焦当代中国乡土新镜像的精神前提。

从叙事结构看，《野望》每一节均首先由民俗入手，随后切入乡土世界的日常生活，以人物的出场和穿插为轴心，拉拉杂杂，又似有核心，推进向前，最终是矛盾的发现及其解决或待解。如其中述及北方农村冬天的风俗、饮食习惯："过小年么，还得吃饺子。白菜猪肉的太平常，就吃韭菜的，猪肉韭菜，十冬腊月里，稀罕，也别致。还要买点儿肉焖子，买点黄瓜，生点儿黄豆芽，调个凉菜吃。爱梨就好吃这种凉调肉焖子。又忽然想起来，万一要是今儿个回来了，吃什么饭呢？炒饼？爱梨好吃炒饼，就是素炒饼，油要大一些，最好预备一棵葱，爱梨不吃蒜瓣儿，只好吃那段干干净净的葱白。"小说将节气、民俗作为贯串叙事时间的关键要素，从天地自然写到现实世界，将传统的诗性与当下的困境糅为一体，在整体风格上漫溢着抒情化的格调，即便是无法疏解的难处，也仿如黎明前的黑夜，以此呼唤或曰烘托"新乡土"的出现。

难看饭馆的关张，小鸾私厨的新生，养殖产业的公司化经营，增志工厂归入产业园，以及二姐等人的返乡动向，等等，均可视作乡村振兴的典型。在表面平静安泰的乡土生活里，潜藏并跃动着新的景象。"'野望'这样一个弥散着古典气息的名字，一看就觉得满怀家国心事，苍茫、沉郁、素朴而宽阔。"与乡土文学的启蒙主义、地方主义不同，"新乡土叙事"是传统文化与乡土精神的重新发现，"在《野望》里，这种传统与我要写的现代正好形成彼此映照。新与旧、常与变、传统与现代、民间与庙堂、历史与当下，我对其中的关系种种饶有兴致"①，在此基础上意欲探索当代乡土新变的内生动力，以此重塑发展的与建设的时代伦理，生成形象主体尤其是"新人"的精神意志。可以说，当代中国的乡土之"新"，涌动着一种内在的探寻出路的需求，不一定是干一番轰轰烈烈的事业，当然小说里也重点塑造了诸多胸怀宏大志向的乡村青年形象。如根来响应上头政策，认为村里也应该"动员人们，联合起来，干一场大事儿"，特别是发达此前所言："他出来牵头，把咱芳村这些户养猪的联合起来，搞一个大养猪场。"也如中树说的："如今是新时代了，咱就要敢作为敢担当，前怕狼后怕虎，怎么干大事哇？"还有如增燕两口子开的春风健康馆，不断呈现出新的经营方式以及价值理念，都可谓乡土之"新"风。

三

由这样的人物谱系与乡土新风推演下去，则不得不谈到当下的地域性的空间重塑，在付秀莹那里，是她一以贯之的"芳村"叙事。这里边自然脱不开婚丧嫁娶、柴米油盐、鸡鸭牛狗、自然

---

① 付秀莹、张晓琴：《〈野望〉：传统中无限生发的"新"》，《文艺报》2022年12月2日。

天地，一切都在慢慢敷衍、渐变，直到小说最后，根来的猪因瘟疫全军覆没，"根来病了"，尔后，他变了；关键更在于，他们的发展模式、养殖模式在政策的引导下产生了巨变。"公司加农户，简单说，就是大公司提供猪崽、药品、饲料、场地，职业培训啥的，咱农户就管养猪"，不仅如此，增志的工厂也寻求归入工业园，实施规模化和科学化经营。如此不一而足，乡土之新质与新生卒章显志。可见，"新"的乡土生产方式在此经历了发展演变的过程，从资金到技术，从养殖到管理，从风险到保险，其间的关系模式和发展态势也产生了位移。这里的变量无疑在于上头的"政策"，但核心在于全新的生产经营模式，也即从当代乡土实际出发，以自上而下的指导，侧重现代化的发展方式，消化乃至化解个体风险，强化规模经营与科学管理。而新理念下的管理作为一种"新乡土"的"实践"模式，归根结底是为了"发展"。在这样的语境下，"发展"不仅意味着近现代以来进化论思想的当代延伸，而且契合新时期改革开放以来以至于新时代的价值诉求，特别是在科学话语的统摄以及全球化体系的多元竞争中，"发展"成为一种政治正确和家国民族的内在需要。于是乎，一种新的乡土想象与乡村变革便呼之欲出。

但即便是"新"风拂过，付秀莹仍然还是将凡常的日子置于前景。但要说明的是，日常生活并非诗学本身，其常常还是反诗学的，关键不在于能否形成诗学，而在于这是一种转喻和换喻，是小说家的技艺与小说的形式本身，是一种美学风格形成的标志。《野望》写出了泥沙俱下的民间世界、众生喧哗的生活现场，与现代城市的整洁和整饬不同，乡土更延续着前现代纷繁杂乱的生活世界，同时又灌注着后现代社会的碎片化倾向。我曾提出当代文学"生活化叙事"中的"以小见小"的结构模式[1]，因此构成的场景转换与人物转换，是乡村图景得以不断展开的关键，小说的"场景—人物—事件"，构成了叙事的要素与故事的核心。

再者说，"芳村"里写的是邻里乡亲的熟人社会，试图呈示的是传统乡土世界的关系模式，代际、年龄及其在传统伦理中代表着的权威，随着"新人"的主体性的逐渐树立，两者之间的轻重主次开始发生位移。具体来看，即便是熟人社会，又是处处有规矩的，"虽说都是本村的，熟人熟脸，可还没见谁空着手上门来的"。还有小说里俯拾皆是的那些自上而下的长辈式的品评，居高临下地定调，既有乡间邻里的品头论足，也有似乎不可摇撼的价值定断。如小说中的翠台她爹就是明显的例子，包括后来白娃爷谈及拐子家老三的事，对他们家老三在外做买卖的成败，也多有指摘，而翠台、素台等乡村女性"声口"之表达更是不在话下。此外，故事中还塑造了乡村里的闲人、话痨与好事者，小人物显得倔强、执拗，甚至有些不通情理，却是如此不可或缺。通过各种代际、不同身份、亲疏各异的人物，形塑了整全的乡村人物谱系。"芳村"之中各自的远近亲疏，都多有分寸，很少会有逾越礼法教条之举。倒是谁最能干，谁有出息，大家都心里有数，那是一个相互知悉熟习的场域，加之思想的不流动、不跃迁，如何出新，如何创造，面临着很大的屏障。而且，在当下语境中，乡土与城市并不是截然分割的，难度也在于城乡的不断交融互渗。在"新乡土叙事"的视域里，还存在着乡村自身的内在变革。那里的人们怀抱古道热肠，虽多有经济考量，却常常脱不开人情与道义，似乎与前现代的中国乡村并无二致。因此，付秀

---

[1] 曾攀：《当代中国小说的生活化叙事——以黄咏梅为中心的讨论》，《中国当代文学研究》2021年第2期。

莹的《野望》采取的叙事策略自有其精神逻辑，"新乡土叙事"并不是一味大江大河的波澜壮阔，更多还是细细碎碎地切近中国乡土的现实来写。也不得不说，如是可以视之为作者的风格调性，但有时也令人觉得小说是否因之失于保守，过于隐约与隐微的表达，是否足以传递一个时代之新之变，尤其是正在经历"山乡巨变"的当代中国。

总体而言，小说多是长镜头式的写作，自然主义式地摄取乡村生活现场，闲话家常，微妙琐屑，真实且场景感强。细碎的场景固然还原了乡村景象，但取景框背后的"导演"——叙事者内在的价值取向很容易被隐没。而且家长里短，万难定论，这是很多乡土小说的好，也是局限所在。小说的碎片化趋势，也许能够使得文本透露出来的问题成为乡土世界的一种征候，无论是从繁杂琐细的生活现场，还是着眼于总体性的传统乡土文化的裂解，呈现出来的是既往的乡土文化逻辑和认知体系遭受的现代性拆解，而新的乡土文化的逻辑还没有足以支撑当代农村与农民的内在价值结构。在这样的文化语境和社会历史状况中，"新乡土叙事"同时携带着自身的传统性与时代性，在一种充满现实感与现代性的文化期待中重构自身的变革意志。在这里特别强调写作本身以及文本的形成，试图展开的是对于新的乡土文学叙事的期待。因为"新乡土"之"新"，便在于有没有在当下的乡土书写中注入新的主体形象、价值系统、生活理想和革新观念。不仅如此，如丁帆所言："我们的作家如能观察到历史巨变中的深层话题，用'第三只眼'穿透'第四堵墙'，还乡村巨变以真实的面貌，其文学史的意义一定是指向未来的。文学的'史诗性'就是让作品一直活着，让它成为一个时代的见证，让它在未来的阅读者当中仍然葆有鲜活的审美意义。"① 因而乡土叙事在实现"新"的转型中,还在于构筑自身的话语逻辑和美学格调,在历史的洪流中不被冲垮,面对时代的巨变而塑成自身的史诗品格。从这点而言,除了前述付秀莹的《陌上》《野望》等作品,王安忆的《五湖四海》、贾平凹的《秦岭记》、陈彦的《主角》、李凤群的《大风》、胡学文的《有生》、阿来的《云中记》、关仁山的《天高地厚》《麦河》《日头》、范稳的《太阳转身》、陈毅达的《海边春秋》、凡一平的《顶牛爷百岁史》《四季书》、李约热的《李作家和他的乡村朋友》《人间消息》、滕贞甫的《战国红》《北障》、叶炜的《后土》、陈应松的《天露湾》、彭东明的《坪上村传》、乔叶的《宝水》、海勒根那的《请喝一碗哈图布其的酒》、杨映川的《独弦出海》,等等,都是"新乡土叙事"的重要尝试。这些小说尽管还存在一些这样那样的问题,当然最重要的是如何与政治、经济、社会等多元复杂话语的交互、交锋,但是他们对于时代性及其宏大话语下的微观世界和人性形态的把捉,对于承续文化传统并开启当代乡土世界之新变的揭示、探索,打开了新的局面。

通过"新乡土"的主体选择、精神认同、心理觉知和实践意志,可以见出,乡土之"新"自然是一种社会学语境,更值得述及的还在于制度性的施政背后,是人的轨迹与精神的变化。从轨迹而言,以返乡、驻村等多种经验参与"新乡土"建设当然是一个长期的与艰难的过程,但个体的精神意志已经透露出了不同于以往的动向;从精神来看,谋新思变,变革乡土,亟须激发乡村自身的源发动力,通过不同渠道和层面的作用,真正得到情感的认知与认同,最终塑成革新之意志、发展之伦理和实践之成效。

---

① 参见《如何建立新乡土意识,激变出文学史上的"第四次山乡巨变"?》,《文学报》2022 年 12 月 8 日。

这就不得不提到小说里有一个很突出的现象，就是各种"声口"（voice）的出现。韩南的《中国近代小说的兴起》中对"声口"谈得很清楚，对于叙事者而言，"意味着他的身份，和他与作者、读者及文本的关系"①，小说里，不同的叙述声音在文本中并存，颇类似于众声喧哗的社会场域，但是那样的声音必须是要有辨识度的，常常附着于主体意识之上，形成不同的发声装置。如前所述，付秀莹的《野望》以翠台为核心视角，兼及其他人物的多元呈示，乡土民间的声音混杂而丰富，不同代际的观念价值都于焉呈现，更关键还在青年一代如中树等人的意识和发声。于此同时，外在于人物主体的，还有一个非常特殊的发声装置，那就是村中的大喇叭，能够容纳着不同的声音，除了对国家政策宣讲、对重要文件和通知的发布，还可告知村里的日常琐碎，唱起河北梆子，等等。"这些声音通过大喇叭，传遍村庄、田野、河套、果园，同乡村的风声雨声混杂在一起，同村里的鸡鸣狗吠、闲言碎语交织在一起，与邻村的大喇叭一唱一和，遥遥呼应。国家话语与民间话语、宏大与琐细、抽象与具体、历史与当下、传统与现代，彼此缠绕彼此激发，有一种丰富复杂的意味在里面。"② 有意思的一幕是，作为"芳村"青年一代的表率，中树也通过广播发送深具主体意义与宏大旨归的通知，"中树讲了很多道理，保护环境啦，生态文明啦，建设美丽乡村啦，留住乡愁啦，还有移风易俗啦，提倡文明家风乡风啦，乡村振兴啦"，除去生活功能和实用价值，大喇叭实际上是一种传导者的身份，而且预设听众是全体村民，是最广大的群体。此前我一直担忧的是这样的喇叭是否会产生间离

① 韩南：《中国近代小说的兴起》，徐侠译，上海教育出版社，2010 年。
② 付秀莹、张晓琴：《〈野望〉：传统中无限生发的"新"》，《文艺报》2022 年 12 月 2 日。

效果，无法有效化开那些大词名词，难以将这方面的"新"乡土状况加以充分形式化，直到其以不同形式证成自身；这样的"广而告之"汇纳着多元的价值形态，而且透过不同的主体发声，也内蕴非同一般的意义撒播，得以一定程度上将那些抽象而宏大的"声音"进行传递，这也是乡土世界的一种"新"的样态。但与乡土叙事之"新"一样，形态各异的"声口"还需要更深层也更多元的形式加以化约和再现。

四

可以说，"新乡土"最重要的形态是讲求付诸事功，践行改革，以彰时代精神、发展诉求、主体意志。杨辉便将乡土之辨分疏为"内在于人间世"与"内在于天地自然"，揭示"风景"及其背后的人与自然交往，指出"晚近十年间，此两种观念及其所开之境在陕西乡土叙述中所在多有。其间观念的复杂交织，乃有表征时代精神之变的重要意义"①。在百年未有之大变局中，乡土之变谈何容易，也正因如此，其中的阻力与将成的效应是同比例增长的，"《野望》中的'芳村'更多了一些时代的气息和变动的元素，并在最终将这种时代的引力蓄势为一场山雨欲来风满楼的改革气象，尤其是大量'时代新人'的归来更是将'芳村'的可能性无限放大，敞开了一种关于未来的想象空间，而这种开放亦可理解为对于时代的更加紧密的拥抱和共振，'芳村'的一个新的时代正在开启"②。无论是以改革开拓新的空间，还是以开放启动新的时

① 杨辉：《终南山的变容——晚近十年陕西乡土叙事的"风景"之喻》，《南方文坛》2022年第5期。
② 崔庆蕾：《传统的重量与时代的引力——评付秀莹长篇小说〈野望〉》，《南方文坛》2022年第5期。

代，都需要改天换地的主体实践与精神意志，这也是本文之所以强调在新的历史境况下来重新理解当下的乡土建设与乡土叙事的主体性、实践性、发展性与时代性的重要缘由。

小说中毫不讳言对生活本身的倚重，过上好日子、新生活，变得丰厚、富足，也即新的生活化叙事为当下的乡土文学所倚重。这背后渗透出来的，是寓于总体性的时代价值之中的日常化和通俗化视野，又意味着阶级意识和革命意志消隐之后，对于新的时代精神的现实再造。小说通过典型的乃至始终执拗的生活化叙事以及风俗化书写，以饱满却平和的心态面对当代中国的乡土世界，无意于大开大合的结构，也不在乎平淡如水的叙述会冲淡小说的能量。然而不得不指出的是，对于事功的追求、欲望的探寻，甚至对利益与致富的渴望，都内涵于"芳村"的现实发展之中。这是一种健康的经济理性的必要，如小说"夏至"一节，讲村里"过麦的时候"，"外头打工的人们也不回来。一天是一天的工钱，耽搁不起么。机器收割，给钱就是了"，出于经济考虑，根来和翠台也不再打算种玉米，改为种豆子，因为种豆子"省事儿，糟蹋也少"，这样理性的经济性的考量，可以说贯穿整个小说，形成新的伦理意志。其中传递出来的并不是既往城乡叙事中谈钱色变、欲望悲剧的内在理路，相反有着较为健康的物质观、致富观和价值观，重新思考市场经济环境中的主体存在。就像小说借二舅的话说："国家搞乡村振兴哩，乡村怎么才算振兴？咱农民过上好日子，才算振兴么。"因此，理解当代乡土观念之"新"并不难，重要还在于能不能过上焕然一新的生活，大张旗鼓、想方设法地谋生存、促革新，破除近现代以来乡土文学中关于愚昧与文明、落后与进步、政治与派别等因素的遮蔽，在实践的态度和发展的思维中，探求乡土文化的新义、新生。

"新乡土叙事"正是在此基础上述写人物性格、观念的立体、多样与转变，如《野望》重点对焦的翠台为人处事干脆利落，性情颇有些正直和刚烈，代表着传统的乡土精神流播当下的成像；她也有迂腐和闭塞的一面，女儿二妞要回来建设家乡，她一开始也是无法理解，极力反对，直到后来，得知喜针的外甥，同样是在北京念了博士，也回来投身乡村建设了，包括立强他们同学，也是考了大学生村官奔赴当代中国的新乡土，翠台的认知逐渐发生转变。因此不得不说，"新乡土叙事"的"新"，核心还在于"新人"，不仅在于乡亲大众的思想转化与现实转向，更在于干劲十足、敢闯敢拼的青年形象，他们学成归来，多有知识、见识，艰难险阻自是不少，但他们有自己的建设理念与发展方略，而且执意于斯毫不动摇，不仅投射出新的精神力量，而且在传统乡村的土壤里——如今已是在如火如荼中谋求振兴的热土——植下新的伦理意义与未来的可能性。

如果小说读得细致，会发现传统的农村劳作方式已经很少提及，面朝黄土背朝天的耕作方式，逐渐被兴办厂子、发展实业，以及公司经营、产业园管理等所取代，后者即为脱贫攻坚和乡村振兴中的新经济形态。也就是说，传统的生产方式和创造物质生活的形式已经发生位移。如李壮所言："农业劳作当然没有消失，但它在今天正以全新的方式开展，更多现代科技甚至现代传媒的助力加入进来（例如生态农业、科技种植、深加工或精细分工产业链的协作建设，甚至生态旅游直播带货等），'自给自足'和'身体劳动'的成分越来越少。直接性的身体活动与物质积累之间的关系链条被切断了，供'身体能量—物质财富—社会关系'三者连通转换的时间区间和空间场域也随之基本消失。"① 由此可见，"新乡土叙事"实际上面对的是一种根本性的转化，所谓的"新"与"旧"的分化，不仅在于生产生活方式的变革，还在于政治层面极具引导性的并且意欲在乡土和农民中形成内生动力的现实尝试，在此过程中促成实践精神和发展意志的转圜，如此更关系到新历史境况中的"乡土中国"之意义装置的重铸。

最后需要辨析的是，"中国主流文学从'农村题材'向'新乡土文学'的转变是一个重大的转变。它告知我们，政治意识形态完全支配文学的时代终结了。如果说在这些文学中也不可避免地隐含了某些政治因素的话，那是作家主体选择的结果。而我们更多看到的则是广袤的乡村中国绵延不绝的本土文化的脉流"②。写作者的主体选择，是与小说整体的伦理架构相切合的叙事偏好，而不是传声筒式的主题先行。不得不提出的一点是，在"新乡土叙事"中，历史与文艺、时代与叙事之间，始终存在着一种拉锯、协商，但最终仍要归于艺术创作者与文学写作者的取向和引导，这便需要不断甄别、对照与再造，意味着更具难度的写作，在关乎时代性与写作者自身及其所塑造的形象主体的关系中，追索恰如其分的接榫和熔铸。

五

总而言之，小说的写作本身就是在践行一种乡土叙事之"新"的尝试，就像作家李约热所言，以往他在乡土叙事中，对乡土、

---

① 李壮：《历史逻辑、题材风格及"缝隙体验"：关于"新乡土叙事"》，《南方文坛》2022 年第 5 期。

② 孟繁华：《百年中国的主流文学——乡土文学 / 农村题材 / 新乡土文学的历史演变》，《天津社会科学》2009 年第 2 期。

农民多是形塑肆意放诞的野性美学，也不无观看、审视和批判，但当他作为驻村第一书记再次深入乡土，农民的形象变成了所谓的"小心轻放"①，也就是说，作家的身份立场和叙事姿态在这个过程中发生了重要转变。也如付秀莹所言："我想，高声歌唱固然是重要和必要的，但如果愿意真正俯下身子，深入到时代激流中去，深入到人群中去，恐怕还需要调门放低，寻常姿态，说些百姓的家常话、家务事、儿女情、经济账，亲口尝尝新乡村酿出的这杯新酒，告诉人家是何等滋味，才有可能是可信的，也是可贵的。我关注这'新'在乡村大地上的萌发、生长、收获的过程。这'新'是无限敞开的，具有丰富可能。"②因此，乡土之"新"对应着的是一种经验的、实践的与价值的新质，同时更意味着写作本身的美学革变。但也要指出的是，"新乡土叙事"还需要更大的思想能量注入其中，以更为丰富饱满的主体形象助推当代中国乡土叙事的新义与新生。

"新乡土叙事"既是自上而下的现实引导，同时又呼唤自下而上的精神自觉和价值探寻。这就会形成诸多问题甚至是困难，乡土与农民自身的变动是否能够实现真正的革新，外部世界的价值对接和精神引导如何有效参与，其中的扞格如何弥补和填充？也许，"新乡土叙事"的意义便在这里，从国民性批判，到革命性叙事，再到内在文化传统与外在精神意志的开掘，直至当下，《野望》等作品的价值在于其写出了一种乡土世界的内在性与可能性，其不仅是自足的与自恰的，同时也是具有内循环与内生形态的，可以自外而内或自内而内孵化出新的经验价值；更重要的，好的

---

① 李约热：《喜悦》，《人民文学》2020 年第 10 期。
② 付秀莹、张晓琴：《〈野望〉：传统中无限生发的"新"》，《文艺报》2022 年 12 月 2 日。

"新乡土叙事",也成为了当下中国的征候与表征,透露出整个乡土文化传统的当代更新,代表了"发展"中的时代镜像,蕴蓄着极为强烈的可建设性与可变革性,更循此期许能够创造新的天地,创生新的可能。

第二节 后工业、后革命与后现代

我是在一个春寒料峭的夜晚翻开蔡骏的《春夜》,冰消雪融之初的乍暖还寒,与小说世纪之交的激荡、颓然与未知若合符节。和蔡骏一样,我也是工人后代,对国营工厂的沉浮史以及工人阶级的心灵史,有着与生俱来的切身体验。读到《春夜》,把我的记忆一下都激活了。我似乎能够理解,蔡骏其中蕴蓄的情绪和情怀,个中人物的乐观主义、理想主义与英雄主义,以及在破灭和残存中流露的忧郁、悲悯与和解。

蔡骏以悬疑小说闻名,他曾写下的《病毒》《荒村公寓》《蝴蝶公墓》《谋杀似水年华》等,那种迷宫般的叙事深邃而神秘。及至《春夜》,作者尽管已进入新的转型,但在小说里,还是那个熟悉的味道,语言的绵密、布景的幽深与命运的笼罩,加以神秘莫辨的人物谱系与疑点重重的情节结构,区别在于,《春夜》悬疑的表层下,是人世与人性,是宽恕的道德。

1926 年,老王先生王若拙法国留学归来,在上海创办了春申厂,至 2008 年,工厂破产清算,资产拍卖抵债,寿终正寝。与机械厂一步步走向衰亡的,是工人们的生老病死、哀乐喜怒。小说以"钩子船长"老毛师傅之死开篇,随后,老厂长也"一生谢幕",但他们的魂灵始终萦绕春申厂,后者还时常托梦于"我",要将携款私逃不知所踪的新厂长三浦友和抓回来;另一重悬案是工程师王建军被人一刀戳穿心脏、离奇身亡，及至保尔·柯察金身患阿尔茨海默症，神探亨特胰腺癌下世，以及小王先生的死、张海的死里逃生等。他们的遭际是悲剧，是谜团，亦是征兆。

这似乎是一个个凄惨命运的叠加，但蔡骏却以悬疑式的叙事，为他们招魂、赋灵。老厂长尽管开始就一命归西，其魂灵与梦魇却一直缠绕在工友的周遭；老毛师傅也来托梦，将全部遗产包括房子，指定给外孙张海继承；工程师王建军的永动机和"魂灵头"，一度成为梦幻及其破灭的症结；三浦友和之女小荷登门造访，莲花奶奶魂灵相迎；此外，一辈子与小偷家族斗智斗勇的保安神探亨特，逢人便讲《钢铁是怎样炼成的》的爷叔保尔·柯察金，满脸胡子、相貌凶恶的冉阿让，新厂长三浦友和，工会主席瓦西里，甚至是春申厂里的看门犬撒切尔夫人，等等，都完成了各自的想象性附灵。最重要的，是马克思那个游荡在欧洲乃至世界上空的共产主义幽灵，不断地被围剿，却又不断地死而复生，幽魂不散。在他们身上，有神气，有灵光，世纪末的下岗潮，命运多舛的国营企业，背后一种共同体的情感扭结无处不在，而小说却以充满理想主义的传奇刻写，演绎哀婉的悲歌。他们有情有义，有心有爱，那是世纪末的一抹微弱的奄奄一息的弱光，但是非常倔强，从始至终不愿轻易熄灭，延续至今。

这是小说最有意思的地方，蔡骏将一个濒临倒闭的机械厂写出了赛博朋克的感觉。无论是人物、场景，还是格调、结构，都指向一种世界主义的叙事调性，澎湃、激越、深沉、分裂。虚虚实实，神秘莫测。似乎近在眼前，又杳无踪影，确信与未知融为一体，形塑一种零碎的混装的叙事语言，甚至有一股春申机械厂里的机油味儿。小说写春申厂，春申当然是在上海，此地得现代世界先进文化之先声，蔡骏的构思也是一种世界文学及地理的表征，然而其中人物却是一脉的计划经济共同体，整个文本显得包容而混杂，深蕴张力。如是之发抒，是掩盖的同时也是彰显，爆发的瞬间即是隐没，语言碎成短句，那是一个词语裂变的过程，恰似一次次的魂灵出窍，主体的分身与分裂，衰败与鬼魅，对应的是当代人的精神形态，是世纪末的颓废，也是世纪初的未解与惶然。有时我回过头来看那些与我打小相处的工友们，除去少数成功转型，过得好的不多，他们从现实的中空重重跌落，能真正挣扎着站起来的不多，一代人或一个阶级黯淡退场的背后，必然经验的是无数凄风苦雨的"春夜"。

值得一提的是，接续工人阶级曾经的理想主义情怀的，是作为春申厂化身的张海，"张海这趟去欧洲，不单是去巴黎，寻厂长'三浦友和'，他还是去意大利，去米兰，寻自家爸爸"。张海只身赴欧，是追查真相，更是一次寻父之旅，也就是说，他在现实中是无父的，"我"甚至怀疑他和"我"是同父异母的兄弟，然而问题就在这里，张海是一种精神的象征及其延续，事实上，工人们失去了春申厂，失去了他们所赖以生存的堡垒，更重要的，他们曾经的指引性的精神依托荡然无存，从这个意义而言，"无父"的能指扩及的是工厂的每一分子。在这个过程中，春夜是一种时间的与历史的隐喻，蔡骏在后记说："故事从一个春夜开始，到一个春夜终结，见识过巴黎圣母院的烈火。其间许多个春夜，犹如春天的露水，湿漉漉，黏糊糊，欲说还休，欲断还留，仿佛一张宣纸上的墨迹，慢慢化开，晕染。"春日，万物萌生；春夜，黑暗掩藏。外在世界的长夜难明，只能以内部的想象性和融加以消解，其中冷暖不居的精神郁结，指向的是饱含悖论的和解，更是一种难以通约的道德。

除此之外，在我看来，"春"还可以是春申厂。张海最后驾驶着厂里唯一幸存的固定资产，老厂长的遗产，被称为"红与黑"的上海大众桑塔纳轿车——其同时也是某种物质性的象征——穿梭于世界，壮烈而悲怆，仿佛充满希望，却往往消失于时间无垠的荒野，最后在三浦友和藏身之处的巴黎劫后余生，经历着一个个惶然不知所向的春夜。我甚至以为，蔡骏写出了波德莱尔的《巴黎的忧郁》，只不过张海开着"红与黑"穿越南北，历经亚欧之旅，到达巴黎，"拉雪兹神甫之墓，王尔德墓碑前头，终归故人相逢，张海寻到了厂长"。在无数个暗夜与混杂之后，抵达的却是温情的"重逢"。不得不说，《春夜》更像是一部缅怀之书，表面不在乎解决问题，也未指明方向，更没有不切实际的幻梦，"张海归来了，故事没有尽头，因为生活没有尽头，历史没有尽头"，小说将灰暗的苍白的历史赋予电光火石的激情，复活死亡，疗愈伤痛，重新召唤历史的魂灵与内部的能量。

《春夜》有一个中心人物名曰冉阿让，包括张海在国外遭难死里逃生之际，同样"像苦役厂出来的冉阿让"，对，就是雨果《悲惨世界》中的那个沉浮无依、一世悲戚的冉阿让。蔡骏自己在谈到雨果的这个人物时，专门提及迪涅城中的米里哀主教对冉阿让的宽恕，米里哀为了拯救信仰和道德做了伪证，以免他再遭刑罚，并由此改变了他的人生。若没有米里哀主教做的这个伪证，后来的冉阿让不会翻转命运，芳汀的女儿珂赛特也不可能得救，青年革命者马里尤斯也将命殒巴黎的下水道。米里哀宽恕了一个人，并且间接拯救了更多的人。对此，蔡骏直言："米里哀主教用自己的千分之一换来了另一个人生命的全部。"在小说《春夜》中，冉阿让满脸胡须，一头鬈发，"像个枪毙鬼，劳改犯，绝对是冉阿让的翻版"，但现实中的冉阿让，却是疾恶如仇，刚正不阿，始终与春申厂的存亡相随与共。故事的最后，蔡骏将精心设下的悬疑推翻，甚至没有追究杀害工程师王建军的凶手，而小荷一家将卖房所得，连本带利，悉数归还春申厂职工，以示赎罪，新厂长三浦友和以及他的家人由是得到了所有人的宽恕，张海甚至娶了小荷为妻，在巴黎与三浦友和相逢一刻，即奔往新的征程。而最后"重逢"一节，更是其乐融融，"不单是亨特爷叔，还有老厂长，老毛师傅，建军哥哥，春申厂所有死人，统统回来了，坐在活人身边，相对无言"。其中的宽恕的道德，既是恕人，也是恕己，是与复杂多维的历史和政治，与难以释怀的罪责和复仇息争。小说最后在成人与孩童的双重视角间来回切换，重放春申厂七十周年厂庆的 DVD，各路人马纷纷登场各显神通；梦回三十年前汰浴春申厂，各各赤诚相见，无有遮掩。一切都是从前的景象，小说自此达成想象性的和解，其内在的伦理则在宽恕历史变迁中一切的无情与残酷，释解人性豹变的精神脱逸。也许，宽恕之后，将是一次大解脱，更是一种重造与新生。

第三节　俗与雅及传统与现代之关系

文化传统的当代转向，这是一个极为宏大的命题，但并不是说大问题就不能谈，关键还在于怎么谈，最后想要达成什么样的形态和结论。当然这已经不是一个新题了，重要之处在于，如果将之置于文学写作的视域里，特别是在具体的修辞形态和叙事伦理的呈现上，如何通过作品推进这样的思考。于是，我在这里试图通过小说家李浩的长篇小说《灶王传奇》，对此一问题进行细读式的考究，从其中具体而微的人物塑造与主体生成、写作构思与叙事理性、意义生新与价值展露等层面，探寻小说如何以传统题材、形象以及历史化的人间和世界，对文化传统及其当代性意义进行解题。

一

原来以为《灶王传奇》是李浩的玩票之作，是打算完全走市场化的通俗文学作品，直到后来细细读下来，才发现李浩的认真和他的雄心。在我看来，《灶王传奇》是既传统又现代、既传奇又现实、既通俗又雅正的一部长篇小说，不容易写，也不容易读。这是一个很具有迷惑性的作品，容易将人引入迷宫和歧义，实乃一部纯粹的虚构作品，因此意味着作者的匠心所在，也就是其中渗透着深层的叙事理性，这与李浩一直以来的叙事风格是一脉相通的，而且也与他的理论趣味多有关联。如果说《灶王传奇》不是一部传统小说，更非通俗文学，应该大致不差，尽管灶王的形象最为通俗，其家喻户晓也是最接地气的，但李浩在这个作品里实际上是将传统题材注入现代叙事里面，也就是说，这是一个注重形式修辞、语言结构和叙事理性的现代小说，其中包孕着雅与俗以及传统与现代的多元辩证。

在《灶王传奇》里，灶王是一个共同体，在田家的就成了田家灶王，在做皮革生意的人家就变成了皮革灶王，他们在成为灶王之前各有各的个人历史，代表着不同的伦理面相，他们的价值判断和身份立场也有所不同，值得注意的是，他们所构成的人物谱系，实际上在小说里形成了一种异质性的空间，与人世间的场域平行而时有交叉的世界。这样的世界通过灶王的独特视域、理性判断以及言行实践最终得以联结。

小说在书写灶王时，用第一人称"我"进行叙事，糅以人称的多重变换，也就是说一般的以特定主体命名及以此为中心的传奇故事，往往用的是第三人称叙事，这样就能达成一个客观的全知全能的效果，以全盘把握传主和主体的总体情况，李浩的这部小说以第一人称为主加以自我设限，就有别于一般意义上的对既有人物／事物的全面掌控，而将视点和认知交予叙事主体自身。也就是小说得以从灶王们的自身境况出发，而不是从已知的与知识性的，包括我们所熟知和常见的信息出发——这些我们通过简单的搜索引擎就能轻易了解——如此便得以重塑一种新的关于"灶王"的形象，或者说凝聚任何一种新的人物形象／群像。

在这种情况下，作者的叙事理性必须一定程度上让位于叙事主体本身的视域。也就是说李浩的这部小说，它的叙事理性是一种限定性的或说限制性的理性，再深入一点说，《灶王传奇》事实上存在着两种理性：一种是灶王及其群体的理性，因为他们必须遵循神职序列的规则和秩序，同时对人世的好与坏以及其中的善恶分疏进行价值评断，并且依照特定的程序进行秉笔直书；另一种是作者的修辞结构和总体掌握的理性，包括其对灶王形象、功能进行改写，以及根据自身写作意图，对不同的神仙谱系进行必要调整，等等。当然，这两种理性是问题的一体两面。而其自身内部又存在着内在的对峙乃至分裂。

小说里，尽管对于世间之事无能为力，尽管自知"无力"与卑微，"我是灶王，没什么法力，但人世间的火焰并不能真正地烧到我，我只是能感受到它的炽热、呛人的气味和轻微的灼痛——'快点，快跑！'我冲着谭豆腐他们睡的里屋喊，但浓烟和翻滚着的火焰把我隔开了。'快……'我喊得声嘶力竭，在声嘶力竭的瞬间我才突然意识到我的喊声人世间的人们根本听不见"。但作为灶王的"我"还是执意冒着破坏城隍规矩的风险，怀着悲悯带上小冠，后者的父母在火灾中罹难，而小冠还存有余温，并且在偶然的机会救下了龙王，得以见到魏判官，最后得到应承投胎成为王家三少爷，并且特别关照没抹去他前世的记忆。这是叙事主体的显在理性及其对既定秩序的有意瓦解，也可谓一种"无用"之"用"，乃对于特殊理性的打破及其重构的过程。

另一种则是写作者的理性，我们会发现，《灶王传奇》这部小说更多写的是神界，但其中的内核，却是照着人世的状貌来写，灶王是否能够干预人世间，在何种情况以及何种程度上能够干预，作者的理性是摇摆的。灶王如果破坏了既定的神仙与人间的秩序，是否会遭遇惩罚？更重要的，仙界与世间各自的内在矛盾，以及彼此之间难以调和的深层问题，似乎还没有完全得到更高层级的叙事理性的烛照。

二

在阅读的过程中，我一直有这样的感觉，就是《灶王传奇》这部小说，实为一种大智若愚的写法，也许李浩深知"难易相成"的道理，越是简单的广为流传的题材，越是通俗的家喻户晓的形象，事实上越难写。小说是要写成一则寓言吗？我觉得这个问题可以讨论。因为小说里面的叙事并不追求完全的整一性和纯然的虚构性，而是在小说中不断停顿、凝滞、解构，不断提醒我们这是一种叙事行为。叙述的过程不停被打断，构成叙述的主体性。不断透露，叙述是一种行为，叙述内部存在着一种主体，这是构成小说的所谓现代性的重要标志。也就是说，《灶王传奇》打破了传统的、民间的和底层的叙述，而充满着种种判断、辨析和思考。无疑，《灶王传奇》代表着当代中国文学中非常难能可贵的智性叙事或说理性化叙事的一脉。

细细分梳会发现，《灶王传奇》实际上存在着四个世界：平民的生活世界，明朝的现实历史，普通底层的神仙序列，以玉皇大帝、龙王、魏判官等为代表的中上层仙界。前两者是人世，后二者是仙界。这四个世界相互之间是贯通的，各自代表着不同的职能。

与一般意义上的小说不同，李浩的《灶王传奇》并不是任由人物的性格与交往的发展而推动情节，而是事先设置特定的结构形象和价值伦理，小说因此掺杂着理性的意味。在这里还需要特别提到李浩式的长短句，灵动中又充满着气势，这也是李浩一贯的语言风格。《灶王传奇》里边，多是截然收束的短句，同时夹杂了不少长句，难能可贵的是，其中的长句也毫不拖沓而显得干脆利落，而正是句子本身包孕的意味和能量，使得小说实现了以虚存实，在似有还无之间，无中生有里面，涵纳并发挥灶王们所谓的"无用之用"。然而小说却将有用与无用的绝然界限解构了，特别是其中注入了"虚无"，小说也由传统的叙事转入现代意义的建构。

从灶王的身份和职能来看，最重要的是通过好罐、坏罐形成价值判断，因而也使小说充溢着显明而简要的道德准绳与伦理认定。在这个过程中，叙事者的意图非常明晰，他并不在意对人性或神性的复杂性作出辨析，而是不惜接续传统小说惩恶扬善的功能，甚至不惜在二元分化的认知意义上展开叙事。这样的一个好处在于，能够将小说的重心从简单的情节和价值中，转移至叙事和语言本身。

小说的叙事隐现着卡夫卡、卡尔维诺的风格，也包括《西游记》《红楼梦》等经典的影子，如《红楼梦》第五回即将十二金钗的各色人物及故事结局和盘托出，这就最大限度地拒绝了悬念的产生，特别是其中对人物进行理性的品评，似乎在小说的一开始就将价值和意义定于一体。《灶王传奇》同样有意篡改了民间传说和人物形象的序列，破坏既有的真实性，以此引入自身的伦理与理性。

三

除了灶王"我"以及整个灶王群体，小说描写的最主要的人物是小冠，他在灶王帮助下投胎做了王家三少爷，却成了纨绔弟子甚至草菅人命的狂徒。当然在他的身上，小说展开了人世间的必要曲折，特别是他被判予保存前世的意义，对其而言也许喜忧参半。他无法摆脱前世的搅扰，更难以掌控现世的身份和位置，因而在左右摇摆里不断裂变，好在最后没有沉沦。尽管最后命归黄泉，但他转变了纨绔子弟的习性，拯救饥民，却被他们刀棍致死。因此可以说，无论是作为王鸠盈还是小冠，他完成了自身的分化与重建，也通过这样的复杂性，一定程度上打破了灶王之好罐与坏罐的截然分化。这是新的理性的参与，弥合既有的经验判断，也重新塑造新的可能意义。

小说中，灶王记事簿代表着小说以仙界的价值形态判定人间行止的重要依据，一册册、一本本来自各地的记事簿，"从罗汉崖的崖下一直堆上来，把整个山脚都堆满了"。需要指出的是，灶王事实上只是仙界的小公务员，譬如"我"带着小冠出去"办事"，便遇上"掌生死勾押推勘司"，然后是"掌斋僧道司""掌修功德司""掌注生贵贱司""掌三月长斋司"，以及"掌勾生死司""掌取人司""掌掠剩财物司""掌增福延寿司""掌职司""掌追取罪人照证司""掌词状司""掌曹吏司""掌行瘟疫司""掌飞禽司""掌走兽司"……"各司审核盖章是有顺序的，这个顺序不能动。如果前面有一章未盖，后面的各司都是不会盖的——这个办法行不通，我们早试过。"经由此，小说实际上将仙界人物置入现代社会的科层制之中，写出他们的职场记以及人间的游记，对灶王们的无用与无奈，以及小仙人与小人物之间的交互，写得尤为细腻。很显然，这是一个理性叙事者有意为之的所在。

在这个过程中虽然多为平淡凡俗，实则处处暗流汹涌，土木堡之变是明朝的重大转折，英宗与景泰皇帝的政权变换也是国之大是。"一个说景泰皇帝自私怯懦，真是无能，可就是霸着皇帝之位不肯撒手，本来他信誓旦旦说只要哥哥能够回来就一定把皇位让出来，英宗回来了，他不但不让，还把哥哥给囚禁了起来，不让出门，还往锁眼儿里面灌铅。又当不了家，任由大臣于谦、石亨、许彬等人结党营私，祸乱天下；另一个说太上皇才是昏庸无道、听信谗言的那一个，他要是有智有谋，怎么会亲率五十万人马连人家三万人都打不过，不光打不过，还当了人家的战俘，让人家牵着根绳像牵一条狗一样，今天牵到这里，明天又牵到那里……我就听不下去了，我对他说你可以说英宗的功过得失！但不能这样侮辱，再说现在的景泰皇帝又真的好到了哪里？他不是，在都指挥使马顺被杀死在午门的时候吓尿了裤子？说好让位而不让，说轻了是言而无信，说重了就是大逆！我这么说，站在景泰皇帝一边儿的灶王就不干了，他又没理，只好向英宗皇帝和司礼太监王振身上泼脏水，要是只这样还好，就是个争呗，可他在得知我来自蔚州之后竟然说我是王振家奴，得了王家什么好处——我怎么能再忍他？"可见，政权更替不只是茶余饭后的谈料，更是他们对时局的关注以至自身政治立场的表达。不得不说，叙事者在灶王的身上倾注了不同维度的意义。然而也需指出的是，与土木堡之变以及于谦等明朝轰轰烈烈的事件和人物相较，包括在与更高级别的仙界人物相比，灶王和他们的人世间却显得如此无足轻重，然而却成为小说着墨最多且寄予更多关切同情的群体，所以叙事的理性也通过言说的倾向和内在的伦理得以体现。

对于整部小说而言，有无相生是内容，以虚化实是形式。故事通过大量的对话尤其是灶王间的讨论吐露，也即言语和叙述本身，沉入他们的内在世界，特别是通过他们表述对于人世的看法，这也代表一种辨认和判定，同样意味着叙事者理性的认知。"饼店灶王：是谁跟我说，判断一个人一件事要看发心，一件善事如果做善事的人事先张扬、是表演性的，那就不能把这事儿放入到好罐里；而某件事虽然给他人和自己的家庭带来了灾难和困苦，但只要他是无意的、偶然的，就不应该对他处罚的。老兄，好像是你吧？于谦大人在这件事上明显没有你所说的那种得寸进尺、得陇望蜀！他是为了大明，为了大明的明天，为了大明的天下和黎民！我听说，新皇帝景帝也并不想当这个皇帝，而是不得不……"通过这样的方式建构起来的灶王形象，既有对于宏阔历史的认知和辨别，同时又是属于平民世界的言行举止和价值锚定，从而使得他们身上涵纳着一种立体的形象和多元的思想。

四

在此还试图岔开来谈论另一个问题，那就是灶王的形象多来自北方，当然也有如城隍老爷则是南方人，来自江苏常州。也就是说，小说大致是来自北方苦寒之地的反传奇的传奇，之所以提到这点，是想提示存在着南方的灶王，可否有沟通南北的尝试，还有其他宗教及其信仰的对照增益，这样的话也许更具统摄性与总体性。在地方性写作的视野里，小说展开的是北方的神仙和北方的人间。一个是不同地域的神仙会聚在此，还有就是普通人家的日常生活习性尤其厨房里的食物大有不同，如果是在南方自然又是另一番模样；此外则是人与神的情感方式与表达方式的不同。

当然，一个作品自有其坐标、立场乃至偏见，不可能面面俱到。而之所以提及这一点，是因为也许南北不同的趋向和意见，特别是在表达政治倾向、个体意趣、精神求索等层面的元素时，能够透视出不同的价值面相。

具体而言，小说通过灶王之间的对谈，不仅分析论辩时事历史，而且搅扰于种种日常的争端和矛盾，更重要的是，灶王们通过"对话"表述自身的立场与关切："人情从来比纸薄。你还记得吗，那个胡经历？每次来我们曹府必然喝醉，醉了必然会大声呼喊谁要敢对曹府不敬，谁要敢在我面前说个不字，我胡某某一万个不答应！我一定把他的脑袋砍下来当球踢！你哪里还能寻得见他的影子？还有什么王大人、牛大人、朱大人。去年的时候还三天两头儿，现在呢，现在，你在咱家的院子里还能不能见到那些戴乌纱的、戴忠敬冠的，穿绯袍、皂袍、青袍的？"对政治、时局、战争等宏大事件进行评断，甚至表达自身的愤慨和情绪，这是人物形象获致主体性的塑造方式。更重要的，小说得以借此延伸至不同阶层与人群的状貌，透露并评断现实历史的境况、进程。

尽管如此，我还是倾向于认为，小说《灶王传奇》的重点在仙界而不在人间。仙界和人间一起，构筑成一个新的世界，里面有所谓的"天条的维护，规矩的确立，善恶的赏罚"，更重要的，那里有人情世故，有爱恨情仇。这是结界，人间是作为仙界的延伸。但又不是架空的，不是传统意义上的写作。不仅如此，通过小说还应看到，所谓的仙界也是另一种人间，不陈述历史，是横向的和共时的，另一重观察的视野，与文学的观察是若合符节的。即便仙界有着自身的弱点、缺憾，但是也分享着与人间相通的历史与现实，也即这是互为镜像的仙界与人世，由此使得小说的境界以至广大。

　　还有一点值得提及的是，灶王不仅最接近生活，更接近民间，最重要的，其更接近文学本身，也就是说，我一直在思考的一个地方，灶王是不是就是文学本身？通过小说我们得知，灶王更像是一个虚职，没有实权，但是又极关心人世和民间，主宰着人们的生活和家庭，"我这灶王，真是个无用的东西"，以"无用"指涉自身，无疑是趋向文学的，特别是其通过文学的方式加以表述；不仅如此，灶王们常常能够沟通虚实，游离于真与幻之间，充满悲悯和人性，"灶王，就是一项负责记录家庭发生、呈报给城隍和地府的公务差事，属于仙人中的差役，没什么法力。当然你可不能因此轻视你的工作，它意义重大，非常非常地重要，要知道对人间的赏罚和民情的了解，都是依据你们的提供！灶神职重，秉下民倚伏之权……"灶王便是如是之形象，他们体验与体悟人间疾苦，以虚入实，于"无"用之中求取"有"人之境、之意、之思。我们不能说他们直接就是文学，但更近似于文学的质地和品格。因此，小说正是经由人物之身份、认知、思想、取向等理性的意义，进行文学的反身指认，这意味着一种内置于修辞肌理的更深的理性。

　　当然，在灶王身上，写作者还寄寓了更立体多元的状貌，如小说借蔚州城隍之口，点出"真实"是当灶王的第一要义，"作为一个合格的'灶王'就要把看见的、听见的一切一切都真实地记下来，不能多也不能少，上天要的就是真实，只有真实、真实、真实再真实，才能保证灶王工作的有效，真实是作为合格灶王的第一原则"，但是这个过程并非不言自明，而要去辨知、判断。贯穿整部小说的，是对好罐坏罐的认定与总结，记好后交到城隍善恶统事司。这就很有意思，灶王只是认定和判断，依据是什么？伦理是什么？既是生活的认知，也是叙事者／作者的判断。装到罐子里的，是人世的善恶，更代表他们来世的命运，所以兹事体大，因而这样的"罐子"既是中介，更是装置，存在着价值和意义再生成的可能。而且宕开一处说，这里边意味着对现实历史的大数据分析，人间世界是蒸蒸日上，还是江河日下，小说试图生成一种总体的把握。

如前所述，无论是人间还是仙界，小说倾向于一种底层的叙事，关注的是底层的小人物，底层的仙界职员，更有地府叙事，地底下的世界。灶王是仙界、冥界联系人间的最紧密、最细微、最敏锐的至关重要的微点。如小说里的"我"所言："面对邪恶、灾难不能制止，面对杀戮、抢劫只能任其，那些只需要读读文书记录的上官们可以超脱，我们这些眼睁睁的灶王，不容易超脱啊……"他们未必是亲历者，但却是亲见者、见证者与记录者。想想小说乃至本身也是如此，叙事之"虚构"、之"无用"，到底无法游至实在界给予切实的帮助，但从无到有、由虚入实，则不仅是人物主体更是小说叙事试图实践的可能性。

直至"我"作为全天下灶王的楷模参加玉皇大帝的百叟宴，首先是排练良久的宴会礼仪，进入昊天金阙弥罗天宫那么久，却是"第一次这样认真地看一看它的青玉地面和略有凹凸的龙鳞花纹"；其次是盛典似乎开始了，但"我"只听到远处的"嗡嗡嗡嗡的声音再起，或者早就已经再起了，只是我没注意到而已"，菜肴摆在面前，但是按天庭规矩却望而止步；再次是玉皇大帝在典礼上说了什么，"因为距离的缘故我并没有听得太清"，等等。有意思的是，"我"始终游离于百叟宴的盛典之外，也即一直处于"在而不属于"的状态中。不仅如此，在宴席中，仙人们似乎并不关心其要旨何在，而关心的是吃没吃饱，以及筷子先夹哪个菜、后夹哪个菜，甚至什么天庭规约都无甚重要了，"譬如我左边的那位神仙就没按规程教条来，他吃了不少风干和鸡豆，我可是看得

到的"，最后我在一通胡思乱想中，"渐渐地睡着了"。小说最后，
"我"经历了啼笑皆非的天宫之旅——玉皇大帝设下的百叟宴，如
一枚钉子或棋子般，不断排练、预演，显得滑稽和虚无。而此后，
曹家更是因为莫须有的谋逆造反罪名被查抄，"也不知道二少爷的
脑袋是不是搭错了筋，还是锦衣卫同知那里使了什么手段，二少
爷瞒着老爷给大少爷写了封信——这下可坏大事喽！锦衣卫同知
拿到这封信连夜送进了皇宫，皇上一看这还了得，这哪里仅仅是
结党营私，这还想谋反啊！于是……就这样了"。细细读来，曹
家被抄家，就像《红楼梦》中大家族败落一样，"好一似食尽鸟投
林，落了片白茫茫大地真干净"。而作为灶王的"我"回到荡然无
存的曹家，"我在空空旷旷的黑暗中来来回回"；最终"我"也变
得一身落魄，沦为候补灶王，等候重新安排。曹家的败落与灶王
的沉寂，其中也时而隐射着明朝历史，如小说里提到的吏部尚书
王文，以及一代名臣于谦，包括皇权的更替等，灶王故事的小历
史中时而渗透着明代的大历史。

五

因此，如果将视野放进更大的历史里看，不仅明代指涉着当
代中国，而且明代也曾被视为现代中国文学的起源之一，这个问
题非常值得探讨，篇幅所限，只能另文论之。而小说里灶王们以
及人世间的一切纷扰沉沉浮浮、跌跌荡荡，最后还是尘归尘、土
归土，小说内含一种"无"的哲学在里面，灶王是道教神仙，与
老庄哲学也是一脉相通。记得小说里专门提到："我收拾好自己的
好罐坏罐、衣物、用品和一些积攒下来的银两，也悄悄地将两块
虎骨、两支高丽参放进包裹，放在《庄子》和《春秋》的中间。
田家灶王手里捧着两角鹿茸，'给我找个包儿，要是外面那帮红眼

儿灶王看到，还不吃了我！你嫂子说，让我拿……她气血虚，身体弱，我给她也补一补'。"可见，"我"随身携带的最重要的便是《庄子》，尽管这样的元素并不显赫，但是小说内在的价值建构却是无法与之割裂的。而现实历史不过是"有"中之"无"，"实"中之"虚"，因而，顺应以逆序，无为而施治，便可如"无用"的灶王一般"逍遥"。所以我一直觉得，灶王背后是道家的哲思，更是人世、历史，当然也包括小说叙事本身的不可忽视的理性。

谈了这么多，以此回到文化传统的当代发抒的命题。《灶王传奇》的故事讲到后来，专门提到曹家院子里的皂角树，"树上挂满了新的和旧的皂角：去年的皂角还没有落下，今年的皂角又长了出来，等今年的皂角熟透变老，变成干枯的褐色，去年的、前年的未曾落下的皂角却还挂在树上。因此上，这棵高大的皂角树总是一副有着无穷的拖累、老气横秋的样子，到达秋天则更是这样。加上诸多攀缘而上的牵牛花蔓、从断掉的枝杈和树瘤间生出的苔藓，这棵老树远比看上去苍老，就像是一个人的暮年——然而，一到春天，新的树叶长出来，新的枝条探出来，它就又生机勃勃，仿佛在某个地方或者某些地方贮藏着不为人知的活力，这些看不见的活力可以源源不竭"。事实上，那棵长势时常新旧杂糅的皂角树，映衬着小说或许就是这么一个实有注入并充实虚空的过程，与此同时，其对文化传统的出新与开新，同样存在着类似的经验。这样的小说，传统与现代、传奇与现实，以及雅与俗相互兼容，特别是其中灶王形象的重建、老庄思想的再思、明代历史文化的升落，等等，势必蕴蓄着种种艰难的甚至是相左的意向与意味在其中，这也喻示文化传统的当代性问题不是经过一个大而化之的夸夸其谈可以实现的，也无法以概念来解释概念，还是要通过感性的主体形象与情节结构，甚至需要经过新与旧的反复磨砺、协商、再造，同时又必须经由叙述理性乃至智性认知加以观照，以避免局限于碎片化的与细枝末节的讲述，从而在总体上推演文化的古今之变。

第四节　叙事历险与小说新径

一、叙事的冒险

好的作家可以开创和定义一种文学的题材，但是反过来，题材也会限定作者，为其贴上标签。作者之名与内容之实，经常是如影随形的。因而，作家往往面临着两难：一方面，固化的风格有利于生产的高效，并可提高写作者的辨识度；另一方面，不断的重复又会造成故步自封的危险，落入类型化的窠臼。在这种情况下，如果写作者意图寻求新的突破与认同，开辟新的领地，就不得不切断自身风格的黏性，割裂故事和文本惯性，可以想见，这将是一种极大的冒险，尤其是前一种风格还处于成熟期和上升期时，改弦易辙就意味着在平稳行驶途中拐一个急弯，风险是显而易见的。

被誉为"中国谍战小说之父"的麦家，此前已将谍战写到了极致，创作出了《解密》《暗算》《风声》《风语》《刀尖》等自成风格的长篇小说，一支笔尽述秘密与解密、代码与解码、人心与人性，将谍战题材提升到了一个新的高度，也因此获致了一种"世界文学的品相"[1]。然而对于麦家而言，谍战或许是他小说类型的登峰造极，却不是艺术的定格与写作的终点。事实上，他"一

---

[1] 参见《真正的密码是人的内心——麦家作品学术研讨会发言选录》，《东吴学术》2019 年第 1 期。

直在挑战自我，试图超越自己"。这对于已在某种题材驾轻就熟甚至功成名就的作家来说，无疑"是一次鼓足勇气的冒险"①。

　　长篇小说《人生海海》便是麦家的一次叙事的历险。麦家试图从谍战的旋涡抽身，在这部讲述故乡与人事的小说中，有意清空既往的话语情态和结构模式，重新组织写作资源和精神记忆，不再局限于一时一地，也不是以往的执行任务与破解危机，而是以更长的时间段落，铺设主人公蒋正南（上校／太监）一生的遭际与命运。饶有兴味的是，尽管小说以不同的声口加以讲述，但始终对焦的是上校的生命历险与人生传奇。可以说，上校的一生，无不是身体的历险与精神的涉险，他在历史的跌宕中饱尝自我的沉浮，直至最终疯癫老逝。在这一出漫长的上校历险记中，麦家的叙事一直试图与历史的残酷和缺陷周旋，沉潜人性深处的麻木与热忱并记录之，出入险恶之境，埋伏淆乱之道，在死生难卜的拯救中，植入／置入一重重更深的险象，于焉搏斗暗夜，捕捉光明。

　　詹姆斯·伍德提及菲茨杰拉德的小说《蓝花》，认为其"以最微妙的方式捕捉到各种正在进行的人生"，而菲茨杰拉德在小说的卷首语中说道，"小说来自于历史的缺陷"，小说要拯救的，正是"那些历史从未能记录下来的"所在；但是伍德明显对小说式的插入并不持乐观态度，"这些世俗的事例存在于书本的更宏大更严肃的形式中，换句话说，这些是短暂的人生，不幸的人生，只不过是历史里的插入句罢了"②。将民间的传奇注入家国天下的旨归之中，并同时使二者血肉丰满，这是麦家小说引人入胜的所在。然

---

① 参见《麦家新书〈人生海海〉出炉：既然跑不掉逃不开，不如爱上生活》，《中国青年报》2019 年 4 月 15 日。
② ［英］詹姆斯·伍德：《最接近生活的事物》，蒋怡译，河南大学出版社，2017 年，第 21-22 页。

而在历史的滚滚洪潮中，"插入"始终是一种冒险，且不说于焉掀起波澜谈何容易，更可能的情况是被"宏大"和"严肃"所湮没，从这个意义上而言，小说无疑是一次惊险的历程：叙事为了弥补"缺陷"，"拯救"人生的"短暂"与"不幸"，不惜火中取栗，甚或赴汤蹈火，以期"于浩歌狂热之际中寒，于天上看见深渊，于一切眼中看见无所有，于无所希望中得救"①，却不得不甘冒随时被遗忘的"人生中普通的事例"的危险，形塑成"已完成的完整形式"②。因而不得不说，小说便是盗火者，隐秘而悲壮，叙事意欲挽救失落的危机，不料失落与遗忘的危殆如此之大，小说厕身其间，实践的是一种虚设而实有的涉险。

写谍战需要不断地将秘密兜起来，这个过程容易显得虚张声势、故弄玄虚，而麦家小说一向以沉稳著称，叙事的气很足，语言一句一字，都落在点上，如敲击鼓点，一顿一挫都有力道。这就使得他的小说沉得住气，不虚胖，也不浮夸。究其原因，麦家不仅满足于解密与争夺，其更对准的是性情与人心。纵观麦家笔下人物，原本栖于平凡，居身安定，被家国组织征用而逾越既定的轨迹，吊诡的是，尽管他们历尽艰险完成了使命，甚至得到了极大的认同，但最终或隐逸，或疯癫，或逝去，始终难以对抗命运的残酷与渺小。这在《风声》《暗算》《解密》中是如此，在《人生海海》中亦显其端倪，成为小说内部伦理的一种悖谬与风险。也就是说，麦家小说或许记录了令人击节称叹的英雄主义，弥补了"历史的缺陷"，但是否可以拯救现实人生，在切实的情感

① 鲁迅：《野草·墓碣文》，《鲁迅文集》第2卷，人民文学出版社，2005年，第207页。
② ［英］詹姆斯·伍德：《最接近生活的事物》，蒋怡译，河南大学出版社，2017年，第23页。

世界与生活现场中，施以凡常安稳的允诺，这是值得追究的问题。如果答案仍旧是否定的，那么从政治与军事征用，到英雄主义的升腾，再到最后幻灭的整个过程，小说通过"捕捉正在进行的人生"而完成的所谓弥补和拯救，是否将意味着一种莫大的伦理冒险？从险象环生到悲剧收场的英雄主义之后，留下了什么，又丧失了什么，这是麦家在谍战小说中埋下的巨大的难以弥合的裂缝甚或是危机。《人生海海》同样遭遇了类似的分裂，然而这一次却与以往不同，麦家试图以一次叙事的冒险，回应那些历史与人心中的沉默而坚硬的难题。

二、身体的历险

事实上，麦家很早就开始在谍战中注入危机与险境，无论是《暗算》第一部《听风者》中 701 遭遇可怕的无线电静默以及招募瞎子阿炳时的危险重重，还是第二部《看风者》中在台湾的国民党与大陆特务联络试图反攻大陆以及黄依依面临的精神和情感危机，第三部《捕风者》中林英在步步惊心中的不幸暴露和牺牲；又或者是《风声》中为送出情报而牺牲的老鬼李宁玉；《解密》中容金珍遭遇的种种风波及至最后难以抚平的精神危殆等。麦家小说中无处不在的紧急状态与危机边缘，形成了作品的背景、氛围与节奏，人物不得不时常置身于险情之中，甚至性格命运都为其左右。这可以说是谍战题材的叙事模式，小说除了藏匿与揭示秘密之外，其最重要的因素，就是历险。人物往往于险象环生中全身而退，又或是在千钧一发之际挽狂澜于既倒，最终化险为夷，邪不胜正，当然，其中也将付出必要的代价。而在《人生海海》中，麦家将这样的"历险"延展到了更深刻的维度。

相对而言，《人生海海》中的险情不至于如此紧迫，也并没有令人窒息的环境装置，相反的，小说的整体节奏较为从容，以一种开放性的叙说，在不断变换讲述者的过程中，显得张弛有致。这样的从容与余裕，给予了人物自主选择的余地。也就是说，对于上校而言，一切的遇险都不是情势所迫，而是一种自我的抉择，是源自内在的认知与坚持。而上校自主打破平稳而置身险境的过程，主要是通过以"身"犯险的方式进行的，上校的身体历险事实上成为小说叙事的内驱力。具体而言，在文本的前半部分，叙述的主要内容集中在讨论上校的性的遭遇及其所造成的身体缺陷上，关乎上校的艳史、秘史，成为故事向前展衍的主线，且通过窥探和搜罗隐私的方式进行，显现的是一种基于生活史与个体史的叙事；与前半部分的私史与"争议"相比，小说后半部分将上校的个人荣辱与国恨家仇及历史阴暗相关联，在他的"身"上所蕴蓄的那种孤绝而光明的英雄主义才得以显山露水。如果说破译和解密至多只是消耗身体，并不一定涉及身体的历险与生命的危害，那么《人生海海》中，上校则沉沦于革命战争的历史并一直与之周旋，且陷溺于人性的严酷并始终不屈不挠，在信念乃至信仰中交出了自己的身体和灵魂。

上校的献身及历险最突出的表现，是在上海期间出入风月场所，为了窃取情报而不惜委身日本特务。因为这段不为人知也不足为外人道也的机密，成为他在20世纪后半叶遭受政治与人身迫害的重要缘由。基于此的一切指控，都集中在由他的"身体"所引发的道德危机与政治危机。"文革"期间，上校被公安局抓获，日本特务在他肚皮上的文身成为对他罪大恶极的控告。"对上校肚皮上的字也是这样，大家好像猜谜语，什么都不顾忌，乱猜，一下猜出多个底本，诸如：我是皇军一条狗；皇军万岁；皇军大大的好；我是汉奸我该死；太监是假汉奸是真，等等。好像在猜一句鬼话，说什么的都有。"[1] 不同个体及其所代表的不同立场和意图，都在以猜测式的追究，寻求定罪的根据，这就意味着莫须有的指摘，以此险恶用心，陷被命名者于不义，甚或置之于死地。在黑白颠倒的历史序列中，上校已然淹没在这些名称背后的嘲弄、诬陷、伪诈之中，遭受生命的无妄之灾。上校身体的隐私与秘密，始终处于被追逐被猎奇的境地，所有人都想一探究竟，甚至不择手段，这使得上校的身体自始至终都被置于言说的旋涡之中，映射着历史的黑洞与人心的不可测。可以说，麦家小说表面敷衍故乡人事，实则暗潮汹涌，是一次生命的与人性的"谍战"，上校"身"上的危机与秘密，事实上是一面反光镜与照妖镜，映射着历史，更穿透了人心。

从最初的卷入桃色事件而死里逃生，到委身于女特务的九死一生，医治高官之后的全身而退，及至"文革"期间被严刑拷打劫后余生，最后以疯癫告病隐于人后。在上校身上，同样能够见出麦家小说时常"以一种极端的思维方式把握人物，呈现生命的某种极致状态，叙述中灌注了作者极致的体验、超常的想象和异样的思考"[2]。这种极致和极端更具体的表现，则是麦家小说将人物置于险境之中，当然这种历险除了通常意义上的生命威胁，以营造"极端"的紧迫感和危机感之外，在《人生海海》中，还在于将身体及精神层面逼进危机的边缘，观察其于刀锋上的举止言行，并从人物一己延及周围群体，塑造历史的镜像，树起人性的纪念碑，抑或耻辱柱。

詹姆斯·伍德曾专门谈论契诃夫的小说《吻》，里亚包维奇

---

[1] 麦家:《人生海海》，北京十月文艺出版社，2019 年，第 201 页。
[2] 王迅:《极限叙事与黑暗写作——以麦家和残雪的小说为考察对象》，《文艺研究》2014 年第 4 期。

在叙说自我的那个错误而美妙的吻时，原本以为可以"一直讲到第二天早晨"，却没承想只讲述了一分钟的时间，这样的不完全叙述，对人物的内心是一种遮蔽，"正如里亚包维奇没能成功地全部讲述出来，或许契诃夫也没能完全讲述出来。到底里亚包维奇想说什么，这依然是个谜"①。叙述的匮乏必然引起缺憾，麦家叙述的高明之处，便在于其中不断地变化叙事视角，从而通过富于层次感的叙述，在关乎上校"身体"的重重迷雾中拨云见日，并于焉从个体的"私史"推衍至时代的"公史"，而且从身体的历险记延伸到个体的心灵史，这是麦家在《人生海海》中超越以往谍战题材的重要呈现。

三、灵魂的涉险

麦家的小说时常表现出一种强烈的宿命感。无论是作为草根的瞎子阿炳，还是智商超群的数学家黄依依，为密码而生也为密码而死的陈二湖，执拗而异禀的容金珍，等等。他们往往于危急之际被赋予政治使命，但最终还是受制于自身的情感与心理，落下悲剧的命运。在小说中，他们为大义而历险，艰苦卓绝而后功成受赏，但值得注意的是，在这个过程中，人物的个性丝毫没有变化，最终也无可奈何地因之而殒没。麦家小说在民间与政治，个人与国家之间，在制造交集的同时，彼此之间却几乎是截然有分的。而在《人生海海》中，小与大、家与国、个与群之间的二元分立被彻底抛开，上校／太监作为独立却卑微的个体，始终为家国政治所牵制，"太监当然不烂，他一身志气和骨气——也是国气。他恨死小鬼子！你想，小鬼子害死了他亲爹，也差点绝了

---

① ［英］詹姆斯·伍德：《最接近生活的事物》，蒋怡译，河南大学出版社，2017年，第29—30页。

他男人最根子的东西，能不恨吗？于公于私都恨的"①。麦家在小说中意欲搁置以至超越20世纪中国历史的二分法，填补在庙堂与民间、个体与国族、身体与灵魂之间的裂隙，以此改写历史的状貌及人物的本心。小说中，国仇家恨、个人意绪，民族大义、爱恨情仇，无一不在主体的内心投下映象，可以说，麦家小说破译的是特定场域中被遮蔽的地下革命史及其高度结合的个人史和精神史，相较于以往在战场上冲锋陷阵的革命战士，麦家的英雄是地下的、隐蔽的、不为人知的，他们战斗在阴暗之中，却将人们引向光明；更重要之处在于，麦家始终注视着《人生海海》中压抑而隐忍的英雄及卑微而善良的民众，昭示他们灵魂的坚忍不拔，也不避其中的彷徨无地，尤其是在人性、政治性、历史性的复杂纠葛中，昭彰灵魂内部的绝处逢生。麦家正是在此意义上，试图描绘并破译笔下人物的心灵史。

《人生海海》事实上有两条线索，一个是爷爷、老保长、爸爸包括我在内的乡土人事及其移变的叙述视角；一个是上校的神奇、秘密与历险。但是这其中是有风险的，因为在小说中，两条线索显得不甚匹配，上校以外的线索链与情节链较弱，且显得松散，存在为讲述而讲述的风险。然而随着叙事的推进，两个链条所代表的精神意义均得以逐渐凸显，麦家的叙述通过他们而直指人心，在他们身上经历了内部的争端甚至搏斗，隐现着灵魂的曲折进路，直至凸显出坚忍与悲悯、忏悔与救赎的意味。

老保长与上校到上海，小说呈现的是阴森可怖的都市形象，吸血蚀骨，吞噬人心，无不是恐惧与冒险。然而，正是上海的惊险历程，让老保长成为上校秘密的见证者与探析者，直至上校被

① 麦家：《人生海海》，北京十月文艺出版社，2019年，第169页。

批斗期间，老保长不顾个人安危，极力为上校辩解。"文革"期间，上校被胡司令囚禁在柴屋，严刑伺候，"我"时时挂心，不顾情势敏感去探望他，过程处处发怵，布满惊险，"我想去柴屋看上校，他昨天被打得够呛，现在不知怎么样。一个人去我有点怕……我们顶着雨，像顶着枪林弹雨，哇哇叫喊着，往柴屋方向跑，惊得两只老鸹惶惶地从树上飞走"①。"我"不仅是上校历险的见证者和亲历者，也因为偷听、协助与拯救而成为历险者，"上校出走那天夜里，因为来过我家，这成了我们家一个炸弹，导火线就在我手上。我突然后悔来偷听，家里多了一个炸弹，我身上也多了一根导火线"②。环绕在上校周遭的，是如空气般无处不在的危险，那是历史的可怖与罪行，在小说中，外在的威胁与内在的恐惧是合二为一的，毁灭与救赎，生成了刀锋上的生命意识。在这个过程中，历险显然不是麦家真实的目的，其试图追索的是在惊魂既定之后的内部从属。灵魂涉险之际的忏悔、羞愧、庆幸、反省，在"我"的身上体现得尤为充分，"我更加羞愧，虽有一百个念头，有千言万语想讲，想骂人，想打人，想……却没有选择，只是一声不吭，缩着身子，垂落着头，灰溜溜地走了。我感到，背上负着一千斤目光，两条细腿撑不住，在打战。我第一次认识到，羞愧是有重量的"③。在险象环生的历史中，淤积着权力的傲慢与人性的残酷，然而在麦家笔下，最难能可贵的却是战战兢兢的羞愧，与顾影自怜的省察，这样的灵魂归依揭示着被压抑与被掩盖的历史柔和的背面，通过上校的感召而实现情感结构的裂变，从而在坚硬的时代撕开一个口子，从而使人物得以窥见内面的自

---

① 麦家：《人生海海》，北京十月文艺出版社，2019年，第82-83页。
② 麦家：《人生海海》，北京十月文艺出版社，2019年，第180页。
③ 麦家：《人生海海》，北京十月文艺出版社，2019年，第90页。

我，由此在灵魂的涉险之后完成内部的蜕变。

小说的第三部，上校疯癫，时人见嫌，与麦家谍战剧中的人物收场如出一辙，然而《人生海海》却宕开一笔："小观音"林阿姨横空出世，那是上校在朝鲜当志愿军军医时的战友，受恩于上校并对其付出了一世的爱与慈。林阿姨不仅拯救了上校，令其一生历险而得以善终。同时，她也救赎了麦家的叙事，在后者笔下，灵魂的涉险不仅伤及性命，而且累及人性与伦理。《暗算》中瞎子阿炳、黄依依的情感历劫，《风声》中老鬼的舍生取义，《解密》中容金珍的精神崩溃，以及《人生海海》中命途多舛的上校等，麦家将现实的境遇延及个体的灵魂，从外在的战争牵扯至内心的搏斗，冷酷的谍战世界中也许没有硝烟，但却异常地残酷，英雄主义最终不过末路一场。而《人生海海》则为人性立碑，曾经爱慕与追随上校的林阿姨如观音下凡，照顾他安享晚年，其中的爱、温情与善意，甚至在此感化下达成的最后的理解、原谅与救赎，都穿越了历史，也穿透了死生，共同指向麦家谍战小说中的"缺失"。这是在残酷且极具悲剧主义色彩的谍战题材中未曾有过的情形。循此回到文章开始的难题，英雄主义之后怎样？毫无疑问，在林阿姨及以"我"为代表的故乡人事的身上，得到了完满的答案。因而，麦家的《人生海海》，事实上是在破译"人性和人心的密码"之后，探寻从冷酷到慈悲的化解，从憎恨到谅解的转变，最终于历史的失落与灵魂的历险中寻得救赎。

四、结语：新的危机及其化解

上校真名蒋正南，人称上校或太监。在残酷的年代，他的大名更是五花八门，"大家叫他太监、狗东西、狗特务、纸老虎、死老虎等，人多嘴杂，五花八门，叫什么的都有，总之都很难听"①。这些名称喻示着他的身份状态、自我经验、生理缺陷甚至个人命运，而且代表着作者讲故事的方式，当然，其中还隐匿着小说特定的话语倾向和叙事伦理。似乎每个人都在窥视上校并议论和评点之，因而他显得极为神秘，却又毫无私密可言。如是这般不厌其烦的过分泄露，是否也是麦家叙事中的一重冒险？过度的叙述可能引起更大的误读，极易混淆进而丧失真实，覆盖历史的存在，掩埋甚或摧残真正的主体。

好就好在，与谍战小说以"解密"为旨归不同，在《人生海海》中，上校最为关键也最为隐私的秘密在小说中尽管一直被言说，却始终没有披露，他肚皮上的字若隐若现，似有还无，让他历经艰险，受尽折磨，但始终没有被"暗算"和被"解密"。道尽机密的麦家，此番却严守着上校最大的秘密，不得不说，这是小说甘冒的最大风险，极可能因为没有最终"解密"而丧失吸引力。然而上校一生坎坷，艰险重重，其中灵魂之悲戚，未尝或已。麦家怀仁于心，不予吐露，这是他唯一的一次知其"风声"而不忍"解密"，也是他基于故乡人事的悲怀与爱悯。

詹姆斯·伍德提到，"阅读小说是一件极其私密的事情，因为我们经常看似在窃取虚构人物的泄露了的私密。"在小说的写作、阅读与解析中，被泄露的秘密、被阅读的秘密以及被重新隐藏的秘密时常集合于一身，成为叙事的共谋，"他们泄露了隐私，变成了我们更为隐秘的隐私"②。在麦家的《人生海海》中，对于隐私的藏匿与追逐，成为生命的历险，叙事于焉形构隐喻，对照生活与

---

① 麦家：《人生海海》，北京十月文艺出版社，2019年，第90页。

② ［英］詹姆斯·伍德：《最接近生活的事物》，蒋怡译，河南大学出版社，2017年，第10页。

历史。更重要的，我们潜藏于上校们的隐私之后，经历内在的搏斗与崩解，渐成新的隐私，以滋养我们的魂灵，塑成我们的内面，铸造我们坚不可摧的精神堡垒。

第五节 人文精神与当代中国

以往读冯骥才的小说，文白同在，雅俗相间，文体上亦是变化多端，但隐约有一枚主心骨在，便是他对艺术与人文精神的守持，无论传统发抒抑或现代写作，无不流涌着精神的高洁与文化的护卫。读到长篇小说《艺术家们》，尽管人物心径曲折，却不乏品味高蹈的精神主体，那些生活的、灵魂的境遇，又或是政治的、美学的境况，处处显露出一种形而上的辩证法，海纳百川之中，到底包罗万象。究其缘由，小说有一种总体性的美学诉求，一是述及美的无处不在，历史的与人心的美学对照中，是泛化的美学精神，撒播在人们的知识与行止，彰示在得意与得志中，也显影于最困顿与困惑处；二是相互参照的美学形态，对称如同建筑、绘画的设计构图，对位则如同音乐的结构形态，诸类艺术之间彼此勾连，无有阻隔；三是整体的认知体系中，形塑方法论的视野，拓开既有的与未知的疆界，无论在政治、哲学还是道心情理中，既存曲高和寡的内涵，又泛及世间，成其寻常。"历史不容割断，现在和将来总是从过去走来。回忆过去永远是思考现在、展望将来的必由之路。过去也总是可以帮助我们看清现在和将来的一面镜子"[1]。《艺术家们》从历史讲至当下，以艺术与美学为方法，述及的是人文精神的当代性命题，具有强烈的历史意识。

---

[1] 郜元宝：《擦亮"过去"这面镜子——读冯骥才〈艺术家们〉》，《中国当代文学研究》2021年第3期。

小说通过楚云天等人身上显豁的一以贯之的美学精神，以及洛夫、罗潜等身上分化出来的不同文化路径，试图推进的是当代中国人文精神的探寻。尤其是小说故事从 20 世纪 60 年代开始，延伸到 21 世纪初，叠合着当代中国从革命历史到后革命状况的文化征候，而艺术家们的美学趋动和精神路径，在小说中分解成不同面向，映射的则是当时"人文精神大讨论"的时代语境，契合人文精神产生剧烈变动的发展曲线。如陈思和所言，对于人文精神，"现在要给它做出科学的定义还为时过早，但它的提出问题的本身却证明了知识分子在现代社会中还有生命力，并没有淹没在一片市场的嘈杂声中。作为中国当代知识分子的一种理论实践，它绝不是完善的，需要在实践中慢慢地展示其真实的面貌"①。事实上时至今日，关于人文精神的讨论尽管早已偃旗息鼓，但其延伸出来的问题与命题，在当代中国文学与艺术发展中，仍然颇具参考价值，尤其是 90 年代分化出来的文艺及理论流变，形成了当下的文化状貌。因而在这里，我更愿意将人文精神视为一种开放性的存在，直至 21 世纪的当下，依旧有谈论的必要。冯骥才的《艺术家们》所显现的，正是艺术主体乃至知识分子在面对政治、经济、艺术、文化等多重话语场域中的摇摆与守持、重估与再生，亦能演绎人文精神在当代中国的现象与现状、未知与未来。

一

《艺术家们》以艺术家尤其以画家为叙述主体，其中"三剑客"楚云天、洛夫、罗潜曾一度结下深厚的情谊，抵御了政治历史的残酷，却在市场化的道路上分道扬镳。然而他们一生以绘画

① 陈思和：《关于"人文精神"讨论的两封信——致阪井洋史》《人文精神寻思录》，载王晓明编《人文精神再思录》，文汇出版社，1996 年，第 154 页。

为伴，尽管最终分化为不同的路径，也经历了命运的殊异，却始终不曾离弃艺术。他们或在深谷，又仰望云端。偶有得意忘形之际，多是失意落魄之时。在他们心里，什么是绘画与美，如何理解与实践之，成为淤积心间难以摆脱的所在。关键还在于，在他们身上，浸透着当代中国的美术理论、美术思潮及美术史的印记，而且其中透露出来的美学精神的秉持、易辙甚而是弃置，都代表着一代艺术家与知识分子的心灵史。

小说讲究的是一种辩证术与平衡法。故事从 20 世纪 60 年代开始说起，政治的严酷，又激荡出艺术家们的守持与光辉。人物状似相貌平庸，却总有卓绝之处；从杂居混乱的老楼中，走出的是气质非凡的延年；黑暗、潮湿又阴冷的地下室里，钢琴弹出了无与伦比的音乐；穷困潦倒者，则往往志存高远；得势骄纵、忘乎本己之人，终而自食其果……即便是与楚云天发生感情纠葛的两个女性，田雨霏和白夜，都散发出完全不同的气质和性格。"当年的雨霏好像一只小猫，渴望天天诗情画意一般依偎在他怀里。现在的白夜却像一只美丽的小鸟，在他身边跳来跳去，偶然飞来，忽又飞去。"不得不说，美是差异，是相对性的存在状态。这样的差异性促使艺术家们不断反思人心的、美学的以及政治历史的迭变，这是艺术得以不断更新自身理念及其成型状态的内外因素，他们在这样的相对化的总体意义中不断成长、分化，最终以艺术之名合流与消融。围绕其间的问题在于，美学精神如何作为一种思考方式和感觉结构嵌入小说的叙事之中，穿透历史的迷雾、泥淖，在"人学"的范畴中获致总体化的精神质地，并以此建构反思当代中国人文精神的阐释学通路？

具体而言，"总体化是双向的，不单是通过历史理解文本，更是通过文本把握历史"①。在文史互证的路径中，个体的境遇如何处置，人文精神又何以安放并生长？故事人物既出于历史因素而不得不身处深渊，代表的是主体所处的幽邃之境；而小说本身对人文精神的守助，则是出于雄阔高远的志气抱负、崇高厚重的理想，甚至是庙堂之上的政治历史的关切。事实上，《艺术家们》便是通过"美"的秉持及以背后的人文精神作为中介，切入当代中国的人文艺术之病症中，寻求一种宏大的与根本的解决。冯骥才就此提出："应该说，这不是一种文本的实验，而是写法上的实验，也是小说审美上的实验。我想把绘画融进文字，融进小说。一方面是小说的人物、事件、命运，一方面是视觉、画面、艺术感觉。我想以这样的写作，赋予小说更多艺术美与艺术情感。用艺术情感唤起读者的审美想象。我承认，我还有唯美倾向。"②在这个过程中，作者对于美学倾向性书写，加之那个时代凸显的精神状况，可以见出人文精神所经历的坍缩和危机，"我们所从事的人文学术今天已不只是'不景气'，而是陷入了根本危机。造成这种危机的因素很多。一般大家较多看到的是外在因素：这一个功利心态占主导地位的时代人文学术被普遍认为可有可无；不断有人要求人文学术实用化以适应市场经济的需要；各种政治、经济因素对人文知识分子的持久压力，等等"。外在的压力固然是大的历史倾斜中不得不面对的境况，然而人文精神内部的开裂同样不容小觑，"但人文学术的危机还有其内部因素往往被人忽视，这就是人文

---

① 刘复生：《理想的文艺批评什么样？——重读杰姆逊的感想》，《文艺报》2022 年 4 月 6 日。
② 冯骥才：《〈艺术家们〉的写作驱动与写作理念》，《中国当代文学研究》2021 年第 3 期。

学术内在生命力正在枯竭"①。小说中那些曾经穷且益坚的地下艺术家，在历史的夹缝里，醉心于绘画、音乐、文学，他们籍籍无名，散落于草泽，仰望的始终是艺术的庙堂。不仅如此，他们所景仰的美，以及他们自身散发出来的对美的渴求，形塑了内心的纯粹与完整。楚云天与隋意住在顶层的一间小屋，斯是陋室，两人却甘之如饴，"对于楚云天，有两个家。一个是他与妻子隋意的'二人世界'，那个世界妙不可言。一个就是好友罗潜这间矮小简陋的僧房，这地方却是他的精神的殿堂"。美与艺术没有性别、国别、区别，也无甚界域，因此可以同时代表平凡与非凡，也能够在其间发生转化。"愈是干涸而贫瘠的土地，每一颗雨点的降临都有一种沁入大地心脾的神奇的感觉……"②而绘画史或曰艺术史乃至作品本身，对应的是人物的心灵史。小说最契合罗潜内心的是莫迪利安尼和蒙克，尤其是蒙克的《呐喊》和《病室里的死亡》，与罗潜有着某种精神上的深层关联。艺术家们的认知、精神与言行是合而为一的，显现出他们的学统与道统，然而这些都不是一成不变的，在纵向的延展中，个体的人文精神如何应对，是坚守还是变形，这既是时代的征候，也意味着人文精神自身内部的裂变。

小说抵御"分裂"与"枯竭"的方式，便是将"美"进行泛化，人物及其行迹被置于无处不在的生活和关系之中，美无边无际，以至于无穷，美在深涧，亦在云端。那是一种生活美学与情感美学。楚云天曾经历过一段刻骨铭心的爱情，"一边是青梅竹马的真纯，一边是初恋的痴爱，他没有权利去选择，也无法选择"。

---

① 张汝伦、王晓明、朱雪勤、陈思和:《人文精神:是否可能与如何可能》，载王晓明编《人文精神再思录》，文汇出版社，1996年，第18—19页。
② 冯骥才:《艺术家们》，《收获》长篇小说2020年秋卷。以下引文如无说明，均出自该处，不赘注。

最后以离别作终，楚云天听了田雨霏的话之后，恍然大悟，是他的挚友洛夫帮助他们脱离了情感的苦海。"他感到他的朋友们才是真正的艺术家。他们用爱、美和宽容，修补了他们人生的失误，把他从泥淖边拉了回来。而雨霏做了怎样痛苦的自我割舍，才让他们走出这个几乎走不出来的绝境！"由此可见，对于肉身与灵魂，美学与人文的精神具有一种超越性，可以克服那个年代的荒芜和残酷，亦能浇灌那些贫瘠和干涸的土壤。楚云天曾给田雨霏写了一句话："艺术家工作的本质，是在任何地方都让美成为胜利者。"当然这里的胜利者并不是要分出胜负，而是克服时代的与个人的缺失，既有对抗，也有守持，甚至乎"天地有大美而不言"。

<h2 style="text-align:center">二</h2>

小说上卷，"三剑客"之间是一种审美无功利的情态，他们之间早期的交游、雅集，纯粹而清澈，也很少为了什么具体事情，不过彼此看看新作，聊聊天，清苦而认真，充满一种神圣的仪式感。"他们是天生的苦行僧，拿生命祭奠美的圣徒，一群常人眼中的疯子、傻子或上帝。"三人彼此之间的情谊，纯粹而近乎唯美，这是对抗现实历史滚滚浊气的美学形态，怡然从小就接受了父母的一句生活箴言：美的敌人不一定是丑，还有俗。能使自己对俗具有排斥力的，是修养，也是一种教养。而"三剑客"实际上性情气质多有不同，形成区别或说辩证，"云天更喜欢洛夫的画里那种与生俱来的雄劲而粗粝的生命气质。洛夫一下笔就是这股劲儿，想学可学不来。他这种气质与罗潜的气质截然相反。在罗潜的画中，深邃的生命感平静地隐形于笔触之下，不动声色地感染着你"。艺术家们于深渊之中，仍旧仰望夜空的繁星，凝视那美与光芒的所在。在他们身上，没有艺术学科与门类间的阻隔，绘画

的、音乐的、文学的，在他们之间毫无阻滞，这在学科壁垒森严的当下，何其可贵。如岳雯所言："今天，当我们隔着学科的藩篱，只能远远眺望其他门类的情景时，不能不反思，那一代人至今丰沛的能量究竟来自何处。"[①] 小说试图通过谈艺论道的方式，打通诸种艺术门类之间隔断，在美学的统摄下，使得人文精神的观察更具有普适性的意味。

值得一提的是，《艺术家们》还展开了对于天津的地域性认知，五大道、老租界、大学、地震，包括英式的别墅建筑，这是容易被遮蔽的城市及其人文史。然而小说又以美超越了地域性，透射出了历史多重性的面貌。除了天津的城市发展史，小说还显露出了处于显在层面的中外绘画史尤其是当代中国的绘画发展史，如通过楚云天的画作《解冻》，勾连起了中外的绘画经验，"他当初也想叫过《解冻》，由于避讳与苏联作家爱伦堡那本挨批的小说《解冻》同名，才用了《二月》。现在没人管那些事了，社会变化得很快，对大革命的大批判那套已经抛到一边了。叫《解冻》就叫《解冻》吧"。对于洛夫的画作《五千年》，作者则将其与《父亲》对应，"特别是《五千年》那个老农被历史的重负压弯却依然坚韧有力的脊背，被评论界称作'沉默着的民族的脊梁'，甚至把它与罗中立的《父亲》相提并论"。不仅如此，小说中呈现出来的当代意识，还体现在与新中国成立以来的历史的紧密勾连之中，从政治运动到文艺变革，艺术与美学的本质从来就不是孤立而存的，起码于百年来的中国近现代史而言，其始终与政治历史相与携行；而与此相联系的，还有个人的奋斗史和心灵史。从而在小说中形成了多元的纵深感，也以艺术与美相映衬，于纵横、深浅

---

① 岳雯：《"艺术的圣徒"：想象一个纯粹的艺术家——读冯骥才的〈艺术家们〉》，《中国当代文学研究》2021 年第 3 期。

之中，获致了显豁的深广度。

　　小说里，洛夫要出卖自己的画，而作为挚友的楚云天则决定以画易画，保存洛夫的代表作《深耕》，也定格那个纯粹的画家。如是之背后依然是艺术家纯粹的美学精神和艺术理想，他们之间忘却彼此区隔的情谊与情义，更准确地说是形而上的艺术与人文的使命感在驱动。周立民对此曾言："单纯，高贵，宏伟，整部小说是由这些古典元素奠基的。作者以浓情的文字，向伟大心灵和古典作品致敬，向高贵的艺术致敬，向美好的人性致敬……在暧昧不清的文学表达占据主流的文学氛围中，这部作品拥有少见的清新和纯净。它们渗透在文字中，使作品有一种少见的古典美。"[1]在楚云天那里，包括整部小说的伦理倾向，都诉诸一种古典主义式的美学精神，这样的文化理念使得艺术的创作与呈现本身显得纯粹而独立，人物主体的感觉观念和生命旨归也是艺术与美学的；除此之外，小说还透露出另一个层次，那就是知识分子的精神，楚云天始终如一地坚守艺术的理想，甚至有时显得固执而不近情理，他有自己心中的道德律，面对时代的移变始终如一。总而言之，一种总体性的人文精神充斥于整部小说，其不仅布施于人们的生活世界、情感交互、艺术创作等，而且更拓广至外在的自然与世界，小说终了，楚云天来到太行山上祭奠离世的高宇奇，在自然中寻求灵魂的净化。不得不说，小说的篇名《艺术家们》固然谈论的是一个群体，一种复数，更试图创生尽可能大的公约数，从而将"艺术"及其美学品性和人文精神抽象出来，呈现"他们"背后承载的历史抉择与路径，创生出对应宏大时代的精神主体，即便是共同体之间不得不面临的裂变与瓦解，却通过他们最终的

---

[1] 周立民：《艺术啊，太艺术——冯骥才〈艺术家们〉阅读札记》，《中国当代文学研究》2021 年第 3 期。

命运，以及小说内部伦理立场层面的偏执，依旧传递出守持艺术 /
人文精神的重要与迫切。

值得注意的是，小说除了当代中国 60 年代的历史，还有一
个隐含着的 20 世纪初的历史，那是艺术家们生活和交往的原租
界地带。中国走向现代的开端，也意味着一种现代的曲折与反
复。此外，还有一个更为久远的文艺复兴时代以及传统美学经
典，凡·高、莫奈、蒙克、柴可夫斯基、罗曼·罗兰、屠格涅夫
等。回望甚至溯源那些古典的时刻，内心的朝圣带来的是自我的
期待与形塑。当然，艺术是讲求天赋的，再多的后天努力，很多
时候比不得天才的灵光乍现，而且，其中从天而降的灵感，更是
可遇不可求。杰出的艺术是天意与天赋使然。冯骥才毫不回避艺
术的天启，对绘画的高贵与曲高和寡了然于心且颇为认同。他更
在乎的是堕落而非孤独，相反，孤独是他崇尚的艺术灵魂。然而，
完好的镜像在叙事文本中常常遭受来自外部世界的冲击，小说里，
楚云天对那个市场化到来的时代下了一个自己的判断："在迅速地
市场化的过程中，社会愈来愈缺乏整体的精神，缺乏精神的纯粹
性。浮躁、功利、拜金、享乐主义、个人主义、庸俗社会观、时
尚、流行文化等渐渐主宰了生活。消费社会的物质至上，使得人
们不再关心纯精神的事物。同时，画坛和文坛都在盲目地陷入西
方现代主义模仿的热潮中而浑然不觉。"而对于洛夫的沉沦，不得
不提到 20 世纪 90 年代以来的商业化趋向，其仿佛要为艺术本身
的裂变甚至堕落买单，事实上这是一种偏见和误解。而这样简单
化的理解，如果没有对之进行充分的辩证，没有对其中的诸种话
语之间的争夺博弈有深切的估量，那对于那段历史以及艺术本身
的发展无疑是一叶障目。直至当下仍旧无法真正去有效理解商
品经济与艺术作品的关系，甚至还经常掉入"金钱腐蚀艺术"之

类的将外在因素妖魔化的怪圈。从这个意义而言，我倒不觉得为自己作品寻求价钱或曰对等价值是洛夫的问题，真正的艺术意味着需要生长出内部的能力与能量，去跟其他的话语抗衡与斗争，在自身生长出涤荡外部侵蚀的品质。如是，则足使彼此迸发新的价值，而不至于狭隘到走向他者的反面。

进入新时期，"三剑客"开始秉持各自的识见和立场，代表着三种时代情绪和文化意识的观念结构，其时有龃龉，矛盾多在，"这是缘自长久未见带来的疏远，是一时找不到共同的话题，是这中间的一些隐隐的隔膜，还是由于各自社会位置的不同产生的复杂的心理或屏障，没法说清。"彼此之间难以兼容，道不同不相为谋，最终分道扬镳，也意味着人文精神的割裂，从而导致个体意志的分化。最终，罗潜、洛夫、屈放歌、于淼等都加入了商业画的大军。正当此时，悲剧发生了，洛夫最后投河自尽，形成了一个生命的、艺术的乃至历史的隐喻。在他们身上，无所不用其极的艺术探索宣告破产，也一定程度意味着楚云天所秉持的价值观的胜出。这是小说的内在伦理与价值立场。然而这也并非牢不可破，故事最后高宇奇之死，罗潜的南下广东不知所踪，以及楚云天的卸任和归隐，又喻示着一个纯粹艺术理念的终结，于是乎，似乎不仅艺术自身走向了无序，艺术家们也经历了自身的惶惑。对于楚云天而言，他同样感到了"这急速发展的社会正在发生一种本质性的改变。在迅速地市场化的过程中，社会愈来愈缺乏整体的精神，缺乏精神的纯粹性。浮躁、功利、拜金、享乐主义、个人主义、庸俗社会观，时尚、流行文化等渐渐主宰了生活。消费社会的物质至上，使得人们不再关心纯精神的事物"。当代中国文化面临的历史症结，在纯粹的文化精神那里，体现出迫切的危殆。而正是这样的艺术探索与为难，使人疯魔，甚至将人推入深渊。在这个过程中，人文精神似乎成了救赎的可能，正如在小说中，捣毁教堂是历史的误解，然而，在教堂的一片废墟中，楚云天却看到了大雪覆盖下的美："昨夜下了一夜的大雪。三个馒头状锈绿了的包铜穹顶上边一半白，下边一半绿，并且与下边老墙红黄相间的颜色协调搭配，这在楚云天的眼里真是太美了。"以艺术精神与灵魂之美，去超越历史的偏见，纠正无处不在的误读，这是小说的深层运思。更重要的，这样的自我净化与救赎，也正是艺术的力量以及更为宏阔的人文之精神所内蕴自身的重要作用。

三

小说的中卷有一幕，钢琴家延年与楚云天久别重逢，唏嘘感慨。在经历了"文革"和大地震之后，世间凋敝，人心颓丧，"整座城市的民间恐怕只有这一架琴了！"然而，这反倒成了一个"奇迹"，延年说："这样，我可以随时进入天堂了。"而就在如是这般一无所有的境地中，"延年为他弹了一曲巴赫《平均律钢琴曲集》的《C大调前奏曲》。云天顿时觉得自己不是身在斗室，而是坐在飘在空中的白云之上，享受着清风、阳光、唯宇宙才有的永恒的宁静"。美可以藏于深山的溪涧之中，沉埋于历史的褶皱与尘埃，但在主体精神的照临下，却随后足以发光生热。无论身处何地、何境，小说都不至于让"美"蒙尘，人们也时常为美所触动，其背后实际上是一种不屈不挠的人文精神在发挥功用。

需要指出的是，对于《艺术家们》而言，人文精神更多的是通过美、对美的坚守以及审美的形式实现的。美是变化多端的，随物赋形，从心所欲，不凝滞，不古板。历史的经纬度不断变动，艺术的坐标轴也不会固守一处。"这些画全是四尺或六尺整纸，水墨以外加一点螺青与赭墨，干笔皴擦，大笔濡染，云影松影和烟形云状都是在宣纸湿的时候画上去的，墨由水洇，笔随水变，却形神俱在。实处伟岸峻拔，虚处缥缈如梦。那些在山崖绝壁上，幽谷深涧中，浮动着的烟雾，全都似有若无，或隐或现，变幻莫测。"自然与画轴，从不执拗于一端，而是处处流散，又形神俱在。在画出《大山水图》之后，楚云天呈现出来了"时代宏大的精神与气息"，然而不久又沉到了新的踌躇，陷入宏大的精神之困中；在楚云天身上，能够见出人文精神的曲折与持守，他往往能从恍惚与犹疑之中超越出来，走向生命的澄澈。而迥异于另一处的洛夫，艺术观与作品都已改天换地，受时代的熏染，在消费社会与全球化浪潮中迷失自我，走向了人文精神的反面。可以说，楚云天对美甚至怀有洁癖，他的理念与理想，更多展现为一种"在云端"的美学精神，这使得冯骥才的小说生成了批判性的视野，特别是其强调的格调之高雅、艺术之纯粹，在云泥之间形成一种判定与辨别的准绳。曲高者和寡，云端之中必定是孤独的，"楚云天已经热闹了很多年。早期巨大的成就使他有资本我行我素，但现在他明显有了一点孤独感。孤独感是无形的，是一种身在其中，四周什么也抓不住的感觉……谁会成为你的知音？只有孤独为伴了！"小说里说："如果你选择了孤独，就必须坦然面对它。习惯孤独，这不容易。"不得不说，在人文精神遭遇萎缩的时代，作者所执念的"美"变得感伤起来。小说后卷，即便是人非圣贤的楚云天，还是犯下了当年在田雨霏那里的错误，在他身上，既有高贵的艺术精神，又纠葛与俗世的情感。爱与美、罪与罚，从修辞旨归到伦理意义，表面是小说，是艺术，事实上是生命的哲学。

进一步说，如果从更为宏阔的视野来观察，美学精神已然在小说里成为一种显豁的方法论，能够感受和观测时代的迭变，在沉寂的时间中高擎高尚的旗帜，也于恶浊的空气中荡涤污泥，演化为人文精神的高蹈。"当对于慰藉的需求渐渐减弱，当温馨舒适和无所用心的轻浮虚妄的疗效更加显著，尼采便认为艺术失落了其功用而形同虚假，本来艺术的作用乃是针对那些不可救药的痛苦。归根结底艺术演绎的是一部绵延不断的激荡人心和荡涤人心灵的历史。"① 可以说，"美"不仅作为一种系统性的话语修辞，而且也意味着一种理想主义的承续流转。小说中的楚云天无疑是趣味最为纯正且无污染的艺术家，他和罗潜都曾烟酒不沾，没有任何俗世的嗜好。这在新世纪以来的长篇小说中是不多见的人物形象，孟繁华在盘点新世纪二十年的长篇小说时曾说："在文学环境并不乐观的时代，长篇小说还是取得了令人鼓舞的成就。当然，长篇小说创作显然也存在着严重的问题：缺乏历史感，在历史题材的创作中表现尤为突出。当历史终结之后，历史是否也成为过去，很少有作品能够回答。缺少成功的文学人物，是近十年来长篇小说最大的问题。我们可以记住很多小说、很多作家，但我们很少会记得作品中的人物，而小说就是要塑造文学人物的。"② 显然，楚云天是为数不多的大写的人，特别是他身上一以贯之的美学精神与人文气息，为新世纪的文学形象注入了一股清流。然而，"三剑客"尽管亲密无间，但彼此的际遇不同，洛夫是艺术学院主流的专业画家，但是在洛夫心里，"罗潜和云天这两个湮没在社会中默默无闻、在野的朋友，却有着极高的地位。他们好比荒原上两棵巨树，高大峻拔，却荒在那里，孤单落寞，无人知晓，唯洛

---

① 程德培：《两支笔的舞蹈——读冯骥才长篇小说〈艺术家们〉》，见《收获》长篇小说 2020 年秋卷。

② 孟繁华：《新世纪文学二十年：长篇小说的基本样貌》，《南方文坛》2021 年第 1 期。

夫知道它们的高大，还有价值"。如周立民提及的："《艺术家们》是冯骥才的心灵史，也是他的谈艺录，对于当代社会或艺术界未尝又不是一部启示录，这里面，显然有他的很多忧思。"

需要指出的是，对美学精神的追索有时候也会迎来危机和风暴，尤其在不同价值话语的角逐中，如何探赜合理的对话并由此建构重估的可能？楚云天曾写过的一句话："艺术家工作的本质，是在任何地方都让美成为胜利者。"在小说中他也曾为坚守内心的人文精神而身心俱疲，最后面临友朋亲人的出走离世，一人解甲归田，幸得妻子隋意最后归来相伴。在楚云天身上浪漫主义式的美学，实际上同时存在着洞见与盲视，其问题在于，单一的价值评断是否能够真正囊括时代与历史的复杂，在人心人性的迭变中单向度的伦理追诉，是否会窄化美学自身的理念，并且在时代的变动中固执一词。因而，有论者亦曾指出人文精神本身并不是定于一尊的所谓关怀，"像注重个人的追求，尊重别人的选择，在人际关系上不同的个性平等共处等，都属于人文精神的内容，只不过不同于有些人所说的那种人文精神罢了"。当然，这并非人文精神的分歧，而是其内部的不同面向。"说到底，人文精神就是要体现在人对本身的关怀上，而现在一切呼唤人文精神的人恰恰不是出于这种对人的关怀，这可能会走上一种二律背反的道路。"①似乎如果不对这样的维度加以考量，那么人文精神将走向它的反面。站在21世纪第三个十年回看20世纪90年代的人文精神大讨论，当下的文艺也许面临着更为复杂的面相。政治的、经济的、艺术的、人性的因素，早已成为文艺与美学内部不得不纳入考察的范畴。

---

① 白烨、王朔、吴滨、杨争光：《选择的自由与文化态势》，载王晓明编《人文精神再思录》，文汇出版社，1996年，第97页。

　　冯骥才《艺术家们》最后，楚云天尽管对于自我的立场毫不退让，但是他对好友洛夫、罗潜等人态度的转圜，以及他对生命的悲悯和再思，也许正敞开着新的可能，又或者说楚云天的遭遇的分裂与困惑，也意味着"艺术家们"作为共同体的分崩离析，而人文精神的内涵和外延也势必在这里遇到新的挑战。商品化、欲望化、碎片化等20世纪90年代以来已成常态的文艺现场，不同的话语形态在彼此角逐争夺，一方面危与机共存，为文艺的发展创造了更多维的空间；另一方面也确实滋生了无数的泥淖和深坑，那种纯粹的人文精神的失落已然成为文艺界与知识界的共识。但是这里我更愿意将之视为一种人文精神的"向外转"，用当下流行的话语，则是种种的跨界和破圈，人文、艺术与娱乐、商业相互绞合又彼此冲击，构筑出破旧立新的文化场域。人文精神需要容纳更多的伦理话语，这是自我冲决，也是内外革新。但话说回来，如此并不是容忍人文精神下沉或下坠，让渡于庸俗的宏大与渺小，而是以海纳百川的宏大襟怀，探索更开阔的视域与更多元的可能。

四

　　小说里，延年背诵楚云天的诗歌《春天不能等待》："尽管春天一定会来/但你不能等待、等待，总是等待；/你不要再对它沉默，/大声呼喊吧，春天——你来！"在艺术家们那里，"美"时时刻刻，无处不在，不能等待，也不可停滞。美兀自在此处或彼处，那是艺术家与知识者们心中不可阻抗的追寻。楚云天"年轻时曾和一些画友来泰山写生，从南天门的背面下到山谷，才知道后山比前山更好。雄奇中带着一股野性，乱石嶙峋，野松纵横，有一种旷达和放肆的美"。执拗守持的人文精神在当代世界也许显得野、怪，然而杳无人烟之处，却常常风景奇崛，且透射着新异的状貌及可能。尤其是，就在人迹罕至的山谷之中，往往装载着一个人真正的灵魂，尽管不被理解，纵使屡遭埋没，就像高宇奇意外去世后，楚云天一行来到高遇难之地太行山上，"第一次感受到这个辽阔的烟岚缥缈的山谷里装着一个人的灵魂"，而正是这些光彩熠熠的主体性灵，塑造了一个时代的人文精神。

毫无疑问，《艺术家们》是一本美学之书，蕴蓄着写作者的美学主张，同时也传递出美学精神的历史建构。在这其中，美学是一种洞见，发现人心的踪迹，觉察历史的走向，并考究"美"本身的概念与外延、恒常与变体。不仅如此，冯骥才以美学为媒介或曰方法，触及当代中国自20世纪六七十年代开始以至八九十年代，甚而延及新世纪的当下的诸多艺术的与市场的、碎片的与整体的历史命题。郜元宝在讨论人文精神时，提到了小说的作用："其实小说也是一个时代人文精神的重要表达渠道，但目前来看，小说家还处于对以往意识形态化的精神体系作反抗的水平，还达不到正面描写知识者的处境及其自我超越的可能。这些作家本身就是一群无家可归的精神浪子，即使想表述某个知识分子密切关注的生存问题，也不愿意或无力把叙述主体写成一个知识分子。这也许说明知识分子还没有成熟到足以充当小说的主要说话人的程度，即使不算'缺席者'，也未能进入小说的话语中心和意识中心。"[1] 人文精神在20世纪90年代中国文学与文化失却轰动效应之后，不断提示着自身的失落与匮乏。而越是如此，人文精神就越需要与不同的话语形态进行对话、协商，甚至在碰撞中省思，又在斡旋里进击。也许冯骥才的《艺术家们》是当代中国文学与文

---

[1] 许纪霖、陈思和、蔡翔、郜元宝：《道统、学统与正统》，载王晓明编《人文精神再思录》，文汇出版社，1996年，第56页。

化的一剂强心针，也是疗治"软骨病"和拜物教的良方，但与 20
世纪 90 年代的不同，新世纪以来的人文精神，更多的不再是单一
的自我确证，也不再局限于自说自话和单打独斗，而始终与生活
与物质、人性欲望相协商，在那里，真正的人文精神依旧成其为
一种总体性的话语，且自始至终没有溃散，召唤着渊厚丰富的美
学追求与缤纷多维的生命意志。

第三章　心理、智识与思想

第一节　当代中国小说的智性写作

进入 21 世纪以来，文学的想象力、生产力与影响力一度遭遇危机，尤其在 20 世纪 80 年代文学成为遥远的浪漫主义的回响，以及在后现代的碎片化境况与总体性危机中，当代中国文学在实验性、前沿性、思想性上的探索，变得尤为迫切。在这样的历史境况下，以韩少功、格非、李洱等人为代表的智性写作，在叙事中秉持显豁的思维方式和思想立场，通过极强的文体观念与思想自觉，将现实历史、文化政治以至哲学思索化入文本之中，使其深具批判性和内省性，并通过明确的理论主张，在文本中根植知识与精神强度，凝聚成特定的话语形态，以此付诸复杂多元的历史、物事与人性，并将其在虚构叙事中加以形式化。可以说，理性、思想、知识等充满智性维度的叙事形态，在碎片化的后现代中国以及后革命时代消解主义盛行的当下，无疑能够重新凝聚起叙事的思想性与精神的总体性，以一种真正的介入式写作，透析和注解当代中国。

在这个过程中，智性写作不仅意味着表层的知识储备与文化累积，其更重要之处在于小说写作中的现实性与未来感，由此生发厚重和深邃的文学表达，形塑极具解释力和生产性的知识话语、思想意识与文化理论，在这个过程中真正回应当下中国的历史命题；不仅如此，从小说的内部而言，智性叙事有助于矫正当下叙事的琐屑与表述的随性，在语言、意象、章法等方面加以深耕与经营，从而为语言与形式的变革不断提供新的创造性元素。

纵观当代中国小说史，尤其从新时期一直绵延到当下，韩少功、格非、李洱等人的智性叙事，在问题意识与理性观念、先锋姿态与思想深度、知识发抒与批判等多重维度中，倾向于将谨严的知识体系和前沿的思想理念，投入更为谨严的结构、更有深度的情节、更具概括力的人物之中，由是指认历史的症结，触摸时代的痛点，透析革命、政治与文化中的人性人心。从这个意义而言，智性写作不仅代表着作家的主体构成，还直面当代中国文学写作中的内外困境，尤其在百年来中国历史现实的深切互动中，透射 20 世纪中国的革命史、社会文化思潮中的思想史以及现代知识分子的精神史。

一、韩少功：问题与理性

韩少功作为寻根文学思潮中既有理论建构又有创作实践的代表人物，在《文学的根》中开启了新时期文学的寻根之思。一直以来，学界围绕着文学之于"根"的怎么寻以及寻什么样的根等问题进行了深入的探讨，而更值得注意的是，韩少功提出"问题"本身兼以小说的方式"寻根"更为重要，其背后的精神意旨、文学价值及时代意义更值得探究。而纵观百年中国文学发展史，发现、指称与命名"问题"，以及追寻和求索"问题"的解答，始终贯穿着文学的发生和流变，新文学以来的百年文学便是一个文学不断提出问题、结构问题、生产问题乃至试图处置问题的过程。而正是在回到"问题"的过程中，文学的力量和生机才真正得以显露。

这一意识体现在韩少功前期的创作中，其创作初期的作品仍受到反思文学的影响，多为叙述对于"文革"时期知青生活的体验，呈现"文革"对于人类情感认知的冲击与改造。但有别于其他反思文学的是，韩少功的目光穿越了伤口之下的痛与斥。在其短篇小说《月兰》《风吹唢呐声》《西望茅草地》等作品中，塑造了一系列固执、勤劳、憨厚的典型的中国农民形象，在改革的大潮与创业的热情的推涌之下，随流前进，但却被卡在文化裂层中，进退维艰。这一群体耕作于当代中国的土地，而横亘在他们眼前的文化的与现实的鸿沟，则指向了关于"根"的身份认同：我们是谁，我们如何存在，又将往何处去？这一问题不仅指向了数千年来于传统文化之中安身立命的农民群像，更涉及急于塑造新的文化与意识形态体系的新一代，并成为二者之间相互纠葛的所在。《月兰》中当作为下乡青年知识分子的"我"找到月兰孩子过继的人家，想弥补自己的愧疚时，那一对农民夫妇向"我"发出了一个引人深思的疑问："你是他的什么人呢？"这一句疑问成为了过往的招魂词，带着幽灵般的回音，沿着时间之流回溯过去，牵引着失落的文学走出赞美与歌颂，哭诉与仇怨，破除了结论与假象，而回归到"问题"本身，成为了当时形势诡谲、前后茫茫之下的中国得以前行的关键。

在《马桥词典》中，韩少功将一个个深埋于历史地底的"词"复活，重新为其"招魂"与"赋灵"，以对抗历史进程中对于词语的篡改与歧义等，事实上其背后关注的是社会的话语系统形成与主体精神建构等问题。不得不说，只有真正的问题得以浮现与生成，文学才有了探寻的动力与方向。《马桥词典》正是以其思想性的"问题"，打破了其思想性的难题，普遍性的捕捉，形而上的宏旨，将长篇小说推进到一个广阔的空间。如果没有一个强大的问题意识与哲思理性的支撑，马桥之"词"难以入"典"，问题是前提，而方法是形式，情感的充沛与思想的芒辉，显然是无关乎孰轻孰重，更无所谓孰对孰错的，关键在于问题背后的思想。生发出新的语言问题，世界意识，语言的问题背后，在词的身上有一种宏愿，因而其中的词语所表述和隐喻的文化，所构筑的世界。"典"，民间的边缘的，进入规范的经典的，其中之曲折所在不少，妥协与对抗。与寻根之问相关联的是，《马桥词典》代表着"问题"的延续，这也是韩少功小说的思考姿态和书写范式。小说中几乎没有透露出除了马桥世界，还有一个外在的，也就是说，没有民间与权力的、乡土与城市的、边缘与中心的二分对立，马桥完全就是一个独立的世界，这个世界丰富而多元。韩少功在小说中提到马桥人的传说时，写一个"农民起义领袖"马三宝，他被传为"真龙天子"。由此潜入更为深刻的历史伦理之中，重新设置价值审判的标尺。而一同起义的人们，"他们赴汤蹈火，浴血奋战，只不过是把自己的命运交到了这样一个癫子的手里"。在《马桥词典》中，那些关于"词"的虚构之"典"究竟意义何在？很显然，这并不是民俗学意义上的方言再现，也非社会学意义上的乡土求索，其从背后隐现的问题与困惑出发，小说的内部就存在着一个权力结构和意义系统。

值得注意的是，韩少功的"问题"意识是与其理论思维相勾连的，在问题与理性的参与下，如何在小说文本中进行充分的形式化，成为韩少功不得不面临的一大难题。对于韩少功而言，无论是前期的反思、寻根文学探索，还是后来的《日夜书》《修改过程》等作品，其小说或多或少都出现理性化的叙述，叙述者时常以固有和既定的立场跳出文本，进行阐释论说，直接表达观点，而且在小说中，还直接述及自身思考的社会文化焦点，进入语言的与个体的内部，形成极具革命性的叙述，"在韩少功的研究中，几乎所有的研究者都一致认为韩少功是一个思想型作家，思想在他的创作中占有重要的位置"①。然而问题的关键在于，如此并不是主题先行，而是作者在叙事中以问题为切入点，以理性主义的思想形态，不断锚定文学史与思想史的坐标，树立更为壮阔的宏愿，也代表着当代中国小说叙事中的智性蕴蓄，在寻根文学阶段，欲寻向一个更为隐蔽、芜杂、博大的文化之根；而在后寻根阶段，重新审视和开凿历史，也一度成为韩少功小说叙事最重要的旨归。

无论是陀思妥耶夫斯基苦心经营的复调叙事，还是托尔斯泰执拗述及的"托尔斯泰主义"，又或者是博尔赫斯在小说世界中的哲理探射，在世界文学史中，不乏以强烈的问题意识、理性观念及哲理观照切入小说叙事的尝试。从这个角度而言，小说固然不必需要过多考虑情感与理性的占比，关键在于"问题"与"思想"如何在叙事的框架内展露声色。因而，问题在于"问题"身上。因为问题的背后，是文化的追问，是理性的投射，是哲理的思考。对于韩少功而言，这是小说不得不面临的思想性难题，也即小说蕴蓄着作者的问题与困惑，进而去探寻叙事的方式与方法。这就不得不要求理与情之间完成充分的语言转化、形象转化以及结构转化，如是，内部的智性力量方可推至一个更高的层次和更大的空间。只有一个强大的胃部，咀嚼那些坚如磐石的知识与文化，令其不是妨害而是助力叙事的进程。

韩少功的理性主义也不无被诟病，正如萨义德所提到的，"身为知识分子，最困难的一面就是代表经由你的工作和介入所宣告

---

① 陈鹭：《韩少功的思想立场与思维方法》，《南方文坛》2017 年第 1 期。

的事情，而不僵化为一种体制或机器人，奉一种系统或方法之令行事"。韩少功的小说有着自觉的方法论指引，而且也有一种自行运转的知识系统渗透在小说的叙事之中。因而在当代中国文学中显得独树一帜，然而这也是一把双刃剑。当然，这样的理性参与，并不一定就代表着生硬与僵化，"是的，你有信念，下判断，但这些信念与判断来自工作，来自与他人、其他知识分子、基层运动、延续的历史、一套真正生活的联系感"[1]。而韩少功小说对文化历史以及生活现实的联系感很强，"历史的亲历者在检视过往时，难在客观，更难在获具自反性（苏格拉底式的'认识你自己'）品格。韩少功新近的长篇《修改过程》通过交叠式互文（声音互文、视角互文、结构互文），建构起一种对话性认知诗学，对文本、主体、群体、时代展开深度的自反性追问"[2]。韩少功的认知诗学在他 2019 年出版的长篇小说《修改过程》中体现得尤为明显，在小说中，1977 年高考恢复后踏入大学教育的肖鹏、陆一尘、马湘南、林欣等人，韩少功通过他们命运的反转与被反转，在不断反躬自省的理性参与下，重新审视 1977 年以来中国的教育史、文化史以及当代知识分子的精神史，从而将后革命的叙事引向深处。

二、格非：先锋与思想

1986 年，格非发表了《追忆乌攸先生》，次年，成名作《迷舟》出炉，而接下来的《褐色鸟群》，更是一举奠定了他在先锋文学思潮中的地位。先锋已然不仅代表文学的流派，更是一种叙述话语、艺术理念与文化思想。格非以先锋小说出身，直至当下，

---

① [美]萨义德：《知识分子论》，单德兴译，读书·生活·新知三联书店，2016 年，第 100 页。
② 廖述务：《互文与自反：〈修改过程〉的认知诗学》，《南方文坛》2019 年第 4 期。

依旧没有从先锋的影子中完全脱化开来，这一方面叙事固化陈旧，但却继承了先锋小说的优势。"格非小说叙事的机智、结构和语言的智慧，使一个作家的文本进入诗学的领域。这部小说的文本力量，强烈的神秘感、存在感和浓郁的现代人文气息，引人瞩目。在这里，格非并未在叙述中为我们提供任何判断、揭示事物真相，阐释意义和种种迹象的可能，我们却意识到这位作家开始写作一种更为纯粹的小说文本，愈发远离所谓后现代的叙事游戏，远离精巧地摹写现实的层面，而从自己的内在精神出发，去透视事物并将其提升到诗学意味的高度。"①

对于格非而言，作为清华大学中文系教授，他的写作史与阅读史是紧密相连的，其小说可以视为一种学者型的写作。他的思想糅入先锋写作，也不断地调整和改造之。先锋文学本身便时常伴随着激进的与革新的思想，但是格非的独特性在于，他对先锋写作的优势了然于胸，并同时意识到它的不足，他的先锋美学经常是自觉的与自省的。而在他的后先锋写作中，同样显示出他对于历史规律、文化逻辑与精神主体的把捉。王蒙曾在《读书》发表了一篇探讨作家"非学者化"的文章，对作家的学养积淀、知识储备等，提出了"学者化"的观念，"作家不一定是学者，诚然。但是大作家都是非常非常有学问的人，我不知道这个论断对不对。大作家都称得上是学者。高尔基如果只会洗碗碟和做面包，毕竟也算不得高尔基，他在他的'大学'里读了比一般大学生更多的书。如果清代也有学士、硕士、博士这些名堂，曹雪芹当能在好几个领域如音韵学、中医药学、园林建筑学、烹调学……通过论文答辩而获得学位的吧？现代文学史上的几位大作家：鲁迅、

---

① 张学昕：《格非论》，《钟山》2020 年第 2 期。

郭沫若、茅盾、叶圣陶、巴金、曹禺、谢冰心……有哪一位不是文通古今，学贯中西的呢？鲁迅做《古小说钩沉》，鲁迅翻译《死魂灵》《毁灭》……鲁迅杂文里的旁征博引郭老之治史、治甲骨文及其大量译著；茅盾《夜读偶记》之渊博精深；叶圣陶之为语言学、教育学之权威；巴金之世界语与冰心之梵语……"[1] 这里提及的"学者化"不仅仅意味着一个作家的知识储备与基本素养，更为重要的，是基于此而形塑的精神格调、文化观念与思想视野，正如王蒙所提到的，"思想是指世界观的科学性、广博性和深刻性，指对于真理的认识。思想不能仅仅是一个道德规范、行为规范的范畴，作家的思想应该同时是一个认识论的范畴，它应该反映的是一个民族、一个社会究竟在什么程度上掌握了历史发展和宇宙变化的规律，究竟掌握了多少真理。而这一切，离不开对于自然科学、社会科学和哲学的知识的掌握"[2]。当然这些未必在文本中直接显露，尤其对于小说而言，需要在语言与形式层面加以结构，而在这个过程中，学养与知识、观念与思想的有效介入，必定将在文本中不断构筑新的内容，从这个意义上看，格非的智性写作意味着一种精神的吞吐与思想的能量。

时间一直以来都是格非关注的话题，尤其是其中所投射出来的历史链条与文化延续过程中的主体精神困境，成为他小说中极为重要的内在核心和叙事主轴。无论是前期的先锋写作，还是后来的《江南》三部曲、《隐身衣》《望春风》，都能呈现出格非所意欲透露的显在的历史感与时间性。其中，《江南三部曲》（《人面桃

---

[1][2] 王蒙：《一个值得探讨的问题——谈我国作家的非学者化》，《读书》1982年第11期。

花》《山河入梦》《春尽江南》）既代表着中国近现代以来的历史革变，从近代以来的乌托邦探寻，到后革命时代的主体失落，而更为核心的是，小说铺设了百年来中国知识分子的精神衍变。事实上，格非小说思考传统与现代的时间观的过程，正是他的历史意识展露的结果，在 T.S. 艾略特看来，真正的历史意识，"不仅感觉到过去的过去性，而且也感觉到它的现在性"，而且，"这种历史意识既意识到什么是超时间的，也意识到什么是有时间性的，而且还意识到超时间的和有时间性的东西是结合在一起的"①。无论是文本世界还是其中传达出来的文化观念，都可以呈现出格非历史意识中的话语自觉。在这背后，则是思想的绵延与精神的敞开，这构成了先锋写作及其变体的内在源泉，有着一种极为强烈的现实感与当代性。值得注意的是，格非小说中寓于文本内部的思想，生成了宏阔的问题意识，在谈到小说《人面桃花》时，格非提到，"一定程度上，这个小说试图为中国人如何面对这一百年历史的问题，提供某种答案，或者说围绕这一问题，做出某些处理。但它也不光是历史小说，我对写纯粹的历史小说是没兴趣的，最终还是想通过历史解释我们当下的存在。"②与韩少功相联系的是，格非的小说对于"问题"的处理，作为一种阐释的功能，提出问题并试图处置之。格非对于社会历史与人文的思考，往往可以直接对应于小说文本的人物／情节呈现。不仅如此，对于小说《人面桃花》，格非认为："一定程度上，这个小说试图为中国人如何面对这一百年历史的问题，提供某种答案，或者说围绕这一问题，做出某些处理。但它也不光是历史小说，我对写纯粹的历史小说是

① ［英］T.S. 艾略特：《传统与个人才能》，李赋宁译，百花洲文艺出版社，1994 年，第 2-3 页。

② 丁雄飞：《格非谈〈江南〉内外》，澎湃新闻"上海书评"2019 年 9 月 2 日。

没兴趣的，最终还是想通过历史解释我们当下的存在。读者当然可以从阅读中各取所需。我希望书里所呈现的自己长时间的思考，对如今的读者仍然有意义，并且能够和他们构成一种对话关系。这三本书比较多地受到了年轻人的喜欢，很多读者在给我的来信里，也谈到了不少我当年在写的时候没有意识到的阅读感受。一段时间后重新来看这个作品，我觉得至少没有感到很羞愧。"具体来看，《江南》三部曲涉及的也正是一种历史的观照，无论是其中的花家舍，还是提供了一套有效的社会的、文化的与历史的阐释系统。

　　实际上，《山河入梦》的故事发生于20世纪的五六十年代，小说将谭功达与姚佩佩的古典主义式的情爱，放置于当代中国的革命骤歇与余绪之中，对于谭功达而言，从梅城到花家舍，从白小娴到姚佩佩，政治与情感的"乌托邦"遭遇了双重的幻灭，更重要的是，在他身上一以贯之的革命情结也于焉走向坍毁，这显然是格非以后见之明进行的批判性观照。可以说，与韩少功理性视野下的问题探寻不同，在格非那里，思想烛照下的问题意识可以是开放式的，而小说也并非提供某种必要的有效的解决，而更是启发问题的命题与发现、悬置与处理。形成精神的与文化的图景。在格非那里，并不焦虑，而是一种思考的方式与形式的诉诸，理解的方式与对应的形态。

　　在《春尽江南》中，由诗人谭端午与李秀蓉之间的情感，串联起当代中国社会的系统性困境，格非在纵向的历史时间与横向的文化情态中，书写了无处安放的情感、欲望及理想，也提示了难以取消的精神与文化惶惑。"近代以后，进步主义的科学世界观成了主导的意识形态，我们会觉得历史是一个敞开的过程，向着一个目的螺旋式上升。应该说对于这些问题，我有过比较长时间的思考，我很早就接触到了亚历山大·科耶夫的著作——在福山的历史终结论流行之前，所以如果你读得仔细的话，你会发现《春尽江南》的开头，长寿变得没有意义了，时间实际上已经面临终止"[1]。格非在写作中，时常将自身的阅读、思考与见解融入文本，尤其善于将文化史与思想史的脉络植入人物个体的精神流变与性格命运之中，在不断迭变的叙事观念和话语形态中，探幽人及人情人性的质地。"作家的重要职责之一，在于描述那些尚处于暗中，未被理性的光线所照亮的事物，那些活跃的、易变的，甚至是脆弱的事物。"[2]格非在提到当代人生活在某种程式与话语中而不作反省时，指出《春尽江南》中的主要人物谭端午，后者是一个诗人，是一个复杂的多层次的知识分子，他的存在对于妻子、绿珠以及其本身而言，都存在着不同的价值认定，在他身上也代表着复杂与分化，更意味着当代中国不断折射与分裂的思想境况。而且，"实际上我当年部分参考了海德格尔在《存在与时间》里讨论的'常人'——海德格尔将其定义为'无此人'。很多人活着，但并不存在。存在是我们的最低目标，也是最高目标。用米沃什的话说，我们所面临的存在问题只有一个，那就是'我在此'。为什么是我？为什么我在此，而不在彼？每个人都希望自己存在，感受自己的有效性，确认自己生命的意义，而不仅是像符号一样的活着"[3]。作为思想者的格非，将存在主义哲学中对于人的处境化入小说的人物形象之中，析解百年来中国现代性文化流变中的两难境遇——启蒙与革命、理想与现实、虚空与实在等，并将其掺入当代中国的文化历史场域中的知识分子命运，关切思想者／文化

[1] 丁雄飞：《格非谈〈江南〉内外》，澎湃新闻"上海书评"2019年9月2日。
[2] 格非：《塞壬的歌声》，上海文艺出版社，2001年，第67—68页。
[3] 丁雄飞：《格非谈〈江南〉内外》，澎湃新闻"上海书评"2019年9月2日。

人的精神惶惑。

在 2019 年出版的长篇小说《月落荒寺》中，格非的思想再次发生转圜，其与既往在时间追索中形塑历史意识不同，他重新回到世俗的生活现场，回到个体的欲念与困惑，其中作为知识分子形象出现的林宜生等人，也迥异于先锋写作及《江南三部曲》时期所背负的历史因袭与理想困境。在《月落荒寺》中，以林宜生为代表的知识人沉沦于当代都市生活中的道德与伦理，在左突右冲的欲望以及难以安放的灵魂之中，不断为新的精神困惑所围制。"对比之下，真正的知识分子是世俗之人。不管知识分子如何假装他们所代表的是属于更崇高的事物或终极的价值，道德都以他们在我们这个世俗世界的活动为起点——他们活动于这个世界并服务于它的利益；道德来自他们的活动如何符合连贯、普遍的伦理，如何区分权力和正义，以及这活动所展现的一个人的选择和优先序列的品质。"① 然而，在后现代的城市生态与商品社会的文化场域中，无论是生活在北京的高校哲学老师林宜生以及在他生命中似有若无的楚云，还是崇洋媚外最终被抛弃落魄的林宜生前妻、年轻学者白薇，又或者是仕途坎坷跌宕起伏的李绍基，等等，通过他们生活之欲与人心之虚，格非将关于人的思想切入更深层人性世界以至更广阔细腻的当代中国社会肌理之中，照亮其中之人心，更透析其间之病征。

三、李洱：知识与批判

梁鸿曾经指出，李洱的小说呼唤的是那些经过了充分准备的读者："阅读你的小说，你不仅需要有关哲学、美学、历史等方面

---

① [美] 萨义德：《知识分子论》，单德兴译，读书·生活·新知三联书店，2016 年，第 100 页。

专业知识的储备，还需要具备充分的智性思维和与之对话的能力，需要一种对于复杂性的理解能力和辨析能力，否则，你很难碰触到作品中的机智、幽默和反讽的核心地带。"①李洱在对知识的运用和化用，不仅体现在宏观的理性观照与批评视野中，同时也体现在文本内部的处理上，从而使其知识密度和精神深度并在。"罗兰·巴特提出，当代写作需要更多的知识，更多的趣味。我也忠实于这样的说法。当代作家的使命，就是要不断创造出新的个人趣味和个人语言，换句话说，就是创造出自己的个人修辞，当然它必须置身于一种与传统的对话关系之内。"②可以说，"知识"的蕴蓄与转化，成了李洱小说中最重要的美学趣味和叙事调性。

一般而言，在知识介入文学叙事的过程中，叙事的反作用也是极为明显的，其不仅可以重新发现知识，拓宽知识的边界，甚至可能生产出新的知识系统，创生新的世界。普鲁斯特的《追忆似水年华》创造了如此丰富、宽广、深邃的内在世界，但丁《神曲》中，一共九层的漏斗形的地狱，我们同样对马尔克斯的《百年孤独》中马孔多世界与布恩迪亚家族深信不疑，将那个我们未经涉足的世界以及其中的知识纳入认知范畴。而在李洱那里，从《导师死了》，到后来的《花腔》，叙事文学中的"知识"，是和世俗与情感、生活与伦理相关联的，尤其通过知识，以及个人化的意识等因素结合在一起的，是一种综合性的系统认知，知识、知识分子集中得到映射。郜元宝等指出："王蒙曾呼吁中国作家要在一定程度上走向学者化，但王蒙似乎更强调一种综合的文化修养。其实在提高文化修养之外，还可以将学问本身设定为一种特殊的

---

① 李洱：《问答录》，上海文艺出版社，2017年，第164页。
② 格非、李洱、吕约：《现代写作与中国传统》，见《收获》微信公众号，2018年9月9日。

小说叙事的对象。当然在文学史上，这样的写法也并不鲜见，但至少在中国现当代的长篇小说领域，没有谁像李洱这样极端。李洱的探索有文学史的基础，我们要把他所引用的哲学、思想与小说的内涵、人物、情节构思真正关联起来，由此做出公允而如实的评价，这才对得起李洱的苦心。"① 可以说，在王蒙所提到的文化修养以外，郜元宝等更进一步推及文学的探索意识，也即文学将学问本身纳入认知范畴，在语言与形式的内部充分咀嚼，尤其在科学与理性化更为凸显的当代世界，文学如何吐纳知识，完成新的叙事探索，成了新的时代命题。卡尔维诺在《美国讲稿》中提到："在许多工作中，宏愿过多会受到谴责，在文学中却不会。文学生存的条件，就是提出宏伟的目标，甚至是超过一切可能的不能实现的目标。只有当诗人与作家提出别人想都不敢想的任务时，文学才能继续发挥它的作用。自从科学不再信任一般解释，不再信任非专业的、非专门的解释以来，文学面临的最大挑战便是能否把各种知识与规则网罗到一起，反映外部世界那多样而复杂的面貌。"② 文学语言的精确性、小说结构的精心布局以及叙事内核的思想蕴藉，这些都牵涉到文学更为宏大的标的。

直至《应物兄》的出现，李洱更是直接将批判的矛头指向知识/知识分子。《应物兄》中围绕着儒学研究院的故事叙述，写的是世俗人生，其中最主要的知识内核与文化深度是当代儒林的思想倾向、生活现场，"在历史上的任何一个时代，儒学研究从来都跟日常化的中国密切联系在一起，跟中国发生的变革密切联系

---

① 王尧、郜元宝等：《〈应物兄〉给文学史留下了怎样一根骨头》，《名作欣赏》2020年第3期。
② ［意］卡尔维诺：《美国讲稿》，参见《卡尔维诺文集：寒冬夜行人等》，译林出版社，2003年，第408页。

在一起"①。然而不得不说的是，小说中的儒学、儒门与儒术，却又是偏离儒学本身的。事实上，在《应物兄》中，儒学 / 儒术分为四个圈层：世界格局—国家意识形态—知识分子—日常与民间。在小说中，以程济世、应物兄、陆空谷等人为代表的前三个圈层一直处在不断崩溃的过程，也逐渐弱化、降格或堕落成市侩而庸俗的儒学。不仅是儒学，在中国内部，以其为代表的"知识"本身同样如此，由是延伸至当代中国文化的一种普遍性的系统危机。从更宏大的视野而言，"虚己"与"应物"的二元分化，儒学 / 知识在自身逻辑与伦理的背反中走向了衰微。更重要之处在于，小说由儒学及其知识界的崩坍，引向相关联的更为宽广的文化危机，这才是李洱将智识 / 知识作为批判之对象的更深层的缘由。马兵指出，应物兄既是一个"失败者"，也是一个"悲壮的英雄"，"链接出三代知识分子和整个士林的顽疾，辐射出从庙堂到江湖、从跨国资本到贩夫走卒的广阔生活世界，从而做到了将历史深度与价值关怀融入'此在'与日常经验的组织肌理中，并予以有效处理"②。萨义德在《知识分子论》中提出："知识分子基本上关切的是知识和自由。但是知识和自由之所以具有意义，并不是以抽象的方式（如'必须有良好的教育才能享受美好人生'这种很陈腐的说法），而是以真正的生活体验。知识分子有如遭遇海难的人，学着如何与土地生活，而不是靠土地生活；不像鲁滨逊（Robinson Crusoe）把殖民自己所在的小岛当成目标，而像马可·波罗（Marco Polo，1254—1324 年）那样一直怀有惊奇感，一

① 李洱：《应物兄》，人民文学出版社，2019 年，第 414 页。
② 马兵：《"在纵欲与虚无之上"——〈应物兄〉论札》，《南方文坛》2019 年第 3 期。

直是个旅行者、过客，而不是寄生者、征服者或掠夺者。"①萨义德对知识分子的认知实际上提示着两重意味，一乃文本中的知识分子形象，二是作为写作者的知识分子。在萨义德看来，重要之处不仅在于知识分子是什么，更在于知识分子不是什么。知识分子身上的那种流亡意识与边缘性，决定着"知识"的伦理走向，在这其中，流亡意识不一定是移民或放逐，其"仍可能具有移民或放逐者的思维方式，面对阻碍却依然去想象、探索，总是能离开中央集权的权威，走向边缘——在边缘你可以看到一些事物，而这些是足迹从未越过传统与舒适范围的心灵通常所失去的"。可以说，自觉的边缘化，是知识 / 知识分子重新形成有效而清醒视角的重要因素，知识的探索、构筑与传播过程，事实上由知识分子的主体意识与文化格调所左右。如诸多论者所提及的，李洱的小说有一种非常独异的反讽，可以援引萨义德所指出的："对我来说有趣得多的是，如何在心灵中保有一个空间，能够开放给怀疑以及部分的警觉、怀疑的反讽——最好也是自我反讽。"②也就是说，反讽不仅指向外部，同时也回溯自我。在讽刺与自省的结合中，探向人物内部灵魂的匮缺。

黄平提出《应物兄》中塑造的"现实自我""局外人自我""局内人自我"三重自我，从世界文学的角度，尤其引入浪漫派视野下的"第三自我"，对小说中多重辩证的"自我"进行过深入论析。③丛治辰也提及反讽与团结的辩证，提出对知识共同体的

①［美］萨义德：《知识分子论》，单德兴译，读书·生活·新知三联书店，2016 年，第 53-54 页。
②［美］萨义德：《知识分子论》，单德兴译，读书·生活·新知三联书店，2016 年，第 57 页。
③黄平：《"自我"的多重辩证——思想史视野中的〈应物兄〉》，《文学评论》2020 年第 2 期。

批判性建构。① 可以说，围绕着"应物兄"，他者与自我、局内与局外、解构与重构是一种辩证式的存在。事实上，李洱提出三重经验，如果从更为宏阔的全球化与媒介，网络化时代的经验出发，将知识 / 知识分子抛掷于世界与媒介之中，打碎、糅合，重新组织阐释、观照和叙述他们的话语，李洱是将知识分子从第一人称转入了第三人称，李洱是从一个纵向的同时也是开放的时间历史中来聚焦当代的知识发抒和知识分子辞令的，貌合神离的知识共同体的瓦解，需要在新的未来语境中重新捏合。李洱说的那个现实主义未来主义，必须建立在经验的审视与知识的批判基础上。刘康的那个《世界的中国，中国的世界》曾指出："以中国与西方、中国与世界的主体性互相渗透、互相对话、互相建构的模式，代替那种零和游戏的、自我 – 他者二元对立的模式。"因而，他建议"用'世界的中国'的思维模式代替'世界与中国'模式。借用后结构主义的'互文性'观点，文本之间是互为主体、互相渗透、互相贡献、复杂共生的关系，这与中国之于世界、中国之于西方的真实关系是非常类似的。"② 如果我们联系程济世从美国哈佛大学，以及儒学研究院设立的中国 / 世界语境，将这样的儒学及其批判置于全球化视野中，可以见出李洱在《应物兄》中更为明晰的叙事诉求，"我们这代人的经验，可以说是'三足鼎立'：我们都有市场经济时代的经验，也有商品经济时代的经验，90 年代中后期以后，我们也有了全球化的经验。这或许可以说，在这些年持续写作的过程中，这三种经验共同构筑了我们"③。知识主体的文

---

① 丛治辰：《偶然、团结与反讽》，《中国现代文学研究丛刊》2019 年第 11 期。

② 刘康、颜芳：《中国的世界，世界的中国》，《学术月刊》2020 年第 2 期。

③ 毕飞宇、李洱、艾伟、东西、张清华（主持）：《三十年，四重奏：新生代作家四人谈》，《花城》2020 年第 2 期。

化互渗，使得程在受邀回国后，迅速地陷入中国知识界的风气和人际之中难以自拔。而且，应物兄等人依旧奉程为神祇般的存在，甚至在殒身车祸之前，还在为找到程的故居而沾沾自喜，而儒学研究院也在商、学、政的魑魅魍魉中丧失了其真正的文化价值。可以说，中国与世界在这个过程中并没有形成真正意义上的对话，世界－中国的链条一定程度而言是断裂的。李洱在小说中的思考向度是非常宏阔的，他的批判意识基于全球化与媒介化的视野中，不仅直击知识的重复、曲解与过度开掘，知识的膨胀及其碎片化在当代中国的历史语境中的症结；而且对中国文化的当代及未来走向表达了深切的隐忧和批判，而这正是他的智性写作最具标志性的所在。更重要的是，李洱对知识的批判意识不仅体现在针对外在的文化历史的判断与知识分子的内部审视，其更是对知识本身的元批判。知识的稳固性与可靠性经过知识主体的过滤，出现了扭曲与变形，这才是真正的问题所在，因而，知识所代表的那种权威主义以及围绕其中的超保护形态，都将在后现代的智性叙事及其透露出来的知识审视中得以重估。

四、结语

概而言之，韩少功及其寻根写作中的系统性的认知和塑造，寻根话语实践的背后，隐现着另一种文化再造的问题意识；格非的先锋意识和思想格局，是历史意识与现实经验重新验证的过程，其往往通过现实的幻想或乌托邦的虚有，逐渐过渡至实在的现况；李洱的理性主义便是一种知识、规则与关系的诗学，是在当代科学性社会中重新锚定文学的话语与目标，重新建筑文化的位置和任务。可以说，在他们小说的智性叙事背后，总是隐现着一种宏阔的布局，不仅可以取消智性带给小说的生硬，而且使得无论小说再拉杂琐屑与虚无缥缈，都始终牵引着精神的线索与理念的根茎，或者这样说更为准确，其更是从小说内在的深处自行生长和繁殖的。

可以说，韩少功的问题与理性、格非的先锋与思想以及李洱的知识与批判，其所映射的当代中国小说智性叙事中的三重维度，事实上其来有自。从纵向的文学史来看，韩少功的寻根文学之于现代中国文学的国民性批判，格非的先锋写作之于五四文学及其于新时期所接续的先锋意识和世界主义，李洱之于知识／知识分子批评的精神传统一如《儒林外史》《围城》《财主底儿女们》等。值得注意的是，三者并不是截然而分的，其中触角和视角的交叉，代表着一种理性、思想与知识的交叉洽合。总而言之，在韩少功、格非和李洱等作者的智性写作中，对应着当代中国小说的外在挑战与内部探索。与此同时，也试图去直面当代中国碎片化与世俗化的知识／理性溃散，是在后现代社会的总体性危机中，对抗不及物的浅层表述以及蹈虚趋空的虚无性征，以"智性"集结起新的叙事形态，携带着无远弗届的想象力的一种智性认知和讲述，成为当下世界在文化和文学范畴中不可或缺的一种方法论，重新为文学赋能与蓄力。

第二节　心理开掘与寓言书写

一

我很好奇，小说是怎么掘入一个人的内心深处，探寻其灵魂所向的？特别是那种波澜不惊的叙述，如何一点点剖开人的内心，像艾伟所言及的那样，"作为一个对人性内部满怀兴趣与好奇的写作者，我希望在以后的写作中在这方面有所开掘"①，在此过程中，"把人物内心最隐秘的部分转换成身体的感觉，把内心转换为外部冲突，转换为情节，从而对人的外部行为作心理意义上的捕捉"②。博观人性的复杂微妙，衡度不可估量中的幽深，由是而形成一种深邃的文本，多元、丰富，在不同的脉络中沉潜探微，这是艾伟小说的显豁特征。

李洱曾说到有一次跟艾伟去武夷山，在他"平静的语流背后，听出了某种尖锐"。艾伟似乎一般并不如此，他的小说也往往以温和平缓的叙述见长。"去年秋天我还记得他当时的眼神，他原本谦和的目光，那时突然显得坚毅。"③这也是我感到奇怪的地方，好的小说，往往蕴蓄内在的爆发力，通过语言的内爆，展露人性的豹变。内心的轨迹经常是有迹可循的，但有时却不然，瞬间的突变往往在特定的时刻触发，静水流深中忽而飞流直下，在这个过程中，并非所有的选择都存在着有序的转圜。《乡村电影》中，守仁是历史暴力的代名词，他对不肯去打扫晒谷场的硬骨头滕松施暴，然而诡异且值得玩味之处在于，就在一次守仁施暴时，没想到滕松始终不愿屈服，甚至越挫越勇，像一个斗士，就在那一瞬间，守仁现出了他的精神突转，"孩子们见守仁走了，这才如梦方醒。他们看到守仁眼中挂着泪滴，都不明白究竟发生了什么事。孩子们跟在守仁背后，发现守仁越哭越响了，竟有点泣不成声"。而小说最后，人们在露天电影院看《卖花姑娘》，宁死不屈的滕松竟

① 艾伟：《创作自述》，见艾伟《水上的声音》，山东文艺出版社，2004年，第21页。
② 艾伟：《时代精神难度的攀越者》，《广州文艺》2007年第6期。
③ 李洱：《作家中的作家》，见艾伟《河边的战争·序言》，海峡文艺出版社，2016年。

"泪流满面"，"连电影机旁的守仁也几乎泣不成声了"①。在艾伟那里，守仁的两次落泪，喻示了主体内在的灵魂转圜，也代表着一种历史的反思，与此同时，叙事者试图在现实与历史中开掘其内在的面相。如果说守仁前一次流泪是为滕松的坚韧所震动，后一次的情感则与他的施暴对象滕松保持了一致，也即与更为广阔的群体共感，与人性共鸣。值得注意的是，人的内心不是凭空存在，而是依托历史与情境的共振，是在一种纵深的流变中呈现出来的，其同时兼具历史感及当代性，这样的经验既是长久的蕴藉和演进，同时也时常表现为短促有力的豹变，这代表了艾伟试图通过小说开掘内心之深广度的一种重要形态。

艾伟小说有意味之处还在于描述众声喧哗中的平衡与失衡，"小说最重要之处是对人的想象。如何有效地打开人物内部，并建立可信的平衡感（其中蕴含有各种价值的混响），或许是构建小说和人物复杂性的方式之一"。小说《家园》叙述的是饥馑年代中，为了充饥，人们只能嚼树根，喝汽油，吃字纸、青苔、蘑菇，但"家园"里的人们，在树根上作画，饮油后生发美丽幻象，跳大神驱鬼魂，情感的维系，精神的鼓舞，荒诞而真切。这样的悖论成为艾伟掘进人的内心的重要方式。而困境中的人们却总是全身心投入情感，甚至无所不用其极，去面对那些独特的残酷的历史记忆，处理荒唐的现实境况，如此唯一的目的，就是活下去。这样的情感朴素而深邃。执拗以至扭曲，在这个过程中，亚哥俨然成了家园的救世主，在洪水泛滥之际，从身体上、精神上将（女）人们从形而下的苦难泥沼中超脱出来，其中内在的想望与恐惧，却昭示着这样的悖论：外在历史的革命、宗教与文化的想象飞升，

---

① 艾伟：《乡村电影》，见艾伟《水上的声音》，山东文艺出版社，2004年，第37、41-42页。

事实却在人物内部遭遇了种种下坠。《越野赛跑》的最后同样如此,人马赛跑之际,"野马也,尘埃也,生物之以息相吹也"。人们逾离了大地,在半空中飞翔,完全没有意识到内外的危机,"开始的时候,那些人、装置、动物等没意识到自己已远离了大地,正在半空中飞。他们还像是在大地上一样使力。一会儿,有人往脚下一看,吓了一跳,因为,他看到河流、山脉、大地竟像图片一样在自己的脚下遥远的地方。这时,他们才意识到原来自己飞了起来。他们意识到自己飞起来的时候,他们就像是突然失去了飞行的能力,于是他们像雨点一样纷纷落向大地"①。小说表述的是当代历史中的精神失重,人性的平衡与守恒何其艰难。

在一切都趋向于简单化与粗俗化的时代,文学的确有义务去塑造一个真正复杂的人物,映射与照见更为复杂真切的内心。写女性是艾伟小说值得玩味的地方,照理说,男性作家写女性,到底隔了一层,然而在艾伟那里,女性是形象,是思考"开掘内心"的方式,是小说探寻人物精神法则与心理图示的方法。作者试图将事件本身的暧昧复杂传递出来,女性的视角和叙述无疑是重要的呈现方式;再者,女性叙事更容易解构大历史与男权中心的文化叙述;再者,女性作为倾听者、经验者与诉说者的多维统一,更有助于生成灵魂的絮语,更好地"开掘内心"。小说《敦煌》写出了当代女性层层叠叠而又曲折幽微的心灵史。作为女性的小项,生活从井然有序逐步走向纷乱无章,在情爱的纠葛中不断深陷精神的旋涡,她内在的细微敏感,在小说中形成了琐碎繁絮的吸纳能力,这是至关重要的。艾伟独特之处就在于小说吸附人物的能力,这一方面缘于文本自身的承载力,"当作者进入写作时,生命

---

① 艾伟:《越野赛跑》,人民文学出版社,2001年,第344页。

是敞开的，而文本像一个生命容器，会吸收它想要的部分"①。由是汇通不同主体间的交互或排斥。另一方面则关乎小说场景的融会、牵引及生发功能。小说最后，小项去了敦煌，在那里遇见一个艺术家，他给她讲述了那桩骇人听闻的谋杀案，"我的小说往往起源于记忆中的某个场景。这些场景背后的现实逻辑也许早已淡忘，但场景本身总是被我莫名其妙地反复记起。我把这些场景当作我生命的某个密码。我相信其中一定蕴藏着这个世界的秘密。我还相信，这些场景还有其生长能力，它最终会按自己的方式建立起一个完整的叙事世界"②。这样一个杀与被杀、历史与现下、真实与谎言并置的场景，与小项原本所信赖的事实截然不同，其中不同的讲述及真相的展露，震撼并剖开了她的灵魂世界，"小项愣在那儿。她陷入巨大的迷惑之中。一股冷风吹过院子，小项感到寒冷"③。直至最终她于一种类似信仰的力量再度对其心灵形成釜底抽薪般的震动。因而可以说，小说的场景不断定格的是人物的性格和命运，尤其在与历史的、情感的与人际的融会中，形成"完整"的具有意义承载力的世界。换句话说，小说在多维度的呈现中，获致了自身的有效性与真实性，这是真正阐发主体性征的基本前提，也是在印证与托举中透析内心的方式。

二

卡尔维诺曾经提到："现代小说是一种百科全书，一种求知方

---

① 艾伟：《光亮与阴影以及平衡感》，见《十月》杂志公众号，2020 年 5 月 6 日。
② 艾伟：《障碍（代后记）》，见艾伟《越野赛跑》，人民文学出版社，2001 年，第 346 页。
③ 艾伟：《敦煌》，《十月》2020 年第 2 期。

法，尤其是世界上各种事体、人物和事物之间的一种关系网。"① 事实上，艾伟正是通过"关系"的织就，试图还原的是一种"繁复"的文学。吴义勤曾指出艾伟小说中的"艺术力量"："文字的、思想的、想象的、结构的、时间的、命运的、人性的、欲求的、时代的……各种各样杂糅起来的力量，变本加厉，捭捏扭曲，虚构与现实之间的界限任你如何折腾，总是难以廓清，令人徒叹奈何。"② 不同向度与维度的叙事面相，将现实历史还原的同时，也对主体的精神图式加以绘制。"我们不再有一个属于一个时代的价值体系可以依靠，'新生代'真是在这种艰难的困境中开始了自己'孤立无援'的创造，我们于是把重点放到对'人'对'历史'的个人意义上的更为深邃的探求。"③ 长篇小说《爱人同志》里，张小影与刘亚军之间的关系，一边是爱人，一边是同志，正是因为这样的复杂交互的存在，小说得以进入人心的与历史的旋涡。张小影和刘亚军从相识到结合，却因为后者身体的残缺及其对女儿的误解，张的父母悲愤交加不予承认，甚至婚礼的发言稿都是事先有人拟好，而部队官员和新闻记者则悉数到场，很显然，这是日常伦理所难以接纳的，而个人之"私"被外界之"公"所篡改的内在事实，始终贯穿整个小说，直至最后英雄刘亚军引火自焚。然而对小说而言，这不是问题所在，因为那还是一个英雄至上的历史，爱情的主体性依然存在，张小影对刘亚军的情感在一开始并没有被异化。作者将他们投入无边的生活日常中，让他们承受无

---

① [意] 卡尔维诺：《未来千年文学备忘录》，杨德友译，辽宁教育出版社，1997 年，第 73-74 页。

② 吴义勤：《新活力：今日青年文学的高地》（代总序），见艾伟《水上的声音》，山东文艺出版社，2004 年，第 9 页。

③ 毕飞宇、李洱、艾伟、东西、张清华（主持）：《三十年，四重奏：新生代作家四人谈》，《花城》2020 年第 2 期。

聊、琐碎、争吵、猜忌，在那里经历革命年代的人性本然，以及英雄与圣母之名在后革命时代的精神裂变。

刘亚军说："我只不过是虚构一番，意淫一番罢了，你有什么可以大惊小怪的。"

张小影说："你为什么要吹牛，为什么要这么虚构呢？你们太无耻了。"

刘亚军尖刻地说："你以为你的生活才是真实的生活？你以为你真的像报上说的是个圣母？你也一样过着虚构的生活，我们都过着虚构的生活。无什么耻呀。"[1] 小说的历史跨度颇有意味，英雄与圣母从革命时代转入改革时代，如果说回归日常即是对英雄本身的解构，那么商品经济及生活至上时代的到来，则完全将刘亚军以及他和张小影的"模范"家庭击溃了，拮据的刘亚军甚至不得不瞒着张小影捡破烂维生，乃至最后变得歇斯底里，走向了内心的崩塌。

对此，艾伟曾经提到："这部小说不是在故事的层面上滑行，它是破冰而入，叙事的走向是不断向人物的内心深处挺进。"[2] 在小说中，作者通过不同叙事视角的叠加，在第一人称与第三人称的交叉叙事中进行，尤其是随着故事的推进，刘亚军与张小影在生活中的矛盾日益凸显之际，小说时常突然转化视角，以第一人称"我"进行叙述，"我坐在黑暗中但我什么都看得见，我看得见我想看到的一切，我就像一只退入壳中的寄生物。我已不想再看了，我已看够了这世界的一切，我要闭上眼睛。我闭上眼睛也许就能看清楚一切。但也许什么也看不见。我的成长我的战争我的爱人

---

[1] 艾伟：《爱人同志》，人民文学出版社，2002 年，第 114-115 页。
[2] 艾伟：《创作自述》，见艾伟《水上的声音》，山东文艺出版社，2004 年，第 23 页。

还有我的痛苦与恐惧"①。很明显，作者试图以此直接陈述其主体意识，在文本中凸显内在的意识流动，从整个小说而言，这也是刘亚军在后半部分发生剧烈灵魂转圜，甚至最终自造悲剧的重要表达。

张小影的内心事实上更难以洞悉，以至于叙事者不得不通过多重人物视角加以揣测。除了刘亚军，肖元龙在小说最后通过对张的采访，不断窥探后者的内在世界，"肖元龙多次采访了张小影后，他自以为已洞悉了她的内心世界。她之所以这么有韧性，这么吃苦耐劳，这么矜持，是因为她有着自己的盼望和信念。这些年来，她其实时刻在等待着再度引起人们关注的那一天，并且坚信这一天最终会到来的。她幻想着人们有一天会突然想起她和刘亚军，让她再度成为新闻人物，让她到处作报告，讲述他们的辛酸而动人的故事。这就是她这么多年含辛茹苦、守身如玉的理由"②。纵观整个小说，肖元龙既有宏大的观测方式——采访，同时也具有私己的对张小影的企图，构成了他的判断，而"圣女情结"也的确成为了张小影，同时也是刘亚军悲哀生活的重要缘由。与此同时，前来采访的女记者也"从张小影说话的停顿犹豫疑惑中感受到平静底部潜藏着的巨大的痛苦"。此外，小说还通过故事的叙述者对一世为英雄与"圣女"笼罩的刘亚军、张小影两口子加以评述，指出他们在革命与后革命时代的磕磕绊绊、起起落落，终不知，"他们曾经为一个时代献过身，但那个时代过去了，他们便迅速被人遗忘了。也许这个小城里已没人想得起他们都做过些什么了"③。可以说，艾伟在不同维度中透析人心，描述并构造人物

---

① 艾伟：《爱人同志》，人民文学出版社，2002 年，第 222 页。
② 艾伟：《爱人同志》，人民文学出版社，2002 年，第 229 页。
③ 艾伟：《爱人同志》，人民文学出版社，2002 年，第 236、234 页。

内在不同层级的精神岩层，于焉照见人性的丰富复杂，也透射现实历史的心理镜像。

这样的情形并不鲜见，在长篇小说《南方》中同样如此，不同人称叙述的交融混杂，外在的视角与内心的距离不断产生变迭，由此拓宽叙事的广度，同时开掘人性的深度。吴义勤认为，《南方》代表着一个文化地理学式的书写，里面是抽象地理学与具象伦理学的辩证。"在《南方》中，艾伟以'抽象地理学'的方式建构了属于自己的'南方'。然而，它坐标不明，边界模糊，其存在的意义还需要借助其他途径加以确认，而这一途径，便是'具象伦理学'"①。我所关心的是，地方性的伦理与伦理化的地域，以及主体的困境与困境中的人性，是如何相互周旋，进入并参与构造主体的内在世界。具体而言，小说在叙事结构上甚为考究，围绕着罗忆苦的死展开叙述，从第一天到第七天，短时间与长历史相互交织，纵跨 20 世纪 60 年代至 90 年代，然而作者却说，他在小说中"尽可能地淡化历史"，而更多的是遵从文本世界的自然时间，"我想让南方有寓言性，但这种寓言性要建立在人物的深度之上"②。这就意味着，除去故事本身的变化，小说试图表达内在的深度，便需要传递意识的流动及精神的流变。无论是作为被谋杀的死者罗忆苦"我"，还是小公务员肖长春"你"，又或者是傻子杜天宝"他"，小说通过将不同人称的叙述熔于一炉，写尽了小人物之间的悲欢，透露出苦难命运中的心灵史。尤其在罗忆苦、罗思甜、肖俊杰、夏小恽、须南国等人身上宿命般的情感纠葛，曲折

---

① 吴义勤：《艾伟：长篇小说〈南方〉：抽象地理学与具象伦理学》，《文艺报》，2015 年 3 月 23 日。

② 艾伟：《时光的面容渐渐清晰——关于《南方》的写作》，《东吴学术》2015 年第 5 期。

甚而扭曲的心理投射，使得在此过程中的杜天宝傻子般纯粹，对照出周遭人们的灵魂解纽与精神困窘。小说在地理的与历史的特殊境况中，既呈现南方挥之不去的躁动、不安和郁热，又于焉抽象出从革命伦理向商品经济的时代转圜中的精神处境，其中的地域性书写、历史性反思与主体性内质是环环相扣且彼此咬合的。

三

在小说《到处都是我们的人》里面，地质勘探队声称在城市的东郊勘出了天然气，于是，在市长的直接指示下，天然气工程开启，"我们"也为着这个目标被抽调到了一个办公室工作，枯燥乏味的办公室生活顿时变得精彩纷呈，涌现了不少的权力纷争、桃色事件、情感纠葛，到最后变成了纷纷扰扰的关于液化气厂的无助等待、日本专家的不知所云，甚至液化气本身的子虚乌有，简言之，所有的期待都落空了，人们进入一种无处不在的困惑之中，小说最后职员离开，又重新散落各处，"到处都是我们的人"，却显得那么渺小而虚无。然而即便如此，殷主任最后的送别讲话依旧调子甚高，"七次被我们的掌声打断，演讲结束后我们全体起立，长时间地鼓掌。那一刻我们对未来充满了必胜的信念"[1]。但是另一方面，事实上人内心的那种焦灼、惶惑与无聊，精神深处的失落无力，在小说中早已彰显无遗，这如此荒诞，又如此真实。这是卡夫卡式的寓言写作，同时人物的情感又有所彰显。艾伟曾经区分自己的两种形态的写作，一种是"对人性内在困境和黑暗的探索"，另一种则是"寓言化书写"，很显然，这两者有所区隔又无法截然分化，于是他又指出："我理想中的小说是人性内在的

---

① 艾伟：《到处都是我们的人》，春风文艺出版社，2004年，第48页。

深度性和广泛的隐喻性相结合的小说，它诚实、内省，它从最普遍的日常生活出发，但又具有飞离现实的能力。它自给自足，拥有意想不到的智慧。它最终又会回来，像一把刀子一样刺入现实或世界的心脏之中。"[①] 艾伟试图在他的小说中将情感的深度与隐喻的博奥熔铸一身。这是有很大难度的，有时候甚至形成某种悖论。

长篇小说《越野赛跑》即为某种普适性的寓言式写作。"越野赛跑"源自威廉·福克纳所言："……到处都同样是一场不知道通往何处的越野赛跑。"小说前半部分叙述的是革命年代的南方小镇生活，现实的村镇与超现实的天柱山交叉呈现，逐渐形成显赫对照，"冯友灿说：步年，我没骗你啊，在村子里，我们一个个没表情，像一堆行尸走肉，我们为什么会这样的？是因为我们的灵魂已不在身上了呀，我们的灵魂都飞到天柱来了呀，在天柱可以自由自在地玩呀"。冯步年与小荷花乌托邦式结合，通过作为媒介与作为象征的"马"进行穿插讲述，"马"是革命者留下的，在镇子生长生活，见证了两人的情爱，也旁证了冯步青、守仁、常华、冯友灿、老金法、冯爱国等人的精神迭变，有意味的是，这都围绕着"马"的形象之常与变展开，最终归于一场人马之间的"越野赛跑"，荒诞中指向现实，析解人心。小说中，步年一直伴随并自况为马，"我是一匹马呀，我是四类分子呀，我不想让我女儿也变成四类分子呀"。这是别有寓意的，在那个特殊的年代，除了对马的复杂情感，也有避祸的需要以及避世的情结，而天柱山就是一个世外桃源，步年与小荷花在那里结合，生儿育女，然而好景不长，小荷花也发病难治，亦变成了一匹马。小说后半部分进入了改革开放时期，守仁率先变法，更新生产资料，发展经济，发

---

① 艾伟：《创作自述》，见艾伟《水上的声音》，山东文艺出版社，2004 年，第 18、25 页。

家致富；步年则油炸虫子，开了天柱昆虫大饭店进军餐饮业；天柱山也被开发成旅游景点，迎来了一批一批的游客。步青后来娶了步年认下的小女儿，步年带着小荷花到北京就医，历尽坎坷，后来受王老板诱使，过上享乐的日子，开起了游乐场，那时冯小虎已经摇身一变为镇长，再次搞起了人马赛跑的游戏，这俨然成为一个历史的与人心的戏谑式的隐喻。"在步年的游乐场中如火如荼地进行着比赛，冯爱国不但听说了，而且他也去看过几次。开始的时候，冯爱国不以为然，他一针见血地向我们指出这是愚蠢行为。这个物质社会中人们都变成了钱的奴仆，人与马赛跑就是这一关系的绝妙象征。"在白驹过隙的时间流动中，马成为一种历史的甚至演化为某种历史化的隐喻，更作为认知的镜鉴和批判的媒介，它是一匹"神马"[①]，"神奇不光表现在对人性的体察，还有其他神奇的表现。比如，如前所述，这匹马从城里带了常华回来，结果我们村发动了'文革'；这匹马从外乡带了个昆虫学家回来，结果我们这个地方就变成了一座镇子。因此，我们把这匹马说成神马也不为过。总之这匹马使那些外乡人觉得他们只要努力就可以赢钱……"[②] 在这里，"马"既是意象，亦是镜像，它迅疾而不可捉摸，可以捕捉并照见人心，历史不曾停止流动，而怪诞与怪象也毫不停歇。小说最后，冯爱国为小镇带来了神奇的气功，与"神马"近相呼应，搅动着人们的神经，而冯爱国以飞翔为名坠落之后，回到了天柱山，其中之魔幻现实主义，不仅引向了社会学的批判，更是直指人心之黑洞，那是受制于权力及其支配或逃离下的恐惧，以及资本统摄下的精神乱淆与荒诞无稽，成了内在于人性深处的灵魂钳制，并不断衍化成为当代中国的精神寓言，一

---

①② 艾伟:《越野赛跑》，人民文学出版社，2001年，第123、145、304、261页。

直延续至新世纪的当下。

此外，艾伟小说中的一个突出特性还在于其通过对现实形态及人的内在的辩证与辨认，不断潜入主体性的深处。在《水上的声音》中，瞎子与哥哥的互辩世道之好坏，当问及农民、商人和官员，得出"这世道是坏的"以后，我极度悲伤，身体每况愈下，"慢慢地，我的视力越来越差，最后我就看不清这世界了"。但此后，对浑浊世道"视而不见"的心却逐渐明亮起来，事实上小说涉及的是内外世界的辩驳与交手，而小说往往游离于虚构的文本，寻求现实的对应，与历史交锋，形塑更为多元复调的内在世界。小说《敦煌》指示的是真实与虚伪之间，也许并没有鸿沟，甚至可以相互转化。而叙事的作用便在于，如何重构，又如何辨别。有意思的是其中提到的周菲的舞剧，"那两个舞者相互刺杀时，舞台上的光影像水波一样，他们好像是两个溺水的人"[①]。与艾伟的另一个短篇《最后一天和另外的某一天》有一种内在的牵连。艾伟对人性的解剖是多层面的，甚至在形式上也是多重的，尤其他通过剧中剧的方式，将内心的呈现宕开一处，《敦煌》这个小说可以视为艾伟向深处开掘的一种范例，一方面，小说从小项的情感经验向宗教的崇高感过渡，最终又重返世俗生活之中，叙事者正是以如是之不同层次的精神冲撞，不断深凿其内在世界的度量，探寻其中不同维度中的复杂因素；另一方面，小说文本内部也存在着不同层级的形式表达，在文学与戏剧以及由此生发的虚构与真实的相互渗透中，形构关于性与恶、宗教与世俗、信任与危机的内在拯救及再塑。

这在《最后一天和另外的某一天》中同样如此，主体在戏剧

---

① 艾伟:《敦煌》,《十月》2020 年第 2 期。

中进入另一种虚设，这是又一次自我的辨认与精神的重塑过程。小说以俞佩华、黄童童等人的监狱生活为开端，对她们在监的全封闭状态而言，陈和平戏剧化的出现，则无疑意味着一个出口，同时也是一个新的入口。犯下重罪的俞佩华出狱后，无法面对与处理自我的历史，"那是个噩梦，为什么要去面对它呢"。但在与陈和平编剧的《带阁楼的房子》相遇时，曾经的讳莫如深开始得以重新表述，这里存在着一个内在的互文，形成了真正进入俞佩华内心世界的契机；但值得注意的是，戏剧的再现不是完全的实录，而是一种结构性的与互文性的真实。关于俞佩华的犯罪，小说事实上存在着双重表述，一个是在杀人九年后的审判，另一个则是戏剧的艺术再现。而最后俞佩华也已真正走出犯罪的阴影，因为她对以自我为主角的剧作毫不关心，而且其内心有了新的关切，"俞佩华吃了一惊，问，黄童童去哪里了？方敏转过头，回避了俞佩华的目光，没有回答她。俞佩华突然面色变得狰狞，她几乎是喊出了声，告诉我，她在哪里？方敏吃了一惊。十七年来，她第一次感受到俞佩华不被驯服的力量，她似乎理解了十七年，不对，应该是二十六年前俞佩华的行为"[1]。正是对关于自我经验的艺术表达漠不关心，且转化为对他者即黄童童命运的关心与关注，使得在这个过程中，人物的精神重构得以完成。小说以"最后一天和另外的某一天"为名，似乎也可做如是理解：在监狱的"最后一天"，此为特指；而出狱之后的"某一天"，则是泛指，俞佩华事实上完成了对自我的救赎，其中寄寓了隐秘而内在的精神重生。

---

[1] 艾伟:《最后一天和另外的某一天》,《收获》2020 年第 4 期。

四

艾伟小说时常呈现出一种中间型的纠葛状态，这一方面来自于历史意识的自我建构；另一方面则是现实自身的复杂性使然。而文学在处置这样的价值形态时，也必定无法简单视之，需要调动多元化与多维度的状态，以接近历史的真实与人性的真切。可以说，艾伟是一个真正写出这种复杂性的作家。卡尔维诺在《未来千年文学备忘录》中提到，"文学所面临的重大挑战就是必须能够把知识各部门、各种'密码'总汇起来，织造出一种多层次、多面性的世界景观来"[①]。事实如此，无法开掘内心的小说难免苍白无力，而准确、有效且充分挖凿人物内在世界的深度，则决定了小说本身的高度。

可以说，艾伟的小说是锐利的，这就意味着会厚此薄彼，会掺入叙事者甚至写作者的偏见，这是作家现实感的体现。因而，尖锐刺向外部世界的荒诞过程，便是向内掘进的过程。两者存在着深刻的辩证。小说如何开掘内心，也意味着是否真实有效，是否彼此增益，这是问题的关键所在，在这个层面而言，艾伟在其小说中，无疑提供了"开掘内心"的一种方法论。

第三节　小说的"问题"及其思想

一

韩少功在《文学的根》里，提出了他的"寻根"之问："绚丽

---

① [意] 卡尔维诺：《未来千年文学备忘录》，杨德友译，辽宁教育出版社，1997 年，第 78 页。

的楚文化到哪里去了？"其更是不无焦灼地提出"那么浩荡深广的楚文化源流，是什么时候在什么地方中断干涸的呢？都流入了地下的墓穴么？"[①]这样的发问，成了寻根文学的发轫。一直以来，如何寻根，寻何种根，一直是学界讨论甚至争论的所在；但我在这里关注的是其"提出'问题'"本身，也就是在此过程中，"问题"何以通过文学得以发抒和生成，以及被发现与被指称的"问题"如何激发文学内部的力量。事实上，纵观百年中国文学发展史，"问题"的提出，始终贯穿着文学的发生和流变。"文化寻根是中国近代以来一个历史命题的延续"，"是在中西文化大冲撞大交汇的总体背景中，此一时代的人们在被动的局面中所作的主动反应，希望变通传统以进入现代文明"。[②]不得不说，20世纪便是一个文学不断提出问题、结构问题、生产问题乃至试图处理问题的历史时间。

　　"五四"前后，随着西方问题小说尤其是易卜生的社会问题剧的流播，加之国内社会现实问题的积聚，文学开始将重心下移与扩散，自觉地正面回应社会积弊与现实命题，"问题小说"的创作蔚为大观，周作人、鲁迅、胡适、冰心等知识分子纷纷追及文学如何承载社会政治与时代历史之"问题"。主要作品有冰心的《两个家庭》《斯人独憔悴》、罗家伦的《是爱情还是苦痛？》、叶绍钧的《这也是一个人？》、胡适的《一个问题》等，可以说，"问题小说"的出现，其中关乎"人"的文学以及"为人生"写作的强调，是启蒙时代的文学发抒，意味着现代中国以文学对焦"问题"的叙事探寻。与此同时，胡适在《每周评论》发表《多研究些问

---

① 韩少功：《文学的根》，《作家》1985年第4期。
② 季红真：《历史的命题与时代抉择中的艺术嬗变》，《当代作家评论》1989年第1期。

题，少谈些"主义"》，开启了"问题与主义"之争，其中既关乎现实人生、性别阶级，同时也涉及宗教伦理、政治法律，等等。在具体实践与根本解决之间，新文化阵营内部的胡适、李大钊等人进行了激烈的论争，其间既有文学的呈现，又有理论的延伸，代表了20世纪一以贯之的精神求索。

及至20世纪三四十年代，"五四"退潮，革命文学兴起，文学开始从主动聚焦社会人生与国民精神，到被社会历史和阶级政治所裹挟，在这个过程中，革命战争及其相关联的阶级、情感、生活，成了文学新的"问题"。及至延安时期，这样的问题形成了文学新的命题与困惑，"五四"所一度深入探究的文化精神难题于彼时发生了反转，其更是指向了原本生产和发明问题的知识主体，"我们今天开会，就是要使文艺很好地成为整个革命机器的一个组成部分，作为团结人民、教育人民、打击敌人、消灭敌人的有力的武器，帮助人民同心同德地和敌人作斗争。为了这个目的，有些什么问题是应该解决的呢？我以为有这样一些问题，即文艺工作者的立场问题，态度问题，工作对象问题，工作问题和学习问题"。在这里，文艺工作者与工农兵大众之间的关系产生了颠倒，形成了一种去神圣化的精神局面；而且，既定的"问题"成为文艺的"任务"，文艺从引领者成为了跟随者和服从者，从发问者变成了被发问者与被质疑者。"文艺工作者们同自己描写的对象和作品接受者不熟，或者简直生疏得很，我们的文艺工作者不熟悉工人，不熟悉农民，不熟悉士兵，也不熟悉他们的干部"[1]。在新的审美政治与新的阶级关系到来之际，观照与生产"问题"的装置开始重设，在此境况下，文学如何面临自我的书写与转向问题，文

---

① 毛泽东：《在延安文艺座谈会上的讲话》，《解放日报》1943年10月19日。

学自身所形成的"问题"意识以及结构问题的能力是否还存在，又以何种方式留存，成了现代中国文学存续与发展的头等难题。

可以说，延安文艺所代表的新的政治文化及其支配下文学新的生产方式，对后来整个中国文艺的走向，有着决定性的影响。在这个过程中，赵树理的出现，同时意味着"问题"的终结与另一种延续，其恰恰反映出现代中国文学对新的"问题"的映射和省思。赵树理的意义在于，一方面接续"五四"以来的问题倾向，回到人的自身以及人的觉醒和自我发现，另一方面遵循延安文学的问题导向，从而将旧的形态与新的境况勾连起来，传达出革命战争语境下文学面临与生产的"问题"的价值转移。这样的状况延续到了 20 世纪 50 年代，《青春之歌》的林道静在灵魂的摇摆中历经苦楚，心中之困惑倾泻而出："一切有为的青年，不甘心堕落的青年将怎样生活下去呢？"从传统到现代，从旧式到新潮，从日常到革命，其中的转圜并不是一蹴而就的，内心之疑窦与言行之踯躅所在颇多，这在对生命有所期冀的"有为青年"林道静身上体现得尤为明显。在她那里，人生的问题逐渐转化成了革命的问题，这也预示了 50—70 年代的历史转圜与伦理倾向。从为社会主义与工农兵服务，到"百花齐放、百家争鸣"的提出与受困，再到反右与"文革"文学的遭际与困厄，20 世纪中国文学走向了自身的曲折。

1976 年，乍暖还寒之际，北岛在《回答》中发问："冰川纪过去了，/为什么到处都是冰凌？/好望角发现了，/为什么死海里千帆相竞？"然而，与 20 世纪的任何一个时刻文学所生发的问题不同，北岛在《回答》中的设问不期待任何答案，他向那个时代抛出了严峻的质疑，将巨大的问号悬置在历史星空。随后，新时期文学在自我之背反中，仍旧肩负沉重的历史包袱和现实陈因，文学在"伤痕""反思"的痛定思痛之后，开始寻向曾经被损坏而渐次消泯的民族之魂与文化之根，可以说，寻根思潮重新恢复了"五四"以来文学追寻民族问题与文化问题的内在功能。

二

如前所述，到了20世纪80年代中期，以韩少功1985年发表《文学的根》为标志，中国新文学的秉性与品质得以再度延续。具体而言，韩少功在他的文学寻根主张与小说叙事中，恢复了"五四"以来小说直接发现、命名甚至结构"问题"的传统，这在20世纪80年代的多元化的中国文学写作状态中，是极为可贵的，寻根小说探寻之"问题"，与"五四"一代的"问题小说"的衍变相接续，昭示着文化追索与精神启蒙的回归与发散，这就不难理解韩少功的《爸爸爸》中的丙崽为何一直以来都被指认为"五四"国民性批判的当代形象。可以说，如果要重估韩少功及其寻根文学的意义的话，对"问题"本身的聚焦，重新探寻"问题"在文学内部的涌动、周旋乃至悬置，是文学得以从中获致创造力与生命力的关键所在。

不得不说，文学寻根的意识、观念和思潮背后，蕴蓄着新时期文艺发展的蓬勃生机，然而，也不乏问题与隐忧。1980年围绕"潘晓来信"引发的全国大讨论，80年代初路遥的《人生》中投射的时代与人生难题，后现代文化思潮的兴起，再到90年代的人文精神大讨论，女性主义文学的挣扎与突围，文学的通俗化与商业化讨论，新左派与自由主义之争，直至新世纪中西方的跨文化交错与冲突，网络文学与文化的勃兴，等等，都可以见出，历史的问题与时代的困境，往往被纳入文学的统辖之中。不得不说，百年来的中国文学与文化，其中所涉及与彰显的"问题"的范畴极广，而文学如何通过"问题"的结构与生产，揭示一个世纪以来中国的困惑和处境，成了中国文学发展流变的当代性旨向，并且不断丰富着当下的文学表达。

1985 年，韩少功发表中篇小说《爸爸爸》，作为他所提出的"文学寻根"概念的实践。一个封闭的村庄浮沉于浸淫着浓郁历史文化气息的语言中，向我们展开了它的朴素与神异、愤怒与祥和、野蛮与恐惧、死亡与新生。鸡头寨最终在一场与外村的械斗中战败，青壮男女在老弱自戕后，唱着祖先存留的"简"迁向了更深远的山林。然而值得一提的是，在这场悲壮浩大的动乱中，包蕴着一种令人惊惧的强大生命力。

丙崽不知从什么地方冒出来了——他居然没有死，而且头上的脓疮也褪了红，结了壳。他赤条条地坐在一条墙基上，用树枝搅着半个坛子里的水，搅起了一道道旋转的太阳光流。他听着远方的歌，方位不准地拍了一下巴掌，用很轻很轻的声音，咕哝着向他从来不知道是什么模样的那个人：

"爸爸。"①

在小说的最后，丙崽见证了老人的死亡和青年的出走，那句"爸爸"是对前一阶段生命的送别，也是对新的生命轮回开启预言。这种根植于个体生命与群体经验的力量，源于一种久远的文化记忆，而在文化寻根的一连串"问题"中开启新的言说。可以说，韩少功的小说以直面问题与困境的姿态，纲举文化和叙事，在两者之间进行平衡和斟酌，在这个过程中，文化因叙事的勾连求索而逐渐浮露久已沉落的质地；而叙事也因文化的驳杂深邃，寻获了自身的精神依托与内在品格。尽管其中不乏彼此之间的对

---

① 韩少功：《爸爸爸》，见《韩少功自选集》，海南出版社，2004 年，第 173 页。

话协商，甚至是龃龉对抗，但是文化与叙事在韩少功那里始终并行而不悖，且相得益彰。"'寻根'文学是中国文学'开始了风格化时代'后所出现的一种自觉的寻根意识，'寻根'文学正是文学'寻找自我与寻找民族文化精神'的自然融合。"① 可以说，文化寻根一举击中了失神的地方精神与民族文化，释放出一种尖锐深刻的内力，穿透过往的精神虚空与文化壁垒，激活了文学中的"寻根"基因。"这种对民族审美文化追根溯源的切望，便与整个世界文学潮流的发展，呈现出一致性，是中西文化交流后艺术系统自主调节的结果，是坚持改革开放的一个积极成果，尤其是对民族当代文学迈入世界文学之林这样一种崇高目标处心积虑的尝试和努力的体现。这构成了对'文化寻根'的主要动机。"② 在这里，"寻根"叙事具有了一种世界主义的性质，是世界范围内形成共振的文化思潮，"美国的'黑色幽默'与美国人的幽默传统和'牛仔'趣味，与卓别林、马克·吐温、欧·亨利等是否有关呢？拉美的'魔幻现实主义'，与拉美光怪陆离的神话、寓言、传说、占卜迷信等文化现象是否有关呢？萨特、加缪的存在主义哲学小说和哲理戏剧，与欧洲大陆的思辨传统，甚至与旧时的经院哲学是否有关呢？日本的川端康成'新感觉派'，与佛教禅宗文化，与东方士大夫的闲适虚净传统是否有关呢？希腊诗人埃利蒂斯与希腊神话传说遗产的联系就更明显了。他的《俊杰》组诗甚至直接采用了拜占庭举行圣餐的形式，散文与韵文交替使用，参与了从荷马到当代整个希腊诗歌传统的创造"③。而寻根文学的叙事探索，事实上正是溯及中国内部传统的当代表达，换言之，其所追索的是

---

① 李庆西：《寻根：回到事物本身》，《文学评论》1988 年第 4 期。
② 宋耀良：《十年文学主潮》，上海文艺出版社，1988 年，第 285 页。
③ 韩少功：《文学的根》，《作家》1985 年第 4 期。

民族自身真正的问题与困惑，也即瑰丽而辉煌的文化何以为继，又何去何从。

更重要的是，如何理解当代意义中的"寻根"？也就是说，重要的不是寻根之途觅向何处，寻的是何种根，而是当下我们为何重提寻根，为何还要强调寻根，尤其在资本与政治的双重裹挟下，如何探寻极易被篡改被遮蔽的文化之"根"？韩少功在《文学的根》中提出："万端变化中，中国还是中国，尤其是在文学艺术方面，我们有民族的自我。我们的责任是释放现代观念的热能，来重铸和镀亮这种自我。"这使得韩少功的"寻根"在外向的寻找与索求之外，更赋予了自省与反思的意义。20世纪中期以来，文化的内力一度在激进高昂的政治话语中弱如蚊蝇；而新时期勃发的力量却在进入90年代之后，于浓艳斑斓的资本迷雾中渐趋黯淡。在这一困顿境遇中，"寻根"成了"重铸和镀亮"自我的关键所在。"寻根"不仅是目的，更是问题与方法。通过"寻根"这一行为本身的操作，发掘"根"的生长脉络与内在活力，开启经验的累积与流转。尤其到了新世纪，小说的问题意识开始削弱甚至隐匿，面对商品经济大潮的席卷，文学遭遇了新的价值危机：一方面，中国当代文学与文化不再承担社会批判功能，在"问题"丛生之时，却主动让位与隐身；另一方面，社会分工日益明显，文学的总体性功能遭遇前所未有的挑战，"问题"被不断切割，以致无法重拾"问题与主义"之争中具体实践与根本解决的眼界。质言之，文学介入现实的欲望消减，有所针砭、有所批判以及有所反思的写作已经削弱，需要重整内部的精神强度以及囊括和吐纳的能力，因为文学在失去凝聚和概括问题的功能的同时，必定会遭遇自身难以纾解的困局。

在这种文学与历史语境中，韩少功的文学寻根才显得尤为重要，文学之根不仅代表着文学探究文化传统与文明赓续的努力，更回到文学的表述组织与精神肌理，回到文化的观念创生与经验参与，最终由表及里、由内而外地达成文学对社会思潮的互动甚至引领，如是，才是当下重返文化寻根的题中应有之义。

三

可以说，寻根文学一开始便携带着强烈的文化关切与问题意识，聚焦的是精神危机中的深层焦虑。韩少功的《文学的根》与《爸爸爸》《女女女》，阿城的《文化制约着人类》与《棋王》《树王》《孩子王》，李杭育的《理一理我们的根》与《沙灶遗风》《最后一个渔佬儿》《人间一隅》《葛川江上人家》，郑万隆的《我的根》与《老棒子酒馆》《走出城市》，等等，在"文革"之后的中国，形成了一种隐形而又显在的文学派别，一方面寻根文学没有明确的纲领和组织，其文本表面上呈现出来的特征是一种累积式的发散；但另一方面，彼此的创作实践却劲儿往一处使，形成了相通的文化主张和精神旨向，在 20 世纪 80 年代中后期的当代中国文坛掀起了一股文化热，其影响一直波及至今。更重要之处在于，整个"文学寻根"思潮中理论与创作的双重自觉，与"五四"时期"问题小说"中文学与问题相互生产的进程相类似，其兼具完整成熟的理论主张与丰富深刻的文艺作品，且两者集于一身的作者所在颇多，将问题的提出以及问题背后的时代隐痛、一代人的精神困惑与求索以及由此造就的社会文化变革充分加以展现，也因此达致了百年以来中国文学发展历程中极为可贵的从文学派别到文化观念，再到社会思潮的蔚为大观的历史演化逻辑。正如阿城所提出的文学之"问"："文化的事，是民族的事，是国家的事，是几代人的事，想要达到先进水平，早烧火早吃饭，不烧火不吃饭。古今中外，不少人已在认真做中国文化的研究，文学家若只攀在社会学这根藤上，其后果可想而知，即使写改革，没有深广的文化背景，也只是头痛写头，痛点转移到脚，写头痛的就不如写脚痛的，文学安在？"① 由此可见，文学的寻根意识在高度的自觉中不断累积，逐渐演变成了一种文化观念，在 80 年代不断蔓延，形成集群化的影响。不仅如此，文学派别与文化观念还不断演变为社会思潮，不仅在当时引发强烈的精神共享，时至今日，还一直影响着当代中国的文化进程，尤其是对文化之根的认同和追寻，成为文学实践与文化探索的一种元叙事。

在这个过程中，"根"所对应的是不可取消的时代"问题"，而"寻"则意味着在缺失与焦虑中处置问题的方式。"寻根"除了对"根"的追溯与彰显外，更应该看到的还在于"根"的自身，也就是根的生长环境与存活状态，根所深系的土地以及所存活的土壤，其中无不隐现着乡土与城市的双重纠葛、传统与现代的彼此博弈。其中之"问题"，一直延续到当下的文学与文化现场。在韩少功的《女女女》中，这两对矛盾被集中于幺姑一个人的身上，并在她单薄的生命碰撞出了截然不同的轨迹。在城市的生活中，作为传统女性形象的幺姑，社会身份与伦理身份的被模糊甚至擦除，丧失生命的主体性；在回归传统的乡土之后，幺姑生命经历更大的转圜，她开始野蛮生长，向兽性退化。"南橘北枳"的文化水土不服使得幺姑晚年的生命呈现出断崖式的巨变。纵观幺姑的一生，其身上所呈现出的长时间的压抑与瞬间的爆发，高密的缺失与过量的找补，两种文化形态的碰撞深刻地投影于个体生命内部，而诸种力量的纠缠与搏斗所孕育而成的土壤，更成为了其中

---

① 阿城:《文化制约着人类》,《文艺报》1985 年 7 月 6 日。

难以释解的问题所在。而在莫言的《红高粱》中，通过善恶同体的土匪——我的爷爷余占鳌——追寻的是民族的血性与勇力哪里去了。在小说中，一个充满生命力的不屈不挠的民间，充满野性的生气勃勃的民族，被重新召唤出来，以对应当代中国的精神之问与文化之困。直至新世纪的当下，乡土观念的存与废、传统文化的扬与弃、民族精神的进与退等，依然是文学表达中不可取消的"问题"所在。

因而，当我们讨论"寻根"之际，一部分固然在乎"寻"本身，立意在于探寻和追索；另一部分则毫无疑问引向"根"，也即绚丽瑰丽的中国文化之为何与之何向，更为重要的，需要重新关切"问题"的生产与生成，从而呼唤文学的问题意识与历史担当，重拾文学的生命力，而不是代之以奇技淫巧和花拳绣腿，切不中要害，也构不成力量。也就是说，文学如何得以探入社会深层文化心理，直面现实矛盾，重构精神价值和文化伦理，最终形塑成自我的美学品格，这才是最为关键的问题所在。

从1985年"寻根文学"开始，文学艺术逐渐形成了它的自觉意识，也就是说，文学艺术真正走向了成熟。从"五四"新文学开始，文学主流一直是"为人生""为大众""为工农兵"……其背后有着强烈的社会革命的政治诉求在起作用。所以，文学与政治总是非常紧密地结合在一起的，水乳交融，彼此不分。到了1985年"寻根文学"的出现，两者开始有了区分。"寻根文学"的旗帜是文化审美，以文化审美取代直接的政治诉求。我之所以要把文学与艺术联系起来谈，是因为文化思潮不是孤立的，20世纪80年代中期，电影出现了第五代，以《黄土地》《老井》为代表的文化意识在银幕上呈现魅力。绘画中也出现了相应的信息：如罗中立的《父亲》，审美倾向上与《黄土地》是相一致的。①

值得注意的是，寻根的提出，从文化的"问题"出发，并且以"文化"为方法，在各种艺术门类中均有所涉及，逐渐形成一种流派与思潮。"如韩少功的小说就联系了楚文化，贾平凹的小说着力体现黄土高原的文化，李杭育的小说涉及吴越文化，张承志小说里隐隐约约地透露出伊斯兰文化，阿城写的'棋''字''树'，更是含有古代汉文化传统的内涵。还有新疆的西部文学，西藏还有'西藏魔幻现实主义'，等等。所谓'文化'，在这里就是作为一种方法，作为艺术本身的一种力量，被强调起来"。事实上，文化寻根创造出了一种"问题"的序列，在这其中，不仅使寻根成其为问题，而且使文化成为问题，更令文学成为自身的元问题，从而在文学的内部生长出新的枝叶，参与至其叙事语言与形式结构之中，真正构成一种坚实的美学质地，并且从中具备了非常强劲的衍生能力。"由于它提供了一套新的审美话语，包容了传统文化元素和西方现代主义元素，两者一结合，就会再生出许多新的文学思潮。如果从现代主义艺术技巧上发展，就形成了先锋艺术；如果从世俗层面上普及化，就生出往后的新写实小说、新历史小说等思潮。"② 由此可见，"寻根"自身成为具有强劲生长能力的根茎，而问题的发轫，培育出了广阔的沃土，对问题的探"寻"和求解，便是种植、栽培和养育的过程，并且通过完整的叙事链条的建构，催生出特有的审美话语的同时，也形构了鲜明的艺术形态，意味着一种发掘文化与发现世界的方式。

而需要特别提及的一个问题是，寻根文学对"文化"的追寻，离不开理论与理性自觉，这虽然使其备受诟病，但事实上，寻根

---

① ② 陈思和：《长篇小说的四个阶段》，《中国读书报》2018 年 12 月 13 日。

作家始终在场的理论素养与前沿意识，既源于问题，又反作用于问题，"理论是'问题'的产物，都应该面对'问题'，即面对社会和人生的问题，面对本土和本人的问题，否则再精美和再高深的学理，都可能成为热热闹闹的文化时装表演，成为一种时下常见的夸夸其谈或者职称参评材料"①。可以说，在提出寻根理论与引领寻根思潮的过程中，理性的存在可以更为合理而有效地处理"问题"。也就是说，文学回到"问题"本身的过程，需要理性与逻辑的参与，然而在文化寻根的过程中，理论的存在是否会损伤文学的表达，这是不得不面临的两难处境，值得一提的是，"问题"的形成与出场，无疑将激活文学内部的生机与力量，化解理论的生硬，并以最为切实的形态，直面历史的命题、文化的难题与现实的问题。

四

俄国批评家别林斯基说："我们的时代主要是历史的时代。我们的一切思想，一切问题和对于问题的答复，我们的一切活动，都是从历史土壤中，在历史土壤上发展起来的。人类早已经历过坚信无疑的时代；也许，人类会进入比他们以前经历过的更加坚信不疑的时代；可是，我们的时代，是认识、哲学精神、思考、'反省'的时代。问题——这便是我们时代最主要的东西。"② 因而寻根实践中的文化之间，固然涉及的是中国乃至世界文化的归属与去向，但需要指出的是，其产生的不仅仅是一种具有历史意义与传统再造的叙事尝试，而是长期的未完成性的探知，从而形成

---

① 韩少功、萧元：《90年代的文化追寻》，见《韩少功研究资料》，天津人民出版社，2008年，第93页。
②《别林斯基选集》第五卷，辛未艾译，上海译文出版社，2005年，第156页。

具有当代性和生成性的叙事实践。文本的意义需要通过问题意识的发掘而重新焕发，"寻根"作为一种审美话语和文化经验，意味着深刻的建构性，而不能单单局限于"寻"的本身，甚至不能够局限于对"根"的表述与追述。韩少功的《马桥词典》作为一项声势浩大的词语建筑工程，在基于对"根"的追问下，以"词典"的形式，剖解马桥镇的物事人情，对其中所映射的阔大的精神文本与文化图景进行拆解、并合。小说冲散了顺序历史的情节与既定人物的关系，换之以词语检索的模式而搭建基本构架，各部分内容结节分明，独立成篇。这种极具切割感的文本形态，不仅将抽象的文化提炼落实为词汇概念，为文化的建构生产了大量的"建筑"材料，并生成了一种全新的文化叙述伦理，使其中一切的遗忘、流落甚至是消亡都有迹可循。"但谁又能肯定，那些在妥协中悄悄遗漏了的形象，一闪而过的感觉，不会在意识暗层积累成可以随时爆发的语言篡改事件？谁又能肯定，人们在寻找和运用一种共同语时，在追求心灵沟通时，新的歧音、歧形、歧义、歧规现象不正在层出不穷？一个非普通化或逆普通化的过程，不正在人们内心中同时推进？"① 在韩少功充满焦虑的"问题"中，实际上指涉的是文化的困境，其导致了语辞及其背后映射的人类精神的分化。韩少功试图在文本之中创造一个新的空间，为"根"的生长提供广阔的土壤。在这个过程中，众多的词语堆叠组合，形成一种虚设的实体，填补于历史的裂隙之中，将僵硬定型的命运碎片，连缀成庞大的文化质地，成为时间之流冲击之下的沉淀物，在历史迷雾中显出它的姿态，回应着它的问题。

王德威在《没有五四，何来晚清？》一文中，提到1919年

① 韩少功：《马桥词典·后记》，见《马桥词典》，上海文艺出版社，2012年。

《请颁行新式标点符号议案》的提出及次年的采用，"在众多标点符号中，问号的语义学其实复杂多端，可以是诠释学式的求证、哲学式的探索、解构式的自嘲、政治式的先发制人。在不同的情境和时期里，问号指向疑问、询问、质问甚至天问"。王德威在这里谈及的是提出问题与关注问题的方式，只不过这一次他将思考的起点定在"五四"，因为"面向过去与未来，'五四'是一个提出问号的时代"。而将文化寻根置于百年中国文学与文化的视野之中，尽管不同时代处理的对象有所差异，但事实上"问题"的求索始终贯穿整个 20 世纪的中国，并且延伸至新世纪的当下；更重要的是，文学如何面对外在的问题，以建构自身的存在形态，形塑文学真正的品质以至未来的命运，"一百年以后纪念'五四'，我们仍然有前人的勇气和余裕，提出我们的问号吗？"[1] 故而中国文学应当思考与反刍其所蕴蓄、提出和周旋的问题，进而通过更进一步的表述与传达，形成从文学叙写、文化观念再到社会思潮的历史效应，且在此过程中，剔除源自外在的功利性的遮蔽与趋势性的篡改，回到文学本身，回到文化本身，以及回到问题本身，培植出传统之根与现代之茎，从而真正触发自身粗粝、蓬勃和跃动的生机。

第四节　探向宏阔现实与纵深心理

近年来的长篇小说创作走向了自身盛大与丰富，也探入了其曲折与幽微，这既是时代精神的映射回响，又是叙事修辞的鼎故革新。地方书写的推陈出新、革命历史的再起炉灶、现实人生的

---

① 王德威：《没有五四，何来晚清？》，《南方文坛》2019 年第 1 期。

隐喻象征等，拓开了现实的想象边界；而隐秘内心的捕捉、情感伦理的透视，凸显出心理人性的纵深开掘，表征并析解着当代人的精神岩层。纵使阻隔与裂变，世界依旧轰隆向前，长篇小说的创作时而与之携行，时而顾自前进，全面深切地描摹现实之形状态势，也于呼啸前行的时代保持自我之镜像疆界。

当代中国文学的地方性路径，既是寻向精神的归处，也作为想象的中介，更代表着创生新天地的方法。在后现代的碎片化境况中，如何将一种地方性的命题汇入整体的视域之中，实践总体性的宏大思考，这是一个难题，亦是不可回避的命题，否则最终仍将走向琐屑和分裂。由是不得不提到林白的长篇小说《北流》。北流地处亚热带的南方以南，是一个名不见经传的边陲小镇，小说不仅要回到北流——此为现实的返乡，更是语言及其所形塑的象征意义的回归——也试图真正走出北流，从地方向无远弗届的自然与世界奔"流"。值得注意的是，小说真正具备了写作的方言思维，也即方言成为其理解、阐释并创造可能世界的重要媒介。杨庆祥在《新南方写作：主体、版图与汉语书写的主权》中指出，"新南方"是具有不确定性和异质性的文学 / 文化地理概念，与其他地域形成互文性的张力。《北流》中自成一体的方言叙事，能够在小说中形塑修辞与叙事的调性，其中不仅促成了风格的流变，还隐含独特的个体理解和精神伦理。质言之，林白的《北流》中呈现出来的植物与自然、方言与话语、地方与世界，已不是既往那种简单的地域书写形态，而是以此注疏历史及人心的"流"动，是要为彼一时间和此一时代，下一个别样与异质的注脚。

林棹的《潮汐图》以奇幻书写与海洋叙事，形成了新南方写作的异质性尝试，其中声色俱在的书写，不乏世故人情和世俗人间的五色神迷、众声喧哗，又如航船在大洋中漂流激荡，描绘出一幅鱼龙混杂而又气势磅礴的新世界主义图景。小说以一种颠覆性的视角去观"看"船舱、海洋及水岸之上。方言思维严严实实地包裹着整个小说的叙述，电光火石中的天马行空，仿佛在桅杆上经历语言的风暴。别具一格的叙事者在一个平行而时有交会的世界中吞吐万物，并于焉构筑批判性的眼光及视野，形成他释与自阐的互文形态，如链锁般串联万物，贯穿物世和人世。

陈继明的《平安批》也代表着地方性叙事的延伸形态，故事围绕潮汕人下南洋的百年沧桑，通过"平安批"——一种特别的家书——在主人公郑梦梅等爱国华侨身上的百年流转，凸显了历史激荡下一代人的家国情怀，同时也意味着文化传统在现代中国的转圜与新变。此外，小说更是启示出，在当代中国以至世界的文化语境中，如何探讨全球文化的认同及其走向，其中包孕着中国文化自身存续的宏大命题，传统与现代、东方与西方之间不是截然分隔的，而是彼此参照与相互补充，在不同的阐释序列和话语渠道中，克服自我/他者以求融通的过程。

需要特别指出的是，2021 年是中国共产党成立一百周年，《平安批》作为主题创作的一种，开创出了新的叙述空间。而朱秀海的《远去的白马》写的是东北解放战争时期及其后的军队战士身上显露的英雄主义与奉献精神，塑造了朴质而饱满的女性军人形象赵秀英，将以她为代表的人民军队的牺牲与伟大和盘托出，他/们以大无畏的斗争精神从革命战争中走来，又在和平年代毫不徇私为己，如作者所言："归根到底，我还是为了我们这个时代——不是为了她和他们的那个时代——写下了这样一本书。"在驱策奔驰的军中"白马"那里，一边是传之久远的爱国情怀，一边是现实主义的凡俗人间，他/她们以自身的勇毅坚定，照亮了无尽的昏暗与浑浊，远去的白马重现当下，亦将泽被未来。不仅如此，建党百年之际诸多的长篇主题创作，都不断丰富着革命文艺的叙事谱系。

朱秀海有着四十余年的军旅生涯，对中国人民革命的战斗历史了如指掌，而陈彦同样深谙舞台艺术，此前以《主角》《装台》蜚声文坛。2021年，作为"舞台三部曲"收官之作的长篇小说《喜剧》，既是对于现实人生的书写，同时也是立于艺术本体的文化反思。小说围绕着贺家父子演艺生涯的起伏跌宕，尤其在父亲贺少天辞世后，贺加贝与贺火炬兄弟俩分道扬镳，演绎出喜剧的两重人生，同时也是文化延续的不同路径。小说写尽了丑角的喜怒悲欢，其中既有流俗的一路，也有坚守的脉络，最终在时间和生命的灌注中见出了分晓。正如陈彦所言："我想写一写我们这个民族的文化里，到底应该坚守什么，哪些需要反思。"因而，小说中的"丑角"事实上不仅指向的是某一个体或群体，而是形成了总体性的象喻，甚而映照整个民族的文化处境与出路。

与《喜剧》相对，鲁敏的《金色河流》也流露出了强烈的反思意识，小说叙写民营企业家穆有衡在病榻中如何处理遗产，以及围绕此生成的回忆和现实，通过作为父辈的有总及其子嗣和周遭人等，托出对金钱与物质的省思；小说重要之处不仅在于遗产的分配，更有关如何处置改革开放四十年所遗存下来的精神价值及伦理观念。罗伟章的《谁在敲门》，同样牵涉到父辈及其精神延续，与《金色河流》形成乡土与城市的两极，"敲门"既是开端，也可以是终结，万物自然皆如是，父亲之死封闭了一种生命的存续，也揭示出一代人甚至是整个乡土世界的命门。凡一平的《顶牛爷百岁史》延续了作者一直以来对家乡上岭村的书写，小说将乡土世界的快意恩仇演绎到了一种极致，人物在生命沉浮曲折里始终保持性情的纯粹，在披荆斩棘中看尽善恶，仍守护精神的质地，可以说，小说在顶牛爷的年岁长寿及其品格永存之间，形成了深刻的互文。

东西的《回响》铺设了两条线索，奇数章写警察冉咚咚侦破大坑凶杀案，偶数章写冉咚咚与丈夫慕达夫之间的情感现实。吴义勤将之视为一部"心理现实主义"小说，其意义不仅在于实现当代主体的内在洞察，更在于询唤情感心理的真切回响。不得不说，《回响》这部长篇小说突破了东西以往的惯性表达，密集地表述当下情感生活及精神心理，对我们正在经历的现实困境甚至人生痛楚加以关切。其中对于人物的心理纵深的开掘，事实上是为了提供一种深刻、完整而真切的镜鉴，能够让人真正地去发现那个隐藏着的或容易被遮蔽的自己，那是一个真实的与真诚的自我，如果没有这一切，那么情感的生活再喧嚣亦皆为虚妄，容易走向一戳即破的虚幻，这个过程也极易造成破灭或扭曲。也就是说，真正能够"镜"鉴自我并观"照"他者的情感，打开自悟悟他的通路，才足以形成小说中所唤求之"回响"。

蔡骏的《春夜》同样具备悬疑色彩，而且与东西的《回响》相类似，试图打通雅与俗之间的壁垒，在严肃文学和通俗文学之间架设通道，实现文体与修辞的革新。小说从1926年王若拙法国留学归来，在上海创办春申厂开始，讲到2008年机械厂破产清算，围绕两重悬案展开：一个是寻觅携款私逃的新厂长"三浦友和"的踪迹，另一个是王建军如何离奇身亡。在世纪末的颓唐与世纪初的曙光之间，塑造了"保尔·柯察金"、"神探亨特"、"冉阿让"等工人形象，可以说，小说烛照一个群体或阶级的起落；不仅如此，其中还展现出了一种世界主义的现实图景，上海春申机械厂的爱恨情仇，最终走向了一种精神的大融合，工人阶级尽管已经褪去共同体间的阶级属性，但还是以各自的包容与宽恕，实现群体的团结与回响。小说最后设置"重逢"一节，人物之间打通了死生的区隔，以完成想象性的和解，这是世纪末的大合奏，尤其置于 20 世纪革命历史旧的坍塌与 21 世纪后革命时代新的起始之际，这样的精神回响显得弥足珍贵。

余华的《文城》同样将故事背景设置在 20 世纪初，在礼失求诸野的充满文化犹疑的清末民初，思索文化的失落及衍变。林祥福一生找寻失落的爱人纪小美，最后被土匪张一斧所害，死前托孤顾益民；"文城补"部分则补叙了纪小美的经历与心迹，也显露出了小说的另一种视角。当然，小说不是简单地控诉人性幽暗与军阀混战，同时也是精神的与文化的象征性探寻，又或许可以将其视为一种寓言式写作。对于林祥福而言，这是一场情义的背负与行旅，也是关乎寻求自身精神意绪之延续的一种尝试。林祥福既是在寻觅，也是证见和探寻，寄身其中的际遇代表着一种灵魂的苦行，是生命路径里的阻滞抑或重生，在无数的寂寥冒险中延续某种可能性。不仅如此，小说中遥不可及的"文城"作为历史的客体，在不断被召唤出来的过程中，那些蒙尘的物质与时间不断"主体性"化，也由此参证新的命运序列，在不断坍塌中探寻生命的生机及其所创造的情感 / 文化可能。

此外，阎连科的《中原》、刘震云的《一日三秋》、李锐的《囚徒》、张柠的《春山谣》、阿莹的《长安》等，亦颇多可观之处，限于篇幅，未及详述。值得一提的是，这里谈及的很多小说耐读、好看，又有着严肃文学的人性与时代之思，代表着当下长篇小说写作的一种重要趋向。当然，雅俗之间并无根本性区隔，只有好小说与坏小说之分。无论是严肃文学类型化，还是类型文化严肃化，都指向当代中国文学雅俗的共赏与合流。当然，2021年亦有不少纯然严肃的小说文本，探索的是叙事之义理、修辞之精神，知悉人间法度，感应自然天地。毋庸讳言，如若试图由此探向开阔的现实与纵深的内部，需要的是构筑开放的文体观念和价值辨知。

综观 2021 年长篇小说创作的状况，一定程度上提示了当代中国文学重要的价值与方向，关键在于是否能够探向深远广大的内外世界，这个过程不是流于修辞策略的形式翻新所能完成的，到底要切入时代与人性的肯綮之中，于文本的肌理里渗透现实历史的精神境况与文化图景。宕开一处说，假若付诸更为宏大的诉求，尤其在新冠疫情及后全球化大背景中已然凸露的种种现实障壁，则更加需要新的现实呼应与情感出口，这是建基于人类的共同需求之上的，追寻的是更为宏大的"回响"，求索新的精神认同以及理解当代中国乃至世界的文化路径，由此冲决出浩荡磅礴的境界，无论是走向开阔的现实还是探寻深层的心理，都是为了敲开一扇未来之门，那里众声喧哗且一呼百应，那里森罗万象而豁然坦荡。

第四章　欲望、自然与诗学

第一节　文化传统的当代变革

　　时间进入 21 世纪的第三个十年，当代中国小说涌现出许多新面向与新维度，而且更多地带来了新的问题。那些在革命历史时期，或是在新时期引以为闹热甚至轰动的文学与文化课题，到了当下，已然不再集聚既往的效应；而那些 20 世纪八九十年代不甚引人注意的状况，在如今一下凸显了出来，且结合了新的历史因素，不断召唤着当代性的回应与表述。不得不感叹，一方面是不少传统与经典的文本及其背后的思考，需要经过历史的淘洗，才真正使其价值显影，这个过程可以是扩大的，也可能是窄缩的，时代退潮时才知道意义的显豁处与阴影处究竟为何，而那些名动一时的叙事变革，很多已然偃旗息鼓，埋于深处，一脉相连的文学新变，如草蛇灰线，曲曲折折，不断引入当代中国的文化现场；另一方面则是当代历史所形构的熔炉与洞穴，涵吸那些不为人所关注的幽邃，也在无边的日常性中，放眼生活现场的点与面，而碎片化与总体性的不同面相，构成小说叙事之轻重大小的价值显影，其中透露出城乡结构中深不可测的人性和欲望，以及众多隐而不彰的伦理修辞，均于探索中成形，尤其是在后现代的消解语境中，甚至是后人类的文化境况下，召唤出小说本身的思想性形态以及更具开放性与未来感的叙事表述。

无论是现实主义的延续及其变体、先锋文学的续航抑或终结，又或者是女性主义写作的曲折衍变、人文精神忧虑中的文学下降与下坠的问题，尤其是商业浪潮以及人工智能冲击下文学的边缘与异化，等等，在当下似乎成为了相关讨论的大背景，构成不由分说和毋庸置疑的时代语境，并由此生成新的价值与问题的延长线。20世纪在八九十年代多有担忧的叙事困境，在当下已然为大多数人所接受，或成为更为宏大的历史事实，或深嵌于无处不在的人心人性。近现代以来关于小说文体观念及其中的雅俗争辩，直至当下依旧具有探索意义；20世纪90年代带出来的关于物质和无望的表述，现如今已成为既定的叙事话语，内置于当代小说的伦理深处；在文学转向与小说革命的背景下，叙事文体能否延续百年前的革新精神，引入生活的与思想的场域之中，在新世纪打破旧的壁垒，生成新的可能……如是种种，成为当代中国小说所表征出来的时代症候。与此同时，新的既现与未定之价值形态，却亟须文学与文化的力量加以廓清，对于小说而言，对于现实的开拓、思想的探索以及未来世界的求知，将成为叙事变革的关键环节。在这样的情况下，我试图谈论的是当代小说的雅俗（文体）、城乡、欲望、生活、功能、经验、思想等诸问题以及观察、表述甚或是拆解问题的方法，以此窥探新世纪第三个十年及往后，当代小说的来路与去向，并求解其在中国以至世界语境中的塑形、注解与开新。

一

第一个是小说的雅俗分化与合流的问题。纵观中国文学发展史，众所周知的是，小说的地位有一个从末流到显学的演变过程，直至清末，梁启超等人将小说由无足挂齿的"小道"，提到了家国天下的高度，通过《译印政治小说序》《论小说与群治之关系》等宣言式的文本，逐渐将小说这一新的文体观念引入人心与世道。小说由俗变雅，地位得以确立。报人兼作家的包天笑也说："梁启超发行的一种小说杂志，名字就叫《新小说》，那个杂志，不但有许多创作小说、翻译小说，而且还有许多关于小说的理论。梁启超自己就写了一个长篇的理想小说：《新中国未来记》。这是把小说的地位突然地提高了。"[1] 但纵观说部的现代历程，特别是观察20世纪中国小说所肩负的启蒙与革命之使命，能够见出其往往于雅俗间发生效应，激荡出诸多具有时代征兆的叙事文本。但这里的融合并不是完全地吻合，而存在错综复杂的关系，彼此借鉴或排斥，终而融入文本。我的判断，当代中国小说今后的路径，一方面仍旧秉持着雅俗之间的各自表述，二元对立亦有其历史沿革及现实因由，而且各自寻得好处与佳径，雅俗穿透对方而构成创造性的表达；另一方面也将有一个打破雅俗分隔的过程，而且这样的趋势随着意识形态的当代深化，以及文学走向市场的迫切要求，将愈演愈烈。当然这个过程并不是一概而论的，不同的时段、不同文本之中，自有其优劣高低。然而必须指出的是，文学的雅俗合流不仅代表着小说文体的内在变革以及审美趋向的修辞动向，而且背后映射出深远而又迫近的时代意识、文化革新和价值新探。

　　读冯骥才的长篇小说《艺术家们》，想起他整个的创作，无论是他早期的《神鞭》等小说，还是近年来的《俗世奇人》等，都代表着当代中国小说雅俗间流动的重要尝试。但当读到冯骥才2019年的《艺术家们》时，其对艺术精神的深刻秉持，对市场化

---

① 包天笑:《钏影楼回忆录》，大华出版社，1971年，第171页。

与世俗化的警惕，又是呼之欲出的。综观冯骥才的小说创作，一开始我认为这也许可以视为纯文学内部的分裂，但回过头来想，这是一种有益的辩证，雅俗合流并不是轻而易举的，也不是随时随刻可以发生的，否则将带来雅不雅、俗不俗的困境，小说也将在不牛不马中失去自身的叙事调性。《艺术家们》这样的小说，正是坚持着纯粹崇高的美学理想，在雅文学或曰纯文学的框架中去探讨，立足一处才能真正为吸收他者创造合理的与适切的场域。而在冯骥才早前的另外一个我认为更具探索性的文本《俗世奇人》中，更能体现出他对于雅俗世界的探索性沟通。我曾著文论及《俗世奇人》的传统性因素①，重要的是，小说透露出非常丰富的现代意识，这个过程更准确地说，冯骥才是通过一种显豁的现代观念，激活传统说部的文化脉络，即便是在一出简单的讲古、在一处情景的叙述中，又或是简要描述司空见惯的典故与名不见经传的人物，都透露出内在的新质，"俗"与"奇"之中及之外，冯骥才的小说俗中带雅，掺入了具有现代意味的伦理修辞和价值取向。

除了冯骥才，另一位小说家陈彦的作品，同样展现出了雅俗并兼的叙事景象。我一直以为，陈彦的小说，代表了戏曲和小说融合的新的艺术交响，是文学沟通雅俗的重要显态。戏曲和小说，作为成熟的艺术形式出现，两者都已经不年轻了，而且都走过了各自完整的发展轨迹，都具备自身独特的艺术底蕴。有意思的是，到了陈彦这里，得以真正完成两者的大融合。《主角》后记里头说："我们是自己命运的主宰，但我们永远也无法主宰自己的全部命运。我想，这就是文学、戏剧要探索的那个吊诡、无常吧。"比如《主角》里从易招弟到易青娥再到忆秦娥，十一岁时，舅舅带

---

① 曾攀：《当代中国小说的叙事传统回溯》，《黄河》2021年第6期。

着她从九岩沟出来，最后又回到了那里，一辈子兜转、徘徊、沉浮，充满了历史感和命运感，形成了非常动人的艺术交响。忆秦娥本是九岩沟放羊姑娘，后入宁州剧团学戏，经过一番寒彻骨，生命几经波折，终得大成。如杨辉所言："如金庸《笑傲江湖》及阿城《棋王》中一流人物似乎并无本事可循，但陈彦《主角》中的忆秦娥，却是杂取种种，合成一个，其行状、精神、技艺，甚至其命运之沉浮起落，皆有所本。陈彦在详述秦腔之起源、风格以及重要艺术人物的作品《说秦腔》中，颇多叙述秦腔前辈艺术家之生活际遇及技艺修习之道，可为忆秦娥之先在基础。由此亦可知历代艺术家所习技艺虽有不同，个人禀赋亦颇多分野，然而一旦依法修炼，且能下得苦功夫，再有天缘巧合，假以时日，自然进境异于常人。"[1]戏曲与小说均有虚实相间的内质，彼此有一个完好的切合，彼此的优势在文本中剧烈激荡，极富张力。更重要的，戏曲也好，小说也罢，与人的命运紧紧地扣在一起，而且始终围绕着艺术的走向及命运，写出大江大河的开阔感。

除此之外，事实上在当代中国，存在着非常多的具有丰富性同时又深含复杂意味的叙事文本，在雅俗分化或合流的取径里，在相互的交叠和互渗中，试图探究出新的叙事可能。刘晓刚的四卷本长篇小说《那条割裂生命的河》，既有严肃文学的文化质地，又兼及俗文学的写法，是一种穿透雅俗的叙事形态。在我的阅读体验中，这部小说可读、好看，里头写人性、欲望、商战，以贾家湾这一地方史对应着改革开放的当代中国史，甚至延伸至欧美等地，兼具文化思考、问题意识，映射着全球视野中的精神状况。雅俗合流，这是针对小说的写法而言，其有很多生活性的考量，

---

[1] 杨辉：《文章气类古犹今——当代文学的"古典境界"发微》，《南方文坛》2022年第2期。

同时有着宏大的表达与反思，触及的是当代人的精神和欲望如何安放等问题。

不得不说，传统小说的雅俗分化及合流，自说部诞生起，便一直存在且引为争论，雅俗界定除了文体观念、语言修辞等写作实践层面的探讨，事实上还有传播与接受层面的问题。需要指出的是，尽管合流的渴望一直都有，但更多的是分化，这不仅与小说其来有自的政治历史内蕴相关，而且也与当下的叙事观念和写作转向相联系。当然这个过程并不是说分化一定不好，合流一定就好，如何以此切入文本的肌理，也由此透析历史的与时代的讯息，考量文体的与修辞的美学价值，才是判断文学雅俗优劣的关键所在。以两个小说为例，如果说东西的长篇小说《回响》是一种由雅向俗，在心理与人性的探索中，加入浓重的悬疑与刑侦的元素，从而使得小说具备了大众化的趋向，同时又不妨害自身的"雅"性；那么蔡骏则与东西走向了相反的方向，他由早期的悬疑书写，逐渐转向雅文学的叙事姿态，如他的长篇小说《春夜》是一种回俗向雅的书写，其中蕴含的人性与救赎、罪恶与宽恕等因素，皆指示了蔡骏小说的当下转型。不得不说，这两部小说都是雅俗交并中值得肯定的尝试。更进一步说，考察小说的雅俗观念，除了需要将判断的标准历史化、文本化，还应当具备一种现实观念甚至是未来意识，也就是说，雅俗问题关涉的是小说本身的审美走向与叙事路径，代表着小说精神的内外求索，以及小说自身的变革要求。

二

顺着陈彦小说，谈一谈当代小说生活化叙事的倾向及其中的大小轻重问题。我曾写过一篇《当代中国小说的生活化叙事》的文章，专事讨论新世纪以来中国小说叙事的生活化转向问题。其中专门以黄咏梅的小说为中心，涉及的是小说的以大见大、以小见大以及以小见小等问题，当代中国小说中的生活化叙事常常表现为"以小见小"的表达，小而精致，小而弥坚，即便是生活的碎片，依旧存其富于韧性的质地。这样的生活化书写才不至于陷入碎片与琐屑，也不会因为世俗性而削弱小说本身的锐度，而是周旋其中，游刃有余。生命中的轻与重、大与小，尽管在形而下的层面显现出芜杂无章的生活及认知现场，但其往往存在着一种形而上的辩证，好的小说，需要将之熔铸，使之显形而不至于失衡，否则便显得过重或过轻、过大或过小。

从 20 世纪 90 年代新现实主义小说出现以来，我们一直有这样的忧虑，那就是现在的很多小说，越写越小了。写生活、写日常固然没有问题，关键在于写法。以小见大是文学惯常的经验，以小见小也尚且还能契合后现代的生存境况，但最糟糕的是，越写越逼仄狭隘，写进死胡同，掉下去就提不起来了。因而，无论大小、轻重，小说是需要有换喻和转喻的过程的，再小的题材、人物，再轻的个体、人性，也需有境界，需要重量/质量，从中表述那些多维度的复杂镜像，于习以为常的凡俗中焕发新的想象，在司空见惯的平庸之外，创生异质的精神空间。

接着刚才谈论的陈彦的小说，《装台》也好，《喜剧》也好，包括《主角》构成的"舞台三部曲"，这些作品都是纯文学的样式，但是在影视改编、演出演绎、朗诵演说等方面，是一种沟通雅俗、圆融通达的艺术，是文学走向深远广大的尝试。也许，当代中国文学真正走出雅俗的二元对立，走进寻常百姓的视野中，需要构筑的是一种广义的生活，也即更多的不仅是柴米油盐酱醋茶的日常生活，还有工作与专业、心理与思想，这也代表着生活本身的延伸，如是就牵涉到更为复杂的命题。这个过程需要的便是熔铸轻重、大小的叙事尝试。当然话说回来，并不是说这个过程要写得多么高大全，更非寻求处处兼顾而无所依傍，小说可以预设种种立场和伦理，这其中可能会同时存在盲视与洞见，但却能够将小说对历史与现实、人世与人性的敏感及敏锐传递出来，叙事文本内在的认知与辨识也将为其传之久远提供价值参数。

可以说，陈彦的小说是浩大闳阔的，其常常以大写大，常常举重若重，人物的生活史、奋斗史、生命史，与艺术本身的发展史，以及时代历史的进程相勾连。这是一种新的叙事辩证法。毫无疑问，陈彦的小说是有力量的，小人物如何发出光辉，克服自我的同时重建自我。陈彦小说里写了很多朴素但却不简单的人，如《装台》里面的刁顺子，人物的内在充满了力量感；还有一类人在陈彦小说中发光发彩的，如《主角》里的忆秦娥、胡三元。他们从寻常的个体逐渐成长为艺术的担当，从他们身上投射出来的小说形象的当代意义所在颇多。具体而言，那些江河跌宕式的形象，却是少数主义式的形象建构，很少能呈现一种另类谱系的人物，但他们无疑成为文化史、艺术史、社会政治史中的弄潮者；而当代文学里生活中比比皆是的小人物形象，往往遭受着生存与情爱的纷扰，性格是残缺的、命运是困苦的，他们／她们是处于边缘的存在，又成为日常叙事中最中心的对象，这是悖论的所在，他们没有多少话语权，却成为叙事的主流，这是小说微妙之处，也是意义所在。李约热的小说《景端》便是写小人物群体的故事，主要人物景端从小母亲去世、经常被人欺负、穷得一塌糊涂，他和父亲、妹妹生活"在远离人群的岭上，他们没有邻居也没有朋友，好像生活在另一个星球上面"①，然而他却误以为自己身负使命，在一次观看了电影之后，他若有所悟，不想再过受人欺辱的生活，亟想改变生存的现状，于是，他试图变成"仙龙王国"的"国王"，这是他热血的开端，也是悲剧的开始。值得注意的是，景端是没有日常生活的镜像的，小说中他总是飘于现实之上。又或者可以说，景端的日常便是沉浸于那些不切实际的幻想之中，在这样的境况下，李约热表述了一种边缘人与小人物的生活，这样的叙事不在既定的日常话语序列之中，与人物的心绪与精神状况相类似的是，小说的言说也同样逾离于正常的轨道，为一种超乎寻常的生活性叙事提供新的维度。边缘之小与底层之卑微缠绕着景端，他也最终为了自己的"理想"付出了生命的代价。值得玩味之处在于，他的伙伴们事实上直至最后也没有认同他，也就是说并没有真正怜悯与追念他，他们所应构造的共同体完全崩塌了。值得注意的是，那是边缘者与小人物的生活现场，同时也是"文明"之外的疯癫以及不同话语形态的撕裂与碰撞。

不仅如此，如李洱所言："如今，生活在城市里的人，这些读书人，你有那么多繁杂的思绪。你在物理世界里从东走到西，但你的脑子却是从南走到北。那些思绪、联想，纷至沓来，难以归拢。对这种生活的描述，在中国不是太多了，而是太少了。我们在生活中可能是这样的人，但只要诉诸笔端，很多时候我们的作家不愿意、不习惯，也不能把这些思绪用一种可以与它相适应的方式呈现出来。但对于汉语叙事文学而言，这个领域必须打开。"②那么问题就在于，小说如何捕捉生活中的思绪、思维以及思想，

---

① 李约热：《景端》，《长城》2021年第6期。
② 李洱：《谈吴亮〈朝霞〉：汲取所有知识，来完成个人写作》，见《收获》公众号 2016年10月28日。

这是一个极具难度的书写，因为这其中呈现出来的思想性细节，如何纳入生活化叙事的肌理之中，不至于生硬，也不产生形而下与形而上的根本冲突，给写作者提出了更高的要求。而且，思想着的生活本身，即是对生活的延伸和扩展，与此同时也构成了某种严峻的挑战。那些一地鸡毛的日常世界，如何容纳富于体系性的思想；庸常的生活现场，又怎样承载飘飞的与倏忽的思绪，而不至令其稍纵即逝。总而言之，将思想归入生活，既是叙事对内在心理的捕捉，也是对叙事自身的元认知。

除此之外，如果考虑到小说所表现与表述的是一种"无边的现实"，那么起码在当代中国小说中，极少见的除了那些真正不为人知且难以获致真正共同体意识的边缘与底层，还有就是堂堂正正、光明磊落、有情有义的人物主体，后者时常出现在经典性的文本之中，而且在主题创作等主流话语中所在多见。从这一方面而言，朱秀海的长篇小说《远去的白马》、阿莹的长篇小说《长安》无疑提供了新的经验。他们表达的是在战争或战争情势下的人物主体／群体，军人与军工人为当代中国构筑了坚固的防线，在革命历史的语境下，塑造了诸多充满牺牲精神与热血意志的伟岸形象。值得一提的是，他们的日常情感与生活场域，投射出非同一般的性情与调性，这是极为难能可贵的描述，也为当代小说的生活性叙事提供了异质的样本。尤其在当下的生活化叙事滑向碎屑与无聊、走向软弱与贫乏之际，那些具有钢铁般意志的人物，无疑成为生活化叙事转向中的新异存在。陈晓明曾提出当代文学回归日常的状况，"我们只有在中国具体的社会历史环境中，才能理解中国作家的思想和他们写作的意义，才能理解那些作品形成的生活依据。显然'变革'始终是我理解80年代以来中国文学的最根本的关键词，体现在文学中的这些变革如此剧烈，也不乏激进，然而，90 年代之后，随着传统文化的回归，文学在一个更广阔纵深的背景上书写 20 世纪的中国历史，这需要现代性的理论阐释才能充分发掘其思想与文化的内涵。90 年代中国作家也放低了先锋形式的实验，回到历史、回到日常性成为 90 年代文学的主潮，后现代主义或先锋派仿佛是被翻过去的一页。但那种小说经验以不同的方式隐含在各种作品中"①，而回到历史以及日常性并不意味着小说理所当然的转型，这个过程关乎着小说的穿透力，叙事本身有没有力度与重量，意味着当代生活叙事中的匮缺与否，如果仅仅是聚焦城乡平民的小日子与小情爱，势必滑向平庸乃至庸俗。我甚至觉得，乏味不是当下小说创作的问题，乏力才是。知识要蕴蓄，要收得住，藏得起来，像打出一拳，收束之后方可释放自身的力度。因此不得不说，生活化叙事断不是轻飘飘的没有重力的言语，其同样能够重于泰山而非轻于鸿毛，形塑掷地有声却无比真切的当代生活。

三

接下来说一说当代小说的欲望书写问题，尤其置于城乡叙事的现代进程中，透视当代中国的集体无意识，以及在时代精神状况中的主体情感。欲望写作似乎已经习以为常，也是当代中国小说表现得最多，同时也最具争议的话题，然而欲望及其表述在当下却仿佛不言自明，经常被架空，又或往往被误解、误读，其中涉及的层面也极为复杂，值得细细探究、辨析。周瑄璞的长篇小说《日近长安远》，城乡之间的区隔如此清楚，甚至呈现出显豁的二元对立。如此很容易对城乡境况产生误读，也即城市以及现代

---

① 陈晓明：《鸿飞那复计东西——90 年代以来的理论变化管窥》，《南方文坛》2021 年第 6 期。

意味着腐朽、堕落，无不充满批判，那是罪恶的渊薮，是黑暗的染缸，显现出难以克服的危机；而乡土以及传统则是纯粹的，形成了一个净化的精神系统，是挽歌式的超保护状态。有意思的是，小说以欲望及其消解为切入口，便很好地解决了城乡二分对立的问题，也就是说，欲望成为拆解城市与乡土既有想象的媒介，由此生发出人的命运及时代的运思，分别于城乡之中的两个女主人公及她们的人生走向，更是透露出欲望修辞的伦理反思。刘晓刚的《那条割裂生命的河》里面写道："三十年来的中国，是我所见的，依靠欲望驱动发展的国家。我们见识了欲望的排山倒海、翻天覆地的能量，它冲破了一切束缚，恣肆汪洋……"煤炭与欲望之间是一种同构的关系，煤炭在人类发展史上的地位不言而喻，其促成了 18 世纪以来的机器大生产，是现代性的内在驱使力量；而与之同构的欲望，则是现代人性及言行的内驱力，但却饱受争议，因其常常导致精神的中空，与灵魂处于一种周旋和搏斗的状态，然而又在存在主义等学说中得以丰富而变得更为复杂立体。当代中国小说中欲望往往被窄化，甚至被妖魔化，难以界定，无法言说。因此，如何重构关于欲望的当代书写，探求欲望的有效性与有限性，书写欲望的内在伦理与未来形态，是一个绕不开的课题。《那条割裂生命的河》提供了生活的、情感的、权力的、物质的种种欲望形态，为当代的欲望书写提供了多重的视角，但如果能超越那种司空见惯的欲望表现，在更深刻的同时更具统摄性的层面加以综合，对欲望内在的与外显的形态进行深入探讨，无疑将更有价值。

就着欲望化的问题，也深入谈一谈其概念的界定及界定的困境。欲望本身始终伴随着人类社会的发展，并随着政治经济环境的优化改善而不断壮大，在很大程度上会被泛化成为重要的精神需求，是与人性息息相关的不可取消的内在动力。虽然这个过程也伴生了不少"怪现状"，种种腐蚀人心人性的境况层出不穷。因而，亟待对小说中比比皆是的欲望书写进行一次理性的重估。这是问题的一个方面。另一方面，欲望叙事容易窄化为人物主体的情欲和物欲，一般的理解往往会把欲望当成是一种目的和最终的呈现方式，进而将之简单化。实际上，欲望仅仅是小说表达的一种中介或曰媒介，通过欲望这座桥梁，小说所要到达的地方其实更深更远，而不是仅仅局限于庸俗而平常的生活。小说是虚构的，欲望同样也是虚构的，但是后者不单单是日常世界那点身体的与内心的求取，如果将其仅仅理解为某种目的，便会将欲望窄化或者误读为人的罪与恶。事实上，更重要的是欲望本身具有形而上的真实，需要上升到更高一级的叙事圈层中去理解，而且这个过程不得不跳脱既定的庸俗化认同，将欲望复杂性与多元化还原出来，考虑不同层级的身体／精神求索之间的勾连，并且将欲望从历史的与现实的状态中抽离出来，重构关于人的未知与未来的景象／镜像。

艾伟的长篇小说《镜中》里面，写到主人公庄润生与情人子珊之间的情欲，也关涉到诸如庄润生妻子易蓉的不堪过往及其种种情感乱象，如果仅仅是注视于他们"身"上发生的不伦之恋，甚至将庄润生妻儿之死罪责于欲望之恶，将男女的欲念归为故事发展的重心，那么对小说的理解便是浅层的，在这样的视角中，欲望势必成为简单的社会批判和人性揭露。事实上在小说中，易蓉发现了丈夫和子珊的奸情，而后酗酒导致车祸身亡，也带走了他们的一双儿女。庄润生后来发现了真相，陷入深刻的罪责中，这是一种自我的忏悔，"至此润生明白他是所有不幸的源头。他意识到自己罪孽深重，不可饶恕。'罪孽深重。不可饶恕。'他脑子里的这八个字像一座巨型的建筑在不断膨胀，压迫着他，让他喘不过气来"。不仅如此，如果结合小说的"镜中"之喻，可以见出小说不仅是反对欲望本身，更是以欲望为媒介，窥探人性，诱发自省，而且在镜照自我的基础上，推衍他人，"一切明明白白，最终的源头在他这儿。易蓉知道他和子珊的事。他想象易蓉发现他出轨后的心情。也许易蓉酗酒就是在她怀疑他出轨之后。她跟着他，她亲眼见到了一切。跑到宾馆捉奸不是易蓉的个性，她是个多么自尊的人。她受到巨大的打击，失望和愤怒让她失控，她飞快地开车，驰向钱塘江大桥，她失去了判断力，汽车不幸撞到钱塘江大桥北塊的铁围栏上"①。小说延及的是尽可能多的情感与人性的同类项，这些欲望及其后果，在"镜中"不断复制和繁殖，并且引发形而上的生命与灵魂的拷问，以此不仅勾连现实主义层面上的社会与人性反思，而且牵引精神分析学、建筑学以及佛学等，以不同的方式同时深凿个体的灵魂，寻索出甚为深切的精神病症。

黄咏梅有个小说《睡莲失眠》也很有意思，里面写的是婚姻与后婚姻、欲望与后欲望的精神状况，"她甚至都不想把'爱情'两个字敲出来。有那么一段时间，跟这两个字相关的行为，例如看到有人当街接吻或拥抱，她会感到讨厌，看到手挽手说笑着走路的夫妻，她会从心里发出一声冷笑，有时这冷笑还从鼻孔里哼出了声音。她再也感觉不到夜的甜蜜。朱险峰像躲避瘟疫一样离开她和大班，留给她最后的眼神，就像在看一个罪人，根本没有办法将他和从前他们一起做过的可以称之为爱情的事联系起来"②。生存、生活与生育之于女性固然重要，更关键的是人物主体如小说中的许戈从一种失眠与睡眠的怪圈中脱离出来，毫不执念于欲

---

① 艾伟：《镜中》，《当代》2022年第2期。
② 黄咏梅：《睡莲失眠》，见《小姐妹》，长江文艺出版社，2021年，第9页。

望与情爱本身，而是将爱欲、婚姻和繁衍后代的思考引向深入，小说最后，许戈执意要销毁她和朱险峰冷冻的胚胎，掐断两人爱欲的结晶，也将人物引向惊心动魄的灵魂深处。

因此不得不说，小说不是不可以书写欲望，关键在于沉进去的同时，要写出来，移向深远。沉进去的意思是透过欲望的凝视，析解人物主体的内心与灵魂；然而这个过程中，欲望不能仅仅是题材，也不是单单转向内部的关切，更应该是创造一种可能性叙事，移向政治的、历史的、社会的多元观察，拓展出开放的与开阔的文化径路。

四

再者谈一谈关于小说的社会功能，也即小说的功用与无用的问题。纵观 20 世纪中国文学，小说的地位从清末开始获得认可并登上历史舞台，这是由古至今小说的功利性最为突出的百年。而自新时期开始，当代中国小说从自身获得了内部的总体性认同，也即叙事作品首先是审美的产物，释放的是关乎语言与修辞的功能，只有在此基础上，才能真正去谈论外在的意义，否则或如空中楼阁，或空洞无物。有意思的是，至于新世纪的当下，小说超越了二分性的社会功能与美学功能的分野，走向了更为开阔的存在，如傅修海所言：

新文学百年之思，新小说的百年之思毫无疑义是重要的一环。回眸新小说百年，本质上无非是对它从何、为何、何去与何为的追问，本论归结为思路、生路、出路与新路的探究。思路问题，就是新小说的艺术定位，它是世俗而非神圣的艺术；生路问题，新小说是现代社会的工作之一，是现代人的职业；出路问题，新小说既然是世俗艺术，也是现代人的职业，自有其世俗艺术的标准和职业成败的衡量，其出路就是进入日常，体贴个体，表露现代与当下之思；新路问题，则是信息时代呼啸而至的新变局下，在 AI 写作已然逼近人机互拟的机制化仿生情境下，对新小说何以为新的再思考。①

从新时期到新世纪，小说的"出路"与"新路"，代表的是当代中国小说的内外革新问题，这样的变革，既是主动的也是被动的，小说之求"新"，贯穿了百年的发展历程。20 世纪以来的中国，曾在文艺与媒体助推下，形成强烈的民族国家认同，中华民族通过长时间的认同、辨知，产生想象性的移情，并建构成情感的、文化的与政治的同一性立场。具体而言，百年来的中国，感时忧国的国族意识萌发、启蒙主义与革命意志共振、英雄主义和奉献精神同在，一直到八九十年代经济观念与物质文化的发达，以及 21 世纪娱乐文化的勃兴，以及政治与科技变革的日新。国族内部群体认同式的文化取向可以说其来有自、未尝断绝，而实际上如何对之进行引导甚或改造，也一直是中国社会现代化发展中相生相伴的课题。在这种境况下，当代中国小说经历了新时期以来充分的"向内转"之后，一种"向外转"的思潮开始流播，重拾 / 重识小说之用与无用，再思小说的审美与社会之辨，成为当代中国小说革命由内而外的叙事指向。

正如 20 世纪 90 年代以来文化与文学成为人文精神讨论所深切忧虑的对象，当下的商业、文化与社会乱象，出于资本操纵下的野蛮扩张，以及外界不当引导而滑入的无序与盲目，导致种种惑乱性的存在。因而有待进行一次文化的再思与重整，在维护伦理与法律的尊严基础上，对民众加以新的更有价值的引导，创造

---

① 傅修海：《新小说百年的思路、生路、出路与新路》，《南方文坛》2021 年第 2 期。

良好的精神生态与文化氛围，这个过程既要回溯传统，又需立足当下，更要着眼未来。从古典传统以及 20 世纪以来的中国现代化进程中寻找价值认同的源流，而泽被当下之精神路径，需匹配宏阔的构思，亦要细致的路径；这也要求小说获致锐意奋进之心绪，以及海纳百川之包容精神。从这个意义而言，小说是时代的显像。阿莹的长篇小说《长安》，写军工厂的爱恨情仇、光荣与梦想，一代军工人抛洒热血、倾注情感，有情有义、有骨有血，这在当代中国小说中是不多见的，即便是在革命历史题材以及主题创作当中，那种兼具坚硬的与柔软的、温情的与敬意的存在，在所罕见。毫无疑问，这也是当代小说叙事的一种方向。就文学之美，然而一时代之小说叙事，又常常蕴蓄着自身的伦理与旨向，这就或隐或显地作用于时代的精神状况之中。有论者认为，长篇小说《长安》是深藏的枪与炮，一代又一代的青年投身于国家建设之中，甚至于舍生忘死。青春无悔，英雄无价。小说试图去为当代中国的虚弱部位注入能量。陈独秀在《青年杂志》（后改名为《新青年》）的发刊词《敬告青年》中不无悲愤地说道："吾国之社会，其隆盛耶？抑将亡耶？……予所欲涕泣陈词者，惟属望于新鲜活泼之青年，有以自觉而奋斗耳！"当代历史要摆脱鲁迅所言之"冷气"及不明所以之"热气"，无疑需要更为热切与朝气的形象，这断不是死气沉沉的文本和人物所能提供的。对此，李建军提出"向上"与"放大"在写作中的意义："所谓向上原则和放大原则，就是发现人身上真正人性化的东西，即能体现人的教养和优秀品质的东西，并用诗性和理想主义的方式，将其强调、放大和表现出来。当然，这并不是要作家无节制地夸大和虚饰，而是要求他留意和发现人类内心固有的善与美，至少，不要将野蛮和黑暗当作人性的全部内容。如果说，对黑暗和丑恶的发现，显示着作家的冷静和深刻，那么，对与之相反的东西的发现和赞美，则显示着作家的热情和伟大。"①不得不说，当代小说需要呈现，如此才能真正超克历史的烟尘和假象，这不仅是作家"热情和伟大"中践行的使命，而且如若将文学置于历史性和世界性的视域中，那么这样的理想性的书写本身，即昭告着文学自身不可抹除的价值。

而对于当下而言，小说的社会功能在于建立自身的问题意识，生成反思能力，铸就社会的常识观念，获致认知的与言行的理性意识，辩伪存真，发挥小说内在的智性与理性的力量，与此同时创造新文本、铸造新想象、塑造新青年。梁启超曾在《少年中国说》中驳斥列强的"老大中国"论，提出"少年智则国智，少年富则国富；少年强则国强，少年独立则国独立；少年自由则国自由；少年进步则国进步……"重提小说的社会功能，强调的是当代叙事所包孕的对于中国的总体性文化思索，同时意味着在广大民众尤其青年群体中重建民族国家的新镜像，从这个意义而言，无论是陈继明《平安批》中郑梦梅"下南洋"、抗敌寇、救家国，又或者是李约热的《李作家和他的乡村朋友》中的李作家扶贫攻坚，走进群众、成为群众，都意味着文学及其形象走出书斋、到达无远弗届的世界去的尝试。只有在这样的情况下，文学才能真正获得前瞻性和建设性的精神认同，建构新的美学共同体。孔子曾提出"君子和而不同，小人同而不和"。小说内在的汇纳虚构与真实、善良与邪恶、纯粹与欲望的质地，无疑将指示更为兼容并包的理念。秉持"君子"之"和"，亦容纳外在之"不同"，既要强调某种"和"与"同"，同时对其中之糟粕、之芜杂，亦需拨乱反正，内蕴眼光与胸怀，对丛生之怪象、乱象加以针砭扬弃，使

---

① 李建军：《路遥与雨果》，《南方文坛》2022 年第 3 期。

之价值翻转的同时提升整体的质地和意义，破除其中的迷雾及误认，建立开放性的伦理体系。在"和而不同"中解放思想，有度、有节、有力地引领思想的升华。于此，不得不再次提到冯骥才的《艺术家们》，"三剑客"楚云天、洛夫和罗潜的艺术追寻，使其各自怀抱精神旨归，探索艺术真谛，再沉沉浮浮，再纷纷扰扰，三人始终"和而不同"，其中有和鸣、有争辩，更有分歧，也正是如此，探索出了当代中国人文精神的不同取径。不得不说，好的小说能够在相互参照与综合考察中，充分考虑历史与人性之复杂性，避免简单粗暴的理解，亦能生成认知、辨别能力，建构具有现实性与开放性的多元评价体系，以此为基础和框架，推进社会风气和文化生态上一个层次，戳破那些浮夸的荼毒的泡沫，使大众从虚幻的镜像中抽身出来，振奋精神、奔向远大。

五

最后要谈的是当代中国小说的经验与智性问题，我也不止一次讨论这个问题了。但因为这里边太过宏大，非常多的文本都涉及类似的情况，所以有必要结合不同的叙事形态一谈再谈。我一直以为，当代中国文学正在经历一次深刻的转向。20世纪80年代中国文学经历了充分的"向内转"，在形式语言上不断得到更新、革变，对于当下的小说，文学"向内转"演变成为一种潜流、一种内质，而其中的一种非常重要的形态，就是小说的经验性与思想性书写问题。

先说经验问题。我有一个判断，文学的"向外转"将逐渐成为新的趋势。其与"向内转"并立并置，成为当代中国文学发展的新走向。当然，"向外转"是个笼统的说法，对作家来说，向外究竟是面向何处，到底转到哪里？在我看来，文学的"向外转"

是要走向一般的文学所难以认知或有待认知的界域，走到时代的敏感点和扭结处，与此同时也走进幽微细腻的人心人性中，揭示关于历史与当下的症结。如前所述的东西的《回响》，其中的刑侦学、心理学的内容，指示着写作者的独具匠心；刘晓刚的《那条割裂生命的河》，其中充溢着刘晓刚独特的经商体验，结合其对煤炭行业的了解，以及对生活、历史、政治、经济包括小说叙事的见解；朱秀海的《远去的白马》结合自身数十年的军旅生涯，题材不可谓不稀缺，其中的书写也令人信服与动容；陈彦的"舞台三部曲"，同样意味着不可取代的专业表达……何为体验或经验？伽达默尔提到，真正的经验，不是指一个人经历过什么，而是其所经历的，必须具有延续性与创造性。文学走向辽阔的外在世界，就是要走到这样的人迹罕至的地方，写出别人写不出的东西来，这就是真正的体验或说经验。

在谈及陈彦的小说时，批评家李敬泽提到："从《装台》看，你对舞台生活的熟悉程度，别人是没法比的。这是一座富矿，你应该再好好挖一挖。"不得不说，这也是陈彦给予我们的启示，"向外转"是要作家走出简单的小说内部的圈层，走向辽阔的外在世界，陈彦在戏剧与文学融汇之处，找到了新的突破口，或者说新的入口，写出了一种无可取代的小说，这是作家和作品的核心竞争力，这样的尝试可以冲破自己头顶的天花板，到达更深远广大的世界。文学正在经验新的革命，这样的革命更多的是朝向外部的，是新的沟通、新的融合、新的创造。而这也形塑了陈彦小说的叙事调性，从西京三部曲，到舞台系列长篇小说，在陈彦的叙事框架中，情感的普遍性与伦理的独特性，成为人物主体成长与成型的重要参数。普遍的人性是底子，这还不够，还要认知的与伦理的独特性，以及别人难以企及的题材的独异性，这才是冲击人、打动人的地方。

　　再谈一谈小说的思想与智性问题。事实上，思想性写作与智性写作有一定的区隔，两者不是一回事，思想性写作可以记录个体/群体的心绪、观念、思想等层面，但其中可以是关于"思想"的记录，未必形成强有力的与话语性的表述；而智性则更强调的是作者及其形构文本的内在修辞，是关于知识、思想及其主体的总体性反思，这其中更注重的是系统性的了悟和发抒。李洱在谈及他的长篇小说《应物兄》时说道："在小说中，各种知识相互交叉，错综复杂，构成繁复的对话关系，万物兴焉，各居其位，又地位平等。大狗叫，小狗也要叫。狗咬狗，一嘴毛。你之所以认为《应物兄》是百科全书式的，大概因为它涉及很多知识。但你要知道，没有一部小说不涉及知识。知识就是小说的物质性，就是小说的肌理和细节。愈是信息发达的时代，这种小说越有其合理性：我们被各种知识包围，就像被四面八方的来风吹拂。它们本身即是百科全书式的。"[1] 好的小说实际上往往包孕着智识者的思考，如果失去了这样的思考，那么叙事本身将在山呼海啸般的信息与知识中被淹没。而且李洱有个观点特别好，他在谈到吴亮的长篇小说《朝霞》时，专门提到史铁生的作品，论及后者于小说"细节"的更为广阔的理解："没有人规定，只有行动才会带来细节。但是我们惯常的阅读经验告诉我们，细节指的就是人物的行动、人物的姿势、人物的一颦一笑。它就像一块块泥巴，被作者捏来捏去，糊到人物身上，最后构成了一个人物形象。我要追问的是，那些纷乱的思绪怎么就不是细节了呢？聪明的阿诺，笨拙的阿诺，当他的初吻献给一个熟妇的时候，他的自尊和胆怯怎么

---

[1] 傅小平：《李洱：写作可以让每个人变成知识分子》，《文学报》2019年2月22日。

就不是细节了呢？午夜梦回，当你回忆某件事情的时候，你是否同时回忆起了自己当时的心理？那些心理的波动，为什么就不是细节？它们为什么就不是一部小说的肌理，一部小说存在的物质基础？球有它的球性，小说有它的小说性。只要它是可感的，能够触发人的思考，引发人的感喟，使你在回忆中陷入更深的迷茫，它就属于小说，它就是小说的细节。"[1]思想如何进入叙事的肌理，这不仅是写作的问题，更是智性的显现。如果联系当下不断变幻的关于人工智能、元宇宙等的探讨，那么叙事之"智"性显得愈加迫切。杨庆祥在论及元宇宙时专门提到："在技术理性和超验体验的交汇点上，在消费主义和低欲望化的临界线上，在'即时快乐'和'永恒轮回'的纠缠中，元宇宙的存在有一种降临的暗示性。即使它目前还停留在观念、想象和低阶社交游戏层面，但是，从积极自由的角度看，它依然意味着人类多样化选择的可能。"[2]因而，小说对于思想性的追求，并不单单指示着内在的形式革新，更关系不断更迭中的思想命题，以及由此是否真正得以生成意义的选择和多元的价值。除此之外，更有些差异性的文本值得注意，如余华的长篇小说《文城》，以大巧若拙的方式，放弃智性的表述，小说从清末民初的历史开始说起，写一个人的执拗与傻气，也即林祥福那不计后果甚至是舍生忘死的无尽追寻，对应着的是20世纪以来的中国对于现代化的求索。然而即便是如此宏大的命题，余华却是用白描的方式写，表面上不具备思想性，但在更深层次凝聚了深刻的思考。

对于小说应否具备思想性的议题，正如李建军所言：

---

① 李洱：《谈吴亮〈朝霞〉：汲取所有知识，来完成个人写作》，见《收获》公众号 2016 年 10 月 28 日。
② 杨庆祥：《信元宇宙，何所得》，《天涯》2022 年第 3 期。

然而，个别著名的中国当代作家，却否认思想对于文学的意义。在他看来，因为"形象大于思想"，所以，思想不仅是无用的，而且还是有害的。他最终的结论是：作家只需培养自己的想象力，而不必在意所谓的"思想"。这无疑是浅陋的谬见。

在艺术创造的心智活动中，思想与想象常常相伴而行，也就是说，几乎不存在完全脱离思考和判断的想象。想象与思想之间，不是互不相容的对立关系，而是相得益彰的共存关系。一切想象都指向一个价值结构和意义世界。只有思想才能赋予想象以逻辑和意义感。缺乏思想和理性的想象，往往是混乱而无意义的。在文学写作过程中，完全排斥理性和思想的想象是不可思议的。①

那么，关键就在于如何以智性穿透媒介的、信息的以及真假难辨的后现代历史镜像，一方面以思想作为对象，探究生活的、细节的以及宏观层面的表述中的那些关于知识、思考、心绪、论辨等；另一方面则在叙事行为中，以思想性作为方法，以多元化的方式将智性纳入小说文本里，这便意味着，小说不再仅仅是感性的与具象的，在其内部的纹理与筋肉中，流淌着"思想"和"理性"，而非随意为之、随性为之，长篇累牍，只为写那点欲望、那点人性，在小说的背景及其背后，需要更为广阔的视域与更为深入的省思，如此便对写作者提升了难度，当然这也是小说把握当代生活的意义所在。

六

需要特别说明的是，这里谈论的若干问题，并不是孤悬的讨论，很多时候都有纵横交错的牵引，或其来有自，或发轫开新，

① 李建军：《路遥与雨果》，《南方文坛》2022 年第 3 期。

触及的是近现代以来尤其是 20 世纪八九十年代一直延续的命题，特别是于当下不断发生迭变、裂变的所在，而小说叙事正是在这样的异质性情境中，不断生出新的枝节，长成新的果实。

雅俗不仅是在小说诞生之时便开启的讨论，而且事关百年文学的多元探索，尤其显露的是 90 年代以来商业化浪潮下文学的走向，以至网络文学、科幻小说、AI 文学等对于传统文学观念的根本性冲击；欲望则是更为古老的命题，远的不说，现代中国对其更可谓又爱又恨，如何真正拨开其中的意识的与意识形态的迷雾，在新世纪的中国重新揭开其新的面貌，并且叠加无所不在的生活化叙事，探析后现代与后革命时代的中国乃至世界的精神心理，成为当代小说的难题；而至于小说的知识性与思想性的讨论，以及由此涉及的智性写作甚至智能写作，不仅包孕着 20 世纪以降的知识分子写作、20 世纪 80 年代文学的"向内转"、先锋叙事的探索与衍变，以及 20 世纪 90 年代开启的人文精神讨论，甚至在 21 世纪的当下，于读图时代、新媒体时代以及所谓的人工智能时代中，都面临着自身的转换与转型，而且涉及小说叙事更为深刻的革命。

对于这些当代小说叙事中无法游离的问题采取散点透视的方式加以讨论，意欲保持的是一种全然的开放性，而不是封闭地谈论问题，也不断然下一个众所皆知的结论，更多的是在牵引文本的过程中发现问题、提出问题，周旋于现象与现实，一点点逼近、揭开、推进，从而获取真正的当代意义。并在这个过程中析解叙事本身内在的探索，或揭示小说无意识的透露，以若干关键性的焦点，对照当代中国宏大的系统，试图不断接近那个总体性的文化及时代的命题，并且探究其如何与个人话语、个体修辞相对话、相激荡。这个对照、接近、激荡的过程，也许将成为当代中国小说难以规避的未来路径。

第二节　天地自然与主体精神

生态学（Ecology）这个概念最早由恩斯特·海格尔（Ernst Haeckel）于1866年提出，他认为生态学是"研究生物体同外部环境之间关系的全部科学"，在这个意义上，我更愿意将"生态"视为一种具有总体性意义的方法，特别是将之纳入小说叙事范畴中加以考量时，便意味着从自然到灵魂的修辞链条中，"生态"的观念参与到精神以及伦理序列的构造，这个过程是有机的，也是多元的，其常常于宏阔处，在纵深中，创生修辞的肌理。

具体来说，这凸显的是一种从自然到灵魂的叙事生态学，当然，此间不仅可以透析出小说叙事的内外表里，更意味着开掘内心的、探照灵魂的尝试。由此带来的问题是，小说所描述的自然，如何进入人物主体的人性及其灵魂腹地，与之对话、协商、汇通？又如何与小说的修辞结构相互嵌合，传递出整体性的意义属性？这就涉及叙事生态学的一种，简而言之，从外部的环境，到内在的生态，小说叙事中自然与灵魂的交互，主要呈现为对照式、沉浸式与超拔式的三种范型。

周瑄璞的长篇小说《日近长安远》，写罗锦衣和甄宝珠两个性格、路径、命运殊异的女性，她们是村中邻里，从北舞渡出走来到城市，然而很快甄宝珠便折返回乡，罗锦衣则一直在城市摸爬滚打，善恶交加。最后，遍体鳞伤的罗锦衣回到乡土，那里无不是清新的自然、淳厚的人情，"一切都回来了，接上了"，她仿佛未曾离开过，她的灵魂在归途中得到了休憩。回望过往，罗锦衣百感交集，"记得小时候，某一天清晨醒来，天地寒肃，屋后空地上，一片白茫茫，将昨天干枯的落叶覆盖，低头细看，是针鼻大小的露珠，结成小小的颗粒。手指轻轻滑过，它们温柔地融化了，趴下哈口气，它们顺从地流淌了"。而如今，那些恒久不变的自然依旧在发挥效用，"转眼之间，它们又恢复了晶莹的颗粒。如此微小的体积，却因数众，足以改变世界"。在罗锦衣那里，她在外面世界经历的创痛、犯下的罪愆，都衍化为了灵魂的了悟："炉边半小时，人间数十载，在罗锦衣心里，是做了一场长梦……"在故乡，罗锦衣的内心不断得到沉淀，乡土的自然引向精神的救赎。在她那里，能够"改变世界"的，是自然的生态、人心的情状，也是对欲望心理的修补或修正。小说正是通过乡土与城市、罪恶与良善等多重对照，实现乡土自然对内在灵魂的疗治功能。

李约热的短篇小说《捕蜂人小记》写第一书记的驻村见闻及现代视域里的乡土人情。野马镇农民赵洪民一度向往城市生活，在木板厂务工，心旌动摇，恋上了工厂老板钟铁的女儿钟丽华，以至辜负了妻子赵桃花，最终也折戟沉沙，只能黯然离开。无奈又或自愿地，他同样返回乡里，回到妻子身边，投身自然过起了捕蜂人的生活，那是他的谋生手段，更是疗愈灵魂的方式。这是一个很有意思的小说，涉及了当代小说叙事的深层生态观念。面对这场伦理的风暴，赵洪民赎罪的方式是回归乡土与自然，与赵桃花结婚，离婚，再结婚。他到蜂群中去，当一个捕蜂人，"那群野蜜蜂越来越近。赵洪民和李作家一人一把装满沙子的塑料容器，严阵以待。他手指上的绑带格外醒目"。小说沉入乡土的生活世界与自然世界，呈示出传统对现代的纠错功能，以唤醒新的价值伦理。赵洪民朴质、踏实，他最终一头扎进乡土的自然之间，沉浸于一个个养蜂与捕蜂的现场，忘却了劳累和疼痛，养家糊口、经营家庭，以实现自我的救赎。

冯骥才的长篇小说《艺术家们》，主要写三个艺术家楚云天、洛夫、罗潜的生活及精神走向，牵引出当代中国的一个艺术群体，在他们身上，体现出美学精神的当代遭际。故事最后经历种种的生离死别，而"自然"成为超脱灵魂的媒介，主人公楚云天为追念友人，踏上了缅怀之旅，"心中忽然涌出一种情感，一种对那位刚刚夭折的天才，对那位至死还是默默无闻的伟大画家的痛惜，悲哀，不平！这情感一下子与眼前这片了无人迹却无比壮美的山水融为一体"。人物情感的悲喜通过"自然"得以生成，且达到升华，这是经由艺术与美的超拔式融入实现的。在这个过程中，从自然到灵魂固不是平坦之途，往往历经曲折与停滞，甚至度过断裂与悲怆，终而达成灵魂的超脱和生命的超越。

当然，需要特别指出的是，对照、沉浸与超拔此三种范型并非孤立存在，常常兼而有之，如陶丽群的中篇小说《七月之光》写西南边境的大山之中，对越自卫反击战负伤的士兵老建，遭遇了身体的与情感的创痛，然而他复员后归入自然，完全沉浸于山野与森林之中，"他更喜欢和林子里的安静融为一体，像暮年的生命一样寂静"，同时与他的爱人洛组成家庭，并且领养了一个孩子，一家三口就生活在那片苍茫的土地上。出人意表的是，小说最后，自然的与情感的双重慰藉，逐渐将老建的精神／身体疗愈。不得不说，小说中的内外对照、生命沉浸以至最终的超越性愈合，都指向从自然转圜至灵魂过程中的复杂立体。也由此见出，文学在融聚自然与生态的观念时，不能局限于主题先行与概念主导，而应还原文学文本世界中的众声喧哗与多元价值，回归人物主体的欢喜悲愁以及成长或倒退，并逸出其外，探寻当下自然镜像中的成型变化，以对照、沉浸甚或超拔的形式，引导人心与人性的走向。

从世界范围内看，生态文学自19世纪初期美国浪漫主义文学中萌芽，其重要旨向之一就是要解决文化、经济、宗教、现代化等一系列问题，而不单是自然生态的本身，这在爱默生、梭罗等作者的文本中都有所阐发。20世纪初，英国学者乔纳森·贝特（Jonathan Bate）在《大地之歌》中发出对现有文化的质疑："我们究竟从哪里开始走错了路？"直至21世纪的当下，文学叙事的生态学走向，不断拓展成其广义与泛化的形态，也不断拓宽着自身的边界，由是形成一种"生态"的文学。美国学者伊琳·詹姆斯（Erin James）曾提出生态叙事学的理念，并将"环境"的认识扩大至包括"陌生的、创造的、非现实主义的环境再现以及人们对环境的体验"，不仅如此，所谓的"风景"也是政治、历史、环境、文化等综合而成的产物。这就意味着，真正具备"生态"观念的文学需要回到叙事的范畴之中，同时又放置于更广阔的界域去，寻求政治的、宗教的、文化的介入，进而成为一个视角、一重维度与一种方法，于焉建构内部的精神机制与伦理导向，真正地介入人的精神结构和主体无意识，成为精神、情感、文化的内在反映与自然映射。

宕开一处说，全球化发展的当代逻辑正不断产生逆变，在新世纪的第二三个十年遭遇严峻的挑战乃至颠覆，如何重新思考当代人的存在方式，再思既定的现代发展伦理与文化逻辑，成为世界范围内不得不回应的命题。因而，当代中国文学或许需要内源性地生成关于生态发展及未来路径的叙事形态，重塑"生态"叙事的历史意义，为新人文时代的发展秩序与价值探寻提供多元的可能性。需要指出的是，这其中并不意味着单向度地强调环境、自然和生态，不与既有的社会文化形态和政治经济状况相参考，不真正跟人性、人心、人情相结合；事实上，在文学叙事中，生态的人性化与人性的生态化，生态的形式化与形式化的生态，存在着深层次的叠加。质言之，书写自然并非就是文学生态化的根本用意，也不是涉及保护生态爱护环境的文艺实践就是生态美学，而且，"生态"不是作为政治正确与文化正确横亘于文本之中，更不是植入文学肌体之内成为既定的理念性存在，这其中应当生成有机的结合与叙事再生产的过程。

犹记很多年前读清末曾朴的《老残游记》，小说里有很多环境与景物描写，人置身于自然，自然也内化在人心与历史。这是老残个人化的游记，也是对现代中国的观览与辨析。就在如是这般的现代装置中，小说较早发现了晚近以来真正的"自然"以及何为"自然"，其不再是伤春悲秋、落花流水、雕梁画栋等，而是内面的自我注入历史与自然，外部的世界得以真正形成特定价值序列中的精神实感与伦理情态。在此过程，小说叙事重要的是恢复人与自然的复杂性纠葛，而不是理论先行与简单输出，纯然正确与无可指摘之物，也并非文学叙事的题材意旨。换言之，广义的文学生态伦理需要与社会政治历史进行兼容，与文化话语有效交互，需要对人的存在本身加以充分的对弈，在全球化／后全球化的时代精神状况下，通过复杂多元的美学结构形态，实现内源性的生成。这就意味着，对于不断延展与扩大的叙事生态学，其从自然到灵魂的渗透历程，需要真正建立在文学内部的语言建制、伦理织造、主体发抒、情感结构等加以讨论，才能形成有意味的自然观念与美学构形。

第三节　整体景象中的个体浮现

但丁在《神曲》中谈到"伟大的灵见"，"如果我的灵见的一星半点儿能回到我的记忆中，而且有几分能在这些诗句中得到反响，人们将对你的胜利获得更清楚的理解"。在但丁看来，语言表达的"无能为力"，往往要付诸某种超越于凡常的"极限"之上，而当那些曾经浮动的形象重新涌上脑海时，则需要足够的"表达力"，以复现和定格记忆中的闪烁的"荣光"①。阿乙小说往往显露出四下漫漶的形态，写历史而不拘于历史，回到现实也是变动不居，细部的表述繁复无定形，常有旁逸斜出之意，但又不是汪洋恣肆无所节制，思绪与思维再分岔，也仿佛是打一个盹，做一个简短的白日梦，很快又回到既定的历史／现实的轨道。然而叙述过处，火星四溅，阿乙所寻觅并试图趋近的，是但丁所言的那种"一星半点儿"的"灵见"。

长篇小说《未婚妻》率先打动我的地方，一是叙事视角的转化与小说时间的挪移，二是对文学经典的拼接、化用，三是作者的哲思与智性，四是人物的守持与突围。我一直在想，当代中国总有这么一小部分的写作者，他们锋锐而近乎执拗，不去凑自己都无法完全理解的热闹，不写那些人云亦云的事物和情感，却始终坚持艺术本身的探索，久而久之，人们会发现，他们的作品很多层面已经明显超出了一般的写作。流行的讨巧的写法固然精致而聪明，但是苦心孤诣者到底走得更远。他们以及他们所塑成的人物，都在整体性的景象中，真正得以浮露。亦如但丁所言："像如同火星在火焰中可以看出来，如同声音在双人齐唱中，当一个音调保持不变，另一个音调抑扬起伏时，可以辨别出来，同样，我看到，许多别的发光体围成一圈跳舞，有的较快，有的较慢，我想，那是由于他们对上帝的观照深度不同。"② 阿乙小说常常致敬但丁，因为太多的声音有待辨别，而那些从火焰中跳跃的火星，

---

① 但丁：《神曲（天国篇）》，田德望译，人民文学出版社，2002年，第201页。
② 但丁：《神曲（天国篇）》，田德望译，人民文学出版社，2002年，第54页。

则更需要去发现与捕捉。

一、修辞、经验，或语言的世界主义

《未婚妻》写的是南方小镇青年的情感经验，叙述的是他们的成长史和情感史。"我"和"未婚妻"从井边相遇到相亲定情，当初何等热烈，破碎之后将带来更深沉的哀楚，而且由此引生的一地鸡毛以及情思的无从处置，透过阿乙状似平静的叙述亦可显露出来。然而无论是情感的笃定，还是分离的忧伤，都指向了写作的始末和源流。对于阿乙而言，情感的流变史和写作的发生学之间，往往无法割裂。创伤体验已然成为他书写的根源／资源，又时常干扰／困扰着他的叙事。在小说里，时间的复沓只是表象，关键还在于情绪的流露和细节的把捉，使得阿乙看见了我们不容易见到的人心。具体而言，阿乙在《未婚妻》中超越了线性时间的阻隔，也跳脱了个体表达的局限，更超克现象和表层的遮蔽而无限趋向于核心／本质，在那里，分岔的时间与多元的宇宙重新汇聚，"在我的记忆中，祖父消失了，经过推算，我确定这会儿他正在九源乡的李艾村白天做农活，晚上睡大觉，度过自己最后一段优哉游哉的生活"[①]，小说类似的表述比比皆是，不断对日常的时间与空间进行拆解、重置，打破了线性的现实与单一的场域，也因此，强烈而不可抑制的主体意识开始得以渗出。

显而易见的是，《未婚妻》里存在着一种将经典嵌入小说的方式，不得不说那是极大的冒险，稍有不慎则有生搬硬套或狗尾续貂之嫌。关键看是不是足够适切，能不能衍生新的意义。譬如小说述及"我"家试图改变命运，成为纯正的城里人，然而却未能

[①] 阿乙：《未婚妻》，人民文学出版社，2022年，第17页。本文引用如无特别说明，均出自本书，不赘注。

如愿，阿乙不仅援引马塞尔·埃梅小说《穿墙记》里的杜蒂耶尔，"在即将穿墙而过时，被永远铸在墙心里，我们没有变成城里人，而是变成了城乡接合部的人，或者说，没有变成人类，而是变成半人鱼、半人猴、班人马"，而且在注释中进一步引述《浮士德》中浮士德所言"这种半吊子地狱的丑类"，其中的反思及反讽可见一斑。也因为阿乙不断以各种方式包孕以世界文学经典为主的多元文本，小说叙述的进程时常被中断，故事一直被延宕，从古典文学经典如《神曲》《浮士德》等，到现代主义典范如《追忆似水年华》《尤利西斯》等小说，其中多以诗歌或诗化小说为主。但有时也让人狐疑，这是不是带有炫技的成分在里面。但不得不说，这些经典的话语，却与一个名不见经传的江西小城瑞昌的方言叠加并立，能够产生奇效，构成剧烈的撞击，巨大的张力。

因此，这样的文本熔铸、挪用、移置、拼贴，表面是致敬，事实上是一种再造，是修辞的重生。甚至于我认为，这是对世界文学经典的接续，是试图走向那个庞大而耀眼的光源。有的是俗语，可以彼此通用的，如"从月球上下来""把铁路修到火车上去"，有的是比喻、诙谐与反讽。如此使得小说的修辞话语似乎突然进入了另一个通道，径向一种世界性的语境之中，但是又常常因其适切而精准，由外而内重返小说，阿乙便是通过翻译 / 译介的方式，形成两种形式的汉语的对接 / 对撞。这么一来，小说的纵深度和广阔度便形成了。

阿乙一直致力于寻找对形象 / 主体 / 物质的适切而又超逸的修辞情态，如讲述暗恋者时，其自述引用的是《追忆似水年华》中的一个比喻"在动员入伍的初期，前线曾使巴黎像抽出气的轮胎那样显得空荡荡的"，"我感觉环绕我的所有物质都在睁大眼，看着我走进一个它们知道然而无法告诉我的圈套"。如此在小说中便构成了自身的"物主体"思维，能将人以外的诸多形态最大限度地激活。这无疑丰富了历史书写中主体 / 客体再现，也是在个体历史的庄严时刻里，得以获致更多的本土性以及"世界性"佐证。在意义的消亡与幽灵的再现中，对于阿乙而言，这个人包括小说家自己，都经历着记忆与情感的风暴，"我只能说作为一个人，我也有权回忆，我的生命也在一步步、不可逆地消失，用不了多少年我就死了"，因而他倾向于保存那些回忆的星火，甚至将"不舍得删除的东西丢进注解里"。《未婚妻》从漫长的家族史叙述，到推进"我"与"未婚妻"的相合及至分手，雀跃欢欣之余，也多有懊恼和悔恨，"那时候的我真是愚昧和傲慢啊。我完全不知道她内心的想法，也不想去问。我躺在她身边，所关注的只是自己的爱。而要说它是爱，还不如说是占有"。围绕着"未婚妻"的家庭关系、城乡两难、感情纠葛，传递出了一代人的情感结构，其中不少也显露出感情的死结，我想也许这就是阿乙的记忆之所以常常呈现出变形、扩增、弯曲甚至扭曲状态的缘由，因为其意欲囊括的东西太多，而且其中充溢的情感意志过于复杂。

二、时间与总体意义的熔铸

不仅如此，小说对经典的援用，在客观上还营造了一种怀旧的情调，这与小说拆解和填充记忆的基调是一致的，同时也是小说最具难度的地方，是叙事腔调形成的关键。时间的多维穿插令小说涌动着历史与未来，内在叙述结构的不稳定构成了显豁的不确定性与难以确认，如施银不断复述"自己那段富有传奇色彩同时风格哀恸的成人史"时，嵌入了如何讲故事的问题，即开始讲述时秉持真实，然而为了"让事情看起来更具有真实感"，则不在乎"个别细节"的重塑，如此"无伤大雅同时很有必要"。这样的阐述成为小说叙事过程的惯性表达，因而在其中构成了一种元叙述，也即小说在其中讲述的是"讲述"本身，虚构某种虚构的现实，虚构的本体意识始终凸显，这几乎成为整个小说的缩影。

但也要提出的是，小说有些叙述片段还是略显冗余，或许我理解为这是叠加再叠加的讲述方式，虽是追述历史，但是进程又是非常缓慢的，于是我更愿意将之视为对过往时段的注目，因为其中的叙说不断地分岔，再分岔。那更多的是一种横向而不是纵向的推演，于是意味着更多的历史细节出现了。阿乙将《追忆似水年华》等经典里最精粹的部分，揉进自己的小说里，对其进行在地化、语境化的嫁接和重置，并在客观上迫使自身的叙事向其靠拢、融汇，想要形成真正的对话，这里面有熔铸，当然也有排异，排异不是说互不兼容和彼此间离，而是作者有意为之，或反其道而用之。

小说里所描述的家族史、成长史、心灵史，更多的不是一种观念性的和场景性的，而是言语性和行动性的，这么说的意思是，阿乙在小说里并不是要去下一个判断或者追念某种情感，而是要去追寻和探索历史中的未知，去拨开过往的迷雾，甚至试图揭示历史的、时间的与生命的真相。"门还没响，我的父亲就拧紧眉毛，痛苦地低下头。他千算万算，没算到这样一个莽撞的儿子会在晚上回家。果然，在听见巨响后，施银的背肌猛地颤动，前肢也微微支起，做起立的准备。"这样的执念与执迷，使得小说的言语显得灵动，也偏于刚劲，人物要通过偏执的方式亲证自身或其反面。如此多元镜像中的主体以及多维面相里的历史无疑更为可信，而且，阿乙小说有意思的是，他令历史本身更有想象力，也更具意味、更为幽邃。

小说里不时并线的场景与时间，使得自然的时间时常被打断，不同的时空维度通过种种方式汇聚，"逃亡时，他粗大的身体碰了冰箱一下，使后者发出乒里乒啷的声音，那是搁在里面的碗碟在移动和碰撞。这是这台容声冰箱第一次出现剧烈的晃动，四年后的冬季，我们瑞昌发生五点七级地震，它再一次经历晃动。两次，我的母亲都不得不对它进行彻底清洗"。这使得小说形成了一种客观的效果，既沉落在过去的历史，当下或未来的时间又会不时参与进来，因此打破了单一性的时间认知，时间出现停顿、定格，也有放大、扩张，叙事的焦距挪移，视角在拉锯般端详，推远以形塑想象。如小说述及"我"初见欧阳春，一起参观施银的后院时，乱花渐欲迷人眼，又一次穿越到2013年"我"重病之时的景象，只是此时与彼处，情景虽同，但心境已然翻转，生命的勃兴与衰亡，在一瞬间得以一同涌动。"未来并不存在于未来，而是和过去一样，作为辖区，共存于我们现在的内心，只是过去被置于阳光之下，而未来潜藏在阴影中，那些未来我们注定要频繁相见的人物，其实在我们内心沉睡着。"打破时间的单向维度，不如说是将不同的时空穿插交织，发现并呈现更繁复的交集与交互。

推进一步说，阿乙在小说里或许还不完全满足于对历史及其意义或无意义的呈现和揭示，起码在《未婚妻》这个小说里，他试图以个体的家庭和情爱为出发点，在每一个生活的细部中去讲述，从历史的流变中去理解一代人、一种人，乃至一个人的存在问题，以类自叙传的方式，剖解人物内部，开掘主体历史，甚至在文本中跳出来，寻求文学传统的呼应，并走向更多的人，与更大的世界。也就是说，阿乙在《未婚妻》里实际牵涉到的是两种传统：一种是文本中比比皆是的，以《追忆似水年华》为代表的经典意识流文学传统，以及诸种文本形式熔铸于一体的再生、再造；另一种是对应自传体小说的写作，以及隐现着现代中国的

"自叙传小说"的抒情形式，虽然缺乏"自叙传"那种敞露心扉与自我审判的决绝，但其中的自传色彩、内心剖析，则不断展露虚与实的张力。

三、叙事、智性结构与思想的生命

叙事无定规，写作无定势。好的小说往往不为现有的模式和规则所拘囿，同时又自成一格。阿乙小说以讲述自我的历史及居于其间的认知见长，有意思的是，他时常游离于文本的语境之外，谈及个体的经验、感知，以此抽象出智识的部分。故《未婚妻》中充满着理性，绘制成独具调性的思维图式，其文本贴着历史和现实的地面去摩挲，贴着人物及其形迹的轨迹落纸，多以转喻、换喻，跳脱既定的言谈和情境，言其诗性则在于此，如有"灵见"亦蕴蓄其中。

《未婚妻》的自传色彩很明显，小说主人公"我"，也就是艾国柱，生于1976年，与阿乙同龄，"我仿佛知道未来的我会是个作家，那时的我在站定后，扭头向半空的现在的我望来"，而且肆无忌惮地复述自己的人生和创作简历。但是这样的自传性又带有极大的欺骗性，因为在阿乙那里，越是接近他本人的真实，就越易形成虚构的本事。人们以为阿乙在写一个过去的自己，写那些既往的历史，但实际上他又是写一个未曾出现的主体以及可能出现或终将出现的界域。在这其中，精神的原点也好，创伤性体验也罢，阿乙找到了他的小说叙事的起点或说支点。但他又不拘束和局促于这样的开端，而是走向无远弗届的外部和深不可测的内心。有意思的地方也在这里，他不厌其烦地叙述自己的父亲、兄弟、情人，写出他整个家庭的奋斗历程和情感纠葛，写那些跌宕起伏的平凡人的一生，写他们卑微但是却又充满奋争的生命。直到那些纷纷扰扰的沉浮人世尘埃落定之际，一个时代的框架和况貌陡然浮现。然而，阿乙小说的关键还不在这里，而在于他呈现家族、爱情历史的方式，不同时空的移置、多元文本的移植，这样的形式决定了，他所要呈现的内容的折叠、扭曲和重建。

　　阿乙小说的元叙事色彩甚为明显，通过对叙事本身的反刍，反观言语，回看自身，追溯叙述的缘由和根本，"今天，我的写作或者叙述就是基于这样一个基础：它依赖于一个有自己脾气的记忆之神，而不是依赖于历史真相、依赖于它本身是怎么发生的。记忆不是像复写纸那样去复印我们的历史，而是对历史挑挑拣拣，继而对拣出来的东西进行歪曲。我的写作体现的就是这样的原则。因此可以说，我并不是自己人生的史学家，而只是记忆这个怪物的走狗，是它意志的执笔者"。对历史的把握并非完全出于确定无疑的认同，记忆背后的主体意志发挥了至关重要的作用，阿乙在小说里不仅可以设定人称的自觉转化，"我——为了叙述方便，我们暂且还是称这个我为他吧——还是在固定的时间出门，在固定的时间回来，虽说以前他回来并没有表现出对这个家有多眷恋，但从脚步声还是能听出放松来"；而且通过不断地换喻、转化，将小说的认知推向新的境域，"我们所处的貌似宽阔甚至宽阔到足可以让我们徜徉其中的正常世界，只不过是一个混沌、黑暗、充满罪恶和毁灭的巨大整体的一小部分"。不仅如此，这里边并不是说多么深邃，哲理性多么浓烈，但是却准确、精到、开阔。很难想象一个小说家在不断重复自身的情感和心灵历史时，还能够推陈出新，不断延伸和推及新的境界，这无疑为小说提出了新的难度。阿乙对此是非常自觉的："朋友，把这些原原本本地写出来，而不是把它涂饰为一个温情脉脉的故事，我认为这才是体现了写作者的道德。我宁愿让人指斥我是一个自私、虚荣和亟待改正的人，也不愿意用身上并不存在的美德来掩盖这样的丑行。"这样类似于写作宣言的表述，以另一种方式揭开了《未婚妻》的精神内核，实现的方式则是作者对经典的穿插，对时间的弯曲叠合，以及他跃出现象表面而做出的理性判断、抽象意识和反讽思维。

正是基于这样的写作思维，使得在小说中，阿乙对给定的答案往往是存疑的，当他人问及什么是好小说和好作家，而"我"脱口而出时，便会意识到"我似乎被这个答案收买了"，并且出现自我"反思"，"一定是自己没有为此好好做过功课，而是任由偏见做主；在回答别人时，见这个答案顺手就拣了出去，拣惯成自然"。进而发散开去，在小说中直接探讨何为好的写作和好的语言，以及幸福和美好的稀缺，正如开始时所谈及的但丁的"伟大的灵见"，很多时候是可遇不可得，并且需要更多的性灵层面的发抒。而且阿乙还擅于对"规律"本身的把捉，似乎要从历史和记忆中提炼人性的规律和生命的本质，"我得到欧阳春太易，这就意味着，我失去她也会太易。这不是神秘主义，而是对规律本身的害怕"。生活的、情感的和心理的动向都是小说所试图掌握的，而阿乙的复杂性在于，一方面他意图反拨生命记忆既有的秩序而还原其本身的繁杂丰富，另一方面却时时想要探寻规律性的和本真性的所在。

在此有必要专门谈一谈这里面的"未婚妻"的概念，婚姻是一种社会与家庭形态，为法律所规约裁定，而"未婚妻"的设置则与契约、伦理、情感相关。阿乙写"未婚妻"还有另一层意味，那就是个体的与历史的悬而未定状态，他"未"尝着眼历史的重写，却是探寻如何重现个体的灵光，将一束光打入烟尘满地的地下室，捕捉被遮蔽已久的所在，并且驻足端详、精细打量，唯怕错过任何一个生动的细部。在《未婚妻》里，阿乙刻画了几个重要的人物，如"我"的父亲及家人、未婚妻欧阳春、施银、万德珍等，他们都成为了小镇生活的一种微缩和显影。历史之洪流大水滔天，被汩没湮灭者不计其数，整体的景象亦是齐定划一，斩头削足，体现胜利者与裁决人的意志，以至于个体的形象很多时候都是裂变的、被曲解的。

于是，阿乙不得不重新调整叙事的焦点和焦距。小说对情境与心理的把握是极为精细且精到，这里不得不惊叹于阿乙的造"境"能力，在"未婚妻"出场时，小说调动起了不同的观感系统，先是推开门的瞬间，"进来的不只有她，还有西移的日头所发出的照得人两眼发花的光芒，它在室内留下一块金黄色的几何图案"，进门之后，她开始和施银说话，她的声音与"下午三点"的钟鸣混合着一同到来，但是"她的话是'穿过'这突兀的钟声'传到我耳朵里的'，其中某个字和钟声融为一体，形成合唱的效果"。值得一提的是，这个场景的创生，与《追忆似水年华》中的帕尔马公主的话穿过冯亲王的话传到我耳朵里如出一辙。我始终在想，之所以不同的话语修辞能够毫无违和地移植于同一个文本，并且在其中挪移到不同的主体身上，便在于镜像与境界的相通。而个体的真正浮现，也有赖于历史独一无二的时间序列中那些不可复刻的情境，这是灵魂得以从逝者如斯夫的滚滚浪涛中浮露的重要时刻，也是个体生命真正穿越黑暗而漫长的隧道得到喘息并且最终被照亮的情景。

不得不说，阿乙并不单单是满足于生成事件经过与人物的形迹，而更多地将一种面相与一个维度的层面延展出来，这便使得叙事的棱角凸显，甚至火花四溅，更重要的，叙事者由此开辟了一条通过历史及人心深处的秘径，其中充溢着点缀、点染乃至点化。面对历史的重峦叠嶂，整体化的景象状似齐整、整饬，却叠合着重重幻象，在铿锵的、决绝的话语擅于营造虚拟的假象，不断掩盖个体的细碎、突兀和格格不入，小说中，阿乙当然隔离了那些"胜利者"的话语，而倾向于"无名者"的声音。细读小说会发现，阿乙在塑造人物时，没有宏大的叙述，甚至连他们对事功的追求、人生的规划、生命的突围等，都几乎隐而不彰，即便是像"我"父亲以毕生心血经营生意，也充满着来自叙事者的无情反讽，得不到太多的认同。小镇生活悠闲、游荡，他们沉浸在自我的生活与情感之中，他们关系的样式与情感的"姿态"都非常显明，"个体"的形象也确乎通过这样的方式得到了充分的彰示。如是之"过往"被阿乙以"收藏家"的姿态，投入自身的记忆之篓，汉娜·阿伦特在谈到本雅明思维中的"游荡者"时，指出"当他如游荡者在精神探索的旅途中听凭机遇四处遨游时心智是如何工作的"；而作为"收藏家"的本雅明，"通过拥有物品将自身立足于过去，恬然不为现世所动，以求更新旧世界"[1]。本雅明在《打开我的藏书》中，也论及"任何一种激情都濒临混沌，但收藏家的激情邻于记忆的混沌"[2]，如果将这样的思维移至阿乙的小说——就像他的小说常常移植外在的文本——会发现他对记忆和情感的"收藏"也时常是"混沌"的，因此能够以多重的时空、多元的文本以及百般的人生，"遨游"于历史的诸重境地之间。这么说来，作为另一种意义上的"收藏家"的阿乙，便如本雅明所言，真正地"拥有藏物，使之成为他与身外物品所能有的最亲昵的关系"，在这其中，"并不是物品在他身上复活，而是他生活于

---

[1] 汉娜·阿伦特：《瓦尔特·本雅明：1892—1940》，详见汉娜·阿伦特编，张旭东、王斑译，《启迪：本雅明文选》，生活·读书·新知三联书店，2008年，第61页。

[2] 本雅明：《打开我的藏书》，见汉娜·阿伦特编，张旭东、王斑译，《启迪：本雅明文选》，生活·读书·新知三联书店，2008年，第72页。

物品之中"[①]。当代中国小说或许需要思考的是如何真正面对并有效叙述个体的历史，同时对应那个宏大的时代而不被湮没自身的形态，又或少数声音如何在多数话语中得以浮现，从庞大的火焰之中迸出微弱却清晰的星火。

之所以要突出阿乙小说中的智性，是因为小说叙述的过程总是有一个评断人或说议论者，不单纯是讲述历史和事件本身，而总是溢出故事——情节的言说结构，重组一种讲述与论析的模式。具体而言是采取联想、类比、换喻、象征等修辞方式，以及引证、穿插、注释等叙事手法，跳出原先的言述而转入带有主体意图的理解、辨析、论断和评价。譬如在言及未婚妻欧阳春的母亲缘何催逼女儿与"我"交往时，先是联想母亲的鬼神观念，随后将之类比陈胜、宋江等"心思复杂"之人，进而进行对照，"从这点说，她比他们还是单纯"，并且加以辨析和评断："而她之所以在女儿还年轻——甚至可以说还小——时出现这一愿望，则是因为她的身心被劳累统治得太久"。如此则彰显写作者一直以一种反省与再思的方式面对自身的记忆与精神的历史，在缅怀中寻求重建，是基于历史而重新想象新的可能又或不可能。当然这个过程在小说里渗透着追忆和追悔，以及浓郁得无法排遣的悲切。也由此见出小说从人物的心理结构写到了彼一历史的情感结构，显露出一代人与一时代的精神状况，这样的状况是通过情感的创伤和意义的重铸加以透视的，从乡村到县城，再走向更为广阔的世界，这是一个无比艰难的历程，以至于耗费了一代人的心力，并形成了当代中国尤其 20 世纪 90 年代以来的历史症结。时至今日，在乡土、县城与城市的现实切换中所展现的困境和挣扎，以及在难以

---

① 本雅明：《打开我的藏书》，见汉娜·阿伦特编，张旭东、王斑译，《启迪：本雅明文选》，生活·读书·新知三联书店，2008 年，第 79 页。

规避的历史曲折中渗透出来的挫败感、疼痛感与无力感，还时常在人们的现实及精神迁徙中涌动。

<h2 style="text-align:center">四、余论：性别、整体重塑与个体再生</h2>

纵观《未婚妻》这个小说，引述较多也较为精到的，一是普鲁斯特的《追忆似水年华》，二是但丁的《神曲》。通过前者的细腻绵密与后者的神性灵性，阿乙在面目趋同的千万人之间，在整齐划定的情境下，探寻破冰之法，以自身丰富而独特的光谱，从人群的迷阵与历史的迷雾中析解并分离出来。从而能够在叙事者那里，"描绘出个体游离（或者说浮出、逸出、显现）于整体的景象"。德勒兹曾论及一种属己的语言，"今天还有多少人生活在一种不属于自己的语言当中呢？或不再甚或尚未了解自己的语言，而对他们被迫为之服务的多数语言一知半解呢？"在具体的表述过程中，"有一个与意义相关的表述的主体，和一个直接或间接与指称物相关的陈述的主体，只有通过二者间的差别和互补性语言才能存在。这种普通用法可以说是广延的或代表性的——即语言的再解域功能（因此，《调查》结尾时唱歌的狗强迫主人公放弃绝食，就是一种再俄狄浦斯化）"[①]。少数语言/实践背后的少数个体，构成了阿乙小说凸显的重心，正因如此，《未婚妻》在重塑那个历史的与情感的总体景象时，倾向于推动"少数"的个体理解并证成自身，且由此打开新的伦理镜像。

从《未婚妻》的整体看来，表面上阿乙想要言说的是一种"她"性的历史，有别于大历史（history）叙述中常见的his-story

---

① 吉尔·德勒兹、费利克斯·瓜塔里：《什么是少数文学》，载《游牧思想——吉尔·德勒兹费利克斯·瓜塔里读本》，陈永国编译，吉林人民出版社，2005，第116-118页。

（"他"性的历史）的现象，小说的重心在于未婚妻欧阳春，以及我的准岳母万德珍等，尤其是在 21 世纪第三个十年的当下，追忆和回顾二十年前，也即世纪之交与未婚妻及其周遭的交往与情感，从家庭关系到社会关系，传递出真切而微妙的个体情思；然而悖论在于，叙事者却是作为男性主体的"我"，而且从小说看来，其中对女性的认知和判断却是多有戏谑以至于曲解的，这样的叙述本身又一定程度背离了"未婚妻"所设定的"她"性／女性视域。如是使得小说内部存在着一种莫名的拉锯，从不同的伦理判断和价值走向，尤其是对女性持有的复杂姿态，可以见出阿乙在面对历史中的现实时，表现出来的暧昧、犹疑以及不断自我修正的态度。不仅如此，小说进入历史的方式是多元的，这就意味着需要在叙事中形塑不同的触发点与转捩处，如写"我"路过一家卖水果的超市，从五十岁的卖水果的中年女人，联想到自己的高三班主任，而且又回过头来勾连"昨天下午的事儿"，小说通过形式多样的转圜与转换，一次次沉入总体的与个体的历史，分梳常与变的时刻，捕获火堆中跃动不居的火星，与记忆中那些习以为常的或难以直面的时刻赤诚相对。

　　从进入历史，到走出历史，阿乙完成了自我之"历史"的检视和再造。当然，这并不是一种单线条与单向度的过程，而是一种循环，更是一种询唤。有的人进不去历史，有的人则是出不来。阿乙属于后者，因此他并非来去自如，因为那里处处是沉重的时刻。于是不得不经常停下来，忖巡、端详、辨析、论断。譬如小说里的自述："亲爱的读者，我向你保证，我尽了全力来回想，来尝试使自己的表述接近真相，但是努力带来的不是确定，而是不确定，或者说即使是确定，也是一种尝试性、试探性的确定"。这样的回忆形态意味着所谓的"历史"是开放性的，而且这样的开放是面向所有人的。因而，当阿乙不断将小说的物事、人物的形态以及县城的景象不断对接广阔的外部时，他更多的不是要将小说及带有浓郁地域性的江西瑞昌带向何方，而更多的是使小说变得更具普遍性，更有阐释力，以对应那个甚至他自己都难以完全融入且充分理解的历史，让自我走出那个偏狭的往事之域，对于时间与自我的塑成和再造更具想象的空间。

因而，历史在阿乙那里，就像"未婚妻"一样，一切都是未然的与不确定的，同时又因其不可回避的悲剧充满着忧伤和待解。海纳百川的记忆以及复杂纠葛的情感，决定了小说不可能是单一的叙述主题与主体，阿乙还想在此基础上走得更远，他要借以时间的错落和关系的交互，揭开隐秘的内心，写下共通的性情，于是，对象常常变成了介质，通路和取径，从这个意义而言，阿乙走进了他剪不断理还乱的个人史，在其中一方面以理性剖解人心，以戏谑消解悲切，另一方面以层层叠叠的包裹掩抑真正的内心意志。这也使整个小说表面上多有自信与戏谑，也充满反讽与智性，但实际还是凸显了人心的不可把捉，以及忧伤的未尝获已。但是话说回来，阿乙以这样的方式进入历史，走出历史，是否仅仅是某种循环，是否意味着有效的超克？我是持审慎态度的，这也是阿乙的摇摆所在。但好就好在，阿乙在小说里足够诚实，足够灵动，也足够阔大，以至于能够在宏伟的历史与幽微的时间中，建立记忆世界的结构体系，也有助于那些艰难存世的人们与无处安放的情感，于整体的景象渐次浮现，寻求救赎、再获生命。

第四节 精神互释与价值对照

一

从革命史观的角度看，家国情怀是作为最高层级的价值属性存在的，尤其在战争语境下，保家卫国必不可少的是军人毫不妥协的钢铁意志，意味着至高无上的激情与荣耀。作为大国重器的军事工业，则与军人、军队一并构筑着社稷民族的防御屏障，推动现代国家的巨轮轰隆向前，彼此事实上隶属一个战场，同样以敢叫日月换新天的豪情壮志，制枪造炮、补给装备、发展科技，展现着军工人的战斗精神与和平理想。如阿莹所言："军事工业从来都是尖端科技的首选之技，是大国重器的诞生之地，我国几代军工人以高度的历史责任感和爱国主义情怀，默默无闻地劳作着拼搏着，形成了艰苦奋斗、攻坚克难、精益求精、勇于奉献的军工精神，为共和国的历史增添了浓墨重彩的一章，是共和国名副其实的脊梁！"[1] 对于军工题材的小说而言，彰显铁腕精神的刚强坚毅，似乎成为既定的阅读期待，也是一种小说的叙事定规。读到阿莹的长篇小说《长安》，便很容易先入为主，将之视为一种宏大叙事的主题创作。在这里需要特别提及的是，军工题材的写作固然关涉的是国之大者，其背后映射的战争威胁、边境危机等，无不指示着国家战略与国际局势，不可谓不为大，而其中的制枪造炮、精忠报国，背后也对应着生与死的对决，是浩瀚的现实人心与国族观念，甚至是毁家纾难的铁血丹心。

---

[1] 阿莹：《长安·后记》，作家出版社，2021 年，第 469 页。

然而不得不指出，至刚者至柔，军工人为国为民，豪情万丈；也会蒙受曲解，遭遇苦难。他们的内心坚忍不拔，以钢筋铁骨迎向一切困难；也极为柔软，受扰于家长里短、儿女情长。于是，在军工人的身上，寄寓着喜、怒、哀、惧、爱、恶、欲的丰富灵魂，艰难险阻中，也是勇往直前的舍生赴死；而情难自禁处，无不是难以排遣的忧伤痛楚。这不仅是一种人性的辩证学，更是历史的与时代的多元参照。"军工人有着与普通人一样的欢喜和烦恼，需要着与普通人一样的柴米油盐，他们跟共和国一样经历了种种磨难，即使个人蒙受了难以承受的屈辱，即使心爱的事业跌入了低谷，他们对党和人民的忠诚始终不变"。具体而言，对于阿莹的《长安》，军工题材只是小说的外衣，或说一种内在的固有质地，叙事的重心是日常生活的情感，是工人阶层的凡俗世界、情感经历及生产工作现场，当然，这里面又处处包孕着信念与信仰，是国家意志、民族精神的映照投射。那些坚强有力与柔韧如斯的内心，至刚而至柔。

因此可以说，《长安》是近年来难得一见的工业题材作品，而且是鲜有人能够涉及的军工题材，这得益于作者家庭出身与生活经验，"我从小生活在一个负有盛名的军工大院里，在这座军工厂里参加了工作，又参与过军工企业的管理……"[1]，更重要的是作者对军工人的精神内质和性情伦理的了然于心；而且如此独树一帜的题材，作者可以说是走到了人迹罕至处，换了别人来写必定会隔了一层，难以表达其中的苦痛与隐忍、悲愤与不甘、豪迈与痛快。

宕开一处谈，工业题材对于当下中国的社会境况而言，似乎

---

[1] 阿莹：《长安·后记》，作家出版社，2021年，第468页。

仅代表一种远逝的追忆。具体说来，长篇小说《长安》的出现，势必意味着对"那个文学年代"的怀念，也即"怀念那个文学曾经拥有的胆识和荣耀的年代，历史为文学提供了英雄用武之地的机遇，那是一个文学的大时代。或者说，那几乎是当代中国唯一一次由'工业题材'领衔主演的文学时代"①。军事工业更显其非同一般的独特性，尤其《长安》写的是一个"绝密"的工程，"军工企业可以说是一个国家必备的生产企业，大多受到政府较强的调控和干预，在中国，军工企业的国有性质更突出，并且还具有机密性。阿莹聪明地抓住了军工企业的机密性做文章，从而使小说的情节具有更大的吸引力。但这也许仅仅是一个技术性的问题，它并不是这部小说最有价值的地方。我以为这部小说最有价值的地方是对军工人的精神品质的揭示"②。可以说，小说既是写一个秘密的军事工厂，同时也书写了一个个被尘封的俗世灵魂，其中是大开大合的家国天下，更是隐微人间的情爱纠葛。

二

无独有偶，2021 年，蔡骏的长篇新作《春夜》同样是以机械厂及其中的工人为题材，辅之以赛博朋克般的悬疑元素。但二者的叙述向度则完全不同，蔡骏以一种世纪末的颓唐，写出了某种绝望中的未来感；而《长安》则写出了厚重且曲折的历史，从中投射浩然正气同时也是情义并存的军人本色。那么问题便在于，阿莹的《长安》通过如是之追溯历史的书写，试图召唤的是什

---

① 孟繁华：《把英雄的枪炮深藏在血液里——评阿莹的长篇小说〈长安〉》，《生活周刊》2022 年 1 月 17 日。
② 贺绍俊：《阿莹长篇小说〈长安〉：充溢在军工厂的国家意识》，《文艺报》2021年 10 月 11 日。

么，又或者说，其如何在当代中国构建出自身的意义场域与价值空间？

小说从中华人民共和国第一个五年计划作为叙事的开端，一直讲到改革开放，人物从最豪情万丈的人生时刻，跌入动乱与冷酷，又于焉重拾信念，再奔前途。其中又何尝不是历史及其命运的刚柔相济，明亮与哀伤、苦难与欢愉、低谷与高峰，彼此牵引，又互相生成，谱就一曲冰与火之歌。故事以新中国成立后不久，国家绝密的八号工程总指挥忽大年遇袭昏迷的谜团展开叙事。忽大年临危受命，接管八号工程，为新中国制造枪炮，目的是不被西方掣肘。"长安机械厂"的设立，目标是一年可以生产大口径炮弹八十万发，大大提高解放军的战斗力。于是乎，各种人物逐一登场：正气凛然、使命在肩的忽大年，虎视眈眈、亦黑亦白的保卫组长黄老虎，隐于幕后、运筹帷幄的成司令、钱副市长，以及众多的军工人形象，都是粗中有细的类型，他们身上的刚强坚硬，代表着军事工厂的主流形象；忽大年的第一任妻子黑妞，小和尚满仓等人，则是中间形象的代表；至于忽小月、连福以及兴风作浪、为非作歹的门改户，成为真正的悲剧人物。他们亦刚亦柔、或正或邪，共同形塑了军事工厂中完整的人物谱系。

直至讲到忽大年跟黑妞的情感历程，才露出其遇袭的真相，原来是拜有名无实的"大老婆"黑妞所赐。而袭击苏联专家伊万诺夫的却是"鬼魅般的"敌伪留用人员连福。连福还使出鬼点子，招收黑妞进八号工程当工人，逐渐编织了一个完整饱满的人物关系网，也将故事引向了更为复杂的向度。另一边，忽大年进京参加军委装备会议，接到军委的军令状，"务必三个月结束工程建设，年底生产出合格炮弹，支援解放军即将开展的军事行动"[1]。我国由此催生了一座现代化的大口径炮弹厂。小说将不同的线索交叉叠加，不断牵引矛盾体以形成戏剧性的冲突。另一个故事的触发点或说情节转折点是市委派工作组进驻长安机械厂，组长是钱副市长与成司令，以及忽左忽右的黄老虎、门改户等人，改变了原本设定的情节结构。而真正的矛盾爆发，则出现在后来的反右和"文革"。可以说，小说正是通过林林总总却有棱有角的人物，以上下级的生产工作关系、恋人的情感关系以及亲人间的家庭关系，不断触动新的人际关系及其命运机制，形成叙事的鲶鱼效应，从而推动着故事向前。

在这个过程中，小说固然是谱写了一曲赞歌与颂歌，但更是长歌和悲歌。值得一提的是，《长安》正是在这样的叙事辩证法中，提出了关于小说宏大叙事的新的问题，也就是人物极度丰富之后，主体驱动着主题，人物先导而非主题先行，这样的写法是否会以"小"掩盖或妨害了"大"，削弱主题创作的宏大叙事呢？事实不然。真正的英雄主义，不仅仅是小说中如忽大年般冒着生命危险排炸弹、不顾一切抢生产，那当然表征的是抽象的理想主义式的存在，但更重要的是冲锋陷阵与亲情、爱情、友情的相互交融，甚至小说中两者都时常同样表现得惊心动魄，那便是宏大叙事与俗世日常的彼此渗透，否则小说容易在真实度与宏阔度中失却平衡，无所凭依。再确切一点说，就是当代人在生活化、阶层化之外，如何形成主体的意志、精神的认同、价值的想象，构成浪漫情怀以至理想主义？此外，意识形态、家国意志支撑着小说人物的内在伦理，外在则是日常的与世俗的情感世界，刚与柔

---

[1] 阿莹:《长安》，作家出版社，2021年，第64页。本文以下引用如未经说明，则均出自该书，不赘注。

互作表里，由此构成一种互为证明与交相呼应的精神秩序。这是长篇小说《长安》引以为问题并试图加以处置的关键所在。

回过头来看，小说曲曲折折的军工厂故事一路讲下来，本来是男性的、家国的、血性的以及英雄的话语质地，然而出人意表的是，这其中的女性形象尤为突出，且颇为饱满。忽小月是总指挥忽大年的妹妹，是一个沟通中俄之间的"小翻译"，最后在风雨飘摇中凋零。她不顾世俗流言蜚语，和戴罪小人物连福相恋；尔后，受到家人的压力，被安排到苏联，在那里，她与苏联人民联欢庆祝生日，却被认为离经叛道，被提前遣送回国。她后来与连福一同奔赴前沿阵地，在后勤基地，她遇到了一个伤重的小战士，"谁知小战士竟然说：你是妈妈吗？我闻到了妈妈的味道。忽小月一听眼泪便下来了。她俯身贴近战士脸颊说：你别害怕，妈妈在等你回家呢。小战士嘴角翕动了一下，好像一缕笑容凝固了。忽小月惊得喊了一声，两个护士过来翻了翻眼皮，小战士就被抬出去了"。对此，忽小月心中满怀愧疚，"如果她说，她就是妈妈，小战士会不会坚持下来呢？她恨自己为啥要否认是妈妈？这种自责的情绪，一直笼罩着她的脑际，直到夜幕降临，又与押运员们会合，连夜赶到福州火车站，坐上了返回西安的列车，心绪都没能平息下来"。这是出于忽小月的悲悯之心，甚至颇有些母性的情怀，她开始从男女情爱与个人奋斗的价值序列中逸出，在外部的残酷世界中形成对人世和生命的理解。不得不说，作者在忽小月这一女性身上，寄寓了太多的可供探讨的空间，甚至在深广度上，都比男性主人公如忽大年等人更为引人瞩目。

如此看来，忽小月这个人物，坦荡清澈，也正因为此，她不见容于彼一时代。她从"小翻译"，到被"发配"到熔铜车间，再到技术科协助，在苏联专家撤走之后，面对一堆资料，需要整理、翻译，然后转化为新的生产力，这谈何容易，这时候的忽小月，却换了一番模样和精气神。然而，她的勤恳和专注，并没有换来组织和工友的信任，反而遭致猜忌、迫害，而且是上纲上线的人身指控，被控诉为通苏间谍，也因此，忽小月与他的哥哥忽大年一样，历经人生的几起几落，直至不堪忍受。一路下来，忽小月都是一身清朗，但被折磨得遍体鳞伤。在她生命的最后，遇上了交通大学的红向东主编，对他充满了幻想并想展开热烈的追求，由此见出她的敢爱敢恨，落落大方。然而事与愿违，忽小月无奈被门改户的大字报所害，唯有以死挽回自己的尊严。至此可以说，如果忽小月被灼伤导致了她身体上的缺陷，那么被贴大字报辱没人格则是灵魂的受戕。不得不说，忽小月悲剧来自于她情感的多重结构，或曰情感结构的多样性在当时不被理解，而认知的单一化意味着某种简单粗暴，丰富的灵魂总是面临痛苦的经历甚至是被摧毁的危机。悲剧如此，哀伤如斯，"悲剧的主人已经悲戚地离开了她所挚爱的工厂"。面对诬告与伤害，忽小月是那么坚定地要为自己的清白、尊严证言，彼刻，至柔者是如此的刚硬强毅。而最后爬烟囱纵身一跃之前，小月将自己所有喜欢的衣服，那些花色鲜艳的罩衣、蓝裙子，统统留给了黑妞。

　　小月之死预示着长安厂悲剧的真正开端，随后，工厂经历了"文革"动乱，忽大年、黄老虎等人受到批判，靳子等因病因故去世，工厂陷入了一片混乱。黑妞与门改户形成了造反派的两端，与后者的残忍与睚眦必报相比，黑妞始终保护着忽大年一方免受戕害。可以说，除了忽小月，黑妞的存在同样成为小说的一大亮点。黑妞性格大大咧咧，又时常通晓情理，对忽大年，她的内心是坦荡阔达的，她与他成过亲，却因后者的性无能而守活寡，但她并没有一直怀抱怨恨，而是追随忽大年进入了八号工程，与其妻靳子卷入复杂的情感纠葛，但值得一提的是她始终不陷溺于斯，而是不断从中逾越出来，与忽大年和他的家庭相处相知。不仅如此，黑妞还拯救了连福，又从坑里将受难的忽小月救出来，与后者在澡堂洗澡遭遇煤气泄漏差点中毒身亡，化险为夷后增进了彼此的情谊，以另一种方式融进了忽大年的情感与生活。靳子、忽小月离世之后，黑妞悉心照料病榻上因脑梗而成植物人的忽大年，直至他苏醒并最终恢复。黑妞虽文化和官阶不高，但仗义且深情，她最后时刻疾恶如仇，抵挡门外户的陷害，有勇有谋地与之斗争。从一个乡土世界默默无闻的悲惨姑娘，衍化成了军工厂中的一位刚柔并济的重要女性。

除此之外，在战争中牺牲的毛豆豆、忽大年妻子靳子等女性形象，都活跃在小说中，成为主体群像中可圈可点的"这一个"，不断丰富着军工人的形象图谱。她们个个有其性情脾气，又多走向了各自的命运。值得注意的是，小说中隐约有一条线索，关于卢可明等三名下井工人之死，以及后来关于忽小月、靳子等人的离世，似乎都指示着某种至关重要的精神伦理贯穿其中，也就是对生命的尊重与礼赞。那些事关重大的生与死，与国家民族的宏大叙事是相交织的，彼此融汇却不被强烈的光芒掩盖，个体生命的刚强与脆弱，壮阔而珍贵，始终在小说中闪烁。

三

小说最为核心的人物，无疑要属长安机械厂的总指挥忽大年。小说开始后不久，在下涵洞抢险的历程里，忽大年便遭遇了人生第一次波折，不幸牺牲的小电工卢可明是成司令之子，忽大年也因为此事故被处分，暂停厂长书记职权，下放劳动，以观后效。随后，忽大年遇到了反右和"文革"，被批斗后关进牛棚，生命的起落始终呼应着历史的沉浮。值得注意的是，忽大年的命途如淬炼的钢铁，每一次浸泡与出炉，都是新的冶制和提级。后来，忽大年得以恢复原职，再次主持长安厂的工作。小说也完成了一波三折的讲述，更能坐实其中除了人物钢铁般的意志之外，重要的是专注人物的性情、选择和命运，他们并非万能，也始终背负软肋，却并不妨碍反而增益那些个体的光辉形象。

应该说，除了日常生活与情感历程，军工厂的生产工作成为人物的另一重心理模式。"'长安人'的主体性具有工人阶级和民族国家的双重内涵。但不止于此，'长安人'又是一个以建设和发展、发明与创造为己任，尽职尽责的现代职业伦理共同体。同时，这也是一个以情感和家庭为核心的传统伦理共同体。"[①]忽大年与忽小月兄妹二人，时常处于被误解的现实状况之中，包括军工厂的诸多人物本身，都曾经历人性的挫折乃至生命的风暴，但无论是处于生活的、情感的，抑或是职业的话语序列，在他们身上都能呈现出军工人认真谨慎、一丝不苟的作风，而且在平淡轻松处，还能显现其可爱与活泼的性情。

需要特别指出的是，即便在不断被批判、遭难的悲惨境况下，忽大年始终没有忘记国家和人民的嘱托，倾付心力于长安厂，甚至冒着危险逃离牛棚，坚持研究情报中心翻译的资料，探求国外，尤其是美国最新的武器和科技进展，试图提高中国的装备水平。在他身上，时常映射着忽小月的影子，小说里提到，是不是忽小月其实没有死，很多人似乎见到她的身影，也确乎印证了这一点。人物的性情与命运，以及其中的柔与刚之间，都是互为表里，彼此渗透的。在妹妹忽小月和妻子靳子去世后，忽大年独自

---

① 王金胜：《当代历史的现实主义美学重构——〈长安〉与当代中国文学的现实主义问题》，《中国当代文学研究》2021 年第 6 期。

一人来到墓地，"不由得想起了一个个离他而去的女人……突然，妹妹忽小月又活灵灵站到了面前，亭亭玉立，酒窝浅浅……他恍恍地问妹妹：靳子的墓地选在哪里好呀？妹妹嫣然一笑，沿着小路往深处去了，一会儿便手指一处草丛说：靳子不光是忽家媳妇，也是我的嫂子，活着的时候我们没时间拉话，现在可以好好聊聊了，等到将来你也老了，就躺到我们后头吧，我俩正好给你看家护院……"一世不服输的硬汉忽大年，在战场摸爬滚打，从不掉一滴泪水，然而此刻却是如此的柔情万丈，如此的癫痴与缱绻。

忽大年在小说中一度得到暂时的平反，重新得以全身心投入工作，他连同哈运来、焦克季等人，甚至还将连福借调回来，一心扑向了军工厂的生产线上。小说最后，绝密任务大踏步向前，"长安人从生产第一发炮弹到完成火箭弹科研"，直到火箭弹装箱发往沈阳军区，经历了无数的日日夜夜，付出了心血和生命。故事到了最后仍旧一波三折，忽大年等人押送生产出来的武器到达哈尔滨后，火箭弹在演示时却发生了燃爆事故。直到实弹演训发射，由忽大年之子忽子鹿与焦克己执行，最终大获成功。小说的故事完成度是非常高的，除了忽大年等人的生命轨迹，又如作恶多端的门改户，最后因盗卖文物被告发收监，出狱后再次遭受心理的重创而自我了结了生命，真可谓"人在做，天在看"；而另一方面，忽大年与黑妞再归于好，并义无反顾地奔向了秦岭深处，去实践他的火箭弹定型试验，朝向属于军人的使命和荣誉。热火朝天的军工厂，纷纷扰扰的人世间，在忽大年的眼泪与快慰中落下帷幕。白烨针对忽大年这一核心形象指出："共和国的军工人如何志坚行苦，如何无私奉献，如何风骨峭峻，如何大义凛然，都凝聚在这样一个雕像般的形象里，可歌可泣，叫人感激感念。"① 八号工程是一个绝密任务，作者将历史褶皱处的人情世态与个体命运交代出来，这是一个国家和民族何以"长安"的秘密／秘诀所在，奉献与牺牲、不甘与痛心、无畏与忧惧，在炼制枪炮的井口与烟囱喷发出来。

　　总而言之，《长安》里的军事工业生活，既有轰轰烈烈的大江大河，也有犹疑忐忑的小情小爱。"一条切合艺术规律的表达就是，工业题材的小说创作要想获得相应的思想艺术成功，首先必须做到宏大叙事和日常叙事（更进一步说，还必须使得日常叙事成为文本的主体部分）的有机结合。"② 不得不说，小说有一种以大见大的气魄，在一个宏大的家国视域中，叠加人物的宏阔气度和精神情怀。众声喧哗中容纳着多元话语的激荡，更重要的是历史与人物在情感回响、精神汇通之中，如百川入海，完成了小说叙事自身的盛大与气魄，这才是谓之宏大的真正意涵。文学叙事中的家国情怀，更是意味着一种开放的胸襟，不同层级的话语系统在小说里构筑文本世界的筋脉网络，相互之间实现深层的缠绕、交织，刚者柔所成，柔者刚所就。

　　小说以极为厚重的篇幅，讲述了从新中国成立到改革开放伊始的历史，事实上对于这段历史的讲述已经足够多了，要讲好很不容易。《长安》可以说开辟了一个新的场域，英雄气概、儿女情长，小说最后是一个开放式的结尾，正如作者所言："我没有为主人公设置一个光明的尾巴，似乎为主人公设计了一个悲怆的结局，其实是将人物放置到大潮将至的氛围中，让人物更真实更纠

---

① 白烨：《阿莹的长篇小说〈长安〉：慷慨激昂的军工之歌》，《中国艺术报》2022年1月17日。

② 王春林：《评阿莹长篇小说〈长安〉》，《长城》2022年第1期。

结，也让读者对改革开放更期待。"① 而中国如今已于改革开放泽被之中四十余年，再回过头去看那些筚路蓝缕的灵魂，虽然焦灼，但依旧那么坦荡，而且寓柔于刚，且刚且柔，面对那段沧桑的历史，同时也是回应自我的心灵。给那些豪言壮语一个交代，更是为那个"时间开始了"的历史境况，追逐一种精神的和灵魂的深层匹配。于是在那里见证至刚者的热泪盈眶，亦书写出至柔者的坚忍不屈。为一国也为一心之"长安"，且因此间之不屈不挠而且歌且泣。

四

小说里，忽小月是个会俄文的小翻译，她的性格棱角分明，交杂着不同文化元素，呈现出一个复杂而开放的精神世界。然而，她对外来文化的认同以及在极端年代的本土现状中不得已遭致的误解甚而是毁灭，代表着一个单一的价值禁锢和认知狭隘中，无数个体所承受的严重壅塞。而且忽小月身上代表的是一种女性的与审美的话语，其与外在的诸多话语存在着种种"博弈"，"博弈的形式广泛多变，不存在事先设定的意义发布中心，不存在各种话语图谱的比例配置。很大程度上，博弈恰恰显示出历史对于各种话语图谱的调度"②。由于特定的历史使然，人们仿如从一种语境不恰当地被转译至另一种语境一般，始终背负着种种历史的与现实的，以及生活的与情感的误读；不仅如此，军事工厂制造枪炮是无中生有的过程，更准确地说是一个生产转换的经过，这与"翻译"本身的形而上的意义是若合符节的，那些曾经在工人阶级那里深以为然的国家话语和意识形态，如何译介成历史的与当代

① 阿莹：《长安·后记》，作家出版社，2021 年，第 470 页。
② 南帆：《美学：感性的洞见与盲区》，《南方文坛》2022 年第 1 期。

人的具备深刻内在认同之话语，并反馈且回响于当下的中国语境，这是《长安》中立意探究的命题。

孟繁华提到，如今的工业题材已经"风光不再"，"这个领域文学的不断式微，从一个方面反映了时代生活的变化，或者说，'工业题材'的文学命运与工人的命运，恰是一个事物的两面。但是，'劳者歌其事，乐者舞其功'，无论是传统的力量还是现实的要求，从中心到边缘，这一题材仍在艰难地延续"①。阿莹的这部长篇小说《长安》似乎提示了某种时代精神的延续和传承，以当代文学的"前三十年"映射"后三十年"及其后。因而关键不在于小说反映了历史的何种向度，而在于为何此时追溯如此的过往时刻。从小说写法上看，其启发了当下主题创作如何开创新义，也即以更为浑厚、圆融的历史的与叙事的辩证方式，创生丰腴与盛大的包容性；以更为粗壮的根茎，生出新枝节，结成更为丰硕的果实。而阿莹的《长安》，正以其刚中带柔的强韧、热血，为当代中国虚弱的部位注入能量。不仅如此，在这个过程中，柔刚相济同样是一种互译，"天下之至柔，驰骋天下之至坚"②。忽大年们的大江大河，与围绕着他的温情敬爱，都意味着一种"至刚者至柔"的心理辩证；而忽小月们的柔和温情，不断在钢铁冶炼中投入火焰，"至柔者至刚"，形成了英雄主义的精神互释，更是回溯历史不可或缺的价值比照。

---

① 孟繁华：《把英雄的枪炮深藏在血液里——评阿莹的长篇小说〈长安〉》，《生活周刊》2022年1月17日。
② 《道德经》第四十三章。

第五章　地方、世界与想象

第一节　当代小说的生活化叙事

一

　　经历了硝烟弥漫的革命世纪，自 20 世纪 90 年代始，革命的与启蒙的大叙事逐渐淡化消隐，中国当代文学由此走向分化与多元，重心则向个体、生活的小叙事倾斜。詹姆斯·伍德曾通过契诃夫小说《吻》谈及"生活性"的叙事形态："当然，细节不仅仅是生活的片段：它们代表了那种神奇的融合，也就是最大数量的文学技巧（作家在挑选细节和想象性创造方面的天赋）产生出最大数量的非文学或真实生活的拟像，在这个过程中，技巧自然就被转换成（虚构的，也就是说全新的）生活。细节虽不是栩栩如生，却是不可降解的：它就是事件本身，我称其为生活性本身。"①在詹姆斯·伍德那里，生活性叙事就是作家创造性地将无数日常细节相与融合，并加以"神奇"再现，涉及的是小说的技巧与形式的问题，而且在呈现方式上追求复刻式的"拟像"，从而搭建虚构而全新的生活。对于当代中国而言，尤其在后现代的日常现

①［英］詹姆斯·伍德：《最接近生活的事物》，蒋怡译，河南大学出版社，2017 年，第 31—32 页。

场，生活化叙事已然蔚为大观，事实上代表了新的存在理性和生命哲学。

当代中国文学尤为擅长以小见大，或以大见大，创造出了诸多由象征、隐喻形塑的宏大象喻，如是这般的大叙事固然担纲着时代的大转向；而这里所要探讨的黄咏梅小说，却是一种极为典型的"以小见小"。正是这样反其"大"而行之的"小"，让她的小说毫无扦格地在不同的地域如梧州、广州、杭州之间穿梭，而且能够在城乡不同的场景、情境、情感间实现转圜转换，更重要的，如是还可以真正切入无垠无尽且纷繁复杂的生活现场，以完成具有当代性意义的换喻及转喻。当然，以小见小不是写进死胡同，而往往是负负得正、小小得大。不仅如此，其代表着当代中国文学的生活化叙事的一种重要形态，黄咏梅确乎毫不关心如何以小见大，在她那里，小即是小，是自由与自在，回到生活，周旋于生活，回到自我，又不轻易放过自我，"小"不是格局和境界的小，而是切入口和着眼点之细微，甚至不让人察觉，日子与情感认真而平静地划过，不着痕迹，却"小"而弥坚，似细水而长流，成为现实人生的重要显像乃至启迪；不仅如此，黄咏梅的小说表面琐屑纷扰的"以小见小"，往往能引人入胜，写出别具一格的关切与境界。

黄咏梅小说的生活化叙事事实上一直存在一种细部的较量、较劲的过程，也就是说，小说文本于形式上似乎已然收束，但里面的情感、生活、故事仍然呼之欲出，这就使得故事突破形式的框囿，构成新的余绪和变化，由此表征生活自身的不尽与无限。可以说，在黄咏梅那里，生活在无边的现实延展所透露出来的，是故事讲述过程中的"富余"，也即詹姆斯·伍德所言及的，"如果说一个故事的生命力在于它的富足，在于它的富余，在于超出条理与形式后事物的混乱状态，那么我们也可以说，一个故事的生命富余在于它的细节，因为细节代表了故事里超越、取消和逃脱形式的那些时刻"。从讲故事的角度而言，黄咏梅的小说无疑不满足于日常的讲述，她更注重拟像中的真实，以及真实中动态流淌的精神富余，"故事是富余（surplus）与失望的动态结合物：失望在于它们必须要结束，失望还在于它们无法真正结束。你可能会说，富余是精致的失望。一个真实的故事不会结束，但它会令人失望，因为它的开始与结束不是由它自身的逻辑决定的，而是由故事的讲述者强制的形式决定的：你能感觉到生命的纯粹富余力想要超越作者形式所强加的死亡"[①]。黄咏梅小说擅于展现的生活现实的无尽可能性，或说某种"无边的现实主义"在小说中不断铺衍，然而在这个过程中，现实的延伸与叙事的推演之间，存在着天然的悖论。在小说《多宝路的风》里，历尽情感波折的乐宜，最后通过相亲嫁了一个海员，叙事的末尾似乎往尘埃落定的平静人生而去，但故事显然仍未结束，海员随后中了风，终日卧病在家，乐宜面对生命的平淡乃至惨淡，表面微笑如初，内心却是静默与无言：

> 海员一个人，扶着青石墙，从大堂一直走了出来。
>
> 乐宜走上去扶他，咧开嘴笑了笑，没说话。
>
> 海员经常这样说："我还是不想会走路，我会走路了你就会离开我，找第二个了。"
>
> 乐宜还是没有说话。她听到了一阵阵窸窸窣窣的声音，好像是风吹动些什么发出的声音，听了一会儿，她

[①] ［英］詹姆斯·伍德：《最接近生活的事物》，蒋怡译，河南大学出版社，2017年，第30-31页。

将信将疑地断定，那是风吹响的香云纱的声音，是多宝路的穿堂风弄响的。[1]

小说末尾细节处的两次沉默，无疑将"形式"上的收束变得可疑起来，乐宜是否还会继续隐忍平淡地生活下去，她和海员之间真正的情感状况如何，似乎并未明说，但故事的余绪/富余已经溢出了讲述本身，成为一种世俗人间的新的想象性延续。又如小说《小姨》，"我"的小姨在维权之前牵扯的完全是私己性的问题，然而，最后维权之际展现出来的是公共性的状态，促使我们重新回溯她的个体和私我，这是一种逆序式的反抗形式。而在小说《何似在人间》，廖远昆是松村最后一个为死者净身的搓澡人，他死后乡土世界如何接续对死者的慰藉，传统的意义和价值何以向前延展，这同样是真正的问题所在。

二

小说《多宝路的风》写到南粤的骑楼，其中那些悠长的巷子，特别是光滑的青石板路，铺设出最为世俗的生活场景，"踩着妈子的声音，乐宜一步一步，从相通的另外一条巷子走出了玉器街，那些青石板路，从没如此光滑地让她不得不留心脚下，直到走出这一段，一出去，就是车水马龙的大街，站定了，如释重负地呼了口气，身后的巷子，就剩下了一个孔，窄小的幽暗的，像从一个刻成'田'字形的玉坠看进去一样，所有的声音、光线、生活诸如此类的东西，就像魔术一般地变成了一个玉坠，贴身地挂在

① 黄咏梅:《多宝路的风》，见《后视镜：黄咏梅自选集》，作家出版社，2018年，第72页。

乐宜身上"①。幽静与喧闹交杂的市井社会，呈现出了不同以往的生活景观，于是乎不得不考究黄咏梅观看方式的细节性呈现，其中存在着一种转身回看身后的形态，《多宝路的风》中从巷子走出之后的"站定"回望，置身其中从而形成了一种纵深感，前瞻与后瞩之间，恰恰构筑了生活的辩证视角。不仅如此，黄咏梅小说在谈及生活现场与命运轨迹时，也时常采用一种回溯性的方式观测，《父亲的后视镜》中无论父亲通过货车的后视镜，还是走路过程中的倒退而行，又或者是江中游泳时反向前进，都是一种置于时间与空间的后序之中的回看，这样造成的一种情形就是，一方面人物情事不断向前推进，然而却始终存在着反向的视角甚至拉拽，代表着主体的精神在追求与回撤之间延伸而出的不同视角，同时也是生活化叙事的多重面向，并且提供隐而不彰的精神抉择与生命走向。《单双》中的"我"则喜欢倒数，那是记忆与时间迎面扑来时的精神回应，与此同时，个人的恐惧与欢欣始终被置于眼前；《契爷》的最后，我考上了大学，离开家乡前往省城，"车一开，我的兴奋感就随着这蜿蜒的公路，一直崎崎岖岖的。我坐的位置在最前排，我的眼睛一直朝前看，我对前边所要经过或到达的地方充满了好奇和新鲜，我压根就没想到要往后看，更没想到如果在汽车的后视镜上瞄一眼，就能看到我的母亲在镜子里，提着一袋夏凌云的糯米糍粑，追着我们这趟车跑"②。又是后视镜，又是不堪回首的情感犹疑，其中之复杂，之难以究查，在生活中形成新的参照，建构成丰厚而深邃的情感状态。不得不说，黄咏梅总是

---

① 黄咏梅《多宝路的风》，见《后视镜：黄咏梅自选集》，作家出版社，2018 年，第 51 页。

② 黄咏梅：《契爷》，见《后视镜：黄咏梅自选集》，作家出版社，2018 年，第 169 页。

将物、事、人首先凸现出来，随后开始回溯主体自身，追索不同处境中的精神反应，如是这般的瞻望与表达市井的方法，将杂沓与喧嚣置于前景，以沉静与沉重的姿态反而观之，从而使得黄咏梅的小说在叙事中呈现出丰富的故事性与立体的生活感，将人物主体的复杂心绪和丰裕情感调动起来，构成极具世情色调的浮世绘，塑造众声汇聚的生活现场与执拗认真的世俗精神。

《骑楼》写岭南地区市井小人物的生活与爱情，小军是空调安装员，曾经还是校园诗人，"我"则是茶楼服务员，两人之间经历了一段刻骨铭心却无疾而终的恋情。实际上，诗人的气质一直贯穿着小军的行止，而他对"我"如一而又复杂的情感，在他的精神出轨中戛然而止，而即便他再偏离情感的既定轨道，却始终不忘身边的那个从一而终的"我"。世俗中无处不在的小人物情感，在纷乱的情感与生活现场摇摆不定，却又不失微弱的善念，从而维持着一种隐幽的心理平衡。黄咏梅写下的市井人生是世俗繁复的，但其间却仿若竖立着一根坚硬的骨头，形成生活的执念，对抗着外在世界的侵蚀纷扰，这从《骑楼》里"我"的父母对小军的态度可见一斑："我知道，父母一向是希望有个这样的儿子的。他们在生下两个女儿以后，就碰到了计划生育，我的弟弟们多次被老天提前收走。虽然母亲不说，也没有不高兴，但我知道母亲很想要个男孩。所以小军从我的阁楼下来的那一刻，母亲除了很仔细地看了看小军以外，也没有表现出什么，一副平淡而不愿吓着对方的样子。我想，也许母亲也觉得，她那个资质平庸的小女儿，配小军也够了，好歹有个职业。"[1] 然而对"我"而言，这一切都不重要，"我"只在乎自己的感觉和感情，将属己的部分全然付

---

① 黄咏梅：《骑楼》，见《后视镜：黄咏梅自选集》，作家出版社，2018年，第110页。

诸生活的权利，通过一种主体性投掷以完成生命的映照。值得注意的是，"我"是因为小军而爱上了诗歌，而不是相反，这便是黄咏梅小说的内在逻辑，凡事因为有了人，才有了生气，有了爱憎，甚至才有了诗意和远方。

当然，在生活化叙事的场域之中，往往充满着诸般物质的、世俗的、人性的考量，如前所述，在黄咏梅的小说中，迥异于20世纪启蒙与革命变奏中的那种以小见大的叙事形态，其更多的是一种"以小见小"，也即她的小说《多宝路的风》中所提到的，"细细粒，最好食"，无论是形状的还是形态的"细"，最终通向的，并不是抽象叙事及其所映射的历史洪流，而就是"吃"本身，是胃，是身体，是涓细的琐屑的现世生活，是寻常的欲望和观念，是平凡如奇、简单细碎却值得念兹在兹的幻象、拟像与真相，这并不仅仅代表的是后现代意义上的消解，而且是当代中国小说叙事的生活性转向中不得不面对的问题，现实人性的直接反映虽非宏大但始终真切真实，同时构成90年代以降不可或缺的生命哲学。

三

因而，黄咏梅的生活化叙事，更像是一次次的近景魔术，试图逼近人的形态与情态，不住地端详，但是又时常显现出诸种谜面的连缀，成为日常叙事的场景转喻。生活化是与细节和事件彼此勾连的，门罗也曾提出"与生活的短兵相接"。在门罗那里，真正直面困境之所在的是文学，而逃离难题的恰恰是生活本身，因而，文学将"生活"作为对象进行呈现时，必不可少之处便在于以一种再现式的直面，对"生活"加以问题化。

对于中国当代文学中的生活化叙事而言，除了传达原生态的生活现场和世俗人间，还需要进一步确认生活本身的无可穷尽与多重认知，正如昆德拉而言："每部小说都在告诉读者：'事情要比你想象的复杂。'这是小说永恒的真理，但在那些先于问题并派出问题的简单而快捷的回答的喧闹中，这一真理越来越让人无法听到。对我们的时代精神来说，或者安娜是对的，或者卡列宁是对的，而塞万提斯告诉我们的有关认知的困难性以及真理的不可把握性的古老智慧，在时代精神看来，是多余的，无用的。"① 对生活的丰富性与复杂性的充分呈现，成为当代小说生活化叙事的内在伦理。小说具有自身难以取代的内质，那就是通过叙事所呈现出来的，与我们的生活必然有所不同，这是小说存在的价值。不故弄玄虚，不强作高深，到了最后发现，再寻常不过的细碎和琐屑，却变成一场日常的盛宴。

在黄咏梅的小说《契爷》中，家庭的与两性的情感，不断延伸至市井中的交互，契爷卢本不是民间迷信性的存在，其给予夏凌云真正的情感佑护，使得日常生活旁逸成斜出一种疯癫与文明的辩证，生发出多重的精神求索与多元的情感诉求，小说的最后，"我"与契爷似离若即，确乎在精神上并无疏离，他的形貌的疯癫与情感的纯粹之间，形成了鲜明的对照，尤其在"我"与父母之间，以及夏凌云的悲剧性情爱经历及其得到的庇佑相对照，以反思并重新搭建人性的与人际的关系，进而趋向于新的认同性情感建构。

具体而言，黄咏梅进入人物及其故事的路径，总是直来直往，但通向了人世间沉重、沉醉与沉湎的所在。不仅如此，黄咏梅的小说，在状似轻松自在的表层之下，却是沉郁、沉沦与沉痛的，

---

① 昆德拉:《小说的艺术》，董强译，译文出版社，2004 年，第 24 页。

那些默默无闻的边缘人，也往往悠然自得，无论风霜雪雨，依旧故我。《多宝路的风》写西关小姐的情感史，波折往返，来来去去，最后回归沉寂，嫁了一个平凡无奇的海员，几经周折，岁月移变，海员瘫痪了，乐宜似乎仍旧波澜不惊，坦然相对，这是现代城市女性独有的生活辩证法，"疼痛与欢愉对于乐宜的表达，还是像她的五官一样浅淡……这个女人，也许真的是任何的开端和结局都不能影响到她，她品味生活是她自己的品味，她咀嚼痛苦也是她自己的咀嚼"①。可以说，在乐宜身上，女性主义与生活主义融而为一，她凡事回到自己身上，自己给自己交代，自己向自己坦承，生活为上，最终，自己选择，自己负责，世俗的个体在黄咏梅那里往往显得自足与自恰，然而，黄咏梅无意将其拔高，乐宜们的生活哲学算不上什么人生境界，也谈不上精神价值，但始终不沉浸于悲，也不执着于喜，当中有一种痒，绝非无足轻重，至少，挠着痛快、舒畅，无须强忍，不必压抑。傅逸尘曾指出黄咏梅小说写出了"幽微无言的生活之深"，"事实上，日常经验并不好写。现在有一种流行的说法，认为中国的社会转型如此剧烈，时代变革如此深刻，现实生活的丰富性远远超过了作家的想象力。实则不然，所谓的文学想象力，不在于作家能想象出多么荒诞不经、稀奇古怪的事体，而在于作家的目光能穿透事物的表象，在有限的'世相'空间里，表呈迥异常态的微妙感受和发现。从这个意义上说，聚焦日常经验，写出幽微无言的生活之深，无疑是这个时代最有难度的一种写作"②。在广阔与幽深之中寻觅人间的色

---

① 黄咏梅：《多宝路的风》，见《后视镜：黄咏梅自选集》，作家出版社，2018年，第57页。

② 傅逸尘：《写出幽微无言的生活之深——黄咏梅短篇小说集〈走甜〉读记》，《南方文坛》2020年第2期。

调和声音，这是生活化叙事的强度所在，同时也指示着当代生活自身的多元复调。

<h2 style="text-align:center">四</h2>

黄咏梅曾长期生活在岭南的"小香港"梧州、大都会广州等地，随后迁至西子湖畔的杭州，皆是市井繁盛之地，她的小说却没有太多高昂的调子，通过城市生活及市井人生，她要去触及生活的底子，透过生活一睹人性本来之面貌，当然，那是藏污纳垢同时也是众声喧哗的所在，内部往往涌动着新的城市与乡土、资本与情感、个性与命运之间难以调和的矛盾，这是黄咏梅小说的内在张力，同时也代表着当代中国文学生活化叙事蕴含的多维视野环视及多重价值探寻。

在小说《小姨》中，"我"的小姨是城市中比比皆是的感情困难户，随着年龄的不断增长，成了家里的问题中年，她也曾为爱情所动心，却因为心性的与情感的缘由不断失之交臂，仿佛要往孤独终老的单身发展，但是作者笔锋一转，突然架空小姨的情感状态，兀地转向，"我的小姨，正裸露着上身，举手向天空，两只干瘦的乳房挂在两排明显的肋骨之间，如同钢铁焊接般纹丝不动。在这寂静中，她满眼望去，看到的，都是那些绝望的记忆，那些如同失恋般绝望的伤痛，几秒钟就到来了，如高潮一般，战栗地从她每一个毛孔绽放！"[①] 在小姨那里，缺乏情感经验所导致的身体的空乏，与其在维权过程中身体的重放，形成了鲜明的对照，值得注意的是，小姨的身体在突兀的绽放中毫无美感可言，其如"钢铁般"干瘪、生硬，却被重新注入新的意义，在这其中，黄咏

---

① 黄咏梅:《小姨》，见《后视镜：黄咏梅自选集》，作家出版社，2018年，第18页。

梅将女性的性征兀地抹除，将其置于公共的场域之中，以实现新的生活及社会转喻。

而《档案》以"我"与堂哥李振声之间的往来交际为主体，李振声为了抹除自己当年的"污点"，极尽巴结之能事，希望在档案馆工作的"我"能助其开方便之门。小说最后，堂哥如愿以偿，却过河拆桥，与"我"不复往来，而父亲与伯父之间的兄弟情谊却跃然纸上，反衬着城市中彼一兄弟的无情无义。"《档案》是我写作中少有的一遇。男性视角、乡村经验，这些对我来说都不是那么得心应手，然而我还是想把这个故事写出来，基于我对于'我'的那种彷徨无措，这是我们这一代人的彷徨和无措。血缘是与生命俱来的自然存在，档案是与生活俱来的社会存在，血缘是生命的根脉，档案是生存的地基，告别乡村进入城市生活的人，穷其一生都在夯实自己生存的地基。李振声也不会例外，他漠视血缘和伦理，决绝地从过往的牵扯里溜走并非毫无根据。徒留下那个年轻的'我'，脚踩在农业文明与城市文明的中间地带，既不可能像父辈那样'走人情'安身立命，又还没掌握像李振声那样'走关系'栖身都市，这种彷徨唯时间和经验才能消弭。"[1]在黄咏梅那里，生活是情感及关系中的生活，然而，这样的关系又是需要重新考量的，尤其置于城市与乡土这般的象喻传统和现代的场域之中，嵌入了诸种"关系"的生活化叙事，往往显出其丰富复杂的人性意涵。以父亲为代表的传统情感关系作为一种延续性的"故事"形态在小说中，最终突破了以物质和利益相勾连的"形式"，前现代的情感形成了某种故事性的存在，流渗于当代的情感形式之中，黄咏梅正是在这样的细节性呈现里展开自身的伦理批

[1] 黄咏梅：《十年之后——写在〈档案〉十年后》，《长江文艺·好小说》2019年第9期。

判和价值重估。

在小说《跑风》中，玛丽带着她价值不菲的布偶猫回乡过年，一以贯之的城乡，分而截之地讨论城市与乡土的区隔，表面上看，"跑风"有多重含义：一是打麻将，二是雪儿，再则还涉及城乡之间的隐喻，也即人性的精神在当代生活的"跑风"中挥发，终而迷失。具体而言，在小说中，一只名唤雪儿的猫来自繁华的上海，由家长高茉莉（玛丽）带着，在大年初一回到了高家村，城乡间际见人性，家长里短、来龙去脉的铺垫，最后来到小说终末的一个细节，也即身患小儿麻痹的小媳妇，帮忙阻止雪儿外逃，然而包括高茉莉在内的乡人都错怪了她，认为是她吓跑了雪儿，"玛丽一惊，回想起女孩朝着空气的那一扑，的确像用尽了整个上身的力气。那么漂亮的女孩啊。玛丽鼻子酸酸的"。以小媳妇为代表的乡土内部的光亮，照亮了灰俗的世俗世界，无疑成为城市生活的精神映照：

> 辗转到半夜，玛丽还睡不着，事实上舟车劳顿，她又累又困。熬不住了，想起回家时准备给雪儿路上用的那颗安眠药，一杯温水将其吞服掉。药物发作之际，蒙眬间听到雪儿仍在枕头边上舔毛，"沙沙沙，沙沙沙"，好像下起了春雨，这空白的噪音把玛丽跟窗外的城市渐渐隔绝了开去。[①]

小说最后，"我"的城市生活仍在延续，但是来自乡土的反思却兀然生成，并且构成故事性的存在而突破城市形式化生活的灰

[①] 黄咏梅：《跑风》，《钟山》2020年第3期。

色、静止、乏味。

此前提及的名篇《多宝路的风》除了充满粤桂文化的多宝路风情，重心还在一个"风"字，小说在地景与市井中起"风"，"但这条街的风确实很好，站在任何一个地方，你都能感受到风像每个经过你的那些大人一样，熟悉地伸出手来，或者弄弄你的头发，或者拍拍你的脸……"同时也是物情与人情之"风"。"香云纱是旧时老人最喜欢的料子，很凉快，据说穿着它出的汗也会变成凉水，这种料子多数是咖啡色，暗暗的花纹镶在咖啡色里，只有借助反光才能看到花纹的凹凸来，很含蓄的花样，西关的老女人特别喜欢穿它，明摆着是暗要跟岁月较劲的。款式也大同小异，对襟的宽上衣，短而肥大的裤子，一扑纸扇，风就灌进去，上身下身都畅通无阻，她们形容那风就像西关旧屋都有直通前门后门的'冷巷'的'穿堂风'。"① 这样的"风"，回归世情，那是一种不脱除现实的新浪漫主义风格。"一边疼痛一边欢愉"的乐宜，历经情爱纠葛，体验人间冷暖，但她淡然、坦然，她没有超脱的认知，也没有抽象的精神力量，这在小说《小姐妹》中亦是如此，处处虚荣作祟的左丽娟，谎言连篇，白日做梦，却从不作奸犯科，不为非作歹，在她的身上，是辛酸而非苦难，不需要摆渡和超克。于是乎，多宝路的"风"，可以是风景与风情，亦可以是风气与风化，更代表着黄咏梅的风格。

如前所述，《何似在人间》展现的是乡村世界的生死及喜惧，尤其是小说中死生超克了仇恨，而且在乡间的现世与往生的追念中，多了一重生活的沉重与生命的敬畏。小说中最抓人的一幕，出现在抹澡人廖远昆给去世的世仇耀宗抹澡，但无论如何，死者

---

① 黄咏梅：《多宝路的风》，见《后视镜：黄咏梅自选集》，作家出版社，2018年，第50页。

的身体始终不肯"听话"，由是促成了廖与往者推心置腹的言谈，直至达成最终的超越性和解。小说结局，廖远昆是松村最后一个搓澡人，"如今他没了，松村的死人该怎么办？"传统的失落对于乡土中国而言事关重大，失去了死生之际的修饰、抚慰与摆渡，生命将何以保持最后的尊严和想象？而作者无疑对此给予了最深切的缅怀和敬意，"他在河里泡了一整夜，松村的河水为他抹了一夜的澡，他比谁都干净地上路"[①]。不得不说，这样的叙述何其阔大而丰厚，天地自然与生命的存灭相呼应，这一切就发生于乡土俗世的生活场域中，生与死、善与恶、轻与重相与存续，传达出显豁厚重的精神伦理。

同样讲述世风移变的，还有小说《八段锦》，一辈子靠中医药悬壶济世的傅医生，却难以为继且不知所踪，一生救人无数的他，始终无法得到医保定点医疗机构的审批，前现代的物质与情感不断凋零，直至无可奈何花落去，小说最后，莫名消失的，除了傅医生，还有象征悬壶济世的大铜葫芦，区别在于，前者主动消隐，后者则是被窃，但他们的消失都存在着某种形而上的意味，那就是传统道术与道心的荡然无存。更有意味的是，五四以来疗愈人心的现代命题在小说中不断隐现，傅医生的中医以及他行之济世的八段锦，不过又成为百年来精神救赎的当代回响。革命与后革命之间既有断裂，也有留遗，启蒙时代的文化变革与后启蒙时期的文化追及之间，往往存在着复而诉之的历史转圜。

五

黄咏梅小说的精髓，也许可以用《骑楼》中的一句话概括：

[①] 黄咏梅：《何似在人间》，见《后视镜：黄咏梅自选集》，作家出版社，2018年，第45页。

"最紧要那啖汤。"这个"啖"是"日啖荔枝三百颗"的"啖"。小说将"啖"置于"汤"前，是动词作量词用，也是粤方言的表达方式，更重要的，这啖汤代表着黄咏梅小说中的地域性特征，隐现着丰富的地方性风情与风味。其中还牵连着浓重的主体性表达，何为紧要是否紧要，无疑取决于个人的偏好，意味着主体的立场，这在黄咏梅小说中是非常鲜明的，人物的爱憎与进退，往往是义无反顾的，这样的执念不断推动着小说的进程。再者是对食物的执念，代表着对生活根底的知悉，那是最市井、最世俗的部分，即便蹲在街头巷尾的排档中，在那些最嘈杂最脏乱的地方，却有最鲜活的语言，有最蓬勃的生命力，这是黄咏梅小说的核心命题。所谓"最紧要"，就是一种最高级的锚定，同时意味着具有排他性的生活方式，是人物主体心无旁骛地奔向灵魂所系的内在抉择。

可以说，在黄咏梅那里，最纯粹的市井生活，往往就是"夜市里的田螺档"，是"最紧要"也是最难将息的"那啖汤"，这是钻入人世之根底"叹"生活，再是沉沦，再是沉吟，也始终深知沉醉所在，知道何为"最紧要"的落脚之处，这就是黄咏梅小说的意义所在。她深谙再小不过的"汤"的奥妙，那是习惯，更是意义，更重要的，她知悉何为"最紧要"之所系——再寥落的人生，再苦楚的运命，也从不失何处是归程的觉知。

"没有特征的东西是我们习见的，习见往往导致作家的'不见'，这是一种麻木。在'习见'的日常里获得意外的感受，需要作家保持好奇心，孤独地去看和想。我写到现在，还没有题材枯竭的困惑，我对世界依旧保有好奇心，我总是感到对现实知道得太少了。"[1] 黄咏梅的小说是轻松自在的，其往往非有意剥除重如泰

---

① 舒晋瑜：《黄咏梅："时间"是我反复书写的主题》，《中华读书报》2020年10月21日。

山的伦理说教及道德拔高，俗世只是那个俗世，车来人往，熙熙攘攘，为情也好，逐利也罢，都是贪一点爱恋，求一份安稳，皆非大奸大恶，在异见与同心中，道出生活的丰富暧昧、多元复杂，其间的个性、情感、命运得以和盘托出且撄人之心，终而于无垠却深沉的生活性拟像中，获致最广阔的共情和最深切的认同。

第二节　性别书写与城市文化

一

纵观百年中国现代文学，城市文学的发展是极不均衡且不全面的，在延续性与纵深度方面，都无法与庞大的乡土文学谱系相比。这就形成了一个有意思的局面，即城市文学的传统性与经典性的确立是未完成的，从而使得在城市现代化日益发达的 21 世纪，中国文学在表述城市的过程中，显得少有凭依，甚至一度找不着北。当然这有弊，也有利，城市叙事可以甩开包袱，更好地克服影响的焦虑，不断探索新的形式表达，展露自身的多元与异质。

现代城市兼具复杂性与程式化，制度的合理与机制的完善，以及在这个系统中形成的人的规范，是现代性内在的发展逻辑。然而需要指出的是，现代城市发展所规约的整饬性又与人性的复杂相互构造，形成某种辩证，或说悖谬。这是城市书写的难度所在。其次，在城市中而写城市，必然面临陌生化的匮乏，能否真正抽离其间而反观之、审视之，且在纵横左右的比对中形成多元丰富的参照系，也是其中的困境；再者是人们对城市的暧昧与复杂，与城市及人的存在本身的价值多样是相对应的，在这个过程中，文学未必能够完全统摄之并生成对照意识，对之进行吞吐而形成自反意识，以探索城市文化及其精神丰枯的新的表达，这是其中之小说叙事的命题，也是难题。

从纵向的角度而言，中国的城市化发展较晚，且目前还在高速的发展过程中，由是形成叙事中的未完成性与不稳定性，这是文学难以追及和捕捉的原因。乡土中国几千年来形成了重要而完整的书写谱系，而城市书写仅仅构成了某些图景。此外，城市叙事还需要引入多重的参照，尤其需要注视城乡之间的横向勾连，"许多人认为，我是乡村题材的作家，其实现在的小说哪能非城即乡，新世纪以来，城乡都交织在一起，人不是两地人了，城乡也成了我们身份的一个分布的两面"①。而且传统与现代的纵向牵引同样不可或缺，吴义勤曾专文讨论《暂坐》的传统性，指出小说延续了《红楼梦》《世说新语》等传统经典的写法，内蕴着"沈从文《湘西》和张爱玲小说的影子"，且受到孙犁、汪曾祺小说的影响，"'现代传统'如同古典传统、民间传统一样，并非孤立的本质化的存在，其价值的实现和意义的存续，来自它在新的现实情境和后继作者那儿的当代性体验和思考……"②将传统的技法、意绪和象喻，重新聚焦当代中国城市发展中的人心人性，无疑能够投射出种种"当代性"的形态。

不仅如此，在小说中，城市不单只是叙事的背景与对象，以城市作为媒介和方法，则能够形成小说新的表达。事实上，小说在表述城市的同时，也在对焦自身，其中外在物象的更新以及由此引发的内在经验的拓宽，都使得叙事形式得以不断延伸和推进，

---

① 贾平凹：《暂坐·后记》，《当代》2020 年第 3 期。
② 吴义勤：《"传统何为"？——〈暂坐〉与贾平凹的小说美学及其脉络》，《南方文坛》2021 年第 2 期。

从而形构新的洞察能力，以观照和推测的可能，实现未来生活、生存及生命形态的想象性建构。从这个意义而言，小说如何表述城市的命题，不仅关涉人们切身的存在，而且更重要的是小说本身的修辞新变及其中的价值孵化。

　　贾平凹的长篇小说《暂坐》，原刊于《当代》2020 年第 3 期，《长篇小说选刊》2020 年第 4 期转载，作家出版社 2020 年 9 月出版单行本。其实这是特别有意思的一个文本，综观贾平凹的文学创作，"商州系列"时期的寻根文学，90 年代《废都》的隐喻性书写，触及中国文化和知识分子的宏大命题；及至新世纪，《秦腔》还是聚焦乡土文化忧思及其困境，《古炉》则以"文革"为镜像重新烧制一个中国，《山本》通过革命战争爱恨情仇写出了秦岭中人的命运走向及此"山"之"本"身的文化质地。而到了《暂坐》，写城市，写人情，写生活，真正放下了宏大的叙事形态，而关注人的命运，关注城市自身的走向与存灭，写出了城市的另外一面。小说布满了日常对话，多以"暂坐"之中的谈话、谈天、谈论，展现中国的民间最是喜气洋洋热气腾腾的所在，其中之言语、行状，在乎一个热闹，人间仿佛冷清不得，贾平凹自己也认为，"中国人或许都是鸟类，数目庞大，飞起来遮天蔽日，落下来占据全部枝头，兴奋又慌张，彼此呼应，言语嘈喳"①。这应该就是《暂坐》中遍布着言谈与对话的根源所在。这个过程再寻常不过，却又往往充满着玄机。"《暂坐》中仍是日子的泼烦琐碎，这是我一贯的小说作法，不同的是这次人物更多在说话。话有开会的，有报告的，有交代和叮咛，有诉说和争论，再就是说是非。众生说话即是俗世，就有了观世音菩萨。观世音菩萨观的是大千

---

① 贾平凹：《暂坐·后记》，《当代》2020 年第 3 期。

世界中一切内外所有的诸声，而我们，则如《妙法莲华经》所言：虽未得天耳，以父母所生常耳总也听得，起码无数种人声，闻悉所解。"① 小说主要的场景是茶庄，取名"暂坐"，小说中有一句话，出自虞本温之口，她说："如果延安是革命的圣地，茶庄就是我们走向新生活的圣地。"② 闲适的、雅趣的与生活化的镜像，以及承载如是之话语的装置，成了所谓"圣地"，演变成新的生存模态，并且探索或反思当下的生命哲学。

二

小说要写城市，需要对其熟稔之审视之，也即对实然生活于斯同时亦是虚设的所在了然于胸，装得进，拿得出，藏得了，又放得开，收放自如，张弛有度。迟子建的长篇小说《烟火漫卷》，写的是在哈尔滨开"爱心护送"车的小人物刘建国和他的周遭人事，"哈尔滨这座自开埠起就体现出鲜明包容性的城市，无论是城里人还是城外人，他们的碰撞与融合，他们在彼此寻找中所呈现的生命经纬，是文学的织锦，会吸引我与他们再续缘分"③。迟子建对哈尔滨充满了复杂而丰沛的情感，其中的叙写更深层的动力则来自她的生命体验，由是也表述出了一个立体而厚重的精神之域。邱华栋《北京传》为城市立传，追溯历史，勾连人文，建构文化的主体／载体。王松的长篇《烟火》，写的是天津的百年发展史，更是一座城市生命的曲折延续，其中铺设了百余年前的天津从传统走向现代的创业史和生活史。周瑄璞的长篇小说《日近长安远》更是直接将城乡分立而述，甄宝珠和罗锦衣代表了女性的命运之

① ② 贾平凹：《暂坐・后记》，《当代》2020 年第 3 期。
③ 迟子建：《烟火漫卷・后记》，人民文学出版社，2020 年。

轨及其精神旨向,其中对于传统与现代的结构性反思,透露出了新的价值伦理。不得不说,进入新世纪,随着中国城市化的进程不断走向深入,城市写作的浪潮也显得汹涌澎湃。

一直以来,小说写人,写人性,确乎成了一种定律,然而,当贾平凹在《暂坐》中以西京城中的十位女性为叙事焦点,并且通过表述"她们"生存困境及其精神突围,事实上又将文学对城市中人的观照和认识重新问题化了。"《暂坐》里虽然没有'我',我就在茶庄之上,如燕不离人又不在人中,巢筑屋梁,万象在下。听那众姊妹在说自己的事,说别人的事,说社会上的事,说别人在说她们的事,风雨冰雪,阴晴寒暑,吃喝拉撒,柴米油盐,生死离别,喜怒哀乐。明白了凡是生活,便是生死离别、周而复始地受苦,在随着时空流转过程的善恶行为来感受种种环境和生命的果报。也明白了有众生始有宇宙,众生之相即是文学,写出了这众生相,必然会产生对这个世界的'识','识'亦便是文学中的意义、哲理和诗性"①。识得世界最关键在于识人。更确切地说,城市文学是一种"识"人的文学,因为在传统的乡土世界,多是熟人群体,在特定的空间与人际之中,一切都是狭小的与熟习的;而城市则不然,其中充满着广阔而陌生的区域,人的交往是复杂多变的,且时常为内在人性及外在的欲望、权力所左右,如是便需要对此一世界形成独有的识别和识见,无论在公共还是私己领域,都需要去处理未知的与昏昧的部分,处置那些不可道明的与难以区辨的情感。而这无疑是小说所擅长并试图展开的部分,也是小说在处理城市题材时所须表述的核心。"《暂坐》中无论是西京城的大作家羿光还是从俄罗斯来的伊娃,无论是西京原住民还

---

① 贾平凹:《暂坐·后记》,《当代》2020年第3期。

是都市移民者，她们的生活和生命都与市场、消费和社会、政界、商界人物，都与中国的社会和历史，有着密切关联，但她们的生活和生命是个人化的，都不为社会历史所拥有和取代。她们拥有的是个人化的经验性时间和空间，这是由日常生活之流构成，而非宏大历史铸造。她们关注自然天气，关注周围人的生老病死，关注自己生活中来来往往的人，关注自己生活中的喜怒哀乐和生活环境的变化。虽然她们并非历史的创造者，甚至无力改变现实的压力和生活的窘迫，但她们依旧忠实于自己的生命，执着地生存着，在人的有限性中守护着自己的情感、生活和生命空间。"① 叙事文学在形塑关乎某种认识论的过程中，往往聚焦的是人性与人情的交互，也即于生活中见性、见情、见人，创生一种真正的有"人"之境，并且通过内在的伦理旨向加以辨识，而由是构造的"见识"（也即意义、哲理、诗性）是建立在认识和辨识基础上的。钱谷融先生曾提出"文学是人学"，文学展开自身的过程，便是通过对"人"的重新发现与定义实现的。

小说《暂坐》里，西京"十玉"，每个人都自成世界，在她们身上却也有着群像与个体的辩证，那是近似于一种生活的与情感的共同体。"她们"命运各有殊异，然合成一个世界。其中呈现的是一个关系错综复杂的网络，彼此相互牵引，又经常是孤岛一般的存在。精神空间的无垠与有限，搅动了现实的焦虑与蜕变，当代人如何背负着精神的十字架前行，反刍与反思，负罪与赎罪，天真、认真、较真，人性的秉持和欲望的放逐不断在城市中上演，这是城市本然，也是人性所在。

在这里，城市既是当代中国的一种征兆，也是症兆。百年来

---

① 吴义勤:《"传统何为"？——〈暂坐〉与贾平凹的小说美学及其脉络》,《南方文坛》2021 年第 2 期。

中国的现代化构设，城市成为当下的以及未来的形态。不仅如此，城市演化成精神的与人性的以及喜剧的与悲剧的容器，其中之人、之物，甚至染成了某种城市性，承受喧哗众声的洗刷冲击。从这个意义而言，小说需要写出其中的幽深与阔大，写出人心的裂变与守持，甚至表述那些迎接与逃避中欲说还休的焦灼的灵魂。在《暂坐》中，羿光在西京城以知识分子形象出现，是一个家喻户晓的"大名人"，通晓世故，在他身上隐约有着《废都》中庄之蝶的影子，但又不尽相同。与庄之蝶身上的隐喻性质及象征意味迥异之处在于，羿光更具有世俗的普适性。小说借范伯生和羿光之对话，说出了"艺术家经不住官的诱惑""官经不住商的诱惑"等言语，可以说，在贾平凹笔下，金钱与权力依然成为主宰城市的力量，其更是嵌入城市的运转系统之中，甚至控制之、操纵之，这是某种现象，更是伦理的针砭。

钟求是的长篇小说《等待呼吸》，写了莫斯科、杭州等城市，历史的反思与人性的反省相辅相成，城市不仅是生活的情感的载体，更是精神往复沉浮的空间，从中亦可见当代中国文学叙事从乡土主体向城市主体转变的过程，这样的变化不仅仅是地景的与环境的更换，更重要的是知识的与文化的转圜，如是才能真正承载当代中国之精神主体的灵与肉，而后者也反过来映射和表征当代中国的总体性变革。

三

然而话说回来，小说表述城市的过程切不可一味写生活，过度沉湎俗世只会在浅层的人事物情中打转，人生如从长度而言，固然只是一次"暂坐"的过程，但是需不需要留存些什么，操持些什么，建设些什么？答案是肯定的，否则便是漂泊的浮萍，短促而粗浅。而文学正是为此提供想象性建构的重要媒介。"过分宏伟的设想在许多领域中都可能令人厌倦，但在文学中则不然。即使我们提出难以量计的目标，而且没有希望实现，文学也仍然存在。即使诗人和作家为自己提出他人不敢想象的任务，文学也依然继续发挥作用。因为科学已经开始不信任不能切分、不专门的一般性解释和解决办法，所以文学所面临的重大挑战就是必须能够把知识各部门、各种'密码'总汇起来，织造出一种多层次、多面性的世界景观来。"① 正是在不同层次的世界以及多元复杂的内心中，小说需要去展现如是之"景观"，也即精神的提拔与升华、善恶的抉择与救赎、文化的守持与托举、人性的周旋与把定等，也许是小说在表述城市过程中不可或缺，同时也是不应避离的所向。

《暂坐》中，从茶室的小唐被纪委带走开始，作为群体／共同体的"她们"不断瓦解，夏立花病逝，冯迎坠机，海若深陷官商旋涡不知何所向，最终茶庄经历了一次匪夷所思的爆炸，姐妹和店员虽安然无恙，但各自的情谊已然土崩瓦解。悬案疑窦、爱恨情仇，都归于沉寂，眼看"她"起高楼，眼看"她"楼塌了。小说最后，海若不知所踪前途未卜，羿光和陆以可远赴马来西亚为意外罹难的冯迎奔走，伊娃在困惑与无奈中回到圣彼得堡。活佛则始终如"等待戈多"般象喻着现代命运的不可把捉。不得不说，"现代"之时间与生命之不可预知性，一切皆为"暂坐"赋名，这或许是城市更深层的精神底色。一切照旧，但变化是常态，"个人即使等得及，时代是仓促的，已经在破坏中，还有更大的破坏要

---

① ［意］卡尔维诺：《未来千年文学备忘录》，杨德友译，辽宁教育出版社，1997年，第78页。

来"[1]。在城市的常与变中，难度在于何以把握心性沉浮的轨迹，又如何探见精神流变的历程。

"十玉"之中的伊娃，为小说提供了一种跨域视角，她来自俄罗斯，对中国又是充满熟悉和认同的，她在西京城留学五年，熟悉那里的街道巷陌，"更习惯了这里的风物和习俗，以及人的性格、气质、衣着、饮食，就连学到的中文普通话中都夹杂了浓重的西京方言"。西京成了她的第二故乡，"回圣彼得堡是回，回西京也是回，来来往往都是回家"[2]。这就预设了一个情状，那就是伊娃可以作为西京此一城市的经历者与代言人，并且她所涉足的都市经验是有效的且独异的。然而，伊娃走了一遭，无甚作用，无法展开内在的精神层次，在她身上的来自世界的经验并未奏效，而成了自外于"中国经验"的"多余人"。小说似乎试图以此提示那些在城市中平乏、浮露、浅薄的主体经验。

值得一提的是小说关乎女性的却非关乎性别的问题。女性本身的处境被单独提出，而不是与异性的结合或对立，这是在以往的性别书写中较为少见的，也就是说，女性作为一种生存与生命形态而存在，不需要其他牵强的勾连参照，个体与主体本身被表达、表述。"海若说：也别把咱众姊妹说得多好，只是一伙气味相投的聚在一起。但想活得自在快乐，就像是撞上网的飞虫，越要摆脱，越是自己更黏上去，就像站在太阳底下晒不干汗水一样。大家在一起相处，我常常说，大家都是土地，大家又都各自是一条河水，谁也不要想着改变谁，而河水择地而流，流着就在清洗

---

① 张爱玲：《〈传奇〉再版的话》，见张爱玲《传奇》，中国青年出版社，2000 年，第287 页。

② 贾平凹：《暂坐》，《当代》2020 年第 3 期。

着土地，滋养着土地，也不知不觉地该改变的都慢慢改变了。"①同情本身是充满想象力的情感，但在具体情态中又表现为某种心理事实。在这个想象的转化过程中，小说的叙事参与进来了。西京城"十玉"之间形成的情感共同体，尽管她们最终命运殊异，但在诸多问题及事件的处置中，经常是达成一致的，她们轮流一起照顾病中的夏自花，她们家长里短疾恶如仇，她们向往爱情又热爱生活，等等。

然而不得不说，以女性为绝对主体且依循其情感命运变化为叙事要旨的形态，极易弱化当代城市所蕴蓄的深广度及其思想文化强度，在多元参照越来越频繁的当下，很难摆脱简单化的诟病，如批判私人承包的拉上渣车，却仅是以道听途说和直接评断的方式展开，包括市委书记被中纪委带走及其作风腐败之事，也是经魏总转述。这当然与作者"暂坐"以谈的写作方式有关，但女性如何切入城市的文化和精神肌理，才是其真正"独立"的关键所在。当然，女性在整个后现代中国中不断膨胀起来的主体意识，与五四前后的女性解放已大相径庭，当代女性需要更多的情感关切，也具备了更多元的价值选择，在家庭与工作中的自主裁定更为主动，也更富创造力和生命力。她们的精神需求、文化趣味、价值取向在不断更新的城市，建构起了新的拟像。现代化程度愈发达的城市，女性自身的主体意识便愈显著突出，女性的选择与决定愈多元，其才能与意志也得以施展得愈充分。不仅如此，在小说中，女性之间还形成了某种情谊的关联体，以此对抗外在的威胁，抵御潜在的危机。"从我写下上一页书的时刻起，我就明确意识到我对于确切性的寻求走上了两个方向：一方面，把次要

---

① 贾平凹：《暂坐》，《当代》2020年第3期。

情节降低成为抽象的类型，可以依据这些类型来进行运算并且展现原理；另一方面，通过选词造句的努力尽可能确切地展现物体可感的面貌。"[1]小说以西京城的女性为写作对象，伊娃、海若、希立水、徐栖、司一楠、冯迎、夏自花、陆以可、虞本温、应丽后、向其语等，其他人物则基本处于虚化状态，如茶室的小苏、小甄、来访的范先生等，甚至羿光也常常是以陪衬的方式存在。如是反向强调了"她们"的女性性征以及内化于斯的主体意识。"伊娃我先给你送礼品！打开包，取出一件俄罗斯披肩，一件老银货手镯，最后取出了一件套娃。海若说：啊这个好！拿着套娃，提起一套是一个女人，再提起一套是一个女人，连提了四套。海若说：呀呀一个女人变成五个女人！伊娃说：这就是你么，妻子，母亲，茶老板，居士，众姊妹的大姐大。海若说：我没丈夫了，给谁当妻子？！"[2]可见"她们"身上所展露出的确切的自我认知，城市愈发达，其中的女性意识便愈为凸显，这源于女性独立的方式，也在于知识与文化的累积以及基于此的新的精神意志的发抒。因此，要想准确而丰盈地表达城市，写好女性是关键。小说的前半部分，仿佛絮絮叨叨，家长里短，后半部分风云突变，"她们"花自飘零水自流，逐渐遭遇命运的沉浮，牵连官场却为其反噬的海若、于空难之中殒命的冯迎、为病痛折磨逝世的夏自花等，但也有暗流与旋涡，病痛、腐败、意外，形成了小说叙事的重要扭结。暂坐之"暂"为一种时间的观念，而关于时间感，则是现代性的一种核心征象，关于这一点，城市与乡土的时间观是截然不同的，现代之"时间"是一种偶然的、过渡性的、短暂的存在，在频繁

---

[1] ［意］卡尔维诺:《未来千年文学备忘录》，杨德友译，辽宁教育出版社，1997年，第51页。
[2] 贾平凹:《暂坐》，《当代》2020年第3期。

的更替与变迁中形成其未完成性与未来性。古典的时间是一个相对静止的甚或说是永恒的概念，治乱交替，周而复始，甚至对于生死存亡的观照，也是居于前现代的时间形态之中，不存在本质性的断裂。

四

卡尔维诺曾提到他写作中如何处理知识与形象之间的关系，"一条途径引向无形体的理性的空间，可以在这里追索将要会合的线、投影、抽象的形式、力的矢量。另外一条途径则要穿过塞满物体的空间，并且试图通过在纸页上写满字的办法创造出这个空间的语言等价物，作出最细心、最艰苦的努力，使已写出的东西适应尚未写出的，适应一切可言说和不可言说的总体。这两种奔向确切性的努力永远也不会圆满成功：一是因为'自然'语言言说的总要比形式化的语言多——自然语言总是带有影响信息本体的一定数量的噪音；二是语言在表现我们周围世界的密度和延续性时会显出它的缺陷和片断性，它所言说的总是比我们所能体验的一切要少"①。事实上，卡尔维诺在这里提出了一个非常重要的命题，即文学语言的限度与世界的多元丰富之间的悖论，由是创生出文本内在的质地及真正的张力。对于贾平凹的《暂坐》而言，其固然要穿过十个女性的主体，以获取城市之镜像；但世界的"密度"与"延续性"本身又要求小说突破形式的界限，寻求更宽阔的对应性，在新的及更繁复的确定性中探索不断延展与衍生的城市表述新的意义。在这个意义而言，西京城"十玉"是一种虚指，其既有某种复制性，也代表着不断衍生的形象和意涵，更延

---

① ［意］卡尔维诺：《未来千年文学备忘录》，杨德友译，辽宁教育出版社，1997年，第51—52页。

展至女性身体及身外之种种,简言之,在贾平凹的《暂坐》所表述城市的语境中,女性是意义的容器,也是意义本身,"她们"是作者映照城市的中心,同时也是接之传导现代价值/伦理的重要媒介。这是对于城市现代化推陈出新过程中的具有再造意义的"叙"事,也是表"述"本身不断增殖的形式可能。

第三节 新南方写作与文学的地方路径

一

一提起"南方",便会涉及坐标的多重性,因为对于中国而言,南方一直以来有其相对固定的划分与认知。而从整体的世界性话语来说,中国又意味着"东方",如此一说,似乎又存在着某种西方中心的"东方主义"式的意味在里面,且不同区域内也自分其南北西东,所以"南方"的内容非常复杂,它的含义也尤为丰富。尽管会产生这样那样的误解和歧义,但确乎依旧无法完全取消南北方的称谓,这样的二元对立也许会产生种种问题,却并不能取消如是之分化。况且,"南方"一直以来都是多元共生的,尤其是文学与文化的因素参与其中时,便很难去穷尽其中喻义。更关键之处在于,当下所提及的"新南方"及其写作实践,是正发生在我们身边的时代风潮中的产物,其包孕着种种制度的与精神开放,并且不断地冲击着我们既有的认知,勾勒出地方路径中驳杂丰富的新异状貌。

当然提出南方之"新"只是问题的开始,重要之处还在于如何在复魅的南方重新将之赋型,在阐释学意义上将"南方"主体化与对象化。以往我们提到南方,常常是以长江以南来划分,关于南方其实还有很多内在的区域厘定，江南、华南、西南、岭南等，他们分属不同的系统，或锚定不同的界域，这样就涉及一个问题，表面上的地理性区隔，事实上背后是一整套政治的、经济的、文化的，甚至科技的以及制度的话语在里面。今天重新再提南方的写作，无法回避的是以前提南方的时候，都会牵涉的经典南方作家，如苏童、王安忆、韩少功、格非、欧阳山等，他们对于江南、岭南，以至整个南方文化影响如此之大，以至于如今的南方之"新"，仍旧无法绕开其中的"影响的焦虑"。但是需要指出的是，这里的"新南方"不仅仅只有小桥流水、亭台楼阁，也不只有很细腻丰富、丰饶富庶的形态——尽管其时常亦表现出对经典南方文学的致敬——同时也有海洋、有高山、有湖泊、有大江大河，还有蓬勃的海洋。可以说，新南方写作最重要的特质之一，便是面向岛屿和海洋的书写，海南作家孔见的《海南岛传》、林森的《岛》《海里岸上》《唯水年轻》，北海作家小昌写的《白的海》《乌头白》，广东作家林棹的《潮汐图》、陈继明的《平安批》，等等，不仅更新了南方写作的疆域，更启发了中国文学的新走向。

不仅如此，南方还是神秘野性的，这么说并不是想将之引入神秘论的怪圈中，也不是通过特意的标新立异推举一个地方性命题。这里所要重点提及的，是南方的语言。林白的长篇小说《北流》是以词典的方式如《李跃豆词典》等，仿佛再造一套话语；林棹的《潮汐图》则通过注释，直截明了地标示粤语的叙事形态。《北流》写了那种母系的价值和伦理在未曾被打开的那种被层层包裹起来的南方，如何层层拨开一种日常的神奇与诡秘，那是幽深的心理在渐次打开，尤其是小说用北流的方言来写，地方性的意识通过一般情况而言难以完全洞悉的话语呈现出来，这是一个古已有之却又是"新"奇有加的"词典"，悖论或说有意味之处就在这里，仿佛在阅读小说之前，必须要先读懂其间的种种词典，或者是阅读小说过程中，出现了某个字词或者句式无法清晰理解的，都需要回过头来参照词典，进入粤语方言的语境中才能不至坠入迷雾。这也是一种神秘之所在。林白曾自述她从普通话向粤语方言写作的艰难转型过程：

> 当然北流话只是粤语中的小方言，属粤语勾漏片。北流话之于香港话，犹如唐山话之于北京普通话。
>
> 北流话不但受众小，更重要的找不到太多可用的词，需沙里淘金，淘到金子之后还得找到合适的字，小方言进入写作实在是要满头大汗一身身出的。但既然我能够毫无障碍地听懂香港话，小方言汇入大方言或可一试。
>
> 还有句式，是完全可以改过来的，普通话句式啰嗦，粤语句式简劲。
>
> 如向右转，粤语：转右；到某地去，粤语：去某地；把某东西拿给我，粤语：给我某东西。
>
> 我开始在长篇中试起来。①

当代中国文学的地方性路径，既是寻向精神的归处，也作为想象的中介，更代表着创生新天地的方法。而如何将一种地方性的命题汇入整体的视域之中，实践总体性的宏大思考，这是一个难题，亦是不可回避的命题，否则最终仍将走向琐屑和分裂。由是不得不提到林白的长篇小说《北流》。北流地处亚热带的南方以南，是一个名不见经传的边陲小镇，小说不仅要回到北流——此

---

① 林白：《重新看见南方》，《南方文坛》2021年第3期。

为现实的返乡，更是语言及其所形塑的象征意义的回归——也试图真正走出北流，从地方向无远弗届的自然与世界奔"流"。值得注意的是，小说真正具备了写作的方言思维，也即方言成为其理解、阐释并创造可能世界的重要媒介。杨庆祥在《新南方写作：主体、版图与汉语书写的主权》中指出，"新南方"是具有不确定性和异质性的文学／文化地理概念，与其他地域形成互文性的张力。《北流》中自成一体的方言叙事，能够在小说中形塑修辞与叙事的调性，其中不仅促成了风格的流变，还隐含独特的个体理解和精神伦理。质言之，林白的《北流》中呈现出来的植物与自然、方言与话语、地方与世界，已不是既往那种简单的地域书写形态，而是以此注疏历史及人心的"流"动，是要为彼一时间和此一时代，下一个别样与异质做注脚。

而《潮汐图》中，尤其是小说的前两大部分，同样将粤语的方言嵌入叙事的肌理，成为整体性的价值植入。不仅如此，无论是林白的《北流》，还是林棹的《潮汐图》，小说中南北的两套话语的穿插，甚至中外之间的语言碰撞，都激荡出了非常丰富的精神内涵，事实上这里面牵涉的是相左文化系统，甚至是不同意识形态的价值体系，南北、中西之间有交叉与交融，也有无法消化的东西，有冲撞和抵牾。

二

实际上，近现代以来的中国南方，在世界主义的革命想象中，一直有着强烈的变革精神，孙中山、毛泽东、陈独秀等掀起了"南方"的革命浪潮；及至当下，南方再次"新"了起来，社会变革的潮流再次翻涌，这是一种现实精神与文化质地的承续与绵延。这就不得不提到南方的革命传统，以及"新南方"中的演化和演变。陈继明的《平安批》、光盘的长篇小说《失散》、刘玉的纪实文学《湘江战役的民间记忆》、庞贝的长篇小说《乌江引》、张梅的长篇小说《烽火连三月》等，重新召唤革命战争尤其是曾经在南方燃起的红色"记忆"，及其播撒至今的爱国精神、革命传统和国族意识。这是"新南方"对于革命文学谱系的新的增益。"南方"自身之革新激活了既往的革命资源，将那些浩然情义与家国情怀释放出来，在此意义而言，南方之"新"，是传统，亦是开新。由此不得不提到的新南方写作，事实上存在着双重传统，一是经典的南方文学，主要集中在江南一带，包括湖湘文化、云贵川等，当然其现下也呈现出诸多尝试和新义，这里特意加以区分，只是为了更为突出"新南方"的内质；二是20世纪八九十年代兴起的港台文化及其影响下的岭南文化，后者固然自近代以降也有自成一脉的文化表达，但港台地区尤其是粤语方言文化的兴盛，使得"新南方"的诸区域有了更为多元的参照。

　　到了福建作家陈春成那里，则显示出了新南方的未来想象。他的《夜晚的潜水艇》，前面写博尔赫斯的拥趸是一个富豪，因为博尔赫斯曾提到一枚硬币掉到深海，他便一定要把硬币找到，于是不惜倾家荡产，雇用了阿莱夫号潜艇，用尽所有的能耐去寻觅，"富商明白找到的希望微乎其微，但他认为找寻的过程本身就是在向博尔赫斯致敬，像一种朝圣。其间所耗费的财力之巨大和岁月之漫长，才配得上博尔赫斯的伟大"。这样一种以有限去探求无限、以已有探索未知的作品，打开了"南方"所未曾有之的意蕴。随后，小说从知名印象派画家、象征主义诗人陈透纳的奇遇和恒常、想象与现实之间选择，尽管撕开的是一个很细的甚至是隐秘的精神出口，但切开了之后却呈现出了一个庞大的场域，一个阔大而开放的想象的空间，文化的与情感的界域无形中就打开了，而由此形成了想象力所映射的关于人类世界的寓言性书写。小说打开了多重的平行世界。我一直认为，其中重点不在潜水艇，而在于夜晚，那是想象力的永动机，是一切迷人而深邃的幻像的源泉。在那里，潜水艇是工具和媒介，最后陈透纳弃置了他的幻想进入生活的现世，直至那时才发觉，想象力是规避平庸生命的不二法门，只不过，"潜水艇"已然变得锈迹斑斑。这个小说更像是后全球化时代断裂的世界想象，壁垒森严的界域不停地阻滞想象的边际移动，蚕食不同维度散发的可能性存在。因而，呼唤想象力的重铸，追寻的便是人类革新精神的复归，也指向新的意义找寻的历程。用小说里面的话来说，就是"找寻的过程本身就是在向博尔赫斯致敬，像一种朝圣"。

陈继明的长篇小说《平安批》写的就是所谓"下南洋"的故事，其中叙述了晚清以来，以主人公郑梦梅为代表的潮汕人到东南亚谋生的故事，却一直延伸至民国初期、抗日战争、新中国诞生及20世纪末，对于海洋与船行，及其于东南亚的行旅中的见闻行止，有着详细的描述。而马来西亚的黄锦树、黎紫书等，则是由外而内的叙事投射。黄锦树的小说写热带风情中那种地理的气候、南亚的环境，跟人的内心、小说的情节紧密纠缠，"南方"被层层叠叠的缠绕式的叙事包裹起来，成为一个多重复义的文本，不断地朝向汉语的腹地敞开，同时又能链接出新的含义。"按照《粤港澳大湾区发展规划纲要》，这里不仅要建成充满活力的世界城市群、国际科技创新中心、'一带一路'建设的重要支撑、内地与港澳深度合作示范区，还要打造成宜居宜业宜游的优质生活圈，成为高质量发展的典范。这里以香港、澳门、广州和深圳四大中心城市作为区域发展的核心引擎，以广州文化为核心文化。也就是说经济上，'珠三角'地区又迎来了一次腾跃的机会，同样，

'南方写作'也迎了来一次'新'的机会。"① 因而，无论是粤港澳大湾区，还是"一带一路"建设，又或者是中国—东盟的交流互动，是跨境的诉求以及跨区域的联合，构成了新的文化链接，这是新南方写作的一种极为重要的，同时又有待探索的所在。

当然，"新南方写作"也有很日常的与世俗的作品，如黎紫书的《流俗地》，聚焦于东南亚尤其是马来西亚的市井生活，通过银霞及其周遭人等的命途多舛，最是凡俗之处，往往最见人心人性，而且对于世俗风情画的描述，往往成为文学"新南方"最常见的取径。值得注意的是，这里特别论及马来西亚作家的写作，还有一重意味，就是由东南亚所连接的，是"新南方"中的区域联系。具体而言是中国与东南亚，特别是"中国—东盟"的多层面合作，当然这里重点提到的是文化的与文学的勾连。这就涉及"新南方"的区域性整合问题。南方接壤区域之间的联结，或山或海，互为融汇，相与合作，其将产生怎么样的一个政治经济的变动，我们也可以尽情想象，而且类似的区域性整合目前越来越多，这也是"新南方写作"需要去面对处理以及重新探知的文化资源。

说到这里，关于"新南方"的地域锚定，似乎已经很清楚了："我们探讨的'新南方写作'，在文学地理上是向岭南，向南海，向天涯海角，向粤港澳大湾区，乃至东南亚华文文学。因为，这里的文学南方'蓬勃陌生'，何止杂花生树？！何止波澜壮阔？！"② 这里不仅"界"定了相关的畛域，而且指出寓于其中的写作投射出来的形态。对于此，杨庆祥则厘定得更为清晰："我以为新南方应该指那些在地缘上更具有不确定和异质性的地理区域，他们与北方或者其他区域之间存在着某种张力的关系——而

---

① 东西：《南方"新"起来了》，《南方文坛》2021 年第 3 期。
② 张燕玲：《关于"新南方写作"的编者按》，《南方文坛》2021 年第 3 期。

不仅仅是'对峙'。在这个意义上，我将传统意义上的江南，也就是行政区划中的江浙沪一带不放入新南方这一范畴，因为高度的资本化和快速的城市化，'江南'这一美学范畴正在逐渐被内卷入资本和权力的一元论叙事，当然，这也是江南美学一个更新的契机，如果它能够意识到这一点并能形成反作用的美学。新南方的地理区域主要指中国的海南、广西、广东、香港、澳门——后三者在最近有一个新的提法：粤港澳大湾区。同时也辐射到包括马来西亚、新加坡等习惯上指称为'南洋'的区域——当然其前提是使用现代汉语进行写作和思考。"[1]也就是说，"新南方"突破了既往对于国内地方性文学的表述，以汉语写作为核心进行推衍，延伸至在特定的整体性文化辐射下具有生长性的"南方"现代汉语表述。

三

于是在这种情况下，不得不提到当代广西文学的边地书写。李约热的小说充满了野气横生的气质，他有个长篇《我是恶人》，那里充满了南方边缘乡土的神秘想象，将"恶"作为叙事的主体与中心，牵引出人性的与历史的精神岩层。朱山坡的《风暴预警期》，写南方的风暴，台风过境，铺叙人的爱情、亲情、亚热带的感情伦理，在风暴过后，也经历了一个摧毁与重建的过程。那里充溢着重重叠叠的情感危机和纠葛，无疑体现出南方的一种独具特性的"风"景与风气。陶丽群的《母亲的岛》，将女性的自主意识及其对现实生活的反抗进行勾连，母亲为了避开日常的琐屑，踏上孤岛，独自生活，获致了孤绝的自我，以照见一个真切的精

---

[1] 杨庆祥：《新南方写作：主体、版图与汉语书写的主权》，《南方文坛》2021年第3期。

神内面，亦仿佛成为女性版的《树上的男爵》。关键之处还在于，如果将母亲的处境及选择作为边地的隐喻，则可以将"南方"的另一重隐秘的镜像揭示出来。

而海南的文学书写，则呈现出与众不同的空间想象。比如说林森的《海岛的忧郁》《暖若春风》，海南岛的世俗人性，通过纵向的代际与横向的日常加以表达，包括前述引及的《岛》《唯水年轻》等小说，打破了既往那种对于闭塞而蛮荒的地域性文化认知，一座岛屿及岛民的前世今生，经历了现代的文化冲突，其中试图表述的是现代化的体验及其中的精神重构。岛民、渔民们如何去生存和感知，这里涉及的不仅仅是日常的生活，还有精神的认知，特别是更为年轻一代的生存及焦虑，还有寄寓在他们身上的文化的显像与作为——一种新的发生于南方岛屿之中的文化主体建构，这个事实上很重要，传递出了既往的南方写作所稀缺的元素。当然，这里面的内涵极为丰富，还包括东南沿海、粤港澳大湾区，以及广西的北部湾、北海、钦州、防城港等城市及其书写，都代表着南方的新的表达在里面，如来自北方的北海作家小昌的小说，历史的遗迹如何作用于群体/个体的内心，那些颓废的海边小镇青年，以及亚热带海滨城市的群体日常，如何突破自我的精神硬壳，又何以形构现实的念想及理想，成为南方的风景与风"情"。

这里要特别指出的是，"新南方写作"是新的经验触发了新的价值认知，其中包括新的政治、经济和文化诸种规约，冲击了既有的对于南方的认同和想象，就迫使我们不得不回过头来去看以往的南方文学形态，其中很多价值认定已经失效了，由此才重新建构现下的对于南方的新的想象；而从另一方面来看，"新南方写作"如果作为一个新的概念或者是理念，又或者仅仅作为某种想象被提出来的时候，事实上已包孕着新的表达和新的形式。"马尔克斯写马孔多，是极其'地方性'的——尤其是当我们对照其传记来阅读的话——可我们为马孔多所震撼，是因为其展现出来的共情性。他笔下的香蕉林，又何尝不是我在海南这岛屿上所常见的情景？马尔克斯在《霍乱时期的爱情》开篇写港口城市、写腥臭的海风，又何尝不是我每天所生活的环境？出生于马来西亚的黄锦树，其笔下不歇的雨、刺鼻的橡胶树、茂密的雨林、无序的风暴以及穿行其间的漂泊之人，又何尝不是我每天所经历与亲见？关键是，我们有类似马尔克斯、黄锦树等人的视野和认知吗？"①于是，这里便需要谈论更为本质的问题，那就是"新南方写作"是叙事的和美学的，这无疑构成了其最为重要的形态。

林棹的长篇小说《潮汐图》是一个怪异的与奇诡的故事，值得注意的是，这还是关于海洋书写的文本，潮起潮落，一只来自中国南方的清朝巨蛙，目睹并参与人类世界的生活及情感，有认同，更有批判，"蛙眼"目之所及，及其它穿越大江大海的行旅、见闻与"体"验，都透露出一个新"潮"的南方。从这个意义而言，"南方不只是山坳边地，不只有江河平原，南方也有海，这与陈谦小说里漂洋过海的'南方'有所不同，海南的南方书写正面展露了生活与情感之'海'，其不再意味着神秘、野性、繁杂，而是走向阔大、热烈、深邃，这是关于南方想象的进一步拓展，从亚热带延伸至热带，从山川内陆推衍到海洋文明，形塑另一种博大而深邃的诗学"②。在《潮汐图》中，以那只雌性巨蛙为观察的介质甚至是行动的主体，事实上从珠江启航，到达中国澳门，随后延伸到了大英帝国，海洋成了沟通彼此的必经之径，而经由潮汐的涌动，一种"南方"的叙事也游至了"世界"。

---

① 林森:《蓬勃的陌生——我所理解的新南方写作》,《南方文坛》2021年第3期。
② 曾攀:《"南方"的复魅与赋型》,《南方文坛》2021年第3期。

循此所要探讨的新南方写作的另一个重要内质，便是其中的世界性，质言之，南方也是世界的南方。如朱山坡所言："写作必然在世界中发生，在世界中进行，在世界中完成，在世界中获得意义。一个有志向有雄心的作家必须面向世界，是世界性的写作。所谓世界性的写作，是有现代的写作技巧、独立的写作姿态，其作品具备人类共同接受的价值观，传达的是真善美爱，是写全世界读者都能读得懂、能引起共鸣的作品。在世界中写作，为世界而写，关心的是全人类，为全世界提供有价值的内容和独特的个人体验。这才是新南方写作的意义和使命。"[1] 朱山坡的短篇小说《萨赫勒荒原》，便是从中国走向了非洲，构筑了一个人类的命运共同体。小说以援助非洲的医生为叙述主体，师父郭医生与"我"前赴后继，而非洲人民亦有情有义，穿越萨赫勒荒原的历程，便是见证彼此情谊的经过。尽管那是一片荒原般的情境，但是"老郭到津德尔的那天，也是我开的车。就像今天这样，坐在你的位置。他对大荒原的风光无比喜欢，不断用相机拍照。不过那时候是春天，是大荒原最美丽的季节"[2]。南方是古典的，也是现代的；南方是中国的，也是世界的。新南方写作的开阔与开放，更在于为新的共同体打开共情的空间，构筑情感的与心理的联结，并在未来命运的同气连枝中，召唤新的意义认同及价值话语。

四

当然，所谓的南方，我们同时也有着一个古典的经典的想象，那就是偏安的南宋，在那里，南方固然是精致细腻的，但同时也

---

① 朱山坡：《新南方写作是一种异样的景观》，《南方文坛》2021 年第 3 期。
② 朱山坡：《萨赫勒荒原》，《人民文学》2021 年第 3 期。

是软弱的、保守的，追求暂时的安稳。然而不得不指出的是，进入近代以来，南方却开始迸发了改天换地的热情。纵观近现代中国的革命历程，中国南方的革命气息非常浓重，是革命的发源地，深刻地改变着现代中国的历史进程，"如果我们往回看，康有为、孙中山等广东人，都是最早发出变革的呼声的。临近港澳，西风中转后猛然灌入，是广东最先开启改革开放的缘由；可往更早的时期追溯，下南洋、出海外，不断往外荡开，不安分的因子早就在广东人、广西人、海南人的体内跳跃——就算茫茫南海，也游荡着我们劳作的渔民。但是，这些元素远远没有进入我们的文学视野，远远没有被我们写作者所重视、所表达、所认知"①。来自广西的红色革命城市百色的作家陶丽群，她有个小说《七月之光》，讲的是对越自卫反击战，小说叙述一个在中越边境的老战士老建，从战场上回来受到了战争的创伤，生理上也出了问题，他和他曾经失之交臂的伴侣终于可以共同生活，但由于他从战场回来受了伤，因此与伴侣之间只能通过情感进行结合，直至最后，他们收养了一个中越混血的孩子，三个人在边境之地，重新组建家庭，就在这样的情感与家庭环境中，老建的生理创伤奇迹般复原了。这个小说很有意味，一方面固然来自革命战争留给人物主体的心理以至身体的创伤，如何在情感的包裹中恢复的经历；更重要之处在于，新南方写作中的边境叙事，也即前述的区域整合与勾连之后，逾越边界的言说，成了新的叙事场域，其中包括跨境的情感联系亦在里面；不仅如此，小说最后，老建和伴侣领养的中越混血的孩子，事实上其意义超越了战争本身，当中呈现出来的呵护与爱，跨越了战争的创伤，治愈了自"身"的疾病。也就是说，

---

① 林森：《蓬勃的陌生——我所理解的新南方写作》，《南方文坛》2021年第3期。

这个治愈的过程，不需要通过传统或现代的医学手段，完全是通过情感的与精神的连接，获致新的认同和认知，终而重获"新"生或新"身"。

　　值得注意的是，如果回归"新南方写作"的地方叙事路径之中，那么南方也便意味着一种心理的图示，同时也是灵魂的属地。博尔赫斯的《南方》固然通过达尔曼，展开了关于南方大地的深切认同甚而是心理执着，精神的无畏往往在深信不疑的畛域会毫不保留地展现出来。达尔曼从狱中出来了之后，面对突如其来的决斗，决然走向了自己熟悉的平原地区，走过穿越自己内心腹地的南方。他为什么能够义无反顾，甚至是一种内在的下意识反应？是因为有那种灵魂的归属以及内在的笃定在里面，对于"南方"所投射出来的价值伦理的义无反顾以及不容置疑。《平安批》中纷纷"下南洋"的潮汕子弟，同样义无反顾地怀抱着文化传统的坚固质地，远渡重洋，也历经革变，始终回望故土，秉持文化精神的中国传统，在革命战争时期将内在的国族精神体现得淋漓尽致，他们历尽时代与历史的变迁，始终不忘地方气质与民族气节。杨文升有个长篇小说《神山》，写一个叫挂丽姬的苗族人民世代居住的地方，苗王经历了生命的五起五落，但是依然斗志昂扬，如达尔曼视死如归的斗志一般，苗王要带领他的家人与族群，建立自己的生命领地，让子孙和家族世代繁衍，小说就发生在崇山峻岭的亚热带，在茂密的雨林树林当中，却又不断地与中国的现代历史交叉，现实的属地与灵魂的质地便渗透在少数民族所坚守的界域之中。

五

　　南方是既有的也是未知的，它有着自己既定的经验，也有固定的表达，丰富多元的文学作品及其展开的文化形态，构筑了一个经验的与经典的南方。但是这里提出的"新南方"却是未知的，它是开放的，它是基于地域认同的一种敞开式的写作形态，那里映照着一个朝向未来的蓬勃开放的当代中国。

我们所理解的南方事实上释放出来的不仅是地方性的文化规约、政治的意识形态，也有经济的导向、科技的创造、制度的展现，更重要的是，"新南方"更体现出国家战略在文学与文化层面的反映。也就是说，所谓的"新南方写作"，其实不只是主体的与个体的认同，也不单是某个地域性群体的认知，其同时是一种国家的与民族的想象，它是在国家战略的指导下进行的区域整合、跨境互联、地方重塑等，是一种国家战略上的文化认同和精神想象。

如前所述，"新南方写作"的疆域不仅在于中国的南方以南，更是延展到东南亚等地，除了众所周知的黄锦树等人的作品，这里还想提及一个马来西亚华文文学作家黎紫书，她的长篇小说《流俗地》，更新了东南亚所折射出来的新的南方经验。"我明白读者们读到马华文学中那些热带的、磅礴的、近乎传奇的元素会有多么惊叹，但马华怎么可能只有这些？你能想象一整个马华文学圈都在写雨林、杀戮和流亡吗？其实写城镇、人与世俗生活不是更合理吗？当然李永平、张贵兴与黄锦树都极具才能，写得非常出色，但我年纪越大，就越明白自己该写的是别的作者写不来的东西。我们该追求的是差异，而不是类同，每个作者'各展所长'，写出马来西亚的不同面向，这样马华文学才会有更多的活路和更大的空间。《流俗地》这样的小说，我以为，正是在中国台湾的马华作家写不来的。"很明显，黎紫书将东南亚所习见的热带的"南方"进行了新的颠覆。那是一个五方杂处、众声喧哗的民间世界，这样的芜杂荒诞与泥沙俱下，也许只有一个发展中的未完全现出完整境况的地域，才能真正析解出来。除此之外，还有一个至关重要的问题需要处理，那就是"新南方写作"的语言问题。如黎紫书在写作中提到的："至于我的写作，最明显的影响就是语言吧。由于在一个多元民族和文化的社会里长大，我觉得自己对语言的敏感度和包容性都比较强，还有对语言的使用也比较灵活和有弹性，可以为不同的作品设计不同的语言。这一点应该可以在《流俗地》里看出来。"不同的语言和心理状态所形塑的话语及文化想象，在《流俗地》之中体现得淋漓尽致。"我为它取名《流俗地》，其实有好几层含义。一是小说以风俗画为概念，就像《清明上河图》那样，一长卷推开了去。我以为地方书写，风俗就和语言一样，可显地道又饶富趣味，能使小说更灵动。另，我觉得'流俗地'三个字凑起来很有意思。流者，液态，水也；地者，土也；'俗'字呢，是'人'携着'谷'。在水与土之间，在流变与不动之间，民以食为天，这与小说的构思十分契合。再，流俗也指小说里没有超脱的人和事，大家都为世俗所缠，升不了天，最终落入泥淖成为俗人。"[①] 对于小说而言，盲女古银霞所负载的，不仅是个人的命运，也不只是一座城市和寄寓其中的凡常生活，其更是一种地域的与文化的多重折射。而能够体现这种多元复杂的，唯有语言。可以说，正是种种地方性语言——更准确地说是方言——构成了"新南方写作"的核心元素之一，"对我来说，各种主义无非手段，正如小说中的语言，华语与粤语或其他方言交缠，甚至与英语马来语句式混搭亦无不可，对于作者而言，若是对语感有足够的触觉和掌握，这些不同的语言便都是交响乐团中不同

---

① 《马来西亚华语作家黎紫书：在追求高速的社会里，开着文学这艘慢船》，https://www.thecover.cn/news/7632262.

的乐器，只要能指挥它们适时适当地响起，也能谱成乐章，进而如流水般推动叙述的节奏和情节的流转"①。不仅是黎紫书的《流俗地》如此，事实上，很多以方言见长的南方小说，都呈现出不同话语之间的周旋缠绕，如林白的《北流》、林棹的《潮汐图》，以及陈继明的《平安批》、厚圃的《拖神》、梁晓阳的《出塞书》等，莫不如是，普通话与粤语、潮汕方言、英语、马来语等的碰撞融合，彼此协商对话，形成了小说叙事内部的多声部结构。而其中透射出来的，无疑是南方的新异与新义，尤其是无法定于一格的语言形式与难以完全统摄的现实世界，相互融汇又彼此推撞，试图演化出新的文学与文化形态，以探索"南方"正在演变的宏大局势。

在这个基础上，如果我们将这样的认知引向当代中国文学的场域之中时，关于南方的新的文化认同、精神想象和价值再造，与当代文学的历史发展、审美流变、话语更迭等因素相关联，这样的"新南方"则更为充实自身。"语言如此，写作也如此，越来越驳杂，越来越浩瀚，现实对写作者提出了更高的要求。广东是改革开放最早的地方，香港和澳门一直都是市场经济的典范，这个区域包括周边省区写作的大融合，是值得期待的，前提是作家们必须有新的视野、新的思索。而能从这个区域得到灵感并写出伟大作品的人，也许不是生活在这个区域的作家，这就是新南方写作的呼唤和意义，表面上它有一个范围，实际上却宽阔无边"②。可以这么说，正是"南方"不断开新的社会历史局面，倒逼着寄托于南方的文学叙事反躬自省，去不断探寻那个变革的"视野"，

---

① 黎紫书:《月光照亮我野生的小说王国》,《中国现代文学研究丛刊》, 2022 年第 2 期。

② 东西:《南方"新"起来了》,《南方文坛》2021 年第 3 期。

并形构新的"思索"。从这个意义而言,"新南方写作"并不是一个固化的定于一尊的概念,而是在新的文本和叙事的探索中形成并更新的意义范畴,与"南方"相对的,不仅是北方,还有不断变更的地理坐标中的文化比对,是一个以既定的范围为轴心发散开去的价值孵化状态。

六

除此之外,在文学层面,"新南方写作"还延伸出了诸多有意味的触角,如少数民族文学、海洋文学、科幻文学、革命文学,等等。与南方的多元丰富相联系的是,寄寓其间的"写作"同样是多维度的,呈现出澎湃而异质的形态。此前谈过"新南方写作"中的民族与革命,以及边界与区域,而在"新南方"里形成了一种所谓的文学的与文化的虹吸效应,不仅是文学题材方面的拓宽,而且涉及不同文化主体的汇聚和融合。广州诗人冯娜来自云南的少数民族,在大都会写作中既有现代生活与情感的铺陈,也不忘关注西南的少数民族文化。在她那里,边缘地区的生活及文化被置于一个充满现代性的地方,通过多元的充满种种可能的修辞回过头去敲击原生态的世界,迸发出非常绚丽的精神色调,也形成了一种多层次和多样态的文化复调。在《云南的声响》一诗中,冯娜写到:"在云南,人人都会3种以上的语言/一种能将天上的云呼喊成你想要的模样/一种是在迷路时引出松林中的菌子/一种能让大象停在芭蕉叶下,让它顺从于井水/井水有孔雀绿的脸/早先在某个土司家放出另一种声音/背对着星宿打跳 赤着脚/那些云杉木 龙胆草越走越远/冰川被它们的七嘴八舌惊醒/淌下失传的土话——金沙江/无人听懂 但沿途都有人尾随着它。"事实上,对于当下而言,少数民族文化是一块石头,一般是无法轻易打开的，而必须要用现代的视野，以新的形式，通过一种充满变革的修辞与之相糅相撞，才能迸发出火花，否则它仅仅是一种文化的知识性说明，甚至构不成文学。而为什么说"新南方"有这种多重的周旋和冲撞在里面，因为在一个具有创造意义的空间中，在不同文化蛰居于斯的新场域，各自对话或龃龉，形成了焕发着郁勃生机的"新南方"。

当然，新南方既有《流俗地》中书写的日常繁杂的人生，同时也是激荡而蓬勃的，不仅在于当代的变革，而且寄寓其间的种种革命，都绵延着漫长的历史，也形成了自身的精神传统，陈继明的《平安批》、杨文升的《神山》、刘玉的《征服老山界》等，既有小说的虚构，也有纪实文学的摹写，其都提到革命与战争所带来的人及人性的冲击。纵观近现代以来的中国，革命文化可谓源远流长，但是对于革命的书写却是一块石头，是很难轻易敲开的，我们可能仅仅是一些简单的书写，但是关于革命文化其实有非常深广的内涵，需要更具难度意识的写作。从这个意义而言，新南方写作也许能够提供新的视野，特别是其中的跨学科、跨界域、跨文化，为传统题材的表达提供了非同往常的镜像。而文学也由此不断走向无远弗届的世界，探寻外在的不同学科、知识、人文、科技的元素，如量子力学、暗物质、黑洞、电磁力等在科幻文学中得到广泛应用，知识与科技的更新对于文学形成了非常多的冲击，迫使既往的认知打开新的空间，这一方面如陈春成的《夜晚的潜水艇》、王威廉的《野未来》等，都蕴蓄着"新南方写作"的新质与新变。

七

前面提到，不断更新的"南方"既是我们日常的冀望，同时又是一种精神的象征、情感的认同。当然,这样的象征和认同,使人们真正于其中体验与生活,又不断抽离形而下的成分,形成认知的方法。新南方写作牵涉的疆界,既是国家民族的,也是跨地区以至世界性的。其是一种多元复义的形态,在阐释学意涵上不断拓宽自身的边界,因而需要去发现与开掘,着眼于更宽阔的领域,文学的、文化的、政治的、经济的,进而反过来去处理那些打开缺口与空间的所在。在此基础上,新南方写作实际上形成了一种探寻文化的方法论,通过文学与文化去撬动更多的东西。

我们自然不可能无边无垠地去处理各种知识和理念,但新南方写作有助于重新思索那些习焉不察的价值伦理,不断以既有的认知体系去撬动他者的领域,更新现存的未知,确认或移动僵化的方位,"地域写作,这不仅是一个空间定位,也是一个时间定位,它包含着现代化的进程以及现代性观念在社会层面和人的精神层面的渗透和所产生的化合反应。所以当我们说'新南方文学'时,应该将'新'当成一个动词来理解,它是一个由旧到新的文化动作"[1]。因此,作为方法的"南方"事实上很有意义,也就是说,新南方写作不仅仅是一种概念,也不仅仅是想象的形态与精神的表征,而应将其视为一种观察、理解和建构的方法,这种方法既是形而下的,也是形而上的,就像《平安批》里面一开头讲潮汕地区有一口井,郑梦梅年轻的时候很恐惧,但是又始终充满着想象,于是在他眼前展开了两种生活,一种是日常生活,另一种是跳下井里面的憧憬,通过后者,郑梦梅能够克服恐惧、到达南洋、建功立业。因此不得不说,新南方写作具有辩证的思维,同时又意味着恒久的文化探寻,构成了丰富的参照意义和思辨维

---

[1] 贺绍俊:《"新"是一个文化动作》,《青年作家》2022 年第 3 期。

度，其形塑了一个具备生产性的精神界域，那里激越着勃勃的生机，同时要克服链锁和桎梏，形成同具延伸性和创造力的价值体系。

第四节　科幻想象、世界意识与畛域的新辟

一

"90后"作家梁豪在短篇小说《世界》中，突进了现实里的虚拟世界。小说写的是网络主播群体，在沈夏等人身上，布满着生计与理想、网恋与奔现等迥异于既往的经验类型，线上流量既能转化为物质和资本，又常常被时间那带刺的玫瑰所戳破、阻断，状似无远弗届的互联网"世界"，实则与传统一样面临重重封闭和阻隔。小说打破了以往关于真实与虚构的二元分化，因为对于新世纪的当下而言，网络世界已深刻地嵌入主体的生活乃至灵魂。走进并周旋于那个"世界"，势必成为一个游戏的、演绎的，却与当下世界平行中有交叉的所在，因而需要的是文化模型的切换，以及生活方式和思维形态的沉浸，这个过程当然不是原本端着的东西被放开和放大，而是意味着更年轻一代甚至更广泛的群体的精神装置。直至当下不断发酵的从科幻文学衍生出来的"元宇宙"概念，似乎可以断定，新的"世界"已然降临，而这也成了文学"新"的问题。

王威廉的科幻小说集《野未来》与北方科幻写作的大开大合不同，南方的科幻体现出了更为隐微的、事实上同样开阔的精神之境，《后生命》里写到："在这个小小的生命世界里，几个清澈的水球在零重力环境中静静地漂浮着，有一条小鱼从一个水球中

蹦出，跃入另一个水球，轻盈地穿游于绿藻之间。在一小块陆地上的草丛中，有一滴露珠从一个草叶上脱离，旋转着飘起，向太空中折射出一缕晶莹的阳光。"这是人类的"后生命"的状态，既预示着生命的终结，同时也意味着未来的再生。《地图里的祖父》，则是以技术析解和延续魂灵自身，将属灵的精神寄身于三维立体的成像之中，同时思索关于人与技术的存在之道，"要是人类在这同一个时刻全体毁灭了，那么在这颗行星上就只剩下祖父的身影走过来走过去了。由于仪器是太阳能驱动的，因此他的身影会永远走动下去，直到仪器生锈毁坏。那会是一个特别孤独的景象吗？那会是 GPS 里边一个虚构却又无限真实的地址吗？假如真是那样的话，谁来观看呢？也许真的会等来长着一只眼睛的外星人"。或许，与"野"未来相对的，是某些所谓"正统"和主流的未来，"在《野未来》里，科幻不再在这些宏大而邈远的层面起建设性作用，恰好是科幻从体制性的想象中逃离出来，与普通甚至卑微的生命联系在一起，科幻并不能改变这些人的命运，也无法改变既定秩序和游戏规则，仅仅是提供一面诱惑之镜"[①]。事实上，"未来"的未知是多维度的景象，王威廉在这里无疑引入的是另一种思考的维度，并为之提供完整的参照。

　　陈春成的《夜晚的潜水艇》则是打开了多重的平行世界。我一直认为，小说重点不在潜水艇，而在于夜晚，那是想象力的永动机，是一切迷人而深邃的幻象的源泉。在那里，潜水艇是工具和媒介，最后陈透纳弃置了他的幻想进入生活的现世，直至那时才发觉，想象力是规避平庸生命的不二法门，只不过，"潜水艇"已然变得锈迹斑斑。这个小说更像是一则人类寓言，后全球化时

---

① 杨庆祥：《后科幻写作的可能——关于王威廉〈野未来〉》，《南方文坛》2021 年第 6 期。

代断裂的世界想象，壁垒森严的界域不停地阻滞想象的边际移动，蚕食不同维度散发的可能性存在。因而，呼唤想象力的重铸，追寻的便是人类革新精神的复归，也指向新的意义找寻的历程。用小说里面的话来说，"找寻的过程本身就是在向博尔赫斯致敬，像一种朝圣"。我更愿意相信，在年轻一代的特定叙事脉络里，能够创生出独具历史意味的时刻，形塑重要的现实意义和时代表征。当新世纪的历史叠加新时代的愿景，当"互联网+"转向"人工智能+"，当种种的现实转喻为象征和修辞，这其中既有断裂也是延续，既是回望也是想象。近十年的青年写作，面对的不仅是对历史感的捕捉，同时也是当代性的重塑。叙事的疆界可以无穷，但青年——包括一个年轻的"南方"——内在的叙事修辞和价值伦理却始终有迹可循。

借用陈春成《夜晚的潜水艇》中的一则幻像："无数个世界任凭我随意出入，而这世界只是其中的一个罢了。"新南方写作从一个现实世界走向多元的拟像和多维的宇宙，写实与虚构所分化的二元观念已不复重要，关键在于写作/叙述中的青年正在不断更新自身的"在场"方式，撼动内在的边际与写作的疆域，重新调焦以对视当代中国以至世界，叩问文学的未来及其可能形态。

二

在传统中国，"世界"多以"天下"的概念出现，以儒家为代表的国家意识形态，将作为个体的人整合进家、国、天下的递进概念中，形成了一套完整严密的文化体系，加之前现代的地理闭塞，个体的所谓"世界"往往被纵向贯串，成为组织、稳定、传承政治权力的解释。近现代史中，面对帝国主义和殖民主义的入侵，从天朝上国幻梦中惊醒的知识分子开始放眼世界，"世界"在地理概念上突破了古代中国的政治与文化迷思，指向以欧美先进资本主义国家为代表的政治、文化概念。再者则如严复，将西方"天演论"中国化，特别是将"说部"与民心之开化勾连，"夫说部之兴，其入人之深，行世之远，几几出于经史上，而天下之人心风俗，遂不免为说部之所持……本馆同志，知其若此，且闻欧、美、东瀛，其开化之时，往往得小说之助。是以不惮辛勤，广为采辑，附纸分送。或译诸大瀛之外，或扶其孤本之微。文章事实，万有不同，不能预拟。而本原之地，宗旨所存，则在乎使民开化"①。事实上，这便是"世界"与文学的近现代视野。陈独秀甚至指出，西洋文明对国民开明觉悟已成为一种国家共识，"自西洋文明输入吾国，最初促吾人之觉悟者为学术，相形见绌，举国所知矣；其次为政治，年来政象所证明，已有不克守缺抱残之势。既今以往，国人所怀疑莫决者，当为伦理问题。此而不能觉悟，则前之所谓觉悟者，非彻底之觉悟，盖犹在徜徉迷离之境。吾敢断言曰：伦理之觉悟，为吾人最后觉悟之最后觉悟"②。在鲁迅、郁达夫等人在东洋留学时，亦时常发出跨文化的剧烈对照，鲁迅在《呐喊·自序》中阐述了自己弃医从文的缘故，"我的梦很美满，预备卒业回来，救治像我父亲似的被误的病人的疾苦，战争时候便去当军医，一面又促进了国人对于维新的信仰。我已不知道教授微生物学的方法，现在又有了怎样的进步了，总之那时是用了电影，来显示微生物的形状的，因此有时讲义的一段落已完，而时间还没有到，教师便映些风景或时事的画片给学生看，以用去这多余的光阴。其时正当日俄战争的时候，关于战事的画片自然

---

① 严复、夏曾佑：《国闻报馆附印说部缘起》，见舒芜等编选《中国近代文论选（上册）》，人民文学出版社，1959年，第200页。
② 陈独秀：《吾人最后之觉悟》，《新青年》1卷第6号。

也就比较的多了，我在这一个讲堂中，便须常常随喜我那同学们的拍手和喝彩。有一回，我竟在画片上忽然会见我久违的许多中国人了，一个绑在中间，许多站在左右，一样是强壮的体格，而显出麻木的神情。据解说，则绑着的是替俄国做了军事上的侦探，正要被日军砍下头颅来示众，而围着的便是来赏鉴这示众的盛举的人们。"幻灯片事件固然成了现代中国文学史中最重要的"场景"，其中探讨的"国民性"批判及精神之重要性，也是20世纪中国文学不断回顾与叙述的原点。鲁迅也正是在这个意义上完成他内在的思想转圜。"这一学年没有完毕，我已经到了东京了，因为从那一回以后，我便觉得医学并非一件紧要事，凡是愚弱的国民，即使体格如何健全，如何茁壮，也只能做毫无意义的示众的材料和看客，病死多少是不必以为不幸的。所以我们的第一要著，是在改变他们的精神，而善于改变精神的是，我那时以为当然要推文艺，于是想提倡文艺运动了。在东京的留学生很有学法政理化以至警察工业的，但没有人治文学和美术；可是在冷淡的空气中，也幸而寻到几个同志了，此外又邀集了必须的几个人，商量之后，第一步当然是出杂志，名目是取'新的生命'的意思，因为我们那时大抵带些复古的倾向，所以只谓之《新生》"。这是鲁迅在《呐喊·自序》中第二次展现自身的"世界意识"，也就是说，在他的思想程式中，植入了传统中国与现代世界两重对照，他的"文艺"，是推及"世界"而返至中华的深层质询。郁达夫同样如此："若再在这日本久住下去，滞留年限，到了三五年以上，则这岛国的粗茶淡饭，变得件件都足留恋；生活的刻苦，山水的秀丽，精神的饱满，秩序的整然，回想起来，真觉得在那过的，是一段蓬莱岛上仙境里的生涯，中国的社会，简直是一种乱杂无章，盲目的土拨鼠式的社会。"[1]其中的世界意识在《沉沦》中表述得更为明显："'我怎么会走上那样的地方去的？我已经变了一个最下等的人了。悔也无及，悔也无及。我就在这里死了罢。我所求的爱情，大约是求不到的了。没有爱情的生涯，岂不同死灰一样么？唉，这干燥的生涯，这干燥的生涯，世上的人又都在那里仇视我，欺侮我，连我自家的亲弟兄，自家的手足，都在那里排挤我到这世界外去。我将何以为生，我又何必生存在这多苦的世界里呢！'"这里的"世界"已然超离了简单的现实世界的范畴，而是到中国以外的地方去，是一种伦理的与国族的双重哀怨，代表着那个时代的知识分子的精神裂变。当然，这里无意勾勒其完整的轮廓，而是想指出晚近以来的中国文化界、知识界以及文学的表述中，"世界意识"的形成、建构和曲折流变，这是一个漫长的对象化的过程，充满了融汇与排斥、流动与阻塞。

然而斗转星移，百年来的沧桑巨变，20世纪中国文学迎来"世界意识"发展与发抒的另一个重要时段。随着改革开放的进一步深化，当代中国深刻参与到全球化进程中，"世界"不再是一个遥远而抽象的概念，也不再变得不可触及而只能报以想象性的追慕，这便使得每个国家乃至于个体都在不同程度上参与关于"世界"的建构，这不仅在乎共同体的建制，而且渗透至个人的主体性生成之中。新世纪以来，世界的开放与流动固然加深了国家、民族的交流协作，促进经济技术的发展，但随之而来的文化入侵、贫富差距、环境污染、疫病传播等问题，也对现行的世界体系带来了动荡与挑战。在萨米尔·阿明那里，对于第三世界的拉美国家和亚洲国家而言，全球化并非福利与进步，相反，其甚至是一

---

[1] 郁达夫：《日本的文化生活》，见《郁达夫文集》第四卷，花城出版社，1982年，第156–157页。

种"反动"。海因里希·盖瑟尔伯格在《我们时代的精神状况》中，同样对"去全球化"的"时代"进行盘点清算，在世界秩序的瓦解与重建的"后民主"时期，资产阶级自由主义遭受广泛质疑，如何重估"时代的精神状况"，已然成为迫切的命题。①因而可以说，全球化进程所带来的断裂与倾斜，使其涌现了种种危机，后疫情时代下，如何审视世界，重建世界意识，具有更为紧迫和重要的意义。

在文学层面，当代中国小说始终对"世界"葆有热切的关注。20世纪80年代以降，改革开放给文化界带来了强烈的冲击，世界意识的形成是一个渐次打开并逐渐建构的过程，中国当代文学在对纷繁庞大、体量巨大的西方文学理论、文学作品的消化中，一方面探寻新的艺术突破，显示出汇入世界文学轨道的野心。另一方面，在西方文学的冲击下，不断形成自身的警觉与反思，开始反观中国作为国族主体的历史，在后现代语境中，建立一个东方伦理的世界。对于整个80年代，政治意识形态统摄下的文学逐步消散，纯粹主义与本质主义促使文学不断"向内转"；80年代中期形成浩荡之势的寻根文学，致力于中国传统之根的发掘与重构；先锋文学的探索在80年代中期蓬勃一时后虽渐次落潮，但关于文本的形式和语言革新至今未尝或已；20世纪90年代的女性主义写作则直接借镜当代世界的女性主义浪潮；新历史主义以颠覆与反抗的姿势，直指历史与现下，重新审视"世界"；新世纪的文学更是自觉地接受并接轨世界，并不断得到世界的关注，莫言摘下诺贝尔文学奖、刘慈欣斩获雨果文学奖、曹文轩获国际安徒生文学奖、阎连科成为2021年纽曼文学奖得主、钱佳楠获得了2021年

---

① ［德］海因里希·盖瑟尔伯格：《我们时代的精神状况》，上海人民出版社，2018年，第1–2页。

度欧·亨利文学奖，王安忆、残雪几次入围布克奖最后名单，等等。王德威也提出"世界中"的中国文学，他通过主编《新编中国现代文学史》，提出跨越时间和地理的新的融合，"《新编中国现代文学史》力求通过中国文学论述和实践——从经典名作到先锋实验，从外国思潮到本土影响——来记录、评价这不断变化的中国经验，同时叩问影响中国（后）现代性的历史因素。更重要的是，本书从而认识中国现代文学不必只是国家主义竞争下的产物，同时也是跨国与跨语言、文化的现象，更是千万人生活经验——实在的与抽象的、压抑的与向往的——的印记。"① 可以说，中国文学如何走向世界，融入世界之后又如何重新表述和确立自身，这是百年中国文学最为重要的命题之一。

当然，这是一个庞大的课题，"世界"在这里是以较为狭义的定义即具有地理意义的全球范围内的界域进行探讨，具有国家与区域概念，以跨文化为其性征。鉴于其中的丰富复杂性，这里主要选取若干断面即几部当下具有代表性的小说文本为中心，杂以其他文本作为参照和比对，试图揭示当下中国小说的"世界"观，也即其是如何面对并处置"世界"，又如何在内外视野中，尤其在后革命与后启蒙的当下，如何再认知并重置之，在这个过程中，本文试图以一种开放性的散点透视的方式，揭示作为目的同时也作为中介的"世界"，这无疑也意味着"世界"是当下的实在，当然也是未竟的想象，其代表着当代中国的处境和位置，也是生活形态和思维方式的一种重要塑形。

---

① 王德威：《"世界中"的中国文学》，《南方文坛》2017 年第 5 期。

三

蔡骏的长篇小说《春夜》无疑是一个独特的文本，小说以上海的春申机械厂的前世今生为主体，时间正好是近现代中国世界意识萌生及其曲折演变之际，而终结于新世纪全球化的复杂态势之中。1926年，王若拙老先生自法国留学归来，在上海创办了春申厂，至2008年，工厂破产清算，资产拍卖抵债，寿终正寝。通过"我"的视角，描述了工人群体的光荣与梦想、忧郁和悲剧。"我小时光，这座工厂是个钢铁堡垒，蒸汽白烟翻涌，仿佛《雾都孤儿》或《远大前程》时代，在职工人一千，退休工人两千，车床，刨床，铣床，磨床，彻夜不息轰鸣，订单如雪片飞来，我爸爸忙得四脚朝天，三班倒。上海牌，红旗牌，东风牌，首长喊'同志们好'的大轿车，都有若干个零部件，出自我爸爸之手。他是车铣刨磨样样精通，兼任资深电工，大到电冰箱，小到收音机，鬼斧神工，无所不能修理。"小说主要以春申机械厂在20世纪80年代中国改革开放的历史语境尤其是在全球化的冲击下面临的生死存亡及工人命运为中心，90年代，受到"国际主义"的冲击，"世事难料，我爸爸的光辉岁月好景不长，崔健唱《新长征路上的摇滚》的同时，德国人，日本人，法国人，本着国际主义精神，带来合资汽车品牌。车内五脏六肺，筋骨肌腱，乃至五官七窍，漂洋过海而来。春申厂的产品，一夜间，堆积仓库，化作废铜烂铁，工人们各奔东西"[①]。事实上，这帮当时自命不凡，尔后失意落魄的"世界级人物"，仅是一群甚至连生活都难以维持的下岗工人，但他们在小说中表现的却是满腹的世界主义情怀，其中理

---

① 蔡骏：《春夜》，作家出版社，2020年，第14页。

想主义的破灭与存续，非常耐人寻味。

更有意思的是人物自身的"世界性"，"张海问我，那个叔叔为啥叫保尔·柯察金？我说，《钢铁是怎样炼成的》看过吧？张海说，没看过。我说，我看过三遍，书里的男主角，保尔·柯察金。张海说，也是话痨？我说，不是话痨，是个战士，后来变成瞎子。张海说，蛮惨的。我说，你看那个爷叔，戴了一千度的眼镜片，等于半个瞎子，但他欢喜读书，逢人就讲《钢铁是怎样炼成的》，还会背诵保尔的名言，大家就叫他保尔·柯察金了"。这便是那个保尔·柯察金，那是一个符号式的存在，中国乃至世界，无疑，其对于社会主义中国而言是复义的，此"名"及其背后之"实"所分裂的政治及文化意味，代表着一个革命世纪的终结以及后革命历史中的复杂纠葛。"张海又问，冉阿让呢？我说《悲惨世界》看过吧？张海说，看过电影，上海电影译制厂的配音。我说，你看那位爷叔，面孔上全是胡子，头发也是卷毛，相貌凶恶，像个枪毙鬼、劳改犯，绝对是冉阿让翻版。张海笑说，有道理，最后一位，神探亨特，我就明白了，我看过那部电视剧"[1]。甚至是春申厂里的看门犬，亦被称为撒切尔夫人。叙事者煞费苦心地设置，在人物主体身上寄寓着一种世界性的"形式"，由此召唤出小说人物在对应世界文学中的形象时的精神特征。一方面使得包裹着多个层级的意涵；另一方面，如果将春申厂以及工人们的命运，置于中国改革开放以及全球化的大背景下，可以见出世界工业化与信息化浪潮中革命阶层的沉浮起落，叙事者在此过程中试图为那些倔强的生命赋型，更是为后启蒙时代如何蕴蓄文化理想与精神景象赋能。

----

[1] 蔡骏:《春夜》，作家出版社，2020年，第11—12页。

"小说写春申厂，春申当然是上海，此地得现代世界先进文化之先声，蔡骏的构思也是一种世界文学及地理的表征，然而其中人物却是一脉的计划经济共同体，整个文本显得包容而混杂，深蕴张力。"[①] 值得注意的是，这样的修辞形态，使得蔡骏的《春夜》具备了内外的一致性，也即文本表层的人物主体、结构形态，与其内部的语言格调、精神伦理之间是若合符节的。魔幻的现实主义中夹杂着魔幻的浪漫主义，甚至展现出赛博朋克的科幻感，代表着一种现实主义与科幻主义的结合体，暗合着21世纪中国科幻文学的兴起与多重渗透，后者以刘慈欣的《三体》出现并得到世界性的认可（刘慈欣获颁全球科幻文学最高奖雨果奖）为标志。科幻文学的出现，从一种理想性与未来感的层面真正沟通世界，甚至于以"世界"为基点，反思当下伦理处境，探索新的生存可能与未来意义。

蔡骏的《春夜》，事实上是建立并沉浸于一种阶级共同体的共情之中，那是世界工人阶级革命浪潮的在地化表现。小说在这个意义基础上贴近中国当代社会阶层的生活现状和生命抉择，那不是一种简单的生活化拟态，而是以"世界"及其意识的发抒为核心，形塑小说新的修辞方式。

四

朱山坡《苟滑脱逃》，原载于2019年第1期《青年文学》，后收入小说集《蛋镇电影院》（上海文艺出版社2019年版）中。小说表述的是前现代的蛋镇的现代化历程，也是南方的风景与风气、风情与风化的表征。短篇小说集《蛋镇电影院》，收录了17篇短

---

① 曾攀：《宽恕的道德——蔡骏〈春夜〉读记》，《长篇小说选刊》2021年第3期。

篇小说，实则又合成一个系列的长篇文体。其以蛋镇这一地理空间锚定小说的叙事范畴，脱胎于朱山坡家乡的南方小镇，蛋镇具有浓厚的前现代化的气息。在蛋镇中，有凤与凰所演绎的古典的才子佳人的爱情故事，也有苟滑借助电影逃脱的荒诞奇闻；有跨国寻亲的越南人阮囊羞靠白虎油拐走有夫之妇的奇闻，也有胖子章费尽心力准备偷渡美国的故事。这个活跃着形形色色人物的蛋镇，没有斩钉截铁、大公无私的正义，也没有丧尽天良、无可饶恕的邪恶，其中遍布人情的律法与有节制的"犯罪"，相比于律法完备、阶层森严的现代社会，它的社会伦理和法律伦理更接近于前现代的中国，特别是在《苟滑脱逃》中，朱山坡塑造了一个节奏感缓慢的、古典主义色彩浓厚的地理空间，传递出一种拙朴而深邃的气质。

蛋镇虽是弹丸之地，但亦实亦虚，朱山坡意指为广阔的世界，其是从以蛋镇为中心所延展开的时间、空间概念。"世界"是蛋镇人在谈论事物时常用的概念，成了生活于兹的永恒话题。生活在蛋镇中的人们对世界的认识与向往是笃定的，其中既代表着闭塞的城镇中的幼稚的自信，但也包孕着无所不在的纯粹与天真，构成"蛋"镇的一种孵化形态。在这个过程中，"世界"成了蛋镇人认知的维度，是自我肯定的阐释方式，是一个边界，一种维度，一种想象。

又两年过去了，凰更成熟也更漂亮了，风姿绰约，让男人垂涎三尺，他们认为世界上最漂亮的女孩子就在蛋镇，幸好，并非全世界的所有的男人都知道这个事实，否则蛋镇将装不下从五湖四海蜂拥而至的男人。

凰也并非顽固不化，也感受到了来自世俗的压力，

> 闻到了空气中弥漫的绝望气息。如果蛋镇永远处于悲观绝望之中，世界是没有前途的，人类也将岌岌可危。[①]

需要指出的是，朱山坡的原意并不在于接通世界，或者是成为世界，也没有世界主义的宏大愿景，然蛋镇对应着世界，蛋镇中人就是整个人类。在大与小的参照中，在一种荒诞而实存的自信中，"世界"似乎是围绕着蛋镇展开的，是一个区别性的范畴，是为蛋镇所服务的概念。由蛋镇出发，世界开始生长它的边界，蛋镇成了世界的中心。阎连科在第七届美国纽曼华语文学奖颁奖仪式上，以《一个比世界更大的村庄》为题发表了获奖感言，"它的每一次脉冲和跳动，每一缕生活纹理的来去和延展，都和这个世界的脉冲、跳动相联系，慢一步或者早一步，但从来没有脱离开这世界的脉冲、跳动独立存在过"[②]。当然，阎连科这个感言充满了争议，这也证明了村庄与现代，以及中国与世界之间，并不都是无缝的对接，而充满着曲折与复杂。但是这种小说以一个地理空间作为隐喻的展开策略并不少见。马尔克斯的马孔多之于拉美大陆，鲁迅的未庄之于中国广大乡村，沈从文的边城之于乡土乌托邦，以及莫言的高密东北乡之于当代中国的精神映射，阎连科通过中国乡村形塑的病症隐喻，等等。

在《蛋镇电影院》中，"世界"的大是为了谈论蛋镇的"小"，在大小的颠倒错位中，一个新的独立的文化空间建立了。其中，"电影"是对现实世界逃逸的一种方式。小说《苟滑脱逃》中，蛋镇是一个前现代的稳定的世界，然而当苟滑归来，现代性在其中却似乎不存在任何的扞格与阻力。小说最终结束于一个将变的蛋

---

① 朱山坡：《凤凰》，见《蛋镇电影院》，上海文艺出版社，2019 年，第 5 页。
② 阎连科：《一个比世界更大的村庄》，见"文化客厅"公众号，2021 年 3 月 10 日。

镇，苟滑脱逃十一年，同时也是现代化历程在蛋镇甚至边缘中国被忽略的时间，如果说蛋镇构成了一个独立的封闭的小世界——其相对于外在的波澜壮阔的革命和改革浪潮——那么，蛋镇之外的世界，所有人都想走出去，但是始终没有人带回来关于世界的消息，只有苟滑。蛋镇所展现的世界是平面的概念，电影的二维呈现，与世界不谋而合。"既然有了蛋镇，那么，必须有一座电影院。在我眼里，蛋镇最有价值的建筑物当属电影院，如果没有了它，蛋镇就没有存在的必要了。"①值得注意的是，幕布后的世界被忽略了。朱山坡没有讲述，苟滑也没有，只是通过几组极具现代性的词汇：火车、西装、香蕉食品加工厂、县政协委员、大型煤矿、铁路。蛋镇人对世界的认知仍然是符号化的，电影能成为苟滑脱逃的通道，其实也给蛋镇人"逃逸"的可能。朱山坡反其道而行之，蛋镇作为"现实"、三维的存在，为其自身走向世界提供了新的想象的可能。

路遥在《平凡的世界》同样呈现出乡土与城市、传统与现代、中国与世界之间的多维交叉。朱山坡则建构的是蛋镇的三维世界，此中的矛盾通过电影的二维获得了逃避。世界是贯通的，但是这个贯通的洞口只有苟滑能够穿越。这是特别有意思的地方，与当代小说在宏大立体的叙事、建立庞杂繁乱的文学空间有所区隔，朱山坡却企图将世界压缩成平面。小说文本作为二维的艺术，与电影的异曲同工之妙是相互牵引的。苟滑能逃进电影屏幕之后，外来者是否也能穿越到小说的蛋镇？从这个意义而言，这个蛋镇又能带给我们什么？

---

① 朱山坡：《蛋镇电影院·序言》，上海文艺出版社，2019年。

"如果我不绊倒，我早应该到了广州。"每当想起多年前看火车的往事，苟滑都兴奋而无不遗憾地说，"那是我离世界最近的一次。而且，还让我明白了一个道理：当扒手是可耻的。"

"亲爱的街坊、朋友们，生而为贼，我很抱歉，真的非常抱歉。但是，我要走了。我要离开蛋镇到世界上去。"

他的成功像当年逃脱一样如此匪夷所思。然而，人们不但没有撤销对他作案的嫌疑，反而还怀疑他扒窃了全世界。只是谁也不再提起，不屑议论，像曾经看过的烂电影。①

事实上，真正认同苟滑的逃脱及回归的并不多，苟滑归来仍然是被过去的眼光所统摄，认为他"扒窃了全世界"。"世界意识"所产生的现代化的符号系统，轻易被纳入蛋镇的体系中，是否是毫无扦格的？而这一切还与现代中国的一个重要呈现即电影院有关，《电影院史略》中，表述了电影院的前身，戏台与政治是关系密切的所在，成为蛋镇人民感受历史以及对历史的情绪。

"我只有在一边作案一边想着电影里的情节时才会失手。"苟滑总是把失手的原因归咎于电影。这也不奇怪。像电影影响了工作和生活的情况在蛋镇比比皆是。比如，炒菜时想到电影，竟把菜炒煳了；走路时想着电影，走反了方向；夫妻吵架，互相指责对方在过性生活时心里

---

① 朱山坡：《苟滑脱逃》，见《蛋镇电影院》，上海文艺出版社，2019 年，第 225、229、231 页。

想着电影明星，嘴里喃喃着影星的名字……但电影使得苟滑马失前蹄，这是电影的独特贡献。我们希望电影要么把坏人全部变好，要么把他们全部消灭。

"电影院就像是外国人的教堂，不是撒野作恶的地方。"①

苟滑生存的蛋镇是三维的世界，在此，善与恶没有绝对的划分，而是处于一种模糊的界定之中，更像是一种家族伦理在发挥作用，其中能够呈现出"世界意识"形成之初的混沌状态，也显露出了面向并走向世界的乱淆和迷思，以及将长久蕴积的"世界意识"付诸实践中的异质性。因而，当苟滑被认为是害死老人的凶手时，他从三维的世界（现实）穿越到了电影里的火车（二维世界），完成了逃脱，这也是苟滑没有向狐朋狗友们展示的逃脱的绝技。可以说，在电影中，投射出来的是幻想与欲望对生活的穿透，只是没有人料想到电影会成为一个入口，意味着一个黑暗中窥光的洞穴。

还有一点不可忽略的是，《东方快车谋杀案》讲述的是群体犯罪，以及法不责众之"众"人最后脱罪的故事，其同样映射着蛋镇居民与苟滑的现实境况。东方快车上的罪犯安然无恙，而蛋镇的罪犯苟滑同样安全脱险，并摇身一变，成了远近驰名的企业家，一个西装革履、文质彬彬的成功人士。"通过蛋镇的建造，朱山坡试图从南方散向四方，从边地探向世界。在此过程中，蛋镇成为一个传统与现代交叠的文化装置，其因虚构而实在，完成想象性的文学生产。蛋镇以朱山坡的家乡小镇为原型，但他赋予了它更

---

① 朱山坡：《电影院史略》，见《蛋镇电影院》，上海文艺出版社，2019年，第254、251、250、215页。

为丰富的意味，'蛋镇，意味着封闭、脆弱、孤独、压抑、焦虑乃至绝望、死亡，同时也意味着纯净、肥沃、丰盈、饱满，孕育着希望，蕴蓄着生机，一切都有可能破壳而出'。人们往往以为，朱山坡在《蛋镇电影院》中试图重写一个南方，然而在我看来，蛋镇叙事已然不是浮于浅表的小镇故事，更非落于窠臼的南方写作，其以'一切都有可能破壳而出'的开放形态，意欲孵化的是一个现代中国，更是循此走向无远弗届的世界。"① 如前所述，蛋镇是一个前现代性的存在，而火车代表着现代化的进程，电影院成了地方性叙事中国欲望与情感的装置，是现代中国的重要镜像。前现代的人物、传统的蛋镇与充满现代意味的电影、电影院、工业化象征的火车，在小说中不断透露着自身属性，又与彼此相互碰撞出现实的与文化的奇遇，因此不得不说，苟滑的逃脱术是破除标签化的文学地方性叙事，《苟滑脱逃》是蛋镇走向中国与中国走向世界的双重隐喻。

五

进入 21 世纪，在互联网时代，人的生活状态与生存状况出现了新的换算，梁豪的短篇小说《世界》，写互联网生活中的虚实相生，表面上看无远弗届，实则又处处是边界。这就涉及外在边界与内在边界的问题。外在边界是线上线下，内在边界实为理想与虚拟。无限之世界却是存在着无数的框架，诸种之限度是不能去逾越、难以去突破的。互联网世界建立了一个市场，同时建立起一套系统，一套规则，以及一系列的人物主体。《世界》中沈夏所代表的网络主播群体，是作为互联网世界新的职业出现的，在他

---

① 曾攀：《蛋镇与中国——朱山坡的〈苟滑脱逃〉及其他》，《广西文学》2020 年第 6 期。

们身上，也铺展出了新的生活形态，诞生了新的思维方式。沈夏在未完成的形式规则中左突右冲，这是一个世界范围内的课题抑或难题。但是，最基本的规则就是现实与虚拟有着千丝万缕的关联，但又时常截然分割，不能越界，否则就会落入如沈夏般的生存的、情感的与精神的困境。

"主观的我们总会在某些时刻，主观地觉得世界很小，或者感知其小。小到我们只能与极少人长情，只能花费那么一点时间跟另一些人蜻蜓点水或者酒肉穿肠，小到无非吃喝拉撒、柴米油盐，看看书，听听音乐，'三月不知肉味'已是传说中的高境，三月，肉，细想多么卑微。于是，我们近乎必然有所侧重、学习分配，只因官能有限、生也有涯，而志同道合者就那么些。与此同时，我也常觉得客观世界确乎好小。地球仪滚来滚去地看，馋了，寻思真要狠得下心，周游列国在今天算不上天方夜谭。似乎在这些时候，人豁然魁伟高拔，文学随而变大，能够一溜烟跑到几万光年外，跟未来打一个照面。当是时，世界究竟是大了还是小了？以至于，我们如何重新定义世界和我们？"①

虚拟世界已然构成了当代社会确切的经验和精神的寄托。《世界》中的整个故事不仅是沈夏恍惚中的觉醒，追求理想最后破灭回归现实，这其中更像是一个训诫，通过沈夏的故事展示出边界的可能与不可能，最后甚至颇为消极地传递出种种边界是很难逾越的。而就在如是这般的虚拟与理想的关系中，沈夏内心发生了某种错位，也即将自己的理想等同于虚拟，或者说，把理想投射于虚拟之上。

在沈夏等人那里，情感的逃离及新的虚拟性寄托，缺少了一

---

① 梁豪:《世界之小与小说之大》,《小说选刊》2020 年第 5 期。

个新的文化装置，究竟是什么将现代人的理想与虚拟的网络世界对等？只是技术吗？技术提供了可能，最重要的还是作为人的内在的空虚和想填补自我又不得的两难。人类一直在寻找自我灵魂的完满，文学、艺术、哲学，信息化时代构建起的互联网世界以巨大的信息生产能力和互动性，成为人类新的虚拟性寄托。然而反过来说，虚拟与理想的边界是显而易见的，技术提供了便利，千里咫尺，产生新的填充的同时又时常将人抽空，使得意欲超离边界者最终反而作茧自缚，被技术所统治。梁豪的修辞携带一种精致而迷离的气质，与他笔下的巴黎、善丁呼拉尔异常契合。但在这精致下，是近乎冷漠的清醒。

梁豪的小说事实上塑造了一个真实/虚拟、线上/线下对立的世界，其给人物主体带来痛苦往往指示着两个世界之间的分裂，而真正的困境仍是两个混淆缠绕的世界中，游离于其间的人们迷失了自我。而在虚实中位移的网络主播沈夏的撕裂之处在于，她将真实的生活代入了互联网的虚拟。她做主播，深谙话术与活计，从中获利谋生，在众多的粉丝中游刃有余，按理说她能认识到"白兰度"的虚幻，但是最后她自己沉溺其中，不是因为"白兰度"这个人，而是他身后的法国，是卢浮宫，是玫瑰夫人咖啡馆。沈夏从未真正建构起来的世界意识，使得她至始至终没有找到自我的立足点，于网络与现实间像个时代的孤魂。

需要指出的是，沈夏的闺蜜余欢却似乎找到了生存的密钥，她安于现实，生根，融入。她的粉丝也知道家庭与精神寄托是无可混淆的存在，借由互联网披上不同的皮囊，身份分明，进退有度。这就是余欢。但作为一个整体的余欢，沈夏非常清楚，她已经成了跟记忆里的旧人不那么吻合，甚至有些格格不入的新人。有些东西被抽离出去，有些东西被填充进来，于是，面前的余欢是一个调整过了的、变了形的余欢，却又是最为真实的余欢。虚妄的永远都是自己的一厢情愿，沈夏何尝不是如此？甚至在她身上扭曲得更为厉害。余欢肯定能感受到那种可怕，她只是强作镇定罢了，她拥有比沈夏更为出色的演技和心态。而"白兰度"就是沈夏扔向生活之外的飞镖，最后沈夏亲身前往巴黎，完成她的"世界"之旅，但"白兰度"骗局被拆穿了，世界重归灰调。

其实这种难以弥合的现实与欲望，存在于真实的生活中，又往往以虚拟与虚构的言语铺展。当然不能由此说互联网所建构的虚拟世界侵占了现实，后者固然生长于现实世界，但互联网赋予了个体经验所难以企及的世界以及无边的思维广度，独立的个体如何在近乎无限延伸的纬度中确立自我的存在，如何真正获致那个"世界"的同时又清楚地审度自我，这是当下之无远弗届的"世界"的最大困境。然而就在虚构与真切、他者与自我、世界与本体之中，个人的确凿的身体性成为被外在现实社会不断穿过改造的皮囊，人的意义不再仅仅是独立的灵魂与个体，更是被动被改造的躯壳，人生不再是简单的对生活与生命的体验，而需要经历新的身份、演技与心态的考验。

> 沈夏需很上心地替她P图。常言道，人以群分，她不能让别人觉得她的闺蜜是一个如此庸常的女人。她们点的都是餐厅的网红菜，西班牙海鲜饭和墨西哥酸辣鱿鱼。饮料是喜茶，同款的满杯红柚，外加冰激凌和奥利奥。喜茶是沈夏进店前从黄牛那里直接买来的，省去排队的时间，毕竟重在拍照。[1]

---

[1] 梁豪：《世界》，《上海文学》2020 年第 4 期。

这其中透露出一种流行符号的堆砌，而拍照的唯一指向的目的性，表明了沈夏的生活是一种破碎而美丽的拼接。可以说，梁豪的《世界》是一个用无数细节填充的世界，这样的世界沟通一种新的全球性。"《世界》所想呈现的东西，比以往作品都更明确一点，我知道我迟早要写沈夏这么一个人。她就在我身边，我近乎瞠目结舌地听她娓娓讲述那些似乎离我很遥远的故事，故事的尽头又分明连接着我的世界和日常。她毫不浮夸地生活着，在虚拟又真实的世界里；好几个世界，全都辩证地虚拟并真实着。"① 一个生活在虚拟里的主播，竟然会被更虚拟的"白兰度"欺骗，她那样云淡风轻地讲述自己的故事，像讲述另一个世界的某个无关人等。可见在沈夏的人生里，充斥着现实 / 直播虚拟世界、婚姻 / 滥情、浪漫 / 庸俗等元素的碰撞。梁豪自言小说《世界》是将"世界"变小的过程，这是针对世界之无边无垠而言的，对于沈夏而言，她毫不浮夸地生活着，试图追逐又往往扑空，在虚拟又真实的世界里，周旋于好几个"世界"之中，演绎出她的不同身份，也投射其中的世界意识，即世界可以极细微，同样也是异常宏大的，在这个过程中，"世界"成为一种视野、方法，一个度量衡。

六

陈谦出生于广西南宁，是海外华语文学的代表性作家，1989年赴美留学，著有长篇小说《无穷镜》《爱在无爱的硅谷》等，中短篇小说如《覆水》《繁枝》《下楼》《看着一只鸟飞翔》《特蕾莎的流氓犯》《望断南飞雁》《虎妹孟加拉》《我是欧文太太》等。对于大洋彼岸的陈谦而言，她的"世界"借由纵横交错的对比，呈

---

① 梁豪：《将"世界"变小的过程》，《中华文学选刊》杂志公众号，2020年6月10日。

现出跨世代、跨文化与跨区域中的精神处境。在她的小说中，他们/她们作为移民，或是知识分子，或乃白领精英，但人生中却烙印下了远隔重洋之外的中国的历史伤痕。

"作家都经历过去标签化的排异过程，陈谦也不例外。女性、广西人、海外华人、硅谷工程师、作家等身份会依次深化为她的自我认同；也会与加诸其身的创伤、镜像、欲望、自我认同等术语互相渗透、相生相克。这构成我们对作家陈谦的'前理解'，她关注的是华裔科技精英不懈的追逐、隐秘的创伤和艰难的认同。南雁、苏菊、珊映等人物分别承载着作家自我中最深的一部分，'女性把内在于她的观察者与被观察者，看作构成其女性身份的两个既有联系又是截然不同的因素'。集观察者与被观察者于一身的人物与叙事人同样形成观察和被观察的关系。她们的成长史被拉长、放大，前现代遗留的创伤在后现代文化景观中持续发酵，某种意义上可视为国族开放史的微雕。"[1]

无论是《木棉花开》的未婚先孕、重男轻女，还是《莲露》的"文革"书写，又或者是《哈密的废墟》中对历史与精神维度的相互对照。陈谦小说中关乎创伤的世界性旅行，究竟有什么特别的意义？比如陈谦的世界意识，从人性的走向世界的叙述，带着创伤去经验异质文化，观看和体验世界。那是一个独特但完整的世界，"她们"参与到"世界"性的精神建构中，并于焉观测自我的形成或裂变。问题在于，世界是否疗愈了她们，可以说，陈谦的小说提供了更为广阔的视野，更坚强博大的心性，但没有提供完全疗愈的承诺。而是在那个过程中，世界成了新的精神参照，"我的小说关注的是'故事为什么会发生'，这也导致人物来路在

---

[1] 申霞艳：《华裔科技女性的硅谷"西游记"——陈谦论》，《南方文坛》2021 年第 3 期。

写作中的重要性，地方性这一指纹，自然地会打在作品的页面上。我的主人公，基本都来自广西，我怀着浓厚的兴趣，追随他们翻山越岭，远渡重洋去向远方，他们的来路引导他们寻找前途"①。内部世界的心理征兆/症兆并不会随着文化的差异而冲淡，更不会在全球迁徙中得以消泯，陈谦在将"世界"延展到了更开放的地理/文化空间，由此产生了新的命题，在这个过程中如何处理外在"世界"的经验与内在精神的演变，在真正的"世界"的时空处置离散的文化，这是一个关乎"世界"的难题。在《木棉花开》中，戴安自残的原因是借由身体的疼痛转移精神的焦虑，更是以此获得加热的关心安慰，获得巨大的安全感。归根结底，戴安在寻根之旅后陷入了自我怀疑，失去了被爱的安全感。有着同样被遗弃经历的心理治疗师辛迪与边缘性认知障碍的戴安关于认母的故事。辛迪与戴安曾有过一个对话："中国有漫长又复杂的历史，革命，改革，经济急速发展，就像在一条大风浪中行驶的船，会有多少悲欢离合。你现在长大了，面对着更广阔的世界和生活里无穷的可能性，你能明白了。"两人之间之所以惺惺相惜，深层次的原因来自于彼此相似的经验与经历，由是产生了新的认同，"我就是曾经的戴安啊"②。对被抛弃的历史的追问，对于生的寻找与认同。尽管这样的故事结局颇受争议，甚至陈谦自己都表达出如此的圆满与她既往的内心呈现有所区别。但需要指出的是，陈谦事实上试图在小说中塑造一种精神的与心理的完整回路——从创伤的生成，到掩藏与重现，再到重新面对和处置，以至最后的挣扎与愈合。从这个意义而言，陈谦小说试图走向世界，在世界中疗愈自我，

---

① 本刊编辑部:《新时代的地方性叙事——第十届"今日批评家"论坛纪要》,《南方文坛》2020 年第 2 期。
② 陈谦:《木棉花开》,《上海文学》2020 年 7 月号。

又重新融入世界之中，这使得其中的人物真正获得了一种"世界意识"。

在小说《莲露》中，关于莲露外婆、母亲的故事，表现出了一种时代之殇，外婆和外公离婚后再没剪过头发，结发夫妻之情深矣，其中既是深情的共寄，又蕴蓄着那段历史的刻骨铭心。不得不说，陈谦在处理这样的跨文化文本时，并没有去刻意捕捉西方文化的精髓，而是藉之为中介，建构她笔下的旅美女性的内在共性，呈现旅美女性在参差的文化对照中的精神和心理状态。她在《木棉花开》《莲露》中，都塑造了具有心理精神障碍的女性，在莲露、戴安等形象那里，陈谦企图用精神的剖析为参差的身份赋予情感的内涵。莲露虽然承受了舅舅的性侵犯，丈夫的"处女情结"的伤害，但她已经把这种伤害内化为了生活的一部分，择偶上倾向大龄男性，而小说则通过冲浪与出海等情景，指示心理医生一直把疗愈内心疾病的治疗比作冲浪，而莲露的梦境却是老人与海，一个是驾驭波浪穿过伤痛，一个是在没有失败的精神中前行。可以说，在对中国异性的恐惧以及由此可能生出的中国传统观念的挤迫中，莲露转向了白人男性，她对于"世界"的认知与接受是扭曲的，又有着内在曲折幽微的心理诱因。陈谦由是将人物的"世界意识"引向了深入，也透露出了其中的多元复杂。

《哈密的废墟》则是颇具转折的文本，其中包括了哈密与哈妈、哈妈与哈老、哈密与哈老、"我"与杰西卡等几个故事。"我"与杰西卡的故事看似游离于故事之外，但在最后杰西卡面对求婚时哈妈幻象的出现，与整个故事完成了串联。巨大贞操观差异之下的哈密对两性关系具有极强的戒备心理，在哈密关于异性的"色狼""咬伤""脏"这类话语表述中不断显露出来。很难想象，在美国留学的学生还具有如此保守的思想。哈密妆发中的中方古典保守、对"我们女生"这一群体的强调，与其离异的家庭背景和保守严格的母亲的教育有关，而这一切都来源于哈妈和哈密自身的伤痛。哈老诱奸了哈妈，甚至把魔爪伸向女儿，哈妈因为自己的精神创伤和保护哈密，与哈老离婚并对哈密严加管控，过犹不及。哈妈对哈密的亲情是扭曲的，从对哈密两性关系的盯防，到把"我"视为"女儿"而让"我"用牙刷刷指甲（在我看来是一种莫大的羞辱）都可以看出来。哈密一直承受着这份沉重的负担，在与"我"的谈话中鲜有地流露出来，甚至知道哈妈偷看她的邮箱，而故意骗哈妈去废弃医院的墓地，这也是压抑的哈密变相的报复。

遗传性的心理疾病。哈妈在年轻时被哈老伤害造成了严重的心理疾病。都是可怜人。对性的避讳，把两性接触视为洪水猛兽。哈妈的悲剧通过对哈密的极强的占有控制、洗脑遗传给了哈密，或者说哈妈亲手将哈密造就成了美国的哈妈。在美国相对自由开放的两性关系中，哈密一家的经历带有了东方的魔幻色彩。"作为全球化的一部分，海外华人文学保留了华裔走向西方的奋斗历程。陈谦书写的是改革开放后留学生的'西游记'，他们从东方进入西方所经受的'九九八十一难'亦可看成民族国家现代性的隐喻。"[1]哈密是传统的，在两性观念和孝道上都有体现。在对"孝"的执行上，哈密对母亲经历的心疼，致使于她没有想逃离母亲的控制，自我阉割，对癌症晚期的父亲尽心尽力地照顾。但是哈密为了父亲延续生命的照顾只是对父亲的惩罚！而哈密最后转向了植物学，恰恰又是一种对父亲母亲的一种宽恕。"任何不能让人成长的关系，都是可有可无的。"哈密的废墟是爱大后山与格林教授约会的

---

[1] 申霞艳:《华裔科技女性的硅谷"西游记"——陈谦论》,《南方文坛》2021年第3期。

废弃医院的废墟，是她在洛杉矶破败的家的写照，更是哈密亲情、爱情的废墟。

很有意思的是，哈密的家成了哈密一生的物象表征。门前是各色鲜艳的夹竹桃花，后院却是堆满废品的废墟，正像她的情感经历，与格林教授的相遇是美好短暂的（虽然并不符合道德），但是永远背负藏匿着废墟的后院，中间是不断被拆修、破败的自己。小说的结尾很有意思，通过戴欧对女儿求婚的信息，"我"再一次看到了哈妈的形象，但是十分恐怖。在面对儿女的婚事时，"我"明白了哈妈的痛苦，在儿女的爱情婚姻自由和作为母亲的职能中，似乎存在着不可弥隙的错位。《哈密的废墟》中，"那时你随便走到哪儿，只要是与人在一起，你听到的就是股票的消息、公司成功上市的消息。而拿到钱了，便变换成物质：名车、华屋，你很少听到、见到有人会停下来，跟你谈一谈，一些比发财、'成功'更有生命灵性的话题，比如文化、比如个人内心真正的激情所在、梦想所向"。

对于陈谦来说，"我的小说更专注于寻找 Why。就是故事为什么会发生，而不是故事本身。在全球化的网络时代，我们早已不缺乏故事。如果小说家只是写好故事本身，很难令人获得深度的精神满足。我觉得，从故事的意义讲，生活永远比小说更精彩。这样的小说观，使得我的小说是往里走的，更关注人的内心。这跟我个人的心性大概有关。而且到美国以后，美国文化强调发现自我，这样一来，外在大文化环境的基调跟我的个人的内在的气质匹配了，在写作上就会有反映。我觉得世界五彩缤纷就是因为人的心理千差万别"[1]。因而可以说，陈谦小说是从"世界"之大转

---

[1] 陈谦、江少川：《硅谷！写作！——对话陈谦》，华语文学网公众号，2017 年 5 月 17 日。

至人心与人性之"小",由此深入人的内部"世界",照见其中的广阔深邃。如是之内外辩证并非二元对立,而是内在的真实在无边的现实中的运行,是"世界"中难以探寻的褶皱,代表着一种幽深的与阔大的内外世界。

七

总体而言,当代中国小说在触及人物内外的"世界意识"甚至参与到全球性议题的讨论时,往往表现出一种开阔性与开放性,而这无疑代表着当代中国乃至世界的文化探寻,以及在此过程中实践的精神转向。尤其参照当今的世界局势,全球经济文化共同体的割裂,全球化既有的秩序不断受到质疑和分解。在这个过程中,文学兴许可以重塑一种新的"世界意识",提供关于世界的认知和辨别,探讨新的文化认同,乃至创造出如科幻文学所创造出来的宇宙情怀和未来想象。

蔡骏的长篇小说《春夜》,以想象性的大团圆结局进行和解,那是一种宽恕的道德,"其中的宽恕的道德,既是恕人,也是恕己,是与复杂多维的历史和政治,与难以释怀的罪责和复仇息争。小说最后在成人与孩童的双重视角间来回切换,重放春申厂七十周年厂庆的DVD,各路人马纷纷登场各显神通;梦回三十年前汰浴春申厂,各各赤诚相见,无有遮掩。一切都是从前的景象,小说自此达成想象性的和解,其内在的伦理则在宽恕历史变迁中一切的无情与残酷,释解人性豹变的精神脱逸。也许,宽恕之后,将是一次大解脱,更是一种重造与新生"①。其中所展露的当然不是一种简而化之的世界大同,而是建立在阶级与理想共同体基础上

---

① 曾攀:《宽恕的道德——蔡骏长篇小说〈春夜〉读记》,《长篇小说选刊》2021年第3期。

的，是精神的深度纽结中势所必然的情感走向。

而朱山坡的《荀滑脱逃》、陈谦的《木棉花开》《莲露》等，都存在着从边地走向世界的情结，但是也有这样一个问题，最后荀滑回来了，带回来了新的现代化，但是他所带回来的工业、种植、矿产等真的改变蛋镇了吗？诚然从物质上而言是有所改变的，物质是基础，是想象的甚至是现实性建构的根本可能，但在这个过程中，朱山坡所建造的那个前现代的稳定的蛋镇，电影、火车所带来的"世界意识"很有可能会被吸进去了，极少阻力地融进去，现代性的可能与局限，都将在未实现的或说仅仅初见端倪的"世界意识"中得到改变，又或于因袭传统中岿然不动。因此，选择《荀滑脱逃》这篇小说的意义就在于表述一个将变的状态，指示"世界意识"的可能与未可知，这同样也是现代性的内在意义及其未完成性使然。

陈谦的小说所表述的对人物创伤性体验的关切，其最终是得以疗愈抑或不断加重？或者更确切的理解不如说是一种新的打开和建设。在陈谦那里，人物的精神状况在原有的环境下是封闭的，莲露的小黑匣子、哈密的废墟、戴安的"沼泽"，等等，在封闭中不断试探，又充满着多重纠葛。在《莲露》与《哈密的废墟》中，现实创伤似乎是难以疗愈的，她们最后也沉没于此，唯有在一片狼藉中、废墟中顾自摸索。但是在《木棉花开》中陈谦有了不一样的回答。她开始尝试突破、治愈创伤，"小说的最后，戴安与生母欢喜重逢，达成了一种情感与精神的和解。值得注意的是，这样的和解，事实上来源于更阔大的人性。对于戴安而言，无论是'去了趟非洲，到利日历亚的孤儿院当义工，看到了更残酷的现实。在那种随时都可能暴病而死的环境里，照顾那些骨瘦如柴衣不敝体的婴幼儿，我突然想，自己当年居然有印着木棉花的搪瓷碗和竹勺，实在太奢侈了'，还是在'得州的美墨边境上跑，看到那些人为的母子隔离，非常悲愤'，又或者是追求新的自我实现，如学电影的她想要拍出一部属于自己的独一无二的片子，以及要为了让我活到今天的人们好好活下去……如是之内外疗治，无不见证人性从曲折幽深的小径，走向阔大的生命原野"[①]。创伤的世界性旅行，对于人物主体而言有什么特别的意义？陈谦的小说正是在这个意义上建筑自身的世界意识，也就是说，"她们"从人性的走向世界的叙述，带着创伤去经验异质文化，观看和体验世界，又或在世界的行旅中反观和省思自身。那是一个独特却完整的世界，探索一种新的疗愈方式，那里透露出更为广阔的文化视野，也需要更坚强广博的心性，而世界意识的生成，则构成了新的精神参照。

梁豪《世界》谈的是真实之"世界"与虚拟状态的边界问题，以及在有限与无限之辩证中人物主体的精神轨迹和命运归属，小说《世界》表述的是互联网时代"人"的自我革变，小说处理的是现实与虚拟、理想的关系。互联网世界建立了一个市场，同时建立起一套系统，在一套新的规则中运转，由此，产生了网络主播等职业，但是在小说中，最基本的规则就是现实与虚拟是完全分割的，不能越界，越界就会出现像沈夏这样的问题，自认为逾离了一切现实世界的藩篱，事实上却陷入了新的圈制之中，最终差点被人贩子欺骗，落入困窘的悲剧之中。整个故事不仅是沈夏觉醒追求理想，最后破灭回归现实，其实更像是一个训诫，通过沈夏的故事展示出每个人的"世界"的边界，那个似乎在网络世界中无远弗届的所在，最后甚至有点消极地透露出这个边界是很

---

① 曾攀：《人性的幽深与阔大——陈谦小说集〈哈密的废墟〉读札》，《文学报》2020 年 8 月 27 日。

难逾越的，其中充满着新的机遇，也遍布价值的与伦理的危机。不得不说，梁豪的"世界"是漫无边界的网络，表面上看无边无垠，实际上又处处是局限和界限。这一方面来自于不同的畛域之间的规制，另一方面则投射出主体精神在不同"世界"中的无所适从和精神危殆，因而可以说，《世界》实际上描述出了外在边界和内在边界的辩证。内外有隔，又紧密勾连。在我看来，小说还试图探讨这样的问题，在虚拟与理想的复杂交错中，网络主播沈夏产生了一种事实的与精神的错位，在她的身上缺少一个有效而多元的装置，技术固然提供了无限的可能，然而最重要的还是作为人的内在的空虚和想填补自我却不得的困境，虚拟世界已然构成了当代社会确切的经验和精神的寄托，也将带来新的困窘，产生新的文化和伦理问题／命题。新的技术为世界意识的形成提供了真正的现实便利，万象更新之际，同时又有着将人性扭曲的危殆，使其最终反而作茧自缚，为技术和算法所统治。

我一直认为，当代中国文学正在经历一个"向外转"的写作走向，"总体而言，文学的'向外转'是一种世界性的写作转向，与19世纪现实主义写作所秉持的社会通史观念和百科全书意识不同，文学的向外探寻是融汇了20世纪文学'向内转'过程中所习得并保存的语言转圜与形式革新之后的再出发，因而此中体现的，便不是简单的内／外二元式的单一与偏倚。文学的'向内转'曾一度'遮蔽了当时文学实际存在的复杂状态'，取消了文学本身的丰富与复杂，'失去了充满矛盾然而却深沉自在的文学语境'。而当下的'向外转'不再取其偏颇，其真正意义并不仅仅指示内／外之间的参照、比对与映证，而是内置于文学本身，让文学增加新的逻辑，启发新的图景。"① 世界意识的形成与形塑是其中最重要的形态之一。文学亟待走出闭门造车的书斋，走出形式翻新的窠臼，走向无远弗届的外在世界。事实上，世界意识发展的历程已经具备了自身的历史性，这么说的意思是，当代中国小说的世界意识展露已经演化出了自身独异的书写脉络和审美流变，也许即将走到一个新的转折点，也就是说关于小说的"世界"观俨然到了转型的时候了，怎么转呢？具体来说，其一是摆脱题材大小的拘囿，之前的尤其在宏大叙事上倾注了大量心力，如今的转向，需要在情感的与心理的深度叙写基础上，更为广阔地掺杂其中的历史性与全球性，这便需要作者提升写作的广度与难度，这个过程关键在于有没有洞察力与大手笔；其二是当代中国小说塑造的世界意识，落点还是在文学自身上，更需要在叙事结构和修辞探索上考究，也就是其美学品质、修辞形态，应该成为最本质与最核心的部分，以构筑更具深广度的异质性；其三则是小说势必需要展露的智识性，尤其在面对和处理"世界意识"的过程中，当不断拓展小说的内外质地时，尤其在全球化遭受质疑并试图重建时，在世界性的文化形态开新之际，对写作者而言是一种知识的、视野的与判断的考验，如果不具备真正的"世界意识"，很难在当代中国乃至世界形成真正的叙事伦理，仅仅游离于"世界"的外部，难以处置后全球化中急转直下的精神转向；而只有认知、辨识乃至创生真正意义上的"世界意识"，方可在想象性的叙述中形塑新的文化价值和未来可能。

---

① 曾攀：《物·知识·非虚构——当代中国文学的"向外转"》，《南方文坛》2019年第 3 期。

跋：转型、革变与新创

一

　　李约热有个别具一格的短篇小说《景端》，里面的主要人物景端是乡土世界的一个十足的可怜虫，一个再小不过的人物。他穷困潦倒，从小母亲去世、经常被人欺负、穷得一塌糊涂。他和父亲、妹妹生活"在远离人群的岭上，他们没有邻居也没有朋友，好像生活在另一个星球上面"。但是为了寻觅自我的精神出口，使出了浑身解数，在一次看电影的经历之后，他立志要成为"仙龙王国"的国王，然而，极端以至变异的"浪漫主义"造成了他的悲剧。小说以无业者景端为中心，最后以他为拾荒者劳七盖的一间本身就根基薄弱的破房子的倒塌为标志，宣告他与王立初、黄徒、劳七等乡土底层形象之间仿佛成功构建起的初步联合，然而这样的关系却如此弱不禁风，很快就在内部的纷争中分崩离析。"这间摇摇欲坠的房子，根本经受不了这场突然生发的斗殴，摇了几下，慢慢地瘫下来。权一抱着头，拉着景端，滚出屋外。劳七和焦灿被压在屋子里。那些没有被野马镇的冰雹砸碎的残瓦，以及劳七害怕风大，擅自压在屋顶上的石块，砸向焦灿和劳七……"本来这个景端亲手帮劳七搭建的房子，可以成为底层阶级的庇护之一种，成为他们的一种共同体的内在回响，然而这样的构筑终究脆弱且无效，房屋的轰然倒塌，似乎也喻示着精神出口的封闭以及情感建筑的崩裂。这是一出小人物之间的悲剧，也隐约透露出共同体联结中的可能与危机，意味着重新构筑个体／群体之间的情感通路的重要性。

由是进入当代中国乃至世界，如何打破种种阻隔与壁垒，如何重新构筑精神的联结，如何思索未来世界的走向，在坍塌之后重建那些稳固的桥梁，通过文学与文化的路径，想象一种曾行之有效的规则，或再造一个新的系统与秩序。当然这个过程谈何容易，不断显露的问题在后全球化时代变得愈加昏昧，不仅是个体之间，而且在个体与群体，甚至是国家与民族之间，都为当下的现实困境所囿制。因此可以说，曾几何时现实的隔阂，加之外部政治、经济、文化环境的喧嚣复杂，令原本坚固的一切不断松动，又或者说，令原本便危机重重的全球化所建立起来的沟通和联结方式遭遇停摆，似乎世界在等待一次全新的重启。这个过程不仅需要探寻一度阻滞迂回的精神出口，走向个体／群体情感的重新塑造而形构新的共同体意识，在精神的与文化的回响中，再次寻向合奏与共鸣。兴许，这就是当代小说话语转向与叙事变革的必然性和必要性。

人的内心再淤积回旋，再幽深魅暗，始终不会暗哑消隐，而总在山重水复之后，探寻一个澄明的出口。钟求是的小说《地上的天空》，写男主人公朱一围庸庸常常的一生，却在一张来世的契约中，签下了另一个自己，沉落或者飞升，都终将无法封闭那些炽烈的涌动。而《父亲的长河》，则是在澄明的出口之处，回溯那条未知却冥定的生命之河。七十一岁的父亲突然丢失记忆，更准确地说那是一种老年痴呆，记忆纷纷溃败，甚至作为父亲，遗忘了子女名姓，生活渐渐不能自理。但出人意表的是，父亲身上的一部分记忆却显赫地凸露了出来，又或说其始终岿然不倒。一个人的脑袋不会被彻底蛀空，坚硬如斯的部分，便在于那幽深而不可捉摸的所在。风烛残年的老父亲，对儿时的昆城念念不忘。他最后回到昆城城北中心小学，回到小时候的学堂，牵引孤舟游弋"长河"。一个人在行将终结之际，又回到了精神的起始点，我带着父亲返乡，却遭遇惊险的时刻：父亲独自外出，一人以不可思议之力，划船驶向长河，"太阳刚刚升起，淡黄的光芒铺在水面上，也照在小船上。父亲的光线中成为晃动的亮点，像是存在，又像是不存在"。最后我竭力呼喊父亲，然而已得不到他的回应。"我抻直脖子，想再次发出喊声，但嗓子一哽，眼眶反而憋出了泪花"[1]。这是一个生命的隐喻，父亲驶向了他的精神原乡，同时也是生命最后的出口抑或归处。

每次读完一个小说的开头，我都会下意识地预想小说会讲一个什么样的故事，又会遭遇怎样的结局。更重要的是，我时常料想，小说如何将人一步步推至微妙的边界，以此试探什么新的可能，又将开启怎样的精神出口。沈大成的《葬礼》写的是战后青年放弃自己的原装身体，进入所谓的"螯肢世代"，形成人与机器的合体。然而世代变迁，他们成了孤绝的赛博朋克一代。如何处理作为"螯肢世代"的母亲的机械肢，成为叙述的中心。小说以极其后现代的方式书写人与机器的相互延伸，而又以颇为前现代的形态，讲述了生命本"身"的共情与哀婉。机械肢固然意味着身体的遗留及衍生，然而也是战争创伤的一种。读小说的时候我

---

① 钟求是：《父亲的长河》，《长江文艺》2021年第9期。

一直在想，那些消失的离散的所在，会以什么样的形式与当下的我们共存，成为我们身体症兆的与精神潜流的因子，即便这里边会充满种种周旋和排异，但我们不愿或不能摆脱之，于是也一并流入了生命的长河。小说里，人会死去"三次"，"第一次是被放弃的身体部分，第二次是他们剩下的身体，第三次是左前机械肢或别的……"死亡／葬礼在这里不仅意味着身体的化灰与湮灭，而且也昭示了勃动的生命本身，其在更深层次充溢着小说里提及的"原力"，既来源于宇宙，更具体的是来自生命深处，也即身体内在的不可名状却无穷无尽的"力"。这样的力需要去抵抗麻木、遗忘，小说最后，母亲的机械肢"下葬"，无声无息地消失于熟练工们的操作程序里，"工人用手套拍打工作服，在浮起的灰尘中走进办公室。此后是寂静。他没有听见办公室里面传出任何声音，两人总该交谈几句吧，布被掀开，搬动机械肢，或许拿起工具比画和切割，收音机播放音乐，但是，什么声音都没有"[1]。但回过头来看，机械臂成了某种象喻，母亲逝去之后的残余物自然应当归入归处，但一代"异类"遭遇悄然遗忘和猛然轰毁的背后，莫不是历史的掩埋、曲解。

有必要谈谈弋舟的《掩面时分》，这个小说写情感、职场、最寻常的生活，遮面之城中透露了人的藏匿与隐变，表面上是口罩隐藏了的半张脸，实则是历史给出的谜面，欲望人心的四下逃匿与无处可逃。那个"去一个朋友的家"的男人似有若无，方寸之地，却杳无踪迹，时间永远没有谜底，唯有悬置与暂时安放。石一枫的《半张脸》里，脸的下半部分被掩藏起来，形成昏昧不

---

[1] 沈大成：《葬礼》，《萌芽》2020年第8期。

明的新表征，需要重新辨别与再次体认，然而这个过程又因为只有"半张脸"而被不断延宕搁置，这是一种难以处置的悖论，同时也成为了收敛和藏匿的新的形式，后者更新了既往的交互与呈现状态。"身边的人们习惯了除去吃和睡，仅以半张脸示人，尤其是面对陌生人。也正是诸如此类的不懈努力下，他这样的异乡来客才有机会离开半张脸的城市，登上半张脸的飞机，降落在半张脸的古城"。这样的"共识"不是表"面"的形式，而是心理情态的当代显形。简言之，这将以处置和回应外在世界之名，逐渐内化于我们的深层意志。与此同时，被掩盖的脸面，丧失了既往的识别功能，在他们生活的"半面之城"里，更多的是错认与误读，就像里面单眼皮男人所犹疑的，"如果只看半张脸的话，人与人之间的相似程度会陡然增高。你完全有可能把丑陋的认成俊俏的，把猥琐的认成端庄的，把晦暗的认成明艳的"，更容易趋于陌生与冷漠，如其中的单眼皮男人和双眼皮女人，从似曾相识，演变到猜忌与交恶。最后他们假装友好，不欢而散，"他度过了旧的一天，又换上了新的半张脸，和一个似曾相识的男人坐在一起，像古城的所有过客一样内心沉默"。"我"猛然发现，这到底是一场游戏，有游戏便有规则，它需要遵循一定的机制和秩序。"半张脸"被置于种种限定之中，包括这样的脸面本身，这何尝不是另一种谜"面"，然而无论是谜题之新旧，还是历史的分岔与人心的重估，都在所难免。直到现在，应验了小说里的一句话："整个世界都在经历萧条，国内也刚复苏不久，因此仅仅是摩肩接踵的人群就足够令人兴奋的了。"在这个过程里，我们分享着相似的体验，这样的集体或身体经验与情感记忆，构成了新的文化及精神议题，也记录着最具普遍性的情感转向。小说里，单眼皮男青年与双眼皮女青年之间因搭讪相识——一种偶然的交会——最后"同病相怜",然而,小说在追忆中道出了两人也许是故人相逢,最后又出现新的反转,弱势共同体开始形成,却又顷刻瓦解;其中充满着种种误认、错认,已经成为新的常态。"这是一座昼夜不分、今古不分、中外不分的半面之城。"小说后段,荒腔走调,人与人之间的不可理解,自我与他者之间的鸿沟万难填补,彼此走向了对方的反面,如小说所言乃一种"错乱",错位、乱淆,言不由衷,词不达意,人们似乎遭受着某种整体性的失语。单眼皮男人最终通过"说出秘密的一百万种方法"的程序,发现这是一个"局","单眼皮男人瘫在沙发里,诡异地笑了一声。他刚刚经历了一场故弄玄虚的网上游戏。多幼稚啊,几乎不是他这个年龄的人所能理解的。但他确实被激活了,像个开关咔嗒响了一声,他的酒也醒了,脑子里一派澄明"[1]。然而回过头看,一切又都是真实的,包括秘密本身。也就是说,这是无比真切的"游戏",甚至包括"半张脸"本身也比整全的面部更为真实。亦即戴着口罩的半张脸,比戴着面具的虚伪的"完整的脸"要显得真实可靠。男人的"秘密"也在小说最后得到袒露,在这个过程,"半张脸"成了当代主体精神分化的新的参数。

同样是游戏的一种,郑在欢的《还记得那个故事吗?》,是讲述与聆听的回环往复,"我"给发小光明打电话,几通电话的时间,言谈收束,故事也讲完了。"我找人聊天,不分对象,只是饶有兴趣地聊天。"充溢其中的,是一出又一出逼迫式的回忆,"故事"成为一个中介,不断回环重复,过去的时间由事件和现象组

---

[1] 石一枫:《半张脸》,《野草》2021 年第 5 期。

成，不断连缀，记忆、讲述，这重重叠叠的故事中心，包裹着一个父亲将儿子的头打掉的古怪而悲伤的故事，而且还不停地填充其中的细枝末节，在讲述的过程中，"故事"不断解构，又不断结构，一种元叙事的意味在里面。"从北京回来，我没有别的考虑，仅仅是想换换心情。我想到闲人更多的地方去，和闲人聊天，不抱任何目的，最初的快乐就是这么来的。"① 故事本身以及追及故事的过程，像剥洋葱一样，不断向一个所谓的中心靠近，却很可能是一种中空的存在，这成了"我"百无聊赖而四处闲谈的消遣／游戏。

二

与《父亲的长河》里"我"领着父亲返乡不同，崔君的《迷失海岸》是"我"从武汉城里返乡探望刚出狱的父亲与甫入院的母亲，并因此拉开了乡土家庭的生活图景。家中一切都如此萧索，但父亲内心却始终有一团火温着，"我"从大城市回来，因特殊原因而滞留，返城被不断延宕，"我"由此得以静观、凝视那个传统的场域，平静以致远的乡村图景，生成了新的治愈方式。"飞机起飞，远处的海面平静无痕，像从没掀起过大风大浪。在遥远的水天相接处，只有一个狭长的小岛，像一枚孤独的橄榄。"故事拉拉杂杂讲到最后，"我"家的猪出走后自行归来，还顺利怀孕了，一方面映对着母亲的境况，另一方面则是要父母两人历经磨难，却依旧回好如初，仿佛苦难从未降临。"猪回来的那天晚上，我被欣喜冲昏了头脑，趿着拖鞋冲进了爸妈的卧室。推开门的一瞬间，月亮的清辉丝丝缕缕，倾泻而下，房间仿佛长满温柔的荒

① 郑在欢：《还记得那个故事吗？》，《青春》2021 年第 1 期。

草。从棉被的轮廓里，我看见他们相互抱着熟睡，头紧紧挨在一起……"①在崔君那里，乡土世界似乎具有某种自愈的功能，那些伤痛和疤痕，都会在来来往往的温情中得到弥合与疗救。

然而现实历史的裂缝却不总是能够轻易弥合的。从现实追溯历史，往往只有一线之隔。历史照见尘埃与灼华，牵出成长或萎缩的证言，人们不得不历经现实种种的重整和迂回，于焉隐忍、退避、进击，也返照现实历史的层层累累。路内的小说《跳马》，上海嘉定路边讨饭的董阿毛，被副队长带入抗日队伍，但更多却不是抗日杀敌，阿毛开始也感到困惑，"小孩有一天问福元，阿叔，我是不是跟错了人，我娘批想跟一个杀人不眨眼的大王，天天与日本人干仗，能一刀劈开汉奸的脑壳。我怎么跟了两个先生？不但不发枪给我，还要读书写字，要练游泳和跳马"。游击队的大队长体育教员出身，除了日常训导，还时时嘱咐阿毛练习跳马，到奥运会上与日本人一决高下，"大队长说，你记得我说的话，练好体育，等你长大，去参加奥林匹克运动会，日本人的跳马水平很高，不要输给他们。小孩说，司令，都打仗了，还参加什么运动会，开运动会也是跟日本人拼刺刀罢了。大队长说，体育和读书写字一样，让你学会做人，亡国奴才是没有资格上赛场的"②。这俨然是一个革命成长的故事，阿毛从稚嫩、无知、莽撞，到成熟、担当，不畏艰险，不惧牺牲。这样的主体演化是可靠的。革命战争史夹杂着个体的成长史与精神史，叙述往宏大而精微的一脉走。小说最后，大队长被汉奸孙庆荣的兵杀害，小孩悲痛欲绝地哭诉，司令都不知道我能跳过木箱了。"跳马"对于阿毛而言，不只是强

---

① 崔君：《迷失海岸》，《青年文学》2021年第9期。
② 路内：《跳马》，《小说界》2021年第4期。

身健体，跳跃木箱，事实上更意味着革命主体的精神跃变。然而，这还不是问题的全部，或许小说还可能展开另一重图景，将叙事深度与广度进一步拉长或深凿："跳马"所蕴藉的身体叙事与革命的精神召唤，通过作为体育教员的大队长及其对阿毛的教导凸显出来，其身上隐现的五四以来国民教育对于德育体美的倚重，后者与革命如何在战争中出现交叉，以及与国民精神叙事的相互缠绕深化，则无疑更让人充满兴趣。外族入侵，拉锯日久，汉奸当道，不可谓不是群情愤懑压抑，体育的内在命题所蕴含的健壮体格、健全身体，成了一种新的出口与导向。现代中国，蔡元培曾指出德智体美"四育"的重要性，"不可放松一项"，张伯苓则尤重体育，"德智体三育之中，我中国人所最缺者为体育"。"跳马"或可将这个小说推向另一个层次，将国民性叙述中精神凌驾于体格的文化脉络加以翻转。

小说《蓝舟》围绕着赵万年的携款潜逃，若干线索同时推进，牵出几个家庭的情感经历，也剥开了凡常人的层层烦恼，表面稀疏寻常的背后，是时时步步的如履薄冰，如城墙被掏空一角后的摇摇欲坠。赵万年动摇了种种状似坚固的感情的基础，不断割裂彼此的关联。经济型社会与关系型社会之间撕开了巨大的口子，但有些东西还是在这里头沉淀下来了。有意思的是，小说后来写老赖赵万年的母亲中风，洪伯特等人并无坐视不理，反而同心一力救助，最后赵母查出肝癌晚期，多人甚至众筹以捐助，仿佛他不曾亏欠他们。最后赵万年出现在一通电话中，可以听得出他实在走投无路，也许他身边被他所害的人不会理解他，而从小一起长大的洪伯特等人懂，他们知道他的难处，当然，他们更清楚自己的难。"洪伯特摔门而出。外面下雨了。十一月的早上，南方的雨点又大又肥，把心下成了筛子。洪伯特没有犹豫，他径直朝河边走去，那条天蓝色木船就系在那里。洪伯特解开缆绳，一个跨步跳上船。舱里积水了，洪伯特的脚步让积水晃荡起来。河面有点暗，洪伯特却有一种久违的亲切感，他似乎看到了许多年前在家乡鹿岛山顶上眺望的那片海——那片宽阔而幽深的海啊。"[1] 在巨大的崩塌面前，道义、情分成了某种超离其间的出口，那是弥足珍贵的悬崖边上的信任。事情往往如此，当某种不可能已成确然，才出现新的可能。他们像守候戈多一样等待着赵万年潜逃回来，却没有一个人报警，更不想将赵万年置于死地，更多的是道德的谴责与谴责中的善意等候。小说《蓝舟》并不是一味地要以舟摆渡，而是将人置身其间，顺水而推或逆水而行。

三

尤记多年前读基辛格的《世界秩序》，其中提到经济全球化、自由化的时代，政治和宗教却壁垒重重。全球化遭遇了前所未有的挑战，技术壁垒、金融危机、自由裂变，种种既定的共同体与价值观不断分崩离析。几乎形成共识的是，百年变局之中，后全球化的时代降临，世界势将重建新的秩序。这让我想起东西2022年的一个短篇小说《飞来飞去》，篇幅不长，但直抵当代世界的文化要隘，主人公姚简从美国纽约回到国内照顾病榻中的母亲，然而却遭遇种种文化的冲撞，内在伦理随着文化秩序的裂解开始动摇，加之母亲的意外身故，家族的诡异难解，生成由内而外的情感分化。小说的核心是一桩悬案，病危的母亲的氧气管是谁拔的。真相莫衷一是，亲人相互猜忌、构陷，联想姚简在中美之间"飞

---

[1] 徐建宏：《蓝舟》，《江南》2021年第4期。

来飞去"，友人对中美的文化误读，姚简的心理滋生了摇摆、犹疑，揭开后全球化时代的情感／文化困局，以及新的总体性的何去何从。当然对于姚简这一个体而言，最难以释怀的，是母亲的离世、亲人的倾轧、伦理的失落，历史拐点和时代转弯的过程，最终落于每个人身上的，还是情感的转向与重建。

朱山坡的短篇小说《萨赫勒荒原》延续着当代中国与世界的关联形态。对于 21 世纪第二、三个十年的交叠之际全球突如其来的更迭变动，很大程度上阻隔了世界的勾连，使得原本壁垒重重的世界政治经济格局雪上加霜。小说正是通过中国与非洲之间的情感联结，重新构筑命运共同体的价值观念。故事写尼日尔司机萨哈开车带我穿越萨赫勒荒原到达中国医生救援非洲民众的驻地，在一种行旅中完成遭遇和认知。"哪怕一路顺风，从尼亚美赶回津德尔中国援非医疗队驻地也要走完整个白天。总队领队反复叮嘱我们，一定不要走夜路。上个月，在卢旺达的一支中国援非医疗队就因为赶夜路出了车祸，虽然没有出现重大伤亡，但使馆一再强调：出门在外，安全第一。萨哈觉得他的责任十分重大，不仅要负责我的安全，还要保证车上的药品食品一件不少地送达驻地。"可以说，这是责任之行，也是风险之旅。

我知道，在疾病和饥荒的多重打击下，尼日尔的死亡率很高，尤其是儿童。在国内培训时，看纪录片或听期满回国的同事讲述得知，在瘟疫流行的尼日尔一些地区，人命如草芥，尸体随处可见，人走着走着倒地就再也爬不起来。

萨哈没有回答我的疑惑。或许他觉得我压根儿就不应该有这样的疑惑。因为在这里，死亡不分年龄，是一个常识。他又陷入了无边无际的沉思。①

纵观整个文本，萨哈与"我"的穿越萨赫勒荒原之旅，已不是一次简单的行旅，其中充满了凶险，是冒着性命之虞的国家使命，而且是跨越了文化和界域的救死扶伤。值得注意的是，穿越的本身是为了抵达，而抵达仅仅是开始，这个开始被不断延宕，而"穿越"成为了小说的叙述主干。小说最后，包括萨哈在内，萨哈之子、之母，甚至以尼日尔地区为代表的非洲人民，都在这里呈现一种不断扩大的精神的和情感的融汇，他们与舍生忘死的中国医生相互共情，亦感念关乎健康的与生命的馈赠，中非之间的沟通以如是这般的深层次的联通，达到真正意义上的共同体的构筑。这里对萨赫勒荒原的"穿越"，不仅意味着现实跋涉的凶险路途，也更是在现如今探询穿透世界各国之间所竖立的厚障壁的新的可能。

四

如前所述，如何在当下真正构筑精神的出口，重塑文化的认同，并最终形成情感的内外回响，重要的是不断建构起共同体意识，并创生共同体之间新的认同路径。20世纪以来的中国，曾在内忧外患之中，在文艺与媒体助推下，形成了强烈的民族国家认同，中华民族通过长时间的认同、辩知，产生想象性的移情，并建构成情感的、文化的与政治的同一性立场。具体而言，百年来的中国，感时忧国的国族意识萌发、启蒙主义与革命意志的共振、英雄主义和奉献精神的同在，一直到八九十年代经济观念与物质文化的发达，以及21世纪后革命时代中的娱乐文化和消费文化的

---

① 朱山坡：《萨赫勒荒原》，《人民文学》2021年第3期。

勃兴，国族内部群体认同式的文化取向可以说其来有自、未尝断绝，而实际上如何对之进行引导甚或改造，也一直是现当代中国文学相生相伴的课题。

有学者提出："人类社会的历史就是一部文明对基因中的原始本能的征服史，文明不是要消灭本能而是通过不断创造出更多的生存资源和游戏规则为本能的释放提供一条更安全、更有利于群体延续以及更符合现实支撑能力的安置渠道。所以，某种程度上，人类的发展似乎也可以理解为文明日益增长的安置能力与被压抑本能始终存在的释放需求之间的博弈。文明越发展，拥有的生存资源愈多，它提供的本能释放的范畴就愈广阔和深入。什么是社会道德文化的进步与落后之争呢？其实就是当文明创出更多的供本能释放的资源时，出现的新的价值规则的可能性与建立在旧有基础上的利益分配的文化范式之间的矛盾。"[1] 个体或群体内在的对文化产生的观照，事实上需要的是一种真正的对象化，否则对文化的吸纳过程很有可能是失效的，也就是说，小到诸种不同的话语之间的对话，大到不同文化相互的沟通联结，需要的是真正意义上的理解与含纳，在此基础上产生内在的呼应，并于焉探究他者，也重塑自我。

总而言之，这是当下全球化面临新的困境之际的一种历史性的要求，为使不至于走向封闭和倒退，因而急迫需要去探寻畅达的情感出口，而且在这个过程中，还有待文学的话语织造和想象再造。然而这个过程并不是单一的与纯粹的，相反，其充满了种种丰富与复杂，尤其是在众声喧哗的当代世界，资本的参与也

---

① 姚晓雷：《关于两个理论问题的解释与说明》，《南方文坛》2022年第2期。

好，明星荐书、脱口秀等新娱乐形式也罢，这些新的社会元素与文学的关系未必是排斥与对抗的。正当我们犹疑徘徊之际，人工智能却由于 ChatGPT 的进阶，迈向了新纪元。如果将 ChatGPT 带来的革命诉诸文学，风格无疑能够模仿，内容难免可以复刻，人工智能的创造力也不见得比人类差，我倒是认为，情感的幽邃曲折、丰富矛盾，清澈纯粹或说虚与委蛇，以及暧昧不明的纠葛缠绕，才是最难以把捉的吧。因而，新冠之后，谈情感的变动逻辑与转向路径，谈人与人工智能的互动、博弈及相互参照，意味着人在当代历史获致了新的尺度，虽然技术革命不可规避，虽然现代以来人的主体异变 / 异化常常令人悲从中来，但新的历史参数的出现，毕竟蕴藏着可能性的界域。或许在这个过程中我们亟待形成包容意识与消化能力，与不同的话语、不同的力量进行周旋。关于这一点，南帆的观点颇有意味："'博弈'是审美与各种社会科学的关系，也是感性认知与理性主义工作平台的关系。博弈的形式广泛多变，不存在事先设定的意义发布中心，不存在各种话语图谱的比例配置。很大程度上，博弈恰恰显示出历史对于各种话语图谱的调度。相当长的历史时段，审美仅仅在博弈之中占有微小的份额。古典社会的终结与现代性乃至后现代的降临，审美的耀眼光芒与不合时宜的言行时常交错出现。美学的意义会不会被高估了？无论是捍卫'现代性'的阵营还是批判'现代性'的阵营，这个疑问一次又一次地冒出来。审美与启蒙曾经成功地合作，这种合作在后续的阶级与革命之中遭受不同程度的挫折。然而，哪怕审美仅仅占有微小的份额，这个起始之点已经不可淹没：

审美的存在是一种不可或缺的存在。"[1] 也就是说，走向新的融合与创造，走向真正的开放和革新，代表着当代小说话语转型与叙事变革的题中应有之义。在这种情况下，虚构也好，写实也罢，都要跟不同的政治、经济、科技、娱乐诸话语去博弈，跟不同的立场去争夺，甚至是文学在认识到自己的瘦弱、虚胖甚至无力之后，依然透露出来的顽强和坚韧，并且在融入不同的话语体系之中，显露自身难以抵消的力量。在这种情况下所形成的精神出口、情感回响与文化重塑，才是真正有效且持久的。

---

① 南帆：《美学：感性的洞见与盲区》，《南方文坛》2022 年第 1 期。